Für meine Schwester
Donna Lorraine,
die ein wundervolles Geschöpf ist

Ein Teil ...

Nordmeer

Westonischer
Ozean

Straße
von
Kistan

Kairn
Rwn
Arbor
Atala
Anster
Gelen

Thol
Jillische fjöh
Dalara Ria
Wellen
Trellinath
Königs-
stadt
Jütland
Hov

Gothon
Tugal
Baso
Portho
Vancha
Castille
Kistan
Ujizo Koy

Khaiish

Hyree

Talakachtar

Leut

Mithgar

Ödnis

Unbehütetes Land

Borealmeer

Fjordland

Morkford

Kath

Grimwall

Schwarzer Berg

Graue Berge

Drachenhorst

Großer Mahlstrom

Steppen von Jord

Kaagorpass

Naud

Khal

Wolfswald

Xian

Gron

Aven

Goria

Aralan

Überlandstraße

Riamon

Alban

Günar

Gothon

Valon

Jugo

Pellar

Helofen

Steininseln

Arbalin

Coer Pendwyr

Thell-Bucht

Avagonmeer

Voron

Hurn

Sarain

בוכוכבשך

Aban

Gjeen Is.

Chabba

Thayra

Sabra

Die Wüste Karoo

Khem

Nizari

Scale

0   200   400
Miles

N

W   O

S

Die Insel Rwn

Nordmeer

N
W O
S

Prärie von Rwn

Kairn-
Wall

Kairn

Lac Rwn

Darda Glain

meilen
0   25

Westonischer Ozean

Map S.S. Palmer

ANMERKUNGEN DES AUTORS

Die in diesem Buch erzählte Geschichte findet vor der Separation und vor dem Großen Bannkrieg statt, und daher können die *Rûpt* nicht nur in der Nacht, sondern auch am Tage frei umherstreifen, obwohl es heißt, dass sie ihre Missetaten lieber in der Dunkelheit anstatt im Licht der Sonne begehen.

Diese Geschichte wurde aus den Fragmenten eines Logbuchs des Elfenschiffs *Eroean* rekonstruiert. An mehreren Stellen habe ich die Lücken mit Einschüben aus anderen Quellen gefüllt, aber im Wesentlichen hält die Geschichte sich minutiös an die Vorlage.

Wie in anderen Werken von mir habe ich transkribiertes Altgriechisch benutzt, um die Sprache der Schwarzmagier darzustellen, und Latein für alle anderen Magier.

In vielen Fällen reden unter dem Druck des Augenblicks Pysk, Zwerge, Menschen, Magier, Elfen und andere in ihrer Muttersprache. Um jedoch lästige Übersetzungen zu vermeiden, habe ich, wo erforderlich, ihre Worte in Pellarion aufgeschrieben, der Umgangssprache Mithgars. Einige Worte und Redewendungen eignen sich jedoch nicht für die Übersetzung und diese habe ich unverändert gelassen. Darüber hinaus mögen verschiedene Wörter falsch aussehen, sind tatsächlich aber korrekt – so ist zum Beispiel DelfHerr nur ein einzelnes Wort, obwohl mitten im Wort ein großes H steht.

Die Elfensprache Sylva ist sehr altertümlich und förmlich, aber im Interesse der Lesbarkeit sind die meisten altertümlichen Ausdrücke und Redewendungen eliminiert worden.

Die Sprache der Kinder des Meeres ist mit Zirp-, Schnalz-, Pfeif- und Klick-Lauten durchsetzt. Zwei dieser Laute sind durch die Zeichen »!« und »¡« dargestellt, ein »Tick« durch »!« und ein »Tock« durch »¡«.

Für die Neugierigen, das *w* in Rwn wird wie *uu* ausgesprochen (w ist schließlich nichts anderes als ein doppeltes u). Rwn wird also nicht *Renn* ausgesprochen sondern *Ruhn*.

Der Ertrinkende ist ein Vorbote der Katastrophe,
und es könnte bedeuten,
dass die Eroean *und alle auf ihr dem Untergang*
geweiht sind.

Die Weissagung der Magierin Aylis

1. Kapitel

EIN NEUER KURS

Winter, 1E9574–75
[Die Gegenwart]

Am nächsten Morgen, nach dem die Seherin Aylis den Entschluss gefasst hatte, noch einmal in den Träumen der Fuchsreiterin zu wandeln, machte Quartiermeister Roku sich bereit, mit einigen Matrosen und einer Eskorte Zwerge nach Havnstad zu fahren, um die Aufnahme von frischem Wasser und Proviant auszuhandeln. »Seid auf der Hut«, rief Bokar seinem Stellvertreter Kelek zu, der in einem der Beiboote saß. »Diese Stadt hat gerade erst Tribut bezahlt. Einige werden wütend und gereizt sein und möglicherweise erst handeln und dann überlegen.«

Während Kelek mit einem Nicken bestätigte, dass er die Worte des vierschrötigen Zwergenhauptmanns verstanden hatte, murmelte der neben Bokar stehende Jatu: »Andererseits werden sie vor bewaffneten und gerüsteten Kriegern auf der Hut sein. Ich glaube, die Städter werden sich ebenso verhalten wie zuvor – überhöflich und dienstbeflissen, um grimmige Besucher nicht gegen sich aufzubringen. Wenn es nicht den einen oder anderen Heißsporn gibt, werden Roku, Kelek und die anderen heute nicht mehr Feindseligkeiten erleben als wir. Außerdem sind die Schatztruhen der Städter leer, da sie gerade Tribut bezahlt haben, und deshalb werden sie erpicht darauf sein, Geschäfte zu machen.«

Als die Boote losruderten, gesellte sich der elfische Kapitän Aravan zu Bokar und Jatu. Ohne Vorrede sagte Aravan: »Wenn Roku und seine Begleiter zurückkehren, setzen wir die Segel und fahren auf der Südseite von Rwn nach Westen.«

Jatu, der Erste Offizier des Elfenschiffs, ein hünenhafter Mensch mit Haut, die wie poliertes Ebenholz schimmerte, lächelte. »Und damit folgen wir der Route, die Lady Aylis vorgeschlagen hat, hm?«

»Aye, Jatu, so ist es: Ihre Überlegungen haben mehr für sich als alle anderen.«

»Was ist mit ihrem Traumwandeln, Kapitän?«, fragte Frizian, der Zweite Offizier, und trat fröstelnd zu den anderen Männern an die Reling. Der kleine Gelender fror offenkundig in der kühlen Luft.

Aravan warf einen Blick auf die blasse Morgensonne und holte tief Luft. »Lady Aylis glaubt, binnen einer Woche mit dem Traumwandeln bei Lady Jinnarin beginnen zu können.«

»Warum die Wartezeit, Kapitän?«

»Das Traumwandeln ist kompliziert und voller heimlicher Gefahren, Frizian, doch wenn Lady Aylis der Lady Jinnarin alles darüber beibringen kann, verbessert das vielleicht ihre Aussichten, der tödlichen Gefahr in dem Nachtmahr auszuweichen.«

»Grr!«, grollte Bokar. »Gebt mir etwas, das ich sehen kann, etwas, in das ich kalten Stahl bohren kann. Das ist der Feind, den ich bekämpfen will. Nicht irgendein Traumgesicht oder Trugbild!«

Aravan hob eine Hand. »Bokar, Ihr sprecht von einem Traumgesicht, doch wir wissen noch gar nicht, was für ein Feind in diesem Traum lauert.«

Bokars Augen verengten sich. »Eine riesige Phantomspinne, Kapitän, stimmt das nicht?«

»Lady Aylis glaubt nicht, dass die Spinne Ontah getötet hat. Das war etwas ganz anderes.«

»Durlok!«, rief Frizian.

Bokars Augen weiteten sich. »Der Schwarzmagier? Denkt Ihr, er kann irgendwie selbst in den Traum gelangen?«

Frizian hob die Hände in einer fragenden Geste, doch Kapitän Aravan sagte: »Wenn eine Person in einem Traum wandeln kann, ist das vielleicht auch anderen möglich.«

Stille senkte sich über die Gruppe. Schließlich sagte Frizian: »Kapitän, ich sage den Männern, dass sie sich bereit machen sollen, bei Rokus Rückkehr die Segel zu setzen.«

Während Aravan nickte und Frizian ging, um der Mannschaft der *Eroean* die entsprechenden Anweisungen zu geben, sagte Bokar: »Und ich halte den Kriegstrupp bereit, für den Fall, dass die feigen Havnstader versuchen wollen, uns zu hintergehen.«

Während sich Bokar auf den Weg zu seinen zwergischen Kriegern machte, sagte Jatu leise zu Aravan: »Kapitän, er sehnt sich nach einem Kampf. Wenn wir nicht bald eine Auseinandersetzung haben, wird er vielleicht beginnen, sich selbst Ärger zu suchen ...«

»Nein, Jatu, macht Euch wegen Bokar keine Sorgen. Er ist sehr diszipliniert, und das gilt auch für seine Truppe. Aber in einer Beziehung habt Ihr vollkommen Recht: Er sehnt sich tatsächlich nach einem Kampf, und ich habe jetzt schon Mitleid mit seinen Gegnern, wenn es dazu kommt.«

Unter Deck saßen Aylis und Jinnarin in der abgedunkelten Kabine. Eine einzige Kerze sorgte für spärliches Licht, da das Bullauge verhangen war. Die Seherin Aylis saß auf dem Boden mit dem Rücken zur Wand. Ihr schulterlanges, hellbraunes Haar war in einem Zopf zusammengefasst und sie musterte Jinnarin aus halb geschlossenen grünen Augen. Die kleine Fuchsreiterin lag auf der Koje und mit dem Rücken zur Wand gegenüber. »Atmet tief und entspannt Euch«, murmelte Aylis. »Schaut in die Kerzenflamme. Konzentriert Euch darauf, bis Ihr nichts anderes mehr wahrnehmt. Dann schließt die Augen und bewahrt das Bild der Flamme in Eurem Geist. Es wird langsam verblassen, und während es das tut, stellt Euch eine friedliche Szene vor – einen Bach, eine Lichtung, ein ruhiges Tal, ein Feld mit blühenden Blumen. Lasst Eure Gedanken frei umherstreifen in dem Bild, das Ihr Euch vorstellt. Und sobald Ihr Euch selbst in dieser Szene befindet ...«

Während die *Eroean* träge und sacht hin und her schaukelte, begann Jinnarin eine Reise in die friedliche Meditation mit Aylis als ihrer kundigen Führerin.

Am Nachmittag kehrte Roku mit einer kleinen Flotte im Gefolge aus Havnstad zurück. Bokar und sein Kriegstrupp standen Wache, während die Güter von den Boten der Händler umgeladen wurden, und die Städter an Bord über die Konstruktion des Elfenschiffes staunten. Dörrobst, Korn, Mehl, Pökelfleisch, Stockfisch, Fässer mit eingelegtem Gemüse und Trinkwasser, dazu kleine Fässchen mit Rum und Wein, Käseräder und mehr: Alles wurde über die Reling gehievt oder mit der Winde in Netzen an Bord geholt. Als alles eingeladen war, und die Boote der Händler zurückfuhren, ließ Frizian Bootsmann Reydeau die Mannschaft an Bord pfeifen und gab den Befehl, die Segel zu setzen. Die *Eroean* lichtete den Anker und segelte majestätisch und mühelos mit der steigenden Flut aus dem Hafen.

Einen ganzen Tag lang segelte die *Eroean* mit dem Wind nach Süden. Dann drehte sie nach Westen und kreuzte im Zickzack. Ein weiterer Tag verstrich und dann noch einer, bis schließlich eine ganze Woche vergangen war, und immer noch fuhr sie durch die Gewässer über Gelen nach Westen und unter Rwn und weiter bis über Atala hinaus. Und obwohl in dieser Zeit beständig das Nordlicht am Himmel zu sehen war, entdeckten sie des Nachts keine Lichtwolken, und auch keine Galeere bei Tag. Und Tag für Tag führte die Lady Aylis in der abgedunkelten Kabine Jinnarin in die Geheimnisse der Meditation und des bewussten Traumwandelns ein.

In einer Nacht lag Aylis bei ihrem Geliebten Aravan, den Kopf auf seine Brust gelegt, während er ihr über das Haar strich und sie seinem Herzschlag lauschte. »Ich glaube, wir sind so weit«, sagte sie nach einer Weile.

»Wann, *Chieran*?«

»Wir fangen morgen an.«

»So bald?«

»Ja.«

»Und Jinnarin?«

»Sie ist ebenso bereit, wie ich es in diesem Stadium des Lernens war, Liebster. Sie hat sowohl die leichte als auch die tiefe Meditation gemeistert. Ontahs Worte der Suggestion sind verankert, und wenngleich es keine richtigen Worte der Macht sind, werden sie ihr sehr gute Dienste leisten. Jetzt muss sie nur noch lernen, wie man einen Traum beherrscht und nach seinem Willen formt, und dafür müssen wir in einem Traum wandeln.«

Aravan lag eine Weile still da, dann sagte er: »Sie hat schnell gelernt, aye?«

»Ja. Ontah war erstaunt, wie rasch ich gelernt habe, aber mit Jinnarin wäre er ebenso zufrieden gewesen.«

»Ist es schwer?«

Aylis dachte über Aravans Frage nach. »Ich fand es nicht allzu schwer ... und Jinnarin wohl auch nicht. Aber ich bin eine ausgebildete Seherin, also war mir die Unterweisung nicht unvertraut. Jinnarin hat keine vergleichbare Ausbildung, hat es aber dennoch rasch gelernt.«

»Hm«, sann Aravan nachdenklich und fügte dann hinzu: »Vielleicht ist das, was Pysk, Magiern und anderen eurer Art leicht fällt, für Menschen und Elfen schwierig. Eines Tages musst du versuchen, es mir beizubringen, dann werden wir es vielleicht sehen.«

Aylis erhob sich und schaute Aravan in die Augen. »Ach, Liebster, wie wunderbar, denn dann würden wir gemeinsam durch unsere Träume wandeln und sie nach Belieben formen.«

Aravan lächelte. »Ich wandle längst mit dir durch meinen Traum, *Chieran*.«

Aylis reckte sich nach oben und küsste ihn sanft, dann legte sie ihren Kopf wieder auf seine Brust und lauschte seinem Herzschlag.

Nach längerem Schweigen flüsterte Aravan: »Morgen?«

»Ja.«

Seine Umarmung wurde ein wenig fester, aber er sagte nichts mehr.

Kurz darauf küsste sie ihn wieder, und sie liebten sich.

»Es ist nicht leicht zu schlafen, während ein anderer zuschaut«, sagte der dunkelhäutige Jatu grollend.

Weder Jinnarin noch Aylis antworteten.

»Ich meine, ich liege hier wie ein Baumstamm, während Ihr zwei dasitzt wie eine düstere, stumme *Uhra* mit ihrem kleinen *Jeju*-Vertrauten neben sich ...«

Aylis und Jinnarin sagten immer noch nichts, da jede ihren Zustand leichter Meditation aufrechterhielt.

Die drei befanden sich in Aylis' alter Kabine, die sie zum Zwecke des Traumwandelns bezogen hatten. Jatu lag auf einer Matte auf dem Boden, weil die Koje zu klein für seine massige Gestalt war. Aylis saß mit untergeschlagenen Beinen auf dem Boden und lehnte mit dem Rücken an der Wand. Die auf den Oberschenkeln ruhenden Hände zeigten mit der Innenseite nach oben, und ihre Augen waren nur noch grün funkelnde Schlitze. Jinnarin saß in ganz ähnlicher Weise da, befand sich aber auf der Koje auf Jatus anderer Seite. Ihr Reittier und treuer Begleiter, der Fuchs Rux, lag unter der Koje und schlief. Der Raum wurde nur durch eine einzige abgeschirmt brennende Kerze spärlich erleuchtet.

»Ich kann Euch zwar sehen, fühle mich aber trotzdem, als wäre ich die Beute irgendeines unsichtbaren Dschungeljägers.«

Sowohl Jinnarin als auch Aylis blieben stumm.

Jatu seufzte und wälzte sich herum in dem Versuch, sein Unbehagen durch ein erhöhtes Maß an Bequemlichkeit wettzumachen.

Es half nicht.

Nach einer Weile des ruhelosen Hin- und Herwälzens sprang Jatu auf und verließ die Kabine. Zwar hob Rux den Kopf und schaute, doch weder Jinnarin noch Aylis rührten sich. Der Fuchs legte sich wieder schlafen.

Kurz darauf kam Jatu zurück und legte sich wieder hin, und Augenblicke später fing irgendwo nicht weit entfernt ein Matrose an zu singen. Viele seiner Worte gingen jedoch im böigen Wind unter, der die Segel flattern und Taue und Takelage ächzen ließ, während die Wellen gegen die Schiffsflanken der *Eroean* brandeten.

»Añu«, sagte Aylis leise und benutzte damit eines der Worte, die sie von Ontah gelernt hatte.

Zwar konnte Jinnarin Jatus schlafendes Gesicht nicht sehen, aber sie wusste, dass sich seine Augen unter den Lidern stark bewegen mussten. Sie glitt in einen Zustand tiefer Meditation und benutzte ein weiteres tief verankertes Wort der

Suggestion, das Aylis sie gelehrt hatte, und Jinnarin fing an zu träumen. Sie saß auf einem Ast hoch in einem Baum. Unter ihr, am Ufer eines Bachs, tummelten sich zwei Otter und glitten eine Schlammrutsche herunter. Während die Pysk vor Vergnügen lachte, kam eine braunhaarige Magierin über den Himmel geschritten. »Sperling«, sagte die Magierin, indem sie die Hand ausstreckte. »Lichtschwinge«, erwiderte die Pysk und nahm die dargebotene Hand. Gemeinsam traten sie durch ein Tor in einem Baumstamm, das sie in einen weiter entfernten Traum führte. Sie tauchten in einer Weidenhütte wieder auf.

Ein dunkelhäutiger Mensch, der nur mit einem Lendentuch bekleidet war, lag auf einer gewobenen Matte, und eine junge schwarze Frau mit nacktem Oberkörper legte dem Mann ein kaltes, nasses Tuch auf die schweißfeuchte Stirn. Zur Tür herein lugte ein hochgewachsener Junge mit vor Kummer und Gram verzerrten Gesichtszügen. In der Ferne hinter dem Jugendlichen war ein Mann zu sehen, der sich der Weidenhütte rasch näherte. Sein schwarzes Gesicht war geisterhaft weiß bemalt, und in der Hand hielt er einen Becher. Oder war es eine Schlange? Der Gegenstand schien ständig seine Form zu wechseln – er glich in rascher Folge einer Blume, einem Becher, einer Schlange, einer Wurzel, einem Becher.

»Ich will das nicht sehen«, sagte Sperling und wandte sich ab.

»Wir müssen es beobachten und uns daran erinnern, Sperling«, antwortete Lichtschwinge.

Sperling schauderte und schüttelte den Kopf. »Lichtschwinge, das ist der Moment, indem Jatu den Jujuba getötet hat. Das dort sind Jatus Mutter und Vater. Der Junge ist Jatu. Der Mann, der den Giftbecher bringt, ist der Jujuba. Ich will das nicht sehen. Lass uns gehen. Lass uns jetzt gehen!«

Lichtschwinge seufzte und drehte sich um, und in der Wand tat sich ein Loch auf. Doch während sie sich ihm näherten, fingen die Weiden der Wand an zu zittern und zu beben und dahinzuschmelzen.

»Schnell!«, rief Lichtschwinge. »Flieh!«

Sie sprangen durch das Loch in der Hüttenwand nach draußen und in die Schiffskabine, in der sich drei Personen – die Pysk, die Magierin und der um sich schlagende Jatu – sowie ein Fuchs befanden, der vor der Koje, auf der Jinnarin saß, nervös auf und ab lief.

»Nein!«, rief Jatu und schoss kerzengerade in die Höhe, während ihm der Schweiß über Gesicht, Hals und Brust lief.

Rux fuhr zusammen und zurück, erholte sich jedoch rasch und blieb stocksteif zwischen seiner Herrin und Jatu stehen, den wachsamen Blick auf das Gesicht des schwarzen Mannes gerichtet.

Sperling flog herbei, verband sich mit der Pysk – ihrem stofflichen Körper –

... und schlug die Augen auf.

»Also gut, Sperling, jetzt bildest du die Brücke zu Jatus Traum.«

Sie traten durch den Tunnel des Baus ins Licht und tauchten auf der Ruderbank eines Beiboots wieder auf. Männer legten sich in die Riemen, und vorne im Bug hielt Jatu den Schaft einer großen Harpune, während sein volles Lachen ertönte.

Sperling ging an den Reihen der schwitzenden Männer nach vorn zum Bug. »Jatu! Jatu!«, rief sie. »Was jagst du da?«

Jatu wandte den Kopf, und sein Gesicht strahlte vor Freude. »Ah, kleine Jeju, ich zeige dir, was wir jagen!« Jatu drehte sich um und deutete auf eine dahinjagende weiße Wolke.

»Eine Wolke, Jatu?«

»Aye, Jeju, einen großen Wolkenwal.«

Plötzlich ging Sperling auf, dass das Beiboot hoch am Himmel über der Welt flog und hinter ihm eine große Himmelsgaleone zwischen den Wolken segelte und dem dahinjagenden Beiboot folgte. Männer und Zwerge an Bord der Galeone feuerten Jatu und seine Ruderer mit lautem Jubel an.

Jetzt drehte Sperling sich um und schaute nach vorne, und die Wolke, die sie verfolgten, schlug mit einem großen Flossenschwanz auf und ab, der sie schnell voranbrachte. »Aber warum, Jatu? Warum jagt ihr die Wolken?«

Jatu krümmte sich vor Lachen, doch es gelang ihm zu keuchen: »Natürlich wegen des Nebeltrans, kleine Jeju. Wegen des kostbaren Nebeltrans.« Sein donnerndes Gelächter erschütterte den Himmel, während die Ruderer kicherten.

»Sperling«, sagte Lichtschwinge, deren Gesicht ebenfalls ein Lächeln kräuselte, »wir müssen gehen. Sieh nur zum Horizont!«

Sperling schaute hin. Als wehe ein Vorhang im Wind, so schimmerte der Himmel am Horizont. Die Himmelsgaleone wurde blasser, und auch die Wolken verschwanden eine nach der anderen. »Ach herrje, dieser wunderbare Traum geht zu Ende«, sagte sie.

»Bilde eine Brücke nach draußen«, sagte Lichtschwinge.

Sperling ließ eine Öffnung entstehen, in die sie und Aylis traten, und hinter sich hörten sie Jatu lachen. »Sie bläst! Die Walwolke bläst an!« Und wieder hallte sein Gelächter durch das Firmament.

Als Lichtschwinge und Sperling Ontahs Worte murmelten ...

... schlugen Aylis und Jinnarin die Augen auf. Das Erste, was sie hörten, war ein leises Gelächter, da Jatu im Schlaf gluckste.

»Fürchtet Euch nicht, Jinnarin, wir werden erst in Eurer Sendung traumwandeln, wenn Ihr dazu bereit seid.«

»Wann wird das sein?«

»Ich würde sagen ... nach einer weiteren Nacht in Jatus Nachtgespinsten.«

Jinnarin lächelte. »Er hat so wunderbare Träume, nicht wahr? Ziemlich unvorhersehbar, neh?« Jinnarins Lächeln war plötzlich wie weggeblasen. »Das heißt, alle bis auf Nachtmahr mit dem Jujuba.«

Aylis nickte. Dann wurde sie plötzlich grüblerisch. »Ich frage mich ...«

Jinnarin sah die Seherin an. »Was?«

Aylis' Augen schienen in weite Ferne zu schauen.

»Was?«, wiederholte Jinnarin.

Aylis schüttelte den Kopf, als erwache sie aus tiefstem Nachdenken. Sie holte scharf Luft.

»Ihr fragt Euch was?«, fragte Jinnarin in der Hoffnung, dass ihre Frage diesmal gehört würde.

Aylis hob die Hände. »Ach, mehrere Dinge. Ich frage mich, ob sich schlimme Erlebnisse ständig im Traum wiederholen. Ich frage mich, ob auch große Freude im Schattenland ständig wiederholt wird. Und ich frage mich, ob ein schlimmes Erlebnis wie Jatus überwunden werden kann, sodass der Traum den Träumer nicht mehr quält. Wenn ja, wie? Ach, hätte ich Ontah doch nur danach gefragt ... vielleicht können wir ja etwas tun, um Jatus Träume von diesem schrecklichen Ereignis aus seiner Vergangenheit zu befreien.«

Jinnarin nickte. »Und auch die Träume aller anderen.«

Aylis lächelte. »Vielleicht finden wir einen anderen Lehrer – einen, der sich mit dem Traumwandeln und der Traumgestaltung auskennt.«

»Andererseits«, sann Jinnarin, »wenn nicht, finden wir vielleicht selbst heraus, wie wir die Träume einer Person von schrecklichen Bildern befreien können, wie man einen Nachtmahr vollständig auslöschen kann.«

»Jinnarin, damit müssen wir sehr vorsichtig sein, denn Träume sind in gewisser Weise eine Möglichkeit, Furcht und Wut und andere starke Gefühle auszuleben und sie damit unschädlich zu machen. Sonst würden sie sich beständig verstärken, zum Schaden der betroffenen Person. Einen Traum vollständig zu entfernen, würde meiner Ansicht nach großen Schaden anrichten. Vielmehr muss der Traumheiler einen Weg finden, Harmonie in Geist und Seele einer Person einkehren zu lassen, ohne den Traum gänzlich zu verjagen.«

»Aylis, wollt Ihr damit sagen, dass Albträume und andere Angstträume gut für den Geist und die Seele sind?«

Aylis schüttelte den Kopf. »Nein, Jinnarin. Ich sage nur, dass ich einfach nicht genug über ihre Bedeutung weiß. Daher dürfen wir nicht so weit gehen, den Traum auszulöschen.«

»Aber ich dachte, Ontah hätte Träume im Geist jener umgeformt, denen er geholfen hat.«

Aylis nickte. »Das hat er auch. Aber Ontah hat diese Träume in etwas anderes, Sicheres verwandelt und nicht beseitigt. Wie er das gemacht hat, weiß ich nicht ... und solange wir es nicht wissen, stellt das Herumpfuschen im Traum einer anderen Person ein Risiko dar, das wir unbedingt vermeiden sollten.«

Jinnarin dachte einen Augenblick über das Gesagte nach und meinte dann: »Unter dem Strich steht ganz einfach, Aylis, dass Ontah wusste, was er tat, und wir nicht.«

Aylis lächelte. »Ja, meine liebe Pysk ... obwohl wir in der Kunst des Traumwandelns nicht völlig ahnungslos sind, wissen wir doch nichts über die Kunst des Traumheilens oder der Umwandlung eines bösen Traums in einen guten.«

»Ich will auf gar keinen Fall an Farrix' Sendung herumpfuschen, das ist sicher.« In ihrem Gesicht zeigte sich deutlich die Sorge, den Traum zu verändern, welcher ihr von ihrem Gefährten in vielen Nächten und immer wieder gesandt worden war.

»Oh, ich habe auch nicht vor, diesen Traum umzuformen. Ich glaube aber, dass wir mehr über das Wesen dieses Traumes herausfinden müssen.«

Jinnarin schauderte. »Wahrscheinlich finden wir etwas Furchtbares darin ... das Ontah getötet hat.«

»Ja, Jinnarin, aber vergesst nicht, dass mein Traum eine Sendung ist. Aber Ihr habt Recht – eine große Gefahr ist darin verborgen –, und dieser Gefahr würde ich gern ausweichen.«

»Und wie wollt Ihr das anstellen? Habt Ihr einen Plan?«

Aylis breitete die Hände aus. »Nicht gerade einen Plan. Aber zumindest eine Strategie. Ich glaube, dass man sich in einem natürlichen Schlaf befinden muss, um in eine Sendung geführt zu werden. Und eine Sendung ist der Traum eines *anderen*. Wenn Ihr also zu träumen begonnen habt, und ich zu Euch komme und Euch darauf aufmerksam mache, seid Ihr *vielleicht* in der Lage, Euch aus der Sendung zu lösen, *als würdet Ihr traumwandeln*. Sollte also etwas schief gehen, können wir beide über eine Brücke fliehen – aus der Sendung und nach Hause.«

»Aylis, glaubt Ihr denn, dass diese Strategie von Euch funktioniert? Bin ich schon so weit? Weiß ich genug?«

»Was die Strategie betrifft, so kann ich nur hoffen, dass sie aufgehen wird, Jinnarin. Was Eure Bereitschaft angeht, brauchen wir nur noch in einer Hand voll von Jatus Träumen zu wandeln, damit Ihr Erfahrung mit den Brücken sammelt und erkennen lernt, wann es Zeit wird zu gehen. Dann will ich in einigen von Euren Träumen wandeln, um zu üben, Euch Euren eigenen Traum gewahr werden zu lassen. Und dann und nur dann werden wir in Farrix' Sendung wandeln.« Aylis spitzte die Lippen. »mir fällt sonst nichts ein, wie wir uns auf die Reise vorbereiten können. Habt Ihr noch einen Vorschlag?«

Jinnarin saß mit untergeschlagenen Beinen da und dachte angestrengt nach. Schließlich sagte sie: »Ich werde meinen Bogen und einen Köcher mit Pfeilen mitnehmen.«

Aylis sperrte Mund und Nase auf. »A-aber Jinnarin, das ist ein ... Wie wollt Ihr ...?«

»Ganz leicht«, warf Jinnarin ein. »Da wir unsere Träume formen können, wenn wir uns ihrer bewusst sind, werde ich einfach meinen Bogen und meinen Köcher herbeirufen.«

Aylis lachte erfreut und klatschte in die Hände.

Der Boden bestand aus ungetrübtem Glas und gab den Blick auf eine Schlägerei frei, die in dem Schankraum darunter tobte. Jatu wälzte sich im Bett herum und sagte zu der schönen, nackten Frau, die neben ihm lag: »Tut mir Leid, mein Schatz, aber ich ...«

... und plötzlich warf er einen arbalinischen Hafenarbeiter aus dem *Roten Pantoffel*. Bokar stand neben ihm, unbekleidet, aber am ganzen Körper behaart, und seine Arme waren unnatürlich lang, sodass die Hände auf dem Boden schleiften. Ein Hafenarbeiter griff an, und der Bokar-Affe warf den lachenden Mann durchs Fenster und in die Bucht darunter. Plötzlich war das Bordell vollkommen leer bis auf Bokar – der jetzt wieder ganz normal aussah und Kettenpanzer, Helm und Axt trug, aber immer noch keine Kleidung. Und die zahlreichen Damen des *Roten Pantoffel* kamen die Treppe herunter, verführerisch nackt. Jatu reagierte sofort auf die Verlockung und eilte ihnen entgegen ...

Jinnarin lachte und sah Aylis an, die neben ihr stand. »Vielleicht sollten wir jetzt gehen.«

Die Wände fingen an zu flimmern.

»Jetzt *bin ich mir sicher*, dass wir gehen sollten«, sagte Jinnarin, indem sie ein Loch in der Wand formte, das aus dem Traum hinausführte. Die beiden betraten die Höhle dahinter und ließen Jatus Traumgesicht hinter sich zurück. Am Ende der Höhle angelangt, traten sie in ihre Kabine.

Jinnarin sprach das Wort der Suggestion aus und öffnete die Augen im Kerzenschein. Jatu ächzte und drehte sich um, halb wach, aber mit Körper und Geist immer noch im Traum gefangen. Jinnarin grinste und sagte: »Schlaft weiter, Jatu.« Doch der Klang ihrer Stimme weckte Jatu endgültig. Ächzend wickelte er sich in das Laken, stand auf und stolperte aus der Kabine.

Aylis schaute ihm hinterher. Einen Moment später sagte sie: »Nicht nur Männer haben solche Träume.«

Jinnarin lächelte die Seherin verschwörerisch an. »Ich weiß.«

Jinnarin kauerte sich zitternd ins Gras. Sie konnte die riesige Eule im Geäst des Baumes sehen, deren große gelbe Augen sie starr fixierten. Ihre Hand fuhr an ihre Schulter, aber sie hatte ihren Bogen nicht dabei, und Rux war nirgendwo zu sehen.

»Jinnarin, seht mich an!«

Es war Aylis.

»Dies ist nur ein Traum, Jinnarin – Euer Traum.«

»Mein Traum?«

»Ja. Und deswegen könnt Ihr ihn auch beherrschen und mit ihm tun, was Ihr wollt.«

»Beherrschen ...?« Plötzlich tauchte ein Bogen in ihren Händen auf – »Oh!« –, und Rux war bei ihr.

Die Eule stürzte sich auf sie. Als der große Raubvogel mit ausgestreckten Krallen herabstieß, rief die Pysk, »Rux!«, und der Fuchs rannte durch die Luft und sprang den Raubvogel an. Die beiden stürzten zu Boden und rollten unsichtbar durch das hohe Gras. Krächzen und Knurren waren zu vernehmen, dann nur noch Stille, und Rux kam durch die Wiese getrottet. An seinem Maul klebte noch eine Eulenfeder.

Sperling wandte sich an die neben ihr stehende Lichtschwinge. »Was nun, Lichtschwinge?«

»Ah, jetzt ist es dir also bewusst.«

»Ja«, erwiderte Sperling. »Das ist mein Traum oder vielmehr der Traum Jinnarins, und ich beherrsche ihn.« Plötzlich standen sie auf einem hohen Berg und betrachteten einen Wasserfall, der aus dem Himmel stürzte und von einer Vielzahl von Regenbögen umgeben war. »Siehst du?«

Lichtschwinge lachte.

Jetzt standen sie auf einer schwebenden Wolke und schauten auf einen großen Wald herab, dessen Bäume rote und goldene Blätter trugen. »Verrate mir eines, Lichtschwinge, wenn ich in diesem Moment eine Brücke zurück zur Kabine schlagen würde, könnte ich mich dann selbst aufwecken?«

Lichtschwinge riss die Augen auf. »Sperling, was für eine kluge Idee. Aber ich weiß die Antwort nicht – vielleicht ja, aber vielleicht auch nein. Wenn Weiße Eule hier wäre, könnte er uns einen Rat geben. Aber er ist nicht hier, und ich weiß nicht, ob ein Risiko damit verbunden ist. Ohne dieses Wissen sollten wir es lieber nicht versuchen.«

»Wenn wir keine Risiken eingehen, Lichtschwinge, eignen wir uns auch kein Wissen an«, sagte Sperling. »Aber ich werde warten und es bei anderer Gelegenheit ausprobieren … nachdem wir Farrix gefunden haben. Trotzdem wäre ich froh, wenn ich die Antwort kennen würde, denn vielleicht wäre uns dieses Wissen nützlich, wenn wir uns an der Sendung versuchen.«

Lichtschwinge nickte, während die zwei auf einem burgunderroten Eichenblatt mitten in einem Schwarm schillernder Libellen einen murmelnden Bach entlangtrieben. »Wenn wir irgendwann keine andere Wahl mehr haben, können wir es immer noch ausprobieren.«

Als Lichtschwinge in den Traum eintrat, befand sie sich unter wogenden dunklen Wolken über einem hellgrünen Meer, und Jinnarin flog voraus. *Dazu sind wir noch nicht bereit.* Lichtschwinge bildete einen Brücke und kehrte in ihre Kabine zurück, wo Jinnarin lag. Die Pysk war schweißgebadet.

Augenblicke später schoss Jinnarin keuchend und mit vor Furcht wild pochendem Herzen in die Höhe. Sie wusste zunächst nicht, wo sie sich befand, doch dann erkannte sie Aylis. »Es war die Sendung«, keuchte sie.

»Ich weiß.«

»Warum haben wir ...«, Jinnarin hielt inne und kam wieder zu Atem. »Warum haben wir es nicht versucht?«, sagte sie schließlich.

»Wir werden es versuchen, aber jetzt noch nicht. Wir brauchen beide noch mehr Übung. Ich muss sicherer darin werden, Euch in Eurem Traum zu wecken, und Ihr müsst lernen, einen Traum wirklich zu beherrschen und Brücken zu bauen.«

Jinnarin seufzte bedrückt. »Ich glaube, ich bin jetzt so weit.«

Aylis spreizte die Hände. »Beim nächsten Mal, Jinnarin, versuchen wir es. Versprochen.«

Sie lagen Seite an Seite im Bett, die Magierin und der Elf. Sie nahm seine Hand, führte die Finger an ihre Lippen und küsste jeden einzeln. Er sah sie an und lächelte sanft. Plötzlich schüttelte sie den Kopf und schaute ihn durchdringend an.

»Was ist los, Aylis?«, fragte Aravan ein wenig besorgt.

Sie holte tief Luft und seufzte. »Ach, Liebster, ich bin in letzter Zeit in so vielen Träumen gewandelt, dass ich es

manchmal schwierig finde, die Wirklichkeit von den Trug-
bildern des Geistes zu unterscheiden.«

Aravan nickte langsam und sagte dann: »Einmal, als ich
auf dem Drachenschiff *Wellenreiter* als Navigator ange-
heuert hatte, schreckte Kapitän Rald verwirrt aus dem
Schlaf, die Augen weit aufgerissen. Als ich ihn fragte, ob
etwas nicht stimme, erzählte er mir von seinem Traum. Er
sagte: ›Ich habe geträumt, ich wäre eine Biene und würde
Honig sammeln. Der Traum war ungemein lebensecht. Ich
hatte sechs Beine und zwei Flügel, und ich hatte keine Probleme, sie zu benutzen. Als ich so viel Nektar und Pollen
gesammelt hatte, wie ich tragen konnte, flog ich auf direktem Weg zu dem hohlen Baum zurück, wo sich der Stock
befand. Es wurde dunkel, und alle Bienen ruhten, auch ich.
Und da bin ich hier auf der *Wellenreiter* aufgewacht und
habe mich gefragt, ob ich ein Mensch bin, der geträumt hat,
eine Biene zu sein, oder vielmehr eine schlafende Biene, die
gerade träumt, ein Mensch auf einem Drachenboot zu sein.‹
Dann bewegte Rald die Glieder und warf einen Blick über
die Schulter, um zu sehen, ob er Flügel hätte. Nachdem er
nichts dergleichen entdecken konnte, sah er mich lange an
und brach schließlich in Gelächter aus. Aber danach entwi-
ckelte er eine besondere Vorliebe für Blumen und suchte bei
jeder Gelegenheit ihre Nähe.«

Aylis lachte, wurde dann aber ernst und nachdenklich.
Schließlich sagte sie: »Vielleicht sind wir genau das – nichts
als träumende Träumer, die in einem weit entfernten Gefilde
schlafen und unser Leben hier träumen.«

Aravan lächelte. »Vielleicht, *Chieran,* aber in dem Fall
würde ich nur wieder aufwachen wollen, wenn du auch dort
bei mir wärst.« Er stützte sich auf einen Ellbogen, beugte
sich herüber und küsste sie auf die Lippen. Dann nahm er
ihre Hand und küsste ebenfalls ihre Finger. Schließlich ließ
er den Blick seiner saphirblauen Augen auf ihrem Antlitz

ruhen. »Ich kann es zwar nicht beweisen, aber ich halte das hier für die Wirklichkeit, *Chieran,* obwohl es mir eher wie ein wahr gewordener Traum vorkommt.«

Aylis zog ihn an sich und küsste ihn lange. Schließlich lagen sie wieder nebeneinander und hielten sich bei der Hand. Nach einer Weile murmelte sie: »Sie ist so weit, Liebster. Jinnarin hat alles gelernt, was ich sie lehren kann. Beim nächsten Mal, wenn sie die Sendung träumt, werde ich ihr folgen, und dann werden wir sehen, was wir gemeinsam herausfinden können.«

Aravan sagte nichts, obwohl er ihre Finger bei diesen Worten fester drückte. Sie lagen da und lauschten dem Wind und den Wellen und den knarrenden Tauen, während die *Eroean* westwärts segelte. Einige Zeit verstrich, bis schließlich auf Deck ein Ruf ertönte. Aravan schwang die Füße aus dem Bett und saß lauschend da, den Kopf auf die Seite gelegt. Wieder ertönte der Ruf. Augenblicke später klopfte es an die Tür seiner Kajüte. »Land, Herr Käpt'n«, ertönte die Stimme des Schiffsjungen. »Land in Sicht an Steuerbord.«

2. Kapitel

DAS NETZ

Winter, 1E9574–75
[Die Gegenwart]

»Jatus Träume waren – bis auf einen – alle seltsam und schön. Und viele waren wild und oft ziemlich unzüchtig«, sagte Jinnarin grinsend. »Das war schon ein Erlebnis. Ich habe gelacht und war verblüfft und manchmal auch verlegen.«

»Pft«, schnaubte Alamar. »Das kann ich mir vorstellen.« Der alte Magier verzog das Gesicht, um sein Missfallen deutlich zum Ausdruck zu bringen.

»Irgendwann, Alamar, möchte ich gern in Euren Träumen wandeln. Du meine Güte, wer kann sagen, was sich dort alles finden würde?«

»Aber das werdet Ihr nicht, Jinnarin«, schnauzte Alamar. »Ich lasse niemanden in meinem Kopf herumlaufen und in meinen Träumen herumstöbern. Nein, danke, und schon gar keine neugierige Pysk.«

»Warum nicht, Alamar? Ich meine, schließlich wird dabei kein Schaden angerichtet.«

»Ha!«, schnaubte der Vater von Aylis. »Kein Schaden? Du meine Güte, Ihr – vor allem Ihr – würdet all meine beruflichen Geheimnisse ausforschen, ganz zu schweigen vom Herumschnüffeln in meinen Privatangelegenheiten, um festzustellen, was sich finden und gegen mich verwenden ließe.«

Jinnarin sprang erzürnt auf, die Hände zu Fäusten geballt und in die Hüften gestemmt und die Wangen vor Zorn gerötet. »Eure Geheimnisse stehlen?«, schrie sie aufgebracht. »In Euren Angelegenheiten herumschnüffeln? Alamar, Ihr altes Fossil, selbst wenn Ihr mir eine Einladung schickt, würde ich nicht in Euren quietschenden, beschränkten Verstand kriechen. Du meine Güte, in dieser Enge würde ich ja zu Tode gequetscht. Außerdem ...«

Es klopfte an die Tür, und Alamar riss sie mit Schwung auf und brüllte: »Was?«

Der Schiffsjunge Tivir fuhr erschrocken zurück. »Land in Sicht, Herr Magier, das ist alles, Land in Sicht.« Nachdem er seine Nachricht abgeliefert hatte, floh der Junge durch den Kajütengang.

Missmutig gingen Alamar und Jinnarin an Deck, wo sie Jatu und Bokar antrafen, die an der Steuerbordreling standen. Fünf Meilen entfernt konnten sie die hohen Klippen einer langen, geschwungenen Küstenlinie sehen. Am Rand der Klippen zog sich ein Pinienwald wie ein grüner Streifen entlang.

»Wo sind wir?«, fragte Jinnarin. »Was ist das für Land?«

»Das ist wieder der Westkontinent, Lady Jinnarin«, antwortete Jatu, »wenn auch weiter im Südwesten als zuvor. Im Osten und ein wenig im Norden liegt Tarquins Reich, und nördlich davon haben wir den Kontinent zuletzt gesehen, bevor wir uns östlich nach Thol gewandt haben.«

»Oh«, seufzte Jinnarin.

»Na, was hattet Ihr denn erwartet, Pysk?«, knurrte Alamar. »Ich meine, angesichts der Richtung, in die wir gefahren sind, wo hätten wir sonst herauskommen sollen?«

»Ich ... ich weiß es nicht, Alamar. Ich hatte nur erwartet ... erwartet ...« Jinnarin sank niedergeschlagen auf das Deck.

In diesem Augenblick trafen Aylis und Aravan ein, und die Seherin warf ihrem Vater einen vorwurfsvollen Blick zu und kniete sich neben die Pysk.

Alamar warf die Hände in die Höhe und stürmte vor sich hin murmelnd davon.

»Yaaaahhh!«, schrie Bokar, während er mit der Faust kräftig auf die Reling schlug. Jinnarin und Aylis fuhren erschrocken zusammen, der Magier Alamar fuhr herum, und Aravan und Jatu sahen den Zwerg überrascht an. »Kruk! Ich weiß genau, wie Ihr Euch fühlt, Lady Jinnarin. Nichts! Niemand! Leere See! Düsteres Land!« Der Zwerg drehte sich um und brüllte über den Ozean: »Wo bist du, Durlok, du Schuft?«

Jetzt sprang Jinnarin auf, drehte sich um, trat gegen die Steuerbordreling und schrie durch ein Ablaufloch: »Wo bist du, Durlok, du Schuft?«

Plötzlich fing Jatu an zu lachen, und Aravan und Aylis fielen ein. Bokar krümmte sich vor Heiterkeit, und schließlich war auch Jinnarins glockenhelles Kichern zu vernehmen. Alamar kam mit funkelndem Blick zurück und wollte wissen, »Also gut, Ihr törichten Esel, was ist so komisch?«, was nur eine neuerliche Lachsalve auslöste.

»Wohin jetzt, Kapitän?«, fragte Jatu.

Aravan überlegte kurz, dann sagte er: »Wir gehen hier vor Anker. Wir schicken einzelne Trupps an Land, um die Wasservorräte aufzufüllen. Alle Besatzungsmitglieder sollen abwechselnd daran beteiligt werden. Jede Gruppe soll einen Streifen Küste absuchen. In der Zwischenzeit wandeln Lady Aylis und Lady Jinnarin durch die Träume der Fuchsreiterin und schauen, was sie herausfinden können. Danach sehen wir weiter.«

Während Jatu und Bokar sich daran machten, die Befehle auszuführen, wandte Aravan sich an Aylis und Jinnarin. »Jetzt liegt es an euch beiden«, sagte er leise, und sein Blick war voll verzweifelter Sorge.

Vier Nächte später, am zehnten Märztag in der dritten Traumphase jener Nacht, flog Lichtschwinge plötzlich wieder durch dunkle wogende Wolken über einem hellgrünen Meer. Ein Wolkenbruch prasselte hernieder, während weit unten ein schwarzes Schiff segelte, dessen Masten von Blitzen getroffen wurden. In der Ferne war die dunkle Form einer sturmgepeitschten Insel zu erkennen, und andere kaum auszumachende Formen waren über die tobende See verteilt.

Lichtschwinge beschleunigte ihren Flug, holte die Pysk ein und nahm sie bei der Hand, da im Traum beide dieselbe Größe hatten. »Sperling! Sperling!«, rief sie über den Donner und das Prasseln des Regens hinweg. »Sperling! Wach auf! Es ist die Sendung!«

Die Pysk sah sie verwirrt an, doch dann verriet ihr Blick Erkenntnis, und Sperling rief: »Lichtschwinge!«

Lichtschwinge lachte. »Komm, Sperling, lass uns tiefer heruntergehen. Ich möchte mir dieses hellgrüne Meer aus der Nähe ansehen.« Doch als sie das sagte, kroch kalte Furcht ihr Rückgrat empor.

»Spürst du es auch, Lichtschwinge?«, rief Sperling. »Das Böse, meine ich.«

»Ja. Bleib auf der Hut. Sei bereit zu fliehen. Achte genau auf etwaige Auflösungserscheinungen, denn ich möchte keine Gefangene dieses Traums werden.«

Sperling schauderte. »Du meine Güte. Ich auch nicht.«

Während sie sich dem wogenden Wasser näherten, nahm ihre Furcht immer weiter zu.

»Bogen und Pfeile!«, rief Sperling, und plötzlich war beides da, der Bogen in ihrer Hand, der Köcher mit den Pfeilen um ihre Hüfte geschnallt.

Sie waren jetzt dicht über dem Ozean, und in der Ferne donnerte das schwarze Schiff auf sie zu und zog den Blick auf sich. Dicht über dem Ozean stellten sie plötzlich fest, dass es kein Meerwasser war, auf dem sie landeten, sondern ein riesiges grünes Netz!

»Ach, Lichtschwinge, ich hänge fest! Ich hänge fest!«, rief Sperling, da ihr Fuß an einem monströsen Faden festklebte.

Doch als die Seherin umkehrte, um ihr zu helfen, flimmerte das große dunkle Schiff, veränderte seine Gestalt und wurde zu einer riesigen schwarzen Spinne mit tropfenden Mandibeln, deren lange Beine über das Netz huschten und dieses in zitternde Bewegung versetzten, während die Spinne auf sie zuraste.

Ihre Furcht lähmte sie beinahe, während Lichtschwinge Sperling zu befreien versuchte.

»Ich schaffe es nicht ...!«, knirschte Lichtschwinge, die ihre Arme um Sperling gelegt hatte und sie zu befreien versuchte. »Es ist zu ... ich brauche ein ...

... *Schwert!*«

Plötzlich hielt Lichtschwinge ein Schwert in der Hand.

Das Netz wogte mittlerweile hin und her, da die grauenhafte Spinne immer näher kam und ihre Furcht ständig wuchs.

Lichtschwinge hieb mit dem Schwert auf den dicken Faden ein, der Sperling festhielt, aber die Klinge prallte ab und durchschnitt den Faden nicht.

Und das grässliche Ungeheuer war nur noch wenige Schritte entfernt, und seine zahlreichen Augen funkelten.

»*Incende!*«, schrie Lichtschwinge in höchster Not, und die Klinge ging in Flammen auf. Wieder hieb sie auf das Netz ein, und der grüne Faden gab unter Einwirkung des Feuers nach.

Noch einmal schlug sie zu, und Sperling war frei!

Aber die große schwarze Spinne stand vor ihnen, bäumte sich auf und sprang auf sie zu.

»Auf und davon«, schrie Lichtschwinge.

Doch als sie davonfliegen wollten, zuckten dicke grüne Tentakel aus dem Meer in die Höhe und schlugen nach ihnen.

»Verschwinden wir von hier!«, rief Sperling, während sich bereits ein schwarzes Loch vor ihr bildete, und sie tauchte hinein, wobei ihr ein grünlicher Tentakel durch die Bresche folgte, der hin und her peitschte und nach ihr tastete, obwohl sie bereits wieder in ihrer Kabine war.

Während sie dem Tentakel behände auswich, rief sie, »Lichtschwinge! Lichtschwinge!«, denn die Magierin war ihr nicht gefolgt.

Plötzlich öffnete sich noch ein zweites Loch, und Lichtschwinge warf sich hindurch und rollte sich ab, von tastenden, algengrünen Tentakeln verfolgt. Sie sprang auf und rief: »Versperr die Brücke, Sperling! Versperr sie!«

Mit einem Wort der Macht verschloss Sperling das Tor und durchschnitt den Tentakel, der zuckend zu Boden fiel und sich dann in widerlichen grünen Dampf auflöste. Lichtschwinge schloss ihr Portal ebenfalls, und auch der sie verfolgende Tentakel wurde durchgeschnitten, um einen Moment auf dem Boden zu liegen, bis er sich in gelblich-grünen Rauch auflöste.

Mit klopfendem Herzen sahen sie einander an. Immer noch zitternd setzten sie sich neben ihren Körper ...

... und öffneten die Augen in dem von Kerzenschein erleuchteten Raum.

In eben diesem Augenblick stürmte Aravan in ihre Kabine, das Schwert in der Hand, und seine Blicke irrten durch die Kammer auf der Suche nach dem, was sein blaues Steinamulett hatte eiskalt werden lassen.

»Was mich verwirrt«, warf Frizian ein, »sind die riesenhaften Tentakel. Nur die Kraken haben solche grauenhaften Fangarme, und obwohl sie in der Tiefe leben, ist doch nur ein Ort bekannt, wo Kraken sich versammeln ...«

»Der Große Mahlstrom!«, entfuhr es Tink, der gerade Tee servierte und sich rasch eine Hand vor den Mund hielt, weil er dazwischengeredet hatte.

Aravan schaute den Schiffsjungen an und lächelte. »Völlig richtig, Tink.« Dann wandte Aravan sich an die anderen. »Zwar liegen die Todesinseln in der Nähe, aber das Meer rings um den Mahlstrom ist nicht hellgrün.« Er warf einen Blick auf Alamar. »Doch wie Ihr gesagt habt, Meister Alamar, sind Dinge in Träumen nicht immer, was sie zu sein scheinen.«

Alamar nickte eifrig. »Ganz recht, Elf. Nichts muss sein, was es zu sein scheint, und das schließt das Schiff, die Spinne, das hellgrüne Meer, das Gewitter, die Insel, das Kristallschloss und alles andere ein, was uns dieser verwünschte Nachtmahr zeigt!«

Jatu wandte sich an Aylis und Jinnarin. »Wurde Eure Furcht von der Spinne ausgelöst?«

Aylis wechselte einen Blick mit Jinnarin, und die Pysk sagte: »Jatu, ich hatte Angst vor der Spinne, aber ich glaube nicht, dass die Furcht, die wir zuerst empfunden haben, ihr galt. Vielmehr würde ich sagen ...« Sie zögerte und sah die Seherin an. »Tja, ich weiß es einfach nicht.«

Aylis hob die Hände. »Jinnarin hat Recht. Die Spinne war zwar beängstigend, ist aber nicht die Ursache der Furcht. Vielmehr glaube ich, dass die Furcht der Insel gilt.«

Stille legte sich auf die Gruppe, die nur vom Klirren des Geschirrs gestört wurde, da Tink seine Runde fortsetzte und Tee servierte. Schließlich sagte Aravan: »Stellen wir eine Liste zusammen. Vielleicht fällt uns noch etwas auf, wenn wir alles zusammen aufgeschrieben sehen.«

Er öffnete eine Schublade im Tisch und holte Feder und Pergament heraus. »Also gut, was haben wir?« Er sah Aylis an.

»Die Wolken. Jinnarin, die fliegt. Ein Gewitter. Das schwarze Schiff unten auf dem Meer, in dessen Masten Blitze einschlagen. Das hellgrüne Meer. Die Insel. Andere Formen ...«

Aravan stutzte und hob eine Hand. »Diese anderen Formen, wofür hältst du sie?«

Aylis zuckte die Achseln. »Sie sind zu vage, zu weit weg.«

»Dann rate, Tochter«, ermunterte Alamar sie.

Aylis wechselte einen Blick mit Jinnarin. »Vielleicht Inseln. Kleine Inseln. Ich weiß es einfach nicht, Vater. Sie sind zu weit entfernt, um sie erkennen zu können.«

Alamar wandte sich an Jinnarin. Die Pysk schüttelte den Kopf. »Ich weiß es auch nicht.«

Aravan hob die Feder auf. »Dann lasst uns fortfahren.«

Aylis schaute auf die Liste. »Hm, mal sehen, ach ja – wir sind abwärts geflogen, um uns das hellgrüne Meer genauer anzusehen. Es war ein riesiges grünes Netz. Jinnarin verfing sich darin. Das Schiff wurde zu einer großen schwarzen Spinne. Ich habe ein brennendes Schwert beschworen und Jinnarin damit befreit ...«

»Aber, Tochter«, unterbrach Alamar, »du weißt doch gar nicht, wie man Feuer beschwört.«

»Im Traum kann ich es, Vater. Ich spreche nur das Wort, das ich so oft von dir gehört habe: *Incende*.«

»Und es hat gewirkt?«

»Ja, Vater. Wie? Ich weiß es nicht. Aber wenn nicht, hätten wir nicht überlebt.«

»Hm!«, murmelte Alamar grüblerisch, während er den Armreif an seinem Handgelenk drehte.

Aravan nahm wieder die Feder auf und bedeutete Aylis fortzufahren.

»Das ist schon beinah alles. Die große schwarze Spinne erreichte uns. Grüne Tentakel griffen uns an. Als wir Ausgänge aus dem Traum erschufen, folgten uns die Tentakel. Wir schlugen die Tore zu, was die Tentakel durchschnitt, die sich dann in gelblich-grünen Rauch auflösten.«

»*Oooh«,* hauchte der Zweite Offizier Frizian, während er ängstlich in die schattigen Ecken in der Messe schaute. »Sie sind Euch bis in die Kabine gefolgt?«

Jinnarin nickte.

Aravan legte eine Hand auf das Amulett an seinem Hals. »Ich würde meinen, die Tentakel in der Kabine haben meinen Stein kalt werden lassen.«

Bokar hob eine Augenbraue. »Ein Traumwesen?«

Aylis nickte langsam. »Es war zwar ein Traumwesen, Bokar, aber vergesst nicht, dass es kein gewöhnlicher Nachtmahr war, sondern dass wir es vielmehr aus dem Traumland mit in die Schiffskabine gebracht haben ... in die Wirklichkeit der Welt.«

Frizian schauderte. »Ziemlich beängstigend.«

»Das ist wirklich gruselig«, sagte Tink, »aber noch schlimmer ist der Gedanke an das große grüne Netz im Meer, das alles einfängt, was hineingerät.«

Bei Tinks Einwurf weiteten sich Aravans Augen, und er sah Jatu an. Dem Gesichtsausdruck des schwarzen Hünen entnahm er, dass Jatu dasselbe dachte wie er. Er sprang auf, holte eine Karte aus dem Kartenschrank, breitete sie aus und zeigte dann auf einen dunkleren Fleck im südlichen Sindhumeer. »Hier, meine Freunde, hier könnte das hellgrüne Meer liegen.«

Alle schauten hin, und Frizian sagte: »Aber, Kapitän, das ist der Große Wirbel.«

»Aye, Frizian, aber Tink hat völlig Recht. Dort gibt es ein großes grünes Netz, das alles einfängt, was hineingerät.«

Jinnarin sah Aravan an. »Was *ist* dieser Große Wirbel?«

Jatu antwortete für Aravan. »Das ist ein riesiges Gebiet aus klebrigen Algen mit einem Durchmesser von über tausend Meilen, das sich infolge der umliegenden Strömungen langsam im Kreis dreht. Schon viele Schiffe sind infolge eines Sturms in diesen ungeheuren Wirbel geraten, und danach hat nie wieder jemand etwas von ihnen gesehen oder gehört.«

Jatu verstummte, doch Frizian fügte hinzu: »Darin gefangene Schiffe werden langsam zur Mitte gezogen, heißt es, während sich der gesamte Algenteppich langsam im Kreis dreht.«

Bokar mischte sich ein. »Stimmt es, dass auch viele Rettungsexpeditionen und Schatzsucher dort verschollen sind?«

Frizian nickte. »So heißt es. Angeblich soll sich darin etwas Böses verbergen.«

Bokar schlug mit der Faust auf den Tisch. »Wenn es böse ist, könnte es der Schwarzmagier sein! Es könnte ein Ort sein, wo er sich seine Opfer holt, nicht? Matrosen, deren Schiffe sich in den Algen verstrickt haben?«

Rings um den Tisch erhob sich Gemurmel.

Aylis hob die Hand und bat um Ruhe. Als alle sie erwartungsvoll anblickten, fragte sie: »Kann das der Ort sein, wo wir Durlok suchen sollten? Und das Kristallschloss? Und Farrix? Können wir diese These – dass der Große Wirbel das gesuchte Geheimnis birgt – mit Tatsachen stützen oder ist das reine Spekulation?«

Alamar zuckte die Achseln. »Wir haben nur die Sendung, die Farrix Jinnarin schickt, Tochter, und Träume sind trügerisch und nicht, was sie zu sein scheinen.«

»Aber Tink könnte durchaus Recht haben, Meister Alamar«, sagte Aravan. »Das grüne Netz könnte die Algen des Wirbels darstellen.«

»Was ist mit der Farbe, Herr Käpt'n?«, fragte Tink. »Ist das Meer dort hellgrün?«

Aravan nickte. »Aye, Tink, ich habe es aus der Nähe gesehen, und grasgrün beschreibt es recht gut.«

»Und die Tentakel des Traums?«, fragte Jinnarin. »Wofür stehen die?«

Jetzt meldete Jatu sich zu Wort. »Grüne Tentakel? Vielleicht sind das auch die Algen, Lady Jinnarin.«

Aylis nickte zögernd. »Vielleicht. Aber die Spinne, das ist kein Algengeflecht im Wasser. Wofür könnte die Spinne stehen?«

Stille legte sich über den Tisch, und alle starrten einander verwirrt an. Plötzlich entfuhr es Tink: »Die Galeere! Die Galeere des Schwarzmagiers! Die Beine sind die ...«

»... Die Ruder!«, rief Jatu. »Tink, mein Junge, du hast vollkommen Recht!«

»Ha!«, rief Bokar. »Alles passt zusammen. Die Algen und die Galeere des Schwarzmagiers!«

»Aber, Zwerg«, verkündete Alamar, »wie oft muss ich mich denn noch wiederholen? Dinge in Träumen sind nicht notwendigerweise, was sie zu sein scheinen. Es könnte auch etwas ganz anderes sein.«

Bokar funkelte den Magier an. »Was sollte es sonst sein?«

Bevor Alamar antworten konnte, sagte Aravan: »Bokars Überlegung hat einiges für sich, Meister Alamar. Ihr habt selbst gesagt, dass Träume nicht sind, was sie zu sein scheinen. Die Idee, dass irgendwo eine Spinne existiert, die so groß wie ein Schiff ist, klingt unwahrscheinlich. Tinks Idee klingt viel wahrscheinlicher: dass die Spinne nur ein Symbol für die Galeere ist und ihre Beine die Ruder darstellen.« Aravan sah Aylis an. »Es beginnt mit einer Sorte Schiff und endet mit einem anderen, wobei die Spinne nur ein Traumsymbol ist ...«

Jatu nickte nachdrücklich und warf ein: »Farrix – oder wer immer Lady Jinnarin diesen Traum sendet – könnte die ganze Zeit versucht haben, ihr mitzuteilen, dass es eine Galeere ist, aber der Traum könnte irgendwo unterwegs verstümmelt worden sein.«

Alamar warf die Hände in die Höhe. »Ich sage nicht, dass es so ist, und ich sage nicht, dass es nicht so ist ... ich sage nur, dass wir es nicht wissen.«

Frizian räusperte sich geräuschvoll. »Was ist mit den in die Masten schlagenden Blitzen? Und mit der Insel? Ich weiß von keiner Insel im Wirbel.«

Alle Augen richteten sich auf Aravan. Der Elf zuckte die Achseln. »Ich auch nicht, Frizian, aber das Algengebiet misst über tausend Meilen im Durchmesser. Darin könnten sich viele Dinge verbergen und würden unentdeckt bleiben. Gewiss auch eine Insel.«

»Schiffe!«, rief Aylis plötzlich.

»Hm?«, grunzte Alamar. »Wovon redest du, Tochter?«

»Von Schiffen, Vater. Die anderen Formen im Meer. Klein und im Gewitter nicht genau auszumachen. Das sind keine Inseln, sondern vielmehr Schiffe. Gefangene Schiffe. Ach, Vater, jetzt glaube ich auch langsam daran.«

Jatu betrachtete das dunkler gezeichnete Gebiet auf der Karte. »Aber, Kapitän, das Gebiet ist ein Kreis mit einem Durchmesser von tausend Meilen. Wie sollen wir eine einzelne Insel darin finden ...? Ich kann nur sagen, dass ich das praktisch für unmöglich halte.«

Jinnarin, die mit untergeschlagenen Beinen auf dem Tisch saß, fragte: »Können wir denn überhaupt durch dieses Gebiet segeln? Ich meine, wenn andere Schiffe gefangen werden, wird sich dann nicht auch die *Eroean* darin verstricken?«

Aravan nickte. »Nicht einmal der Sternsilberüberzug der *Eroean* wird sie vor dem Zugriff der Algen schützen, sollten wir dort hineinsegeln. Sicher, am Rand sind die Algen noch spärlich, und die *Eroean* kann mühelos hindurchsegeln. Aber nach innen hin wird das Pflanzengewirr immer dichter, und dorthin würde ich nicht fahren. Nein, wir müssen Boote mit flachem Boden und einem Segel benutzen, um das Gebiet zu erforschen, vielleicht müssen wir sogar rudern.«

Alamar funkelte die anderen an, die um den Tisch versammelt waren. »Ihr seid entschlossen, dorthin zu fahren?«

Die Anwesenden sahen einander an und nickten einer nach dem anderen, obwohl Frizian hinzufügte: »Jatu hat Recht. Ein Kreis von tausend Meilen hat eine Fläche von siebenhundertfünfzigtausend Quadratmeilen. Ich glaube, wir sind allein auf die Gnade der Dame Fortuna angewiesen, wenn wir darin eine Insel finden wollen.«

»Faugh!«, schnaubte Alamar. »Die Insel zu *finden*, ist der triviale Teil. Schwierig wird, die Insel durch viele, viele Meilen von Algen zu *erreichen*.«

Bokar betrachtete den Alten mit gerunzelter Stirn. »Und wie wollt Ihr die Insel finden, Meister Alamar? Habt Ihr vielleicht einen Aufspürzauber, der das schafft?«

»Aufspürzauber?«, höhnte Alamar. »O nein, Zwerg, keinen Aufspürzauber.«

Jinnarin sprang auf, marschierte über den Tisch und baute sich vor Alamar auf, die Fäuste in die Hüften gestemmt. »Ich könnte schreien, Alamar, wenn ich sehe, wie Ihr Euer kostbares Wissen an Eure Brust drückt, kein Wort zu viel darüber verliert, und Euch über andere lustig macht. Hört auf mit der Geheimniskrämerei! Sagt uns, *wie* Ihr die winzige Nadel in dem riesigen Heuhaufen zu finden gedenkt!«

Verstimmt schob Alamar das Kinn nach vorne, als wolle er eine Antwort verweigern, doch Jinnarin stampfte ungeduldig mit dem Fuß auf und starrte ihn unverwandt an. Alamar seufzte und sagte: »Ist ja schon gut, Pysk, es ist kein großes Geheimnis. Wisst Ihr, ich will die Kinder des Meeres fragen.«

3. Kapitel

SEEMANNSGARN

Spätwinter – Frühling, 1E9575
[Die Gegenwart]

»Die Kinder des Meeres!«, entfuhr es Tink. »A-aber sind diese Geschichten nicht nur Seemannsgarn?«

»Ha!«, blaffte Alamar. »Seemannsgarn? O nein, mein Junge, die Kinder des Meeres sind so wirklich wie du und ich.«

Tink sah Aravan an, und der Elf lächelte. »Meister Alamar hat Recht, Tink. Die Kinder des Meeres sind so wirklich wie du und ich.«

»Genau«, verkündete Alamar. »Und dieser Große Wirbel ... wenn es eine Insel darin gibt, werden die Kinder des Meeres es wissen.«

»Hattet Ihr schon mit den Kindern zu tun, Meister Alamar?«

»Wenn nicht, Elf, wüsste ich wohl nicht, wie ich sie rufen kann, oder?«

Aylis seufzte. »Vater hat einmal ein Kind des Meeres gerettet, das von einem gewaltigen Wirbelsturm an Land gespült worden war. Ich glaube, das war auf der Insel Faro ... habe ich Recht, Vater?«

Alamar nickte gedankenverloren. »Äh, ja. Wasser und Wellen hätten uns beinah mitgerissen, so hoch ist das Wasser in den Wald gestiegen. Ich hatte noch nie so eine

Springflut gesehen. Jedenfalls habe ich das Kind bewusstlos am Fuß einer großen Eiche gefunden – eigentlich bin ich darüber gestolpert. Zuerst hielt ich es für tot, aber es hat noch ganz flach geatmet. Ich habe es dann zu Lady Katlaws Turm gebracht – sie ist nämlich eine ausgezeichnete Heilerin. Und Katlaw hat das Kind wieder gesund gepflegt, obwohl die Genesungszeit sehr lang war. Ich habe derweil die Sprache der Kinder gelernt – sie ist sehr seltsam und voller Klicken und anderer Laute. Sinthe hat gesagt, unter Wasser würde das sehr gut funktionieren. Sinthe, so hieß sie. Bei ihrer Rückkehr ins Wasser hat sie mir das hier gegeben.« Alamar schob einen Ärmel zurück und enthüllte seinen goldenen Armreif mit dem Stein aus roter Koralle.

Aravans Hand fuhr wie von selbst zu dem blauen Steinamulett um seinen Hals. »Hat der Reif besondere Kräfte, Alamar?«

Alamar funkelte Aravan an, warf dann aber einen raschen Blick auf Jinnarin, die immer noch mit in die Hüfte gestemmten Fäusten vor ihm stand. »Damit kann ich sie rufen«, knurrte er und fügte hinzu: »Obwohl sie nicht kommen, wenn alle möglichen Esel in der Nähe stehen. Außerdem muss ein Kind in der Nähe sein, weil sie den Ruf sonst nicht, äh, hören können.«

»Nicht hören?«, fragte Jinnarin. »Macht er denn ein Geräusch?«

»Natürlich nicht, Pysk.«

»Na, wenn er kein Geräusch macht, wie können sie ...«

»Dann fühlen sie es eben«, gab Alamar kurz angebunden zurück. »Oder sie spüren es. Was auch immer.« Er sah die rote Koralle durchdringend an, als versuche er, etwas darin zu erkennen.

»Vater will damit sagen«, murmelte Aylis, »dass wir nicht wissen, wie er sie ruft oder woher sie es wissen. Das übersteigt unsere Kenntnisse ... Damit verhält es sich ganz ähnlich wie mit Aravans Talisman.«

Alamar musterte das Schmuckstück mit zusammengekniffenen Augen. »Irgendwann werde ich wissen, wie der Reif funktioniert ... wenn ich Gelegenheit hatte, ihn zu studieren.«

»Vater, du studierst ihn jetzt seit zwei oder drei Millennien und ...«

»Nicht ständig, Tochter. Nicht ständig. Wenn dieses Wissen wichtig wird, werde ich das Geheimnis ergründen.«

»Aha!«, meinte Jinnarin triumphierend. »Also wollt Ihr die Geheimnisse eines anderen ausspionieren, wie? Schwarzer Topf, schwarzer Kessel oder so ähnlich, hat mal jemand gesagt.«

Als Alamar sich entrüstet aufrichtete und zu einer Erwiderung ansetzte, mischte Aravan sich ein und zeigte auf den dunkleren Bereich der Karte. »Dann ist es entschieden. Wir haben ein Ziel. Wenn wir ankommen, wird Meister Alamar die Kinder des Meeres rufen. Wenn es eine Insel in den Algen gibt, werden wir Boote mit flachem Kiel brauchen, um sie zu erreichen. Unsere Beiboote sind dafür nicht geeignet.« Aravan warf einen Blick auf Bokar. »Und wir brauchen genug Platz für Bokars Kriegstrupp. Jatu, sagt Finch, er soll ... acht Boote mit flachen Böden, einem Segel und sechs Rudern für jeweils acht Personen zimmern. Mit einer Riemendolle auf der letzten Ruderbank.« Aravan wandte sich an die anderen. »Es sei denn, es gibt Einwände ...?« Niemand sagte etwas. Aravan wandte sich an den zweiten Offizier. »Frizian, lasst die Mannschaft antreten, um die Segel zu setzen – wir segeln beim ersten Tageslicht.«

»Aye, Kapitän«, erwiderte der Gelender. »Und unser Kurs?«

»Wir nehmen Kurs auf das Kap der Stürme.«

»Aye, Herr Käpt'n.«

Als Frizian die Messe verließ, starrte Tink auf die Karte und sagte: »Herrje, diese Algen sind auf der anderen Seite der Welt, nicht?«

»Aye, Tink«, sagte Jatu. »Sogar ziemlich genau gegenüber von unserem jetzigen Ankerplatz.«

»Wie weit ist es von hier nach da?«

»Gut vierzehntausend Meilen um das Kap.«

Tinks Augen verengten sich. »Aber wäre es nicht andersherum näher – am Silbernen Kap vorbei?«

Jatu lächelte. »Näher nach Meilen, Tink, aber weiter nach Tagen.« Jatu entrollte eine andere Karte, und seine Finger folgten beim Reden einer Route. »Siehst du hier, wir könnten am West- und Südkontinent entlangfahren und dann Kurs auf den Wirbel nehmen. Aber dann müssten wir gegen die Polarwinde ansegeln, nicht nur in der Meerenge am Silbernen Kap, sondern beinah den ganzen Weg zum Wirbel. Aber wenn wir um das Kap der Stürme fahren, haben wir guten Wind von hier bis zum Wirbel – das heißt, wenn die Winde normal wehen. In diesem Fall wird er hauptsächlich von hinten und von der Seite blasen. Und sollte uns die Dame Fortuna gewogen sein, sind wir in acht bis zehn Wochen am Ziel.«

Tink starrte auf die Karte und stieß einen leisen Pfiff aus. »So eine riesige Strecke und so schnell da. Sie ist ein Wunder, die Lady unseres Kapitäns, ja, das ist sie ...« Tink geriet plötzlich ins Stottern und sah Aylis verlegen an, während sich seine Wangen rot färbten. »Ich meine die *Eroean*, Lady Aylis. Oh, nicht, dass Ihr nicht selbst auch ein Wunder wärt«, beeilte er sich, ihr zu versichern. »Ich meine, Ihr seid schließlich auch die Lady des Kapitäns und alles, und ich, äh, das heißt, ich ...«

Aylis versuchte, sich das Lachen zu verbeißen, aber Jatus schallende Heiterkeit brach ihren Widerstand und riss sie mit. Jinnarins Kichern fiel ebenfalls ein. Aravan hielt sich die Hand vor den Mund und versuchte, ernst dreinzuschauen, scheiterte aber kläglich.

»So ein Unsinn, Junge«, sagte Alamar mit breitem Grinsen. »Ich hätte mich selbst nicht besser in die Nesseln setzen können.«

Tink lächelte schief in dem allgemeinen Gelächter.

Als wieder einigermaßen Ruhe eingekehrt war, schlug Aravan dem Schiffsjungen auf die Schulter und sagte: »Tink, du hast dich heute Abend selbst übertroffen, denn deine Klugheit hat uns den Weg gewiesen – zuerst zum Großen Wirbel und dann zu der Verbindung zwischen Spinne und Galeere. Gut gemacht, Tink, gut gemacht.«

Tink neigte dankend den Kopf, sammelte dann rasch das Teegeschirr ein und floh. Als er die Messe verlassen hatte, wandte Aravan sich an Alamar und sagte: »Bei unserer ersten Begegnung habe ich Euch ja gesagt, dass kluge Ideen oft dort entstehen, wo man es am wenigsten erwarten würde. Tinks heutiger Beitrag ist dafür ein gutes Beispiel.«

Alamar starrte Aravan an. »Haltet Ihr mich für so ignorant, dass ich das nicht längst weiß?«

Bevor Aravan antworten konnte, sagte Jatu: »Ich bin nicht so sicher, dass man es dort am wenigsten erwarten würde, Kapitän. Tink ist ein heller Bursche. Ich glaube, er wird es weit bringen.«

Aravan lächelte. »Aye, Jatu, er erinnert mich an Euch, als Ihr in seinem Alter wart.«

»O nein, Kapitän«, röhrte Jatu. »Ich war viel größer.«

Wieder hallte lautes Gelächter durch die Messe.

Die *Eroean* segelte mit der Morgenflut. Am Himmel stand ein abnehmender Halbmond, und der Wind blies von schräg achtern. Jinnarin beobachtete den Horizont. Sie warf einen Blick auf den Fuchs neben sich und seufzte. »Ach, Rux, es kommt mir so vor, als wären wir schon eine Ewigkeit auf diesem Schiff.«

Boder am Ruder hörte das und sagte: »Lady Jinnarin, Ihr seid Mitte September an Bord gekommen, und jetzt haben wir Mitte März. Wenn ich richtig gerechnet habe, sind also sechs Monate vergangen – ein halbes Jahr oder jedenfalls beinah.«

Jinnarins Augen weiteten sich. *Zwei volle Jahreszeiten auf der* Eroean *und immer noch keine Spur von Farrix!* Wieder seufzte sie. »Ach, Boder, sechs Monate? Und Jatu hat gesagt, dass wir vielleicht noch zwei Monde von unserem Ziel entfernt sind. Es scheint, als würde ich doch ewig auf dem Meer segeln müssen.«

Boder holte tief Luft. »*Oooh,* Lady Jinnarin, sagt so etwas nicht. Ihr bringt dem Schiff sonst Unglück. Du meine Güte, am Schluss enden wir noch wie die *Graue Lady.*«

»Die *Graue Lady?*«

»Aye. Ein verfluchtes Schiff, das durch die Nacht segelt. Ihre Masten und Takelage leuchten in grünem Elmsfeuer, und die geisterhafte Mannschaft ist auf ewig an Bord gefangen.«

»Boder, wie gruselig. Wie ist es dazu gekommen?«

»Ja, wisst Ihr, es heißt, das Schiff wäre nicht immer die *Graue Lady* genannt worden. Aber niemand kennt ihren ursprünglichen Namen, weil es schon so lange her ist. Jedenfalls hat sie die Segel gesetzt, um das Silberne Kap zu umrunden, und an Bord gab es nur einen Passagier, anscheinend den Sohn einer Zauberin ...«

»Einer Zauberin?«

»Ja.«

»Nein, Boder, ich wollte eigentlich fragen, was eine Zauberin ist.«

»Ach so. Eine Zauberin, ja, das ist eine Magierin.«

»Ah. Wie Aylis.«

Boder riss die Augen auf. »O nein, Lady Jinnarin. Ich meine, Lady Aylis ist eine richtige Lady, während Zauberinnen ganz und gar keine Ladys sind. Vielmehr sind sie verdorbene Geschöpfe.«

»Ach so. Also dann sind sie mehr wie die Schwarzmagier?«

»Ja. Ich nehme an, das beschreibt sie gut genug.«

Jinnarin hob eine Hand. »Ich habe Euch unterbrochen, Boder. Bitte fahrt fort mit Eurer Geschichte.«

Boder drehte das Ruder ein kleines Stück, um den Kurs zu halten. »Ja, also, jedenfalls hatte das Schiff nur einen einzigen Passagier an Bord, als es zum Silbernen Kap aufbrach.

Die Fahrt um das Kap ist in jeder Jahreszeit schwierig, und auch in der ruhigsten kann aus heiterem Himmel ein Sturm aufziehen. Aber das Schiff segelte im Herbst, und da sind unverhoffte Stürme am wahrscheinlichsten. Der Käpt'n hatte den Passagier davor gewarnt und ihm gesagt, er möge in seine Kabine gehen und dort bleiben und auf keinen Fall an Deck kommen, sollte es einen Sturm geben, weil er sonst wahrscheinlich über Bord gespült würde.

Sie segelten aus ihrem Heimathafen Alkabar in Hyree los und nach Südwesten, bis sie eines Tages die Gewässer um das Silberne Kap erreichten. Eine ganze Woche lang blieb alles ruhig, während das Schiff gegen den Polarwind ankreuzte, der dort am Ende der Welt kreist.

Doch kurz vor der Ausfahrt aus der Meerenge kam ein gewaltiger Sturm auf – große Brecher schlugen über dem Schiff zusammen und zerrten es hierhin und dorthin und auf und ab und vorwärts und rückwärts.

Der Passagier schrie um Hilfe und flehte, dass ihn jemand retten möge. Doch als etwas Meerwasser unter seiner Tür durchgespült wurde und er die Tür aufriss und Wellen durch den Gang vor seiner Kabine schwappen sah, ja, da dachte er, das Schiff würde sinken, der Dummkopf. Und so missachtete er den Befehl des Käpt'ns und rannte auf das Deck und zu den Beibooten – ha! Als könnte ein winziges Beiboot so einen Sturm überstehen.

Kaum war er oben, als auch schon ein gewaltiger Brecher über das Schiff rollte, und als der Brecher verschwand, da war auch der Passagier verschwunden.

Der Käpt'n konnte nichts daran ändern, und als der Sturm sich zwei Tage später legte, konnte er nur noch nach Alkabar zurückkehren.

Die Zauberin war wie von Sinnen, als sie hörte, ihr einziger Sohn sei über Bord gegangen, und sie verfluchte das Schiff und die gesamte Besatzung, ihren Sohn zu finden oder ewig auf dem Meer zu segeln. Und deswegen, Lady Jinnarin, ist die *Graue Lady* ein Geisterschiff, das ohne Unterlass durch die Nacht segelt und in unheimliches grünes Licht getaucht ist.

Aber das Schlimmste kommt noch. Es heißt, die *Graue Lady* segelt umher und versucht, ihren verschollenen Passagier zu finden, und dabei ruft der Käpt'n immerzu den Namen des Verschollenen über das Meer. Und es heißt, wenn man diesen Namen hört und versteht, findet man sich plötzlich gefangen an Bord der *Grauen Lady* wieder und muss selbst bis ans Ende aller Tage auf ihr segeln.«

Boder verstummte und drehte das Rad erneut.

»Glaubt Ihr diese Geschichte, Boder?«, fragte Jinnarin. »Hat je irgendjemand diese *Graue Lady* gesehen?«

Boder sah die Pysk an. »Jene, die es mir erzählt haben, Lady Jinnarin, schwören, dass es stimmt, obwohl man es ihnen schon vor langer Zeit erzählt hat.«

»Ihr meint, es wird von Seemann zu Seemann weitergegeben?«

Boder nickte.

»Und niemand, den Ihr kennt, hat das Geisterschiff je gesehen?«

»Nein. Obwohl die Fakten auch von keinem, den ich kenne, bezweifelt werden, Lady Jinnarin.«

»Hm«, murmelte Jinnarin und flüsterte dann Rux zu: »Für mich hört sich das nach Seemannsgarn an, Rux. Was meinst du?«

Rux drehte den Kopf zu seiner Herrin und leckte ihr einmal über das Gesicht, behielt aber ansonsten jegliche Meinung, die er hinsichtlich der Geschichte haben mochte, für sich.

Die *Eroean* segelte in südöstlicher Richtung, und der Wind blies stetig von schräg achtern, bis sie sieben Tage später die Kalmen der Krabbe erreichte. Der Wind wurde schwächer und drehte ein wenig nach backbord, aber er kam nie ganz zum Erliegen, und so segelte das Elfenschiff stetig durch den Gürtel der Kalmen, um einen Tag später wieder mehr Fahrt aufzunehmen.

Außerdem war es beständig wärmer geworden, denn sie segelten nach Süden, dem Frühling entgegen.

Bei Frühjahrsanfang befanden sie sich in den tropischen Gewässern südlich der Kalmen, und in jener Nacht, mit einem warmen Wind in den Segeln, beobachteten Jatu und Jinnarin, wie Aravan und Aylis das wunderschöne Elfenritual der bevorstehenden Blütezeit feierten.

Sie segelten weiter nach Südosten, und früh am Morgen des neunundzwanzigsten Maitages erreichten sie das Gebiet der Mittellinienflauten, wo es vollkommen windstill war und die Segel des Elfenschiffs schlaff herabhingen. Beiboote wurden zu Wasser gelassen und bemannt, und die Rudermannschaften schleppten die *Eroean* weiter, während die Männer in der heißen, unbewegten Luft ihre Shantys sangen. Den ganzen Tag ruderten sie nach Süden, während die grelle Sonne brannte und das Wasser wie geschmolzenes Kupfer aussehen ließ. In der sengenden Hitze wurden die Rudermannschaften oft gewechselt, und auch die Zwerge beteiligten sich an der Arbeit und stimmten dazu Kriegsgesänge an. Die Sonne ging unter, und eine schwüle Nacht brach an, doch die Männer ruderten ohne Unterlass im Schweiße ihres Angesichts weiter, und das Schiff wurde stetig über die heiße, spiegelglatte See nach Süden geschleppt.

Am folgenden Tag, spät am Nachmittag, wurde es am Osthorizont dunkel, und schwarze Wolken türmten sich immer höher auf. Langsam vergrößerte sich die Dunkelheit und bewegte sich auf sie zu, und hoch am Mast blähten sich die ersten Segel, da eine leichte Brise auf- und endlich wieder Bewegung in die Luft kam. »Boote und Rudermannschaften zurück aufs Schiff«, befahl Aravan.

Langsam kam Bewegung in alle Segel, während sich das Gewitter immer weiter näherte. In der Dunkelheit waren zuckende Blitze zu erkennen, und grauer Regen prasselte auf den Ozean und fegte wie ein riesiger Besen über das Wasser. Dann frischte der Wind stärker auf und blies in Richtung des Gewitters. »Lasst die Segel trimmen, Reydeau«, rief Aravan. »Südkurs.« Der Bootsmann gab die entsprechenden Pfeifsignale, und die Mannschaft machte sich an das Trimmen der Segel, während der Steuermann den neuen Kurs einschlug. Der Wind blies jetzt in voller Stärke, als das Gewitter sie erreichte, und das Schiff wurde in tiefste Finsternis gehüllt, während kalter Regen auf sie niederging. Taue wurden aufgeschossen und geschleppt, die Seide fing den Wind ein, und die *Eroean* lief mit dem Wind auf der Backbordseite nach Süden, während Blitze über den Himmel zuckten und lauter Donner krachte.

Alamar lief tropfnass und vor sich hin murmelnd über das Deck in Richtung seiner Kabine. »Ist das nicht wunderbar?«, rief Jinnarin, die das Gesicht in den kalten Regen hielt.

»Was für eine idiotische Bemerkung!«, schnauzte Alamar, während ein Blitz das Deck erhellte. Plötzlich schoss sein Finger vor und zeigte auf Rux, als der Fuchs an ihnen vorbei und zur Tür der Kabinen lief. »Von Euch beiden, Pysk, scheint nur er einigermaßen bei Verstand zu sein.« Alamar ging grummelnd weiter, und Jinnarins helles Lachen folgte ihm, obwohl sie selbst an Deck blieb.

Die *Eroean* verließ auf ihrem Weg nach Süden das Flautengebiet, von Blitz und Donner begleitet, während der Regen auf sie niederging, da Fortuna sich dem Elfenschiff gewogen zeigte und der starke Wind ihm Flügel verlieh.

Während Blitz um Blitz durch die Nacht zuckte, fuhr Alamar in seiner Koje plötzlich kerzengerade in die Höhe und rief: »Aha! *Das* ist es also!«

Wieder erhellte ein Blitz die Schwärze, und der grelle Schein drang durch das Bullauge, sodass dem Magier grelle Nachbilder vor Augen tanzten, als wieder Dunkelheit einkehrte.

Als ein weiterer Blitz die Kabine erleuchtete, erhob Alamar sich von seiner Koje. Er ging über den schwankenden Boden, bückte sich und hämmerte gegen die Bretter, die vor die Unterseite der anderen Koje genagelt waren. »Pysk! Pysk! Wacht auf!«

Dann ging er zu der Laterne, die an einer Wandhalterung hing, und fummelte mit dem Anzünder herum, bis er es schließlich geschafft hatte und sich gelber Lichtschein in der Kabine ausbreitete. »Pysk! Ich sagte, wacht auf!«, rief er, indem er zu der Koje zurückkehrte. Er trat vor die winzige Tür – »Autsch!« –, stieß sich die Zehen, humpelte zu einem Stuhl und ließ sich ächzend darauf nieder. Während er seinen Fuß massierte, öffnete sich die winzige Tür, und Jinnarin trat aus ihrem Quartier unter der Koje und rieb sich dabei die Augen. Rux folgte ihr.

»Was ist denn, Alamar?«, sagte die Pysk gähnend.

Wieder flackerte draußen ein Blitz über den Himmel.

»Da, schaut!«, rief Alamar und zeigte auf das Bullauge.

Jinnarin gähnte wieder. »Was soll ich mir anschauen? Das Fenster? Ihr habt mich geweckt, damit ich mir ein Fenster anschaue?«

Ein Donnerschlag übertönte Wind, Wellen und Regen.

»Nein, nein!«, blaffte Alamar. »Draußen!«

»Ach so, der Regen.« Sie schmatzte träge mit den Lippen und rieb sich die Augen, da sie immer noch versuchte, den Schlaf abzuschütteln.

»Was habt Ihr im Kopf, Pysk? Solides Felsgestein?«

Nun einigermaßen wach, funkelte Jinnarin den Magier an. »Wenn Ihr mich nur geweckt habt, um mich zu beleidigen, gehe ich schnurstracks wieder ins Bett.« Jinnarin machte kehrt, während Rux vor ihr bereits unter der Koje verschwand.

Wieder zuckte ein Blitz über den Himmel, diesmal ganz in der Nähe. »Der Blitz«, rief Alamar, während der Donner grollte.

Jinnarin drehte sich wieder um, den Kopf fragend auf die Seite gelegt. »Der Blitz? Was soll mit dem Blitz sein, Alamar?«

Der Magier knirschte verzweifelt mit den Zähnen und brachte dann mühsam heraus: »Der Blitz und die Wolken – sie sind ein und dasselbe.«

»Was versucht Ihr mir zu sagen, Alamar? Sprecht doch bitte so deutlich, dass ich Euch verstehen kann.«

Alamar reckte ergrimmt die Hände in die Höhe und entgegnete zornig: »Sprecht deutlich? Deutlich? Du meine Güte, es ist so offensichtlich wie die Nase in Eurem Gesicht.«

»Was denn?«, rief Jinnarin entnervt. »Was ist so deutlich wie die Nase in meinem Gesicht?« Sie schielte nach unten auf ihre Nase und blickte dann wieder zurück zu Alamar, während der Magier zu prusten anfing, als sich seine Frustration in einem wilden Gelächter entlud.

»Ach, hättet Ihr gerade doch nur Euren eigenen Blick sehen können, Pysk«, brachte Alamar mühsam heraus. Dann schielte der Magier auf seine eigene Nase herunter. »Ungefähr so.«

Jinnarin stampfte zwar mit dem Fuß auf, aber ihr Kichern verriet sie.

Draußen flackerte wieder ein Blitz.

Alamar hörte auf zu schielen und wandte sich lächelnd dem Bullauge zu. Ganz plötzlich wurde er wieder ernst. »In Eurem Traum, in der Sendung, werden die Masten des schwarzen Schiffs doch von Blitzen getroffen, neh?«

Jinnarin nickte. »Und ...?«

»Folgendes, Pysk. Ich habe Euch doch gesagt, dass die Dinge in Träumen nicht das sind, was sie zu sein scheinen, richtig?«

Wieder nickte Jinnarin, sagte jedoch nichts.

»Nun denn, Pysk, ich glaube, wer immer Euch diesen Traum schickt ...«

»Farrix«, murmelte Jinnarin.

»Wenn Ihr darauf besteht«, räumte Alamar ein und fuhr dann fort. »Farrix versucht Euch zu sagen, dass jemand auf einem Schiff die Wolken aus dem Nordlicht zieht. Aber im Traum werden aus den Wolken Blitze.«

»Ja!«, rief Jinnarin, als sie plötzlich begriff und die Erkenntnis ihr Gesicht strahlen ließ. »Ihr habt es erfasst, Alamar! Das muss es sein! Die Wolken und die Blitze, sie *sind* ein und dasselbe. Und das bedeutet ...«

»Es bedeutet, Pysk, dass der Schwarzmagier Durlok hinter allem steckt. Den Wolken, Farrix' Verschwinden, der Sendung, allem. Und in Eurem Traum zieht das Schiff, bei dem es sich um Durloks Galeere handeln könnte, die Wolken des

Nordlichts aus dem Himmel – und genau das sollt Ihr in dem Traum eigentlich sehen.«

Jinnarin nickte. »Aber stattdessen sehe ich eine Galeone, die von Blitzen getroffen wird und sich schließlich in eine Spinne verwandelt.«

»Weil«, warf Alamar ein, »Traumbilder nicht immer das sind, was sie zu sein scheinen.«

»Und das grüne Netz?«

Alamar schüttelte den Kopf. »Ich glaube langsam, dass es sich dabei tatsächlich um diese Algenfalle im Sindhumeer handelt.«

»Wenn das stimmt, Alamar, haben wir das Rätsel gelöst.«

»O nein, Pysk, dann haben wir erst einen kleinen Teil gelöst.«

»Einen kleinen Teil? Wie meint Ihr das?«

»Wir können zwar herausfinden, wo Durlok haust, aber wir wissen immer noch nicht, warum.«

»Warum was?«

»Warum er die Wolken aus dem Polarlicht sammelt, Pysk. Und wofür das gut sein soll.«

»Ach so«, Jinnarin nickte verzagt. Dann fügte sie hinzu: »Und, Alamar, wir wissen auch nicht, was das alles mit Farrix zu tun hat. Ich meine, dass Farrix daran beteiligt ist, bezweifle ich nicht. Aber das Wie und Warum ... tja, darin liegt ein weiteres Rätsel begründet.«

Alamar nickte und strich sich den weißen Bart. »Aber eines ist sicher ...«

Während es draußen blitzte und donnerte, merkte Jinnarin auf. »Und das wäre ...?«

»Das wäre, Pysk: Wenn Durlok etwas damit zu tun hat ... müssen wir auf das Schlimmste vorbereitet sein.«

Am folgenden Tag, dem ersten Apriltag, ließ das Gewitter nach, und die Wolken zogen nach Westen ab, während die

Eroean das Flautengebiet verließ und langsam wieder auf ihren ursprünglichen Kurs einschwenkte, um dann vor dem Südostwind zu kreuzen. Als der Abend hereinbrach, war der Himmel klar. Die Sonne ging unter, und der volle Frühlingsmond zeigte sich am Firmament. Später in der Nacht, unter Elwydds Licht und dem hellen Gefunkel der Sterne, vollzogen Jinnarin und Rux das Fuchsreiter-Ritual des Frühlings. Aravan, Aylis, Alamar, Jatu und Bokar sahen zu, wie die winzige Pysk und ihr Fuchs sich vor Adon und seiner Tochter zum Dank für die Erneuerung des Lebens auf der Welt verneigten.

Als das Ritual zu Ende war, zogen sie sich in die Messe zurück, um einen Toast auf den Frühling auszubringen, Aylis mit einem Kristallglas voll Sherry und Jinnarin mit einem Porzellanfingerhut voll vanchanischem Rotwein, während die anderen Branntwein aus Kristallschwenkern nippten.

»Auf die Erneuerung des Lebens«, sagte Bokar, woraufhin sie alle ihre Gläser hoben, feierlich *Aye!*, sagten und dann austranken.

»Komisch«, verkündete Jatu, als der Toast beendet war. »In Tchanga und übrigens auch in allen anderen Ländern südlich des Mittelkreises, vor allem jene unterhalb der Breite der Ziege, entspricht die Ankunft des Frühlings dem Ende der Jahreszeit des Wachsens. Dort ist jetzt die Zeit der Ernte gekommen. Genau das Gegenteil der nördlichen Breiten. Würde ich dort den Toast ausbringen, hätte ich mich nicht für die Erneuerung des Lebens und für neues Wachstum bedankt, sondern vielmehr für die Getreideernte und für alles, was die Natur uns beschert hat.«

»Hm«, sann Jinnarin. »Darüber habe ich noch nie nachgedacht, Jatu. Frühling im Norden ist Herbst im Süden ...«

»Aye, und Sommer und Winter sind ebenfalls vertauscht.«

»O je«, grübelte Jinnarin, »glaubt Ihr, ich habe alles falsch gemacht – meine Gebete an Elwydd und Adon, meine ich?«

Jatu lachte ebenso wie die anderen, schüttelte dann den Kopf und sagte: »Keine Sorge, Lady Jinnarin, ich glaube, Sie kommen schon damit zurecht.«

Alamars buschige Brauen hoben sich, und seine Miene verfinsterte sich.

»Was ist denn, Vater?«, fragte Aylis.

»Ach, ich habe nur überlegt, dass wir rund um das Kap der Stürme in den Winter segeln, und mich gefragt, wie das Wetter wohl ist, wenn wir dort ankommen.«

Aravan zuckte die Achseln. »Je nach den Winden sollten wir in gut vier Wochen am Kap sein. Es wird vermutlich kalt und stürmisch sein und schneien.«

»Hèl und Verdammnis!«, fluchte Alamar und schnitt eine Grimasse. »Also segeln wir vom Ende eines Winters geradewegs zum Beginn des nächsten. Diese alten Knochen können nicht mehr allzu viel davon verkraften ... das heißt, nicht ohne Stärkung.« Er leerte sein Glas, hielt es dann hin, um es sich neu füllen zu lassen, und lächelte, als dies geschah.

Jinnarin grinste den Alten an und wurde dann wieder ernst. »Ich habe mit Boder geredet. Er hat mir von den Stürmen am Silbernen Kap erzählt. Ist das Kap, das wir umrunden, genauso?«

Aravan schüttelte den Kopf. »Nein, Lady Jinnarin. Das Silberne Kap ist viel schlimmer, vor allem im Winter.«

»Oh, gut«, sagte Jinnarin und trank einen Schluck Wein aus ihrem Fingerhut. Dann fügte sie hinzu: »Ich meine, es ist gut, dass wir zu dem ruhigeren Kap fahren.«

»Ha!«, blaffte Bokar. »Ruhiger? Das würde ich doch bestreiten! Schließlich heißt es nicht umsonst Kap der Stürme.«

In nur zehn Tagen erreichten sie die Kalmen der Ziege, und wieder war Fortuna ihnen hold, denn sie gerieten in keine

Flaute. Ein leichter, wechselhafter Wind brachte sie durch die Kalmen, und die Schleppboote konnten an Bord bleiben. Nichts unterbrach in dieser Zeit die gewohnte Routine auf dem Schiff: Aylis unterwies Aravan in der Sprache der Magier, Jinnarin und Alamar spielten Tokko und stritten, Rux jagte in den Laderäumen die wenigen Nager an Bord, Bokar und der Kriegstrupp übten mit ihren Waffen, und Jatu, Frizian und die Besatzung hielten das Schiff stetig auf Südostkurs, während unter Deck Schiffszimmermann Finch und sein Lehrling Quill gemeinsam mit den Zwergen, die gerade keinen Drill absolvierten, Boote mit flachen Böden baute.

Außerdem kehrte in dieser Zeit auch Jinnarins beängstigender Albtraum sporadisch wieder, aber sie und Aylis wagten sich nicht noch einmal hinein.

Als sie die Kalmen der Ziege passierten, drehte sich der Wind, bis er stetig aus westlicher Richtung wehte, also von schräg achtern, und sie setzten die Segel entsprechend, um das Beste daraus zu machen.

Allmählich näherten sie sich den polaren Breiten, und nachts wurde es bereits eisig kalt. Auch frischte der Wind immer stärker auf, je weiter sie nach Süden kamen.

Sie schwenkten nun mehr und mehr nach Osten und gerieten in eisigen Regen, kalte klare Tage und Schneetreiben. Über ihnen flackerte das Südlicht am Himmel. In einem Monat würde dieses Südpolarlicht genauso hell leuchten wie das Nordlicht am anderen Pol.

»Alamar, glaubt Ihr, dass Durlok auch im Süden Wolken herunterholt?«, fragte Jinnarin, während sie in den Nachthimmel starrte, wo manchmal eine schwache Korona funkelte.

Der alte Magier blinzelte ebenfalls in die Höhe und knurrte dann: »Vielleicht ja, vielleicht nein. Wenn ich wüsste, warum er es tut, könnte ich es mit Sicherheit sagen.«

Fünfzehn Tage nach den Kalmen der Ziege umrundete die *Eroean* in einem kräftig blasenden Schneegestöber den südlichsten Punkt des Kaps der Stürme.

Während das Schiff durch die hohen Wellen pflügte, verließ Aravan das Ruderhaus und betrat den zur Kapitänskajüte führenden Gang, da er zu Aylis wollte. Als er Alamars Kabine passierte, hörte er Jinnarins Siegesgejohle, während der Magier etwas von »Betrug« schrie, und der elfische Kapitän grinste bei sich.

Als er die Kabine betrat, saß Aylis am Tisch und betrachtete mit besorgter Miene die magischen Spielkarten, die vor ihr auslagen. »*Chieran,* was ist denn los?«

Aylis sah zu Aravan auf und zeigte dann auf die Karten. »Tödliche Gefahr, Liebster. Mir ist zwar verwehrt, einen Blick darauf zu werfen, wie diese Gefahr aussieht, aber es gibt keinen Zweifel, dass wir einer tödlichen Gefahr entgegenfahren.«

»Die uns beim Großen Wirbel erwartet?«

Aylis starrte wieder auf ihre Auslage. »So scheint es.«

Aravan blickte ebenfalls auf die Karten – doch seinen Augen sagte die Anordnung der Karten nichts. Er nahm die Hände der Seherin in seine eigenen. »Wenn es so ist, *Chieran,* sollten wir das Wesen der Gefahr in drei Wochen oder weniger kennen, denn wir passieren gerade die Spitze des Kaps. Von hier aus führt die Fahrt direkt zu den Algen. Natürlich unter der Voraussetzung, dass uns die Winde nicht im Stich lassen ...«

»Drei Wochen?«

Aravan nickte, dann hob er ihre Hand und drückte seine Lippen auf ihre Finger.

Die *Eroean* segelte stetig einen Strich weiter nördlich als genau nach Osten und ließ die kalten Polargewässer hinter sich, während sie sich einem freundlicheren Klima näherte.

In der Mittagsstunde des vierzehnten Maitages, siebzehn Tage nach der Umrundung des Kaps, rief der Ausguck im Bugmast der Deckwache zu: »Algen voraus! Algen voraus, genau vor uns!«

Jinnarin und Aylis standen auf dem Vordeck – die Pysk auf dem Bugspriet, die Seherin an der Reling – und lugten in die Ferne. Mit klopfendem Herzen sahen sie einander an und nickten mit grimmiger Miene, denn in der Mittagssonne fuhr das Elfenschiff langsam und unaufhaltsam in das Gewässer eines hellgrünen Meeres.

4. Kapitel

DIE KINDER DES MEERES

Frühling, 1E9575
[Die Gegenwart]

Aravan trat auf das Vordeck und lehnte sich über die Reling, um einen Blick auf den Bug der *Eroean* zu werfen, der durch das hellgrüne Wasser pflügte. Im Kielwasser waren lange Ranken grasgrüner Algenpflanzen zu erkennen. »Jatu!«, rief er. »Eine beschwerte Leine nach vorne! Und lasst alle Segel einholen bis auf Vorstag, Besan, Kreuz- und Großsegel!«

Während Rico die entsprechenden Anweisungen pfiff, brachte Jatu persönlich eine Leine, die an einem Ende mit einem Senkblei beschwert war. »Kapitän?«

»Haltet sie ins Wasser und lasst sie tief sinken, Jatu. Wir benutzen sie, um damit die Stärke des Zugriffs der Algen einzuschätzen.«

Auf Jinnarins verwirrten Blick hin erklärte Aravan: »Wir wollen verhindern, dass die *Eroean* sich in den Algen verstrickt, also messen wir die Dichte der Pflanzen mit dem Lot und können das Schiff stoppen, solange wir uns noch in sicherem Gewässer befinden, denn je näher wir der Mitte kommen, desto dichter werden die Pflanzen, bis es ein einziges Gewirr ist, das alles festhält. Ich will nicht, dass wir das Schicksal anderer erleiden ... denn alle Schiffe, die dort hineingeraten, gleich, ob durch Stürme, schlechte Navigation oder Pech, sind unwiderruflich verloren.«

»Adon«, hauchte Jinnarin, während ihr Blick über den Horizont wanderte, »ein Meer verschollener Schiffe.«

»Aye«, sagte Jatu, während er dem Lot ein wenig Spiel gab. »Manche nennen es so.« Er wirbelte das Lot ein-, zweimal herum und warf es dann nach vorn. Die Leine entrollte sich problemlos, da das Bleigewicht weit nach vorn flog und mit leisem Klatschen im Wasser landete.

Aylis wandte sich an Aravan. »Wie weit hinein können wir segeln?«

Aravan warf einen Blick in die Höhe auf die Männer in der Takelage und drehte die Handflächen nach oben. »Ich weiß es nicht, *Chieran*. Mit dieser Betakelung vielleicht einen oder zwei Tage. Vielleicht auch nur eine Stunde. Das hängt allein von den Algen ab.«

Alamar kam nach vorne. Mit einem Blick nach oben sagte er: »Wie ich sehe, lasst Ihr Segel reffen. Das Schiff soll langsamer fahren, wie?«

Aravan nickte. »Aye. Es wäre nicht klug, mit voller Kraft durch diese gefährlichen Gewässer zu segeln.«

Jatu zog die Leine heran. »Nur eine kleine Menge Algen, Kapitän. Überhaupt keine Gefahr. So könnten wir eine Ewigkeit fahren.«

Aravan schüttelte den Kopf. »Keine Sorge, Jatu, das wird sich ändern.«

»Und nicht zum Besseren«, rief Bokar der Zwerg, der soeben in Begleitung seiner gerüsteten und bewaffneten Krieger die Treppe heraufkam. Die Zwerge gingen sofort zu den Ballisten und machten sie schussbereit. Bokar nahm kurz seinen Kriegstrupp in Augenschein und wandte sich dann an Aylis und Jinnarin. »Wenn es in diesen Schlingpflanzen ein Ungeheuer mit grünen Tentakeln gibt, werden wir vorbereitet sein.«

Sie segelten weitere achtundzwanzig Stunden stetig dem Zentrum des Wirbels entgegen, wobei das Schiff hundertsechzig Meilen zurücklegte. Die Algen wurden beständig dichter, bis die vom Lot hereingeholte Menge beträchtlich war. Aravan stand wieder auf dem Vordeck und rief schließlich: »Alles klarmachen zum Ankern!« Jatu drehte die *Eorean* in den Wind und ließ die Segel reffen, bis das Elfenschiff sacht schaukelnd dalag, da die Algen den Wellengang zu einer sanften Dünung abschwächten.

Aravan wandte sich an die Zwerge, welche die vorderen Ballisten bemannten. »Seid auf der Hut, denn wir liegen tot im Wasser.«

Gemächlich trieb das Schiff in der Strömung, die den Großen Wirbel bildete, sodass es sich langsam mit der Sonne drehte. »Wären wir nördlich der Mittellinie«, sann Aravan, »würden wir uns wohl andersherum drehen.«

»Gibt es einen Unterschied?«, fragte Jinnarin.

»Aye, Lady Jinnarin. Im Norden neigt alles – Luft, Stürme, Wasser – dazu, sich gegen den Lauf der Sonne zu drehen. Im Süden ist es genau umgekehrt. Warum? Das weiß ich nicht. Vielleicht gehört es einfach zu Adons Plan.«

»Oh«, sagte Jinnarin, während sie verwirrt nach unten in die treibenden Algen und das hellgrüne Wasser lugte. Die Pysk verstand immer noch nicht, warum Dinge nördlich der Mittellinie anders sein sollten als südlich davon. Schließlich sagte sie: »Ich nehme an, dies hat denselben Grund wie die vertauschten Jahreszeiten.«

Aravan schätzte den Stand der Sonne und sah die Pysk an, als wolle er etwas sagen, doch bevor er den Mund öffnen konnte, drehte Jinnarin sich weg und schaute nach achtern. »Tja, jetzt ist Alamar an der Reihe. Wo ist er?«

»Als ich ihn zuletzt gesehen habe, war er in der Messe und hat mit Bokar darüber gestritten, ob Krieger für diese Aufgabe nötig seien.«

»Und ...?«

»Seht selbst, Lady Jinnarin«, antwortete Aravan, indem er in Richtung des Hecks zeigte.

Bokar und Alamar kamen aus dem Achterquartier, der Waffenmeister mit finsterer Miene, der Magier mit einem triumphierenden Grinsen. Aylis und Jatu folgten ihnen, die Seherin aufgebracht, der schwarzhäutige Mensch lachend. Jatu rief Rico zu sich und gab ihm Anweisungen, und der Bootsmann versammelte rasch eine Rudermannschaft, darunter auch zwei Zwerge. Bokar ließ die anderen zurück und stapfte vor sich hin murmelnd zum Vordeck. Jinnarin verstand nur einen Teil seines Gebrummels – die Worte »halsstarriger alter Trottel«.

Aylis umarmte ihren Vater und küsste ihn auf die Wange, und der Alte stieg in eines der neu gebauten Dingis. Die Rudermannschaft folgte ihm, dann wurde das Boot zu Wasser gelassen. Aylis beobachtete den Vorgang, bis das Boot frei auf dem Wasser schwamm, dann ging sie mit Jatu nach vorne.

Als sie das Vordeck betraten, grollte Bokar: »Lady Aylis, hört Euer Vater niemals auf die Worte der Vernunft?«

Bevor Aylis antworten konnte, sagte Jatu: »Ach, Bokar, hört schon auf, er hatte doch Recht.«

Bokar fuhr auf. »Jatu, wir wissen doch gar nicht, *was für* Kreaturen unter diesen Algen lauern.«

»Zugegeben«, erwiderte Jatu. »Aber eines wissen wir ganz genau: Kein Kind des Meeres wird zu Alamar kommen, solange jemand von uns dabei ist – sei es Mensch, Zwerg, Magierin, Pysk, Elf oder sonst jemand.«

»Und *warum* wissen wir das?«

Aylis wandte sich an Bokar. »Wir wissen es, weil mein Vater es gesagt hat.«

»Hat er immer Recht?«

»Nein, Waffenmeister, aber er hält sich immer an die Wahrheit, wenn er sie kennt.«

Bokar schaute auf das Meer und beobachtete das sich entfernende Dingi. »Dann wollen wir hoffen, dass er ebenso Recht hat, wie er aufrichtig ist.«

Tivir kam mit einer Kanne Tee auf das Vordeck und bot allen etwas an. Aravan und Jatu nahmen eine Tasse, die anderen lehnten ab, da sie sich ausschließlich auf das mittlerweile weiter entfernte Boot konzentrierten.

»Oh«, sagte Tivir, der ebenfalls einen Blick auf das Dingi warf, »alle sagen, dass Meister Alamar alleine sein muss, wenn er mit den Kindern des Meeres zusammentreffen will. Wenn das stimmt, wie will er das dann machen, hm?«

Jatu wandte sich an den Schiffsjungen. »Tivir, was willst du damit sagen?«

»Nur eines, Herr Jatu. Ich meine, wenn er allein sein muss, springt die Rudermannschaft dann aus dem Boot und schwimmt zurück? Oder springt er ins Meer und tritt Wasser? Wie will er da draußen bloß alleine sein, hm?«

Jinnarin grinste. »Sieh einfach zu, Tivir.«

Bokar knurrte: »Ich habe ihm gesagt, er sollte ein Dingi mit ins Schlepptau nehmen, aber hat er mir überhaupt zugehört? O nein. Er kann natürlich nicht in einem Boot sitzen. Vielmehr ...«

»Da, es geht los«, warf Jatu ein.

Während die Menschen und Zwerge an Bord des Dingis wild gestikulierten, als stritten sie mit Alamar, stieg der Alte über die Steuerbordwandung und lief dann mit so sicheren Schritten über das Meer, als sei die träge Dünung trockenes, festes Land.

»Du meine Güte!«, hauchte Tivir. »Was sagt man dazu!«

Mit einer verächtlichen Handbewegung entließ Alamar die Mannschaft des Dingis, und das Boot kehrte um und ruderte zur *Eroean* zurück. Dabei bewegten sich die Ruder sehr viel schneller als auf dem Weg hinaus.

Als sie das Schiff beinah erreicht hatten, schob Alamar den Ärmel hoch, kauerte sich hin und tauchte die Hand mit dem Armreif ins Wasser. Er blieb längere Zeit regungslos, dann richtete er sich mit einiger Mühe wieder auf, stemmte die Hände hinten in den Rücken und reckte und streckte sich langsam.

»O je«, murmelte Aylis, »er muss wirklich dringend nach Vadaria zurückkehren.«

Zeit verstrich, vielleicht eine Stunde, in der das Schiff sich weiter mit der Sonne drehte, die über den Himmel kroch, und die Mannschaft wie gebannt an der Backbordreling stand und über den alten Magier staunte, der auf dem Wasser stand. Auf dem Vordeck standen Aylis, Aravan, Jinnarin, Jatu und Bokar Wache ... und unter ihnen rollte die schwache Dünung durch das hellgrüne Meer.

Manchmal lief Alamar in einem kleinen Kreis umher, dann wieder hockte er sich hin und tauchte seinen Armreif ins Wasser. Und jedes Mal erhob er sich langsamer.

»Wie lange kann er das durchhalten, *Chieran*?«, fragte Aravan.

Aylis schüttelte den Kopf. »Vater sagt, es sei ein einfacher Zauber. Dennoch muss er ihn angesichts seines Alters erschöpfen. Ach, wo bleiben die Kinder des Meeres denn nur?«

Tivir brachte mehr Tee sowie ein paar Scheiben Brot und einen neuen Krug mit Honig, und diesmal griffen alle zu. Und immer noch wanderte die Sonne über den Horizont, und immer noch trieb das Schiff dahin. Bis ...

»Herr Käpt'n«, rief der Ausguck auf dem Hauptmast, »unter den Algen bewegt sich etwas!«

»Wo?«, rief Jatu.

»Es ist unterwegs zum Magier!«, rief der Ausguck.

»Kruk!«, fauchte Bokar. »Ich wusste doch, dass er unsere Krieger hätte mitnehmen müssen! Ballisten-Mannschaft, haltet euch bereit!«, rief er der Besatzung zu.

Jinnarin schlug das Herz im Halse, und Aylis hatte die Lippen zu einer dünnen Linie zusammengepresst.

»Halt, Bokar!«, rief Aravan, da das Amulett an seinem Hals keine Kälte ausstrahlte. Er rief dem Ausguck zu: »Menschengroß oder größer?«

»Es ist mehr als einer ...«

»Seht doch! Seht doch nur!«, rief Jinnarin.

Fünf Delfine sprangen in einem weiten Ring um Alamar aus dem Wasser in die Höhe, drehten sich elegant in der Luft und verschwanden wieder im Wasser, das sich dort sanft kräuselte. Die anmutige Gruppe sprang noch einmal, immer noch in einem Ring, diesmal aber näher am Magier.

»Meine Güte«, hauchte Jinnarin. »Wie schön!«

»Ich würde meinen, Lady Jinnarin, dass sie von der Ankunft der Kinder des Meeres künden«, sagte Aravan zu ihr.

Noch einmal schraubten die Delfine sich in die Höhe, noch näher bei Alamar, und diesmal wurde der Magier bei ihrem Eintauchen mit Spritzwasser überschüttet. Jinnarin brach in lautes Gelächter aus, während Alamar eine geballte Faust hob und sie schüttelte, wenngleich sie nicht verstehen konnte, was er dabei brüllte.

Jetzt tauchten die Delfine in einem breiten Ring um Alamar auf und bezogen Stellung, die schlanken Mäuler aus dem Wasser gereckt und die neugierig blickenden Augen auf den Magier gerichtet, während sie ein lautes Schnattern von sich gaben.

Und dann durchbrach noch ein schlanker Kopf die Wasseroberfläche, dann noch einer und noch ein weiterer – insgesamt drei, mit fließenden silbernen Locken ...

... Die Kinder des Meeres waren eingetroffen.

Die Meeresbewohner schwammen langsam hin und her, verharrten selten einmal auf der Stelle und hielten ständig einen Abstand von vielleicht vier Armlängen zwischen sich und dem Fremden.

Alamar betrachtete die drei mit ihrer durchscheinenden, helljadegrünen Haut, ihren grazilen, elfischen Zügen, ihren großen hellgrünen Katzenaugen und ihren silbernen, im Wasser ausgebreiteten Haaren. Sie waren ein wenig kleiner als die Menschen oder die Magier, und eine lange, breite, mit Haut überzogene Flosse verlief auf jeder Seite ihrer geschmeidigen Leiber von der Schulter bis zum Knöchel, wo sie in die flossenartigen Füße übergingen, und eine ähnliche Flosse zog sich an der Außenseite jedes Arms entlang. Alle drei erwiderten den Blick des Magiers, und einer – der sich etwas abseits von den anderen beiden hielt – schaute zum treibenden Schiff und dann wieder zu Alamar und hob eine Hand, die langen Finger so weit gespreizt, dass die Schwimmhäute dazwischen sichtbar wurden. *»¡Tklat!«*

Während die Delfine langsam im Kreis schwammen und ab und zu innehielten, um sich die Vorgänge anzusehen, suchte Alamar in seinem Gedächtnis nach der Sprache, die er vor langer Zeit gelernt hatte, denn anders als seine Tochter konnte er nicht einfach ein magisches Wort sprechen, um eine Sprache zu beherrschen.

[»Ja, das war ich«], sagte er. Alamar entblößte sein Handgelenk und drehte es, sodass der Armreif im schräg einfallenden Sonnenlicht funkelte.

Der Meermann im Vordergrund neigte den Kopf, und seine geschlitzten Pupillen weiteten sich ein wenig. Dann lächelte er und zeigte dabei eine Reihe spitzer weißer Zähne. [»Ihr seid ein Freund?«]

[»Ja, das habe ich von Sinthe bekommen, die ich auf der Insel Faro gerettet habe.«]

[»Faro?«]

[»Ja. Das liegt in ... h.n ... das ist eine kleine Insel in den so genannten Dämmerlichtgewässern am Rande des Hellen Meeres. Es gibt einen Turm auf der Insel: Lady Katlaws Turm.«]

Die Schwimmer sahen einander an und lächelten, und derjenige im Vordergrund wandte sich wieder Alamar zu und sagte: [»Ah, Lady Katlaw. Auch ein Freund.«]

Einer der Meeresbewohner schwamm um den Anführer herum und sagte: [»Ich würde mir Euren Armreif gerne ansehen.«]

Alamar ließ sich auf dem Wasser auf ein Knie sinken und streckte die Hand aus. Das Kind des Meeres schwamm schüchtern vorwärts, streckte einen schlanken Finger aus und berührte zaghaft die rote Koralle, welche in den Armreif eingelassen war. Durch das klare Wasser konnte Alamar jetzt erkennen, dass es sich um ein weibliches Wesen handelte. Mit ihren kleinen Brüsten und ihrer schlanken Gestalt hatte sie große Ähnlichkeit mit Sinthe. Die Kiemenschlitze in ihrem Brustkorb waren jetzt geschlossen, da sie Luft atmete. Sie wandte ihm ihr exotisches Gesicht zu und lächelte, und Alamar spürte, wie sich etwas in seiner Brust verkrampfte, weil sie so fremdartig schön war.

[»Ich bin Rania«] – flüssig wie Seide drehte sie sich und zeigte auf die anderen – [»das ist Nalin, und das da ist Imro.«] Rania wandte sich wieder Alamar zu. [»Und Ihr seid ...?«]

[»Alamar. Ich bin ein Magier.«]

Rania trieb ein Stück zurück, betrachtete ihn, wie er auf dem Wasser kniete, und lachte. [»Das, Meister Alamar, haben wir uns bereits gedacht, nachdem wir Euch gesehen haben. Hingegen wussten wir nicht, ob Ihr der Freund wart, der uns gerufen hat. Aber Euer Armreif beantwortet diese Frage.«]

Imro schwamm vor. [»Dieses Schiff«] – er hob eine Hand und zeigte mit dem Finger auf die *Eroean*, wobei eine Kralle ausgefahren wurde, was sein Missvergnügen zeigte – [»seid Ihr auf ihm gekommen?«]

[»Ja«], erwiderte Alamar, indem er sich ächzend erhob.

[»Ihr geltet als Freund, und dennoch bringt Ihr andere mit? Solche, die keine Freunde sind? Zerstörer?«] Jetzt sprangen die Krallen aus den Spitzen aller Finger Imros, und das Hautgewebe an seinem Arm spannte sich, sodass sich in regelmäßigen Abständen spitze Dornen zeigten, die nach außen ragten.

Alamar funkelte Imro an, doch bevor er antworten konne, sagte Nalin: [»Wir kennen dieses Schiff, Imro. Es fährt schon lange auf Mutter Wasser und niemals zum Schaden der«] – Nalin schlug sich mit der Faust auf die Brust – [»¡Nat!io ... und auch nicht der«] – er ließ den Arm kreisen und zeigte so auf den Ring der Delfine – [»A!miî. Imro, ich halte dieses Schiff nicht für gefährlich, auch wenn welche von jenen darauf fahren, die wir normalerweise Zerstörer nennen.«]

Rania fügte hinzu: [»Imro, du weißt, dass schon von jeher ein Freund an Bord dieses Schiffs ist. Ich kann sogar in diesem Augenblick das Amulett spüren, das er trägt.«]

Alamar lächelte die Frau an. [»Er heißt Aravan. Er war schon immer der Kapitän der *Eroean*.«]

Nalin trieb etwas zurück und grinste. [»Ah, also ist das sein Name: Aravan. Aber wir ¡Nat!io nennen sein Schiff *Silberboden*. Schon lange fährt sie auf Mutter Wasser. Sie ist schnell, wenn auch nicht so schnell wie wir.«] Sein Tonfall bekam einen Anflug von Stolz. [»Wenn sie nachts durch unsere Domäne fährt, schwimmen wir manchmal vor ihr her ... zusammen mit den *A!miî*.«]

Während Imros Krallen langsam wieder eingefahren wurden und sich auch seine Armflossen entspannten, wandte er sich wieder an Alamar. [»Warum seid Ihr hier, und warum habt Ihr uns gerufen? Vor allem, warum habt Ihr uns zu diesem schlimmen Ort gerufen?«]

[»Ha!«], entgegnete Alamar. [»Also ist es für Euch auch ein schlimmer Ort.«]

Rania hob eine längliche Alge aus dem Wasser. [»Vor langer Zeit war dies einmal ein Ort von großem Überfluss, und wir haben hier gejagt und herumgetollt. Aber jetzt gefällt es uns hier nicht mehr, und wir waren weit weg, als Ihr gerufen habt, sonst wären wir früher gekommen.«]

[»Ihr habt meine Fragen noch nicht beantwortet«], sagte Imro ungehalten.

Alamar schaute von Rania zu Imro, und seine Augen verengten sich, da er sich eine Antwort überlegte, doch Rania kam ihm zuvor. [»Warum habt Ihr uns gerufen, Freund?«]

Alamar richtete den Blick wieder auf sie. [»Wir verfolgen einen Übeltäter, der schon früher viel Böses angerichtet hat und in Zukunft wahrscheinlich noch mehr anrichten will. Wir glauben, dass er manchmal hierher zum Großen Wirbel kommt. Sein Schiff ... wir sind zwar nicht sicher, aber wir glauben, dass es eine *Galeere* ist.«]

[»Eine *G-ig!aleere*?«] Nalin hatte Schwierigkeiten, dieses Wort aus der Gemeinsprache auszusprechen, und er fügte einige Klick- und Schnalzlaute hinzu. Er neigte den Kopf. [»Was ist eine *ig!aleere*?«]

[»Ein Schiff mit vielen Rudern, lang und geschwungen, das von Ruderern bewegt wird. Aber auch von Segeln.«]

Rania sog Luft durch ihre spitzen Zähne, bewegte sich unruhig im Wasser und sagte: [»Es ist schwarz und eine Wohnstatt des Bösen. Schlimme Zerstörer. Wir machen einen großen Bogen darum.«]

[»Ihr habt es gesehen?«], wollte Alamar wissen.

Alle drei nickten, sodass sich Wellen kräuselten, und Imro fügte hinzu: [»Und der Missetäter, den Ihr jagt, ist an Bord dieses Schiffes, sagt Ihr?«]

[»Ja«], knirschte Alamar. [»Wisst Ihr, wo sie ist, diese schwarze *Galeere*?«]

Die drei sahen einander an und schüttelten den Kopf.

»Verwünscht!«, fauchte Alamar in der Gemeinsprache. Er sog scharf die Luft ein und sagte dann: [»Wir glauben, irgendwo hier im Gebiet der Algen könnte es eine Insel geben. Wisst Ihr etwas darüber?«]

Ranias Katzenaugen weiteten sich. [»Ja. Aber das ist jetzt ein böser Ort. Dorthin gehen wir nicht.«]

[»Würdet Ihr uns dennoch dorthin führen?«]

Erschrocken gab Imro ein paar harsche Klicklaute von sich, und der Kreis der Delfine tauchte unter und verschwand. [»Ihr hört nicht sehr gut, Magier«], sagte Imro aufgebracht. [»Rania hat doch gesagt, dass wir niemals dorthin gehen.«]

[»Jetzt hört mir mal gut zu, Ihr einfältiger Meermann«], schrie Alamar. [»Ich habe mir jetzt lange genug Eure Verdächtigungen und Eure Bosheiten angehört. Wir sind gekommen, um die Welt von einem großen Übel zu befreien, und Ihr ...«]

Aus Ranias Kehle kam ein schriller, durchdringender Ton. Sie wirbelte zu Imro herum. [»Imro, er ist ein Freund!«], verkündete sie. Dann ging sie auf Alamar los. [»Und Ihr, Alamar, dürft nicht vergessen, dass auch wir Freunde sind!«] Eine bedrückende Stille legte sich auf das Wasser.

Imro tauchte unter und äußerte eine Reihe klickender, schnatternder Zirplaute. Plötzlich tauchten die Delfine wieder auf und bildeten erneut einen Ring.

Nalins exotische Züge drückten tiefe Nachdenklichkeit aus, während er im Wasser trieb. Schließlich sagte er: [»Wenn jene auf der *Silberboden* die Insel von dem Bösen befreien und auch Mutter Wasser von der schwarzen *ig!aleere*, dann können wir uns irgendwann vielleicht auch wieder in den Algen tummeln.«]

[»Genau!«], verkündete Alamar. [»Wenn dieses *Kind*«] – er zeigte mit dem Finger auf Imro – [»nur lange genug zugehört hätte, bevor ...«]

Ranias warnende Stimme unterbrach scharf Alamars Tirade: [»Freund, denkt an meine Worte.«]

Alamar hob schon zu einer scharfen Erwiderung an, stotterte dann jedoch nur und verstummte schließlich ganz.

Nalin schaute die anderen an. [»Ich sage, wir gehen.«]

Imro fragte mürrisch: [»Wohin?«]

[»Wir zeigen ihnen den Weg.«]

Rania sog scharf die Luft durch ihre spitzen Zähne ein. [»Zur Insel? Sollten wir die Entscheidung darüber nicht den *Grex* überlassen?«]

Nalin schüttelte den Kopf. [»Den Alten? Sie würden eine volle Laichperiode brauchen, um eine Entscheidung zu treffen.«]

Rania nickte widerstrebend, und das Sonnenlicht glitzerte auf den sich kräuselnden Wellen, die ihre Bewegung verursachte. [»Was ist mit den Algen? An der Oberfläche werden sie unpassierbar oder wenigstens beinah.«]

Imros Miene verfinsterte sich. [»Es ist ein dummer Plan. Mit der *Silberboden* werden sie niemals durchkommen.«]

[»Ha!«], rief Alamar energisch. [»Wir wollen mit der *Eroean* auch gar nicht tiefer in die Algen segeln. Wir haben extra Boote mit flachen Böden dafür gebaut. Wir müssen nur wissen, wohin wir fahren müssen.«]

Imros Miene blieb finster. [»*Wir* können die Algen passieren, indem wir tief unter ihnen durchschwimmen, wohin sie nicht reichen. Aber wie wollen die *A!mî* mitkommen? Sie müssen Luft atmen und können nicht tief unter den Algen durchschwimmen. Sie sind treue Beschützer, und ich würde nur ungern ohne sie in dieses gefährliche Gebiet eindringen. Und diese Zerstörer atmen ebenfalls Luft. Auch sie können nicht unter dem Dickicht hinwegtauchen ... was bedeutet, wenn wir sie führen wollen, müssen wir an der Oberfläche und durch die Algen schwimmen, die immer dichter werden, je weiter wir vorstoßen. Also frage ich dich,

Nalin, wie wir und die *A!miî* durch die Algen kommen sollen?«]

[»Ganz einfach«], erwiderte Nalin, [»wir rufen ein *¡th!rix.* Wir lassen uns von ihm den Weg freiräumen.«]

Rania schüttelte den Kopf. [»Wir können kein freundliches *¡th!rix* bitten, uns zur Insel zu begleiten. Das wäre schändlich.«]

Jetzt verfinsterte sich Alamars Miene. [»Was ist denn ein *¡th!rix?*«]

[»Außerdem«], fügte Rania hinzu, [»gehe *ich* nicht den ganzen Weg zur Insel. Das ist ein ganz schlimmer Ort.«]

Nalin schwamm näher zu Rania. [»Wir bitten das *¡th!rix* nur, uns so lange zu begleiten, bis man die Insel sehen kann, und führen Freund Alamar und seine Kameraden auch nur so weit durch die Algen. Dann kehren wir um und führen das *¡th!rix* wieder hinaus.«]

Alamar reckte die Hände in die Höhe. [»Würde einer von Euch jungen *Narren* mir vielleicht erst einmal verraten, was ein *¡th!rix* ist?«]

Nalin sah zuerst Rania an und dann Imro. [»Sollen wir es so machen?«]

Ranias Blicke huschten zwischen den beiden hin und her. [»Und keiner von uns geht zu der Insel – weder du, Nalin, noch Imro noch ich ... noch das *¡th!rix*, richtig?«] Als Nalin nickte, neigte sie bejahend den Kopf.

Imro starrte lange auf die *Eroean*, dann auf Alamar und nickte schließlich ebenfalls.

Nalin wandte sich an Alamar. [»Wir bringen Euch bis in Sichtweite der Insel.«]

Alamar starrte den Himmel an, die Arme vor der Brust verschränkt und das Kinn trotzig vorgereckt, während ein Fuß auf das Wasser tippte, sodass sich kleine Wellen kräuselten. [»Ich gehe nirgendwohin, bis mir jemand sagt, was dieses verwünschte *¡th!rix* ist!«]

Rania lachte ihn an, und ihre Stimme klang wie flüssiges Silber. [»Ihr werdet es sehen, Freund Alamar. Ja, in der Tat, Ihr werdet es sehen.«]

Beim Klang ihrer Stimme schaute Alamar in ihr unglaublich zartes elfisches Gesicht und konnte nichts anderes tun als lächeln.

»Seht nur, sie gehen«, rief Jinnarin. »Du meine Güte!«

In der Ferne tauchten die silberhaarigen Kinder des Meeres unter, und einige Besatzungsmitglieder an der Reling riefen, die Meermenschen hätten Fischschwänze, die sie eben erblickt hätten, obwohl es nicht so war. Nachdem die Kinder des Meers verschwunden waren, löste sich auch der Ring der Delfine auf. Die Tiere sprangen noch einmal nebeneinander in die Luft, tauchten ins Wasser ein und schwammen dann rasch davon.

Alamar wandte sich zur *Eroean* und gestikulierte müde, und die Besatzung des Dinghis stieß ab und ruderte zu ihm. Als sie ihn erreicht hatten, kletterte Alamar mit der Hilfe zweier Seeleute ins Boot, dann wendete die Mannschaft das Dingi und ruderte zurück zum Elfenschiff. Taue wurden herabgelassen und befestigt, dann wurde das Boot emporgehievt. An Deck angelangt, warf Aylis einen Blick auf das erschöpfte Gesicht ihres Vaters – er war müde, wirkte aber auch eigenartig lebhaft. Aravan half ihm beim Aussteigen, und Jinnarin, die vor Aufregung von einem Fuß auf den anderen sprang, fragte: »Nun, Alamar, was ist da draußen passiert?«

Alamar sah sie mit einem glückstrahlenden Lächeln an. »Was passiert ist? Da draußen? Ich sage Euch, was passiert ist, Pysk. Ich habe mich wieder verliebt, das ist passiert.«

»Ach herrje, er ist von einer Meerjungfrau verzaubert worden«, verkündete der ganz in der Nähe stehende Artus.

»So ein Blödsinn!«, erwiderte Jamie. »Es gibt gar keine Meerjungfrauen.«

Artus drehte sich um und zeigte auf die Stelle des Meers, an der Alamar gestanden hatte. »Dann sag mir doch mal, du Schlauberger, wie du das nennst, was da gerade untergetaucht ist, wenn nicht Meerjungfrauen?«

»Stimmt das?«, fragte Jinnarin. »Seid Ihr von einer Meerjungfrau bezaubert worden, Alamar?«

»Natürlich nicht, Pysk«, sagte Alamar mit gefurchter Stirn, aber Aylis sah ihren Vater an und fragte sich, ob sein Widerspruch nicht etwas zu schnell erfolgt war.

Bokar mischte sich ein. »Gibt es denn nun eine Insel, Meister Alamar? Und wenn ja, wo?«

»Eine Insel? Ja, es gibt eine Insel.« Alamar nickte. »Wo? Das haben sie nicht gesagt. Weiter innen, mehr weiß ich nicht.«

»Wenn Ihr nicht herausgefunden habt, wo die Insel liegt«, knurrte Bokar, »wie sollen wir sie dann finden?«

Alamar richtete sich zu seiner voller Größe auf und starrte den Waffenmeister von oben herab an. »Indem sie uns hinführen, Herr Bokar. Morgen früh kommen sie zurück und bringen ein *¡th!rix* mit, um den Weg freizumachen.«

»Ein th-th«, stotterte Jinnarin, die mit dem Klicken und Schnalzen nicht zurechtkam. »Hm, wie Ihr es auch genannt habt, Alamar – was ist das?«

Alamar warf die Hände in die Höhe und machte seinem Ärger Luft, indem er schnauzte: »Das wollten sie mir nicht sagen!«

»Bah!«, brach es aus Bokar hervor, dessen Zorn ebenfalls zunahm. »Sagt mir, Magier, was habt Ihr *überhaupt* herausgefunden?«

Alamar funkelte den Waffenmeister an. »Ich habe herausgefunden, *Zwerg*, dass Durlok in diesen Gewässern mit einer schwarzen Galeere herumfährt.«

»Aha!«, rief Jinnarin. »Das schwarze Schiff! Also hatten wir Recht!«

Aylis wandte sich an die Pysk. »Jinnarin, dann muss das hier wirklich das hellgrüne Meer sein.«

Jinnarin nickte nachdrücklich und wandte sich dann wieder an Alamar. »Was ist mit dem Kristallschloss? Gibt es ein solches Gebäude auf der Insel, von der Ihr gesprochen habt?«

Das Gesicht des Alten nahm einen niedergeschlagenen Ausdruck an, doch dann reckte er das Kinn vor und sagte: »Ich habe nicht danach gefragt.«

»Was?«

Alamar hob die Stimme. »Ich sagte, ich habe nicht danach gefragt, Pysk.«

Jinnarin war wie benommen. »Ihr ... habt ... nicht danach gefragt?«

»Habt Ihr Probleme mit den Ohren, Pysk?« Alamar schrie jetzt beinah. »Ich wiederhole es noch einmal: Ich habe nicht danach gefragt!«

Ihre Augen verengten sich, und sie knirschte: »Alamar, wie konntet Ihr vergessen, danach zu fragen?«

»Ha!«, rief Bokar dazwischen. »So, wie er auch nicht gefragt hat, wo die Insel liegt! Zehntausend Dinge könnten zwischen jetzt und dem morgigen Tag passieren, aber dieser Magier ...«

Aravan sagte schneidend: »Waffenmeister, das reicht!«

Alamar setzte zu einer zornigen Erwiderung an, aber Aylis trat vor ihn. »Aravan hat Recht, Vater. Es reicht wirklich. Streitereien zwischen uns nützen niemandem etwas.«

Jatu hockte sich neben die Pysk. »Ob es auf der Insel nun ein Kristallschloss gibt oder nicht, Lady Jinnarin, wir machen uns morgen auf den Weg dorthin. Wir werden es früh genug erfahren.«

Den ganzen Abend hindurch hielt die *Eroean* ihre Position – zunächst trieb sie ein Stück in der Strömung, dann wurden ein paar Segel gesetzt, um zum Ausgangspunkt zurückzukehren, wo sie wieder zu treiben anfingen. Während das Elfenschiff in der Strömung trieb und zurücksegelte, machten sich all jene, die zur Insel fahren würden, reisefertig. Da sie nicht wussten, wo ihr Ziel lag, bestand Bokar darauf, Proviant für drei Wochen mitzunehmen – Hauptsächlich Schiffszwieback und Wasserfässer. Da sie außerdem nicht wussten, welche Gefahren sie erwarteten, befahl er seinem Zwergentrupp, Äxte, Streithämmer und Schilde mitzunehmen, außerdem Armbrüste mit genügend Bolzen, um einen kleineren Krieg zu führen. Hinzu kamen Kletterausrüstung, verschiedene Heilkräuter und Bandagen sowie diverse weitere Ausrüstung.

Außerdem rief Alamar an jenem Abend Jinnarin aus ihrer Kabine unter der Koje hervor und entschuldigte sich – oder zumindest richtete er Worte an sie, die beinahe einer Entschuldigung gleichkamen.

Jinnarin hockte sich auf den Boden und seufzte. »Ich nehme an, Jatu hat Recht. Ich meine, Kristallschloss oder nicht, wir gehen auf jeden Fall dorthin.«

Alamar sagte nichts.

Jinnarin fuhr fort. »Zumindest konntet Ihr viele Vermutungen bestätigen, die wir bezüglich meines Traumes und der Insel im grünen Meer hatten.«

»Hm«, grummelte Alamar. »Vergesst nicht, dass ich auch für die Reise dorthin gesorgt habe.«

Rux kam unter der Koje hervor und legte sich neben seine Herrin. Jinnarin kraulte ihn hinter den Ohren. Nach einer Weile fragte sie: »Habt Ihr gesehen, was Bokar alles veranstaltet? Wüsste ich es nicht besser, würde ich sagen, wir wollen einen ganzen Kontinent erobern.«

»So sehr er mir auch auf die Nerven geht, Pysk, was dieser Zwerg tut, hat schon seine Richtigkeit«, sagte Alamar.

»Die Insel ist ein Ort des Bösen, jedenfalls sagen das die Kinder des Meeres, und ich glaube ihnen. Wir wissen einfach nicht, was dort auf uns zukommt. Wir wissen nicht, welcher Feind vielleicht auf der Insel haust. Aber wer oder was es auch ist, Bokar und seine Krieger sind eine gute Rückendeckung.«

Jinnarin ging in ihre Kabine und kam gleich wieder mit ihrem winzigen Bogen und dem Köcher mit Pfeilen heraus. »Mehr habe ich nicht aufzubieten, Alamar. Aber wenn der Feind auf der Insel derselbe ist, welcher Ontah getötet hat, dann werden wohl nicht einmal *meine* Pfeile reichen.«

5. Kapitel

DER GROSSE WIRBEL

Frühling, 1E9575
[Die Gegenwart]

In der Stunde vor Morgengrauen hielt Aravan in der Messe eine Offiziersbesprechung ab. Jinnarin, Aylis und Alamar waren dabei ebenfalls anwesend. Sie gingen die Vorbereitungen und die Besetzung der Dingis durch. Die Expedition würde aus sieben Booten bestehen. In den ersten sechs Booten würden jeweils sechs Zwergenkrieger, ein Matrose und ein Passagier sitzen – Bokar, Aravan, Alamar, Aylis, Jinnarin und Rux sowie Jatu. Das siebte und letzte Dingi würde drei Matrosen und drei Zwerge an Bord haben. Jedes Dingi würde außerdem einen Teil der Vorräte und der Ausrüstung mitnehmen. Das Elfenschiff würde mit einer Besatzung von einunddreißig Mann zurückbleiben, alles Menschen, und zwar unter Frizians Kommando. Aravan wandte sich an Frizian. »Achtet genau auf die Algen, Frizian. Lasst nicht zu, dass die *Eroean* sich darin verstrickt. Haltet hier die Stellung und setzt nur dann Segel, wenn es unbedingt nötig ist. Sollte ein Sturm aufkommen, bringt sie in eine sichere Entfernung und kehrt dann wieder zu dieser Position zurück, wenn alles vorbei ist.«

»Aye, Kapitän«, erwiderte der Zweite Offizier. »Und wenn die schwarze Galeere auftaucht, was dann?«

»Falls sie auftauchen sollte, lasst sie in Ruhe«, antwortete Aravan. »Ich würde meinen, dass sie gut bewaffnet ist, und wir können sie nur gemeinsam besiegen – also Matrosen und Kriegstrupp zusammen.«

»Ha!«, rief Alamar. »Und meine Hilfe werdet ihr ebenfalls brauchen, Elf. Wenn Durlok an Bord ist, wird wohl auch Magie zum Einsatz kommen müssen.«

Aylis wandte sich an den Alten. »Vater, sollte es zu einem Duell kommen ...«

»Sollte es zu einer Begegnung mit Durlok kommen, Tochter, bleibt uns dann überhaupt eine Wahl?«

»Ja, Vater, uns bleibt eine Wahl – wir können fliehen.«

Alamar setzte zu einer Antwort an, aber bevor er etwas sagen konnte, explodierte Bokar: »Fliehen? Fliehen! Pah! Es liegt keine Ehre darin, wie ein Köter mit eingekniffenem Schwanz davonzulaufen.«

»Endlich, Zwerg!«, rief Alamar. »Endlich etwas, worin wir einer Meinung sind!«

Jinnarin sprang auf. »Und ich teile Aylis' Ansicht!« Der Blick aus den kobaltblauen Augen der Pysk huschte zwischen dem Magier und dem Waffenmeister hin und her. »Ich meine, Ihr zwei wollt, dass wir uns mit jedem Feind messen, und kämpfen, bis nur noch einer übrig ist. Versteht Ihr mich? Ihr wollt bis zum Tode streiten! Und sterben können wir ebenso gut wie sie.

Aber wir Pysk haben eine Redensart: ›Wenn du in den Kampf ziehst, richte dich nicht nach dem Bären, sondern nach dem Fuchs, denn List und Schlauheit obsiegen oft.‹ Schon manches Mal haben wir stärkere Feinde überlistet und sie besiegt, indem wir die Kraft unseres Verstandes eingesetzt haben und nicht die unserer Muskeln.«

»Pah!«, schnaubte Bokar, indem er mit der Faust auf den Tisch hieb. »Das liegt daran, dass Ihr winzig seid und keine Muskeln habt. Ihr *habt* nur List und Schlauheit zur Verfügung – und einen winzigen Bogen mit Nadeln als Pfeilen –, während wir Châkka über die Kraft der Waffen verfügen.«

Alamar runzelte die Stirn und sagte zu Bokar: »Seid vorsichtig, Zwerg, denn solltet Ihr einmal gegen diesen ›Winzling‹ oder einen anderen Pysk antreten müssen, werdet Ihr erleben, was diese Nadeln auszurichten vermögen.«

Der Magier wandte sich an Jinnarin. »Trotzdem hat Bokar Recht, Pysk. Nur die Schwachen fliehen.«

Aylis betrachtete das kaum noch schwelende astrale Feuer in ihrem Vater und sagte: »Ganz genau, Vater, und deswegen müssen wir Jinnarins Rat beherzigen und schlauer sein als unser Feind. Kraft allein besiegt nur selten List und Schlauheit.«

Jatu lachte. »Aye, man sollte immer List und Schlauheit einsetzen. Trotzdem muss man manchmal auch Gebrauch von der Stärke seines Armes machen, wenn List und Tücke nicht mehr ausreichen.«

Aravan beugte sich vor und stützte sich auf die Hände. »Genug davon. Die Art und Weise, wie man einer Gefahr begegnen sollte, hängt von der Gefahr ab. Segeln wir erst in diesen Gewässern, werden wir schon bald herausfinden, welche Wagnisse dort auf uns warten.«

Während die Besprechung stattfand, wurde die Landungsbrücke aus dem Laderaum geholt und an der Backbordseite des Schiffs befestigt. Sieben Dingis wurden zu Wasser gelassen und am Ende des rampenartigen Laufstegs festgebunden. Matrosen und Zwerge standen herum und warteten. Schließlich kamen Jinnarin und Rux, Alamar, Aylis, Aravan, Jatu und Bokar an Deck. Alle waren bewaffnet bis auf Alamar und Aylis ... und Rux, wenn Krallen und Zähne nicht zählten. Frizian begleitete sie, ebenfalls unbewaffnet, da der Gelender an Bord des Elfenschiffes bleiben würde.

Als die Sonne den Horizont berührte, rief der Ausguck an achtern: »Delfine, Herr Käpt'n! Delfine an Backbord!«

Eine Gruppe von fünf Delfinen sprang durch das Wasser und näherte sich in einer Reihe der *Eroean*. Sie schlossen rasch zum Schiff auf, schwammen aber daran vorbei und noch weiter, bis sie vielleicht zweihundert Schritte vor dem Bug des Schiffs Stellung bezogen, wiederum in einem Ring, wenn auch größer als zuvor, während sie über den niedrigen Wellengang hinwegschnatterten.

Aravan wandte sich an Alamar. »Vielleicht solltet Ihr Euch von einer Rudermannschaft dort hinausbringen lassen, wo die Delfine ...«

»Herr Käpt'n! – Adon! – Herr Käpt'n!«, rief der Bugmast-Ausguck. »Direkt vor dem Bug! Da taucht etwas *Gewaltiges* auf!«

»Kruk!«, knurrte Bokar. »Die Krieger an die Ballisten!«

Während Zwerge zu den Geschützen rannten, lief Aravan mit Jatu und Bokar zum Vordeck. Aylis folgte ebenfalls. Doch am schnellsten war Rux, der mit Jinnarin auf dem Rücken vorstürmte.

Als die Pysk auf das Bugspriet sprang, eilte Aravan bereits hinter ihr die Treppe empor, da der Elf alle bis auf den Fuchs abgehängt hatte. Jinnarin spähte angestrengt nach vorn und konnte in der Mitte des Delfin-Rings eine Bewegung ausmachen, als erhebe sich etwas Riesiges aus der Tiefe, das dabei Algen und Wasser verdrängte und hohe Wellen erzeugte. Der elfische Kapitän gesellte sich zu der Pysk, und dann trafen Jatu, Bokar und Aylis ein. In diesem Augenblick tauchte ein gigantischer Panzer auf – rund, glatt und dunkelgrün –, an dem das Wasser hinunterströmte, und darauf stand eine jadefarbene Gestalt mit Flossen an den Seiten und fließenden silbrigen Haaren.

Wieder war ein Kind des Meeres gekommen, aber diesmal hatte es eine Kreatur der Tiefe mitgebracht. Ein Kopf tauchte auf – herzförmig, riesig und mit faltiger Haut und zwei schwarzen, uralten Augen darin.

»Kapitän«, hauchte Jatu, »wir sehen hier den Vater aller ...«

»Oder die Mutter«, warf Aylis ein.

»Kapitän!«, rief der Ausguck vom Bugmast. »Ich kann das Tier gut sehen. Das ist eine Meeresschildkröte, und sie ist so groß wie eine Insel!«

Bokar starrte auf die Gestalt, die auf der immensen Schildkröte ritt. »Ist das ...?«

»Pfeift Eure Krieger zurück, Bokar«, murmelte Alamar, der eben auf dem Vordeck eingetroffen war. »Ich glaube, wir sehen ein *¡th!rix*, denn das ist Nalin auf seinem Rücken. Und wie ich sehe« – zwei weitere Gestalten tauchten auf dem gigantischen Rückenpanzer auf – »sind Imro und Rania auch bei ihm.«

Alamar wandte sich an Aravan und Jinnarin. »Begleitet mich, Ihr zwei, und lernt unsere Begleitung kennen. Es wird sie beruhigen, wenn sie sehen, wer an dieser Mission teilnimmt. Sie kennen Euch als Freund, Elf – sie können Euer Amulett spüren. Und, Pysk, wenn sie sehen, dass Ihr dabei seid – eine Verborgene –, dürfte sie das noch viel mehr beruhigen, denn auch sie bleiben größtenteils vor jenen verborgen, die sie als ›Zerstörer‹ bezeichnen.«

»Zerstörer?«, fragte Jinnarin.

»Damit meinen sie vor allem Menschen, glaube ich«, erwiderte Alamar.

»Ach so, ich verstehe«, sagte Jinnarin, »und ich stimme ihnen zu.« Sie schaute auf die See und dorthin, wo die Meeresbewohner warteten. »Ich glaube, Ihr habt Recht, Alamar. Ich sollte sie jetzt begrüßen. Rux auch.«

Alamar seufzte. »Also gut, Rux auch.«

»Wer rudert?«, fragte Jatu. Bevor jemand darauf reagieren konnte, beantwortete er die Frage selbst. »Ich würde sagen, das übernehmen Bokar und ich.«

»Dann komme ich ebenfalls mit«, warf Aylis ein.

Alamar warf die Hände in die Höhe und sagte: »Warum nicht? Und warum nicht auch noch die ganze Mannschaft?«

Zwerge und Menschen traten vor, doch Aravan hob eine Hand und sagte: »Nein. Wir wollen nicht, dass sie wieder abtauchen. Ich würde sagen, wir gehen zuerst und machen sie mit unserer Anwesenheit vertraut.«

Bokar wandte sich an Kelek. »Auf mein Zeichen folgt ihr uns mit den anderen Booten und Besatzungen.«

Die sieben stiegen in das erste Dingi und ruderten zu der Riesenschildkröte: Jinnarin und Rux im Bug, Alamar neben ihnen, dann Bokar und Jatu an den Rudern, und im Heck standen Aylis und Aravan, der das Steuerruder bediente.

Sie glitten stetig über das Wasser, und als sie sich näherten, kamen neugierige Delfine angeschwommen und beäugten die Insassen des Bootes, vor allem den Fuchs, und sie schnatterten dabei laut und aufgeregt. Rux wiederum betrachtete die Delfine ebenfalls voller Neugier: Sein Kopf bewegte sich ruckartig hin und her, als seine Nase ihre Witterung aufnahm, und dann drehte der Fuchs sich zu Jinnarin herum und winselte, als wolle er sie um Rat fragen. Jinnarin lachte und strich ihm über den Kopf, und er richtete seine Aufmerksamkeit wieder auf die Meeresbewohner.

Sie passierten den Ring der Delfine und näherten sich der Schildkröte, die im Wasser schwamm und in der langsamen Strömung trieb. Es war eine gewaltige Kreatur, die gut vierzig Fuß in der Breite und fünfzig oder sechzig in der Länge maß. Ihr Panzer war dunkelgrün und stellenweise mit moosartigen Flechten überzogen. Große Paddelflossen waren zu sehen, die gelegentlich das Wasser aufwühlten. Und sie wandte den Kopf, als sich das Dinghi näherte, und richtete die großen schwarzen Augen auf seine Insassen.

Auf der Schildkröte standen die drei Kinder des Meeres, nur mit ihren silbernen Haaren und ihrer jadegrünen Haut bekleidet. Ihre Haltung verriet Wachsamkeit, aber auch ein wenig Hochmut. Der vorn stehende Nalin betrachtete sie, die Fäuste in die schmalen Hüften gestemmt. Ein Stück rechts hinter ihm stand Imro, der Nalin den Rücken zudrehte und trotzig die Arme vor der Brust verschränkt hatte, während er das Boot über die linke Schulter betrachtete. Rania stand auf Nalins linker Seite, und sie hatte ebenfalls die Hände in die Hüften gestemmt. Drei Paar große, grüne Augen betrachteten die sieben Bootsinsassen mit zurückhaltender Neugier – und einem Anflug von Überraschung, als sie Jinnarin und Rux sahen –, obwohl sie beim Anblick von Jatu und Bokar sogleich wachsamer und misstrauischer wurden.

[»Das ist also ein *¡th!rix*«], rief Alamar.

Rania lächelte den Magier an. [»Ja, Freund Alamar. Seid Ihr überrascht?«]

Bevor Alamar antworten konnte, mischte Imro sich ein. [»Ihr hattet gesagt, dass vierzig oder noch mehr Zerstörer zur Insel fahren würden. Warum habt Ihr nur diese mitgebracht?«]

Nalin drehte sich zu Imro um, aber Alamars Worte kamen allem zuvor, was Nalin vielleicht sagen wollte. [»Hört zu, Sprotte, ich bin im Geist der Freundschaft hergekommen und treffe hier einen mürrischen, egoistischen, ungehobelten ...«]

Ranias Schrei hallte über das Wasser. [»Aufhören! Hört auf, einander mit Worten zu bekämpfen! Ihr seid wie zwei Korallenfische, die um den Besitz eines winzigen Sandflecks streiten.«]

Jinnarin schaute in Alamars gerötetes Gesicht. »Was ist denn los, Alamar?«

Aylis flüsterte: »*Converte.*« Dann wandte sie sich an die Kinder des Meeres. [»Ich bin Aylis, Alamars Tochter. Stimmt etwas nicht?«]

Alamar rief: [»Ich brauche keine Hilfe im Umgang mit diesen kleinen Fischen, Tochter.«]

[»Ah, ich verstehe«], erwiderte Aylis mit einem resignierten Seufzer. [»Vater, wir haben Wichtigeres zu tun, als uns mit Freunden zu streiten.«]

Rania schenkte Aylis ein Lächeln. [»Ganz recht.«]

[»Ihr habt meine Frage immer noch nicht beantwortet«], verkündete Imro arrogant. [»Ihr seid nicht genug, um das Böse auf der Insel herauszufordern. Warum habt Ihr nur so wenige von euch mitgebracht?«]

»Bah!«, sagte Alamar, drehte sich weg und verzog das Gesicht zu einer eingeschnappten Miene, da er sich weigerte, mit Imro zu reden oder ihn auch nur anzusehen.

Doch Aylis sagte: [»Die Pläne haben sich nicht geändert. Es gehen alle, die versprochen waren. Doch wir sind zuerst gekommen, damit Ihr seht, dass sich die Vertreter vieler Völker zusammengeschlossen haben, um das Böse in Eurem Gefilde zu bekämpfen. Meinen Vater, einen Magier, kennt Ihr bereits. Ich bin seine Tochter und somit Magierin. Hier neben mir steht der Elf mit dem Namen Aravan, Kapitän und Besitzer der *Eroean*.«]

[»Der Freund«], sagte Nalin lächelnd.

[»Wir spüren die Kraft seines Amuletts«], fügte Rania hinzu.

»Ich stelle alle vor«, murmelte Aylis erklärend. »Ich habe ihnen deinen Namen genannt, Aravan.«

Aravan lächelte zur Begrüßung, hob eine Hand und zeigte ihnen die geöffnete leere Innenseite.

[»Der Schwarzhäutige ist ein Mensch namens Jatu«] – als er seinen Namen hörte, grinste Jatu und neigte das Haupt vor den drei Meeresbewohnern – [»und derjenige neben ihm ist Bokar, unser zwergischer Waffenmeister.«] Jetzt nickte Bokar ihnen zu, und obwohl der Zwerg versuchte, freundlich dreinzuschauen, gelang es ihm nur, ein strenges Bild unbeugsamen Willens zu vermitteln.

[»Vorne stehen mein Vater und neben ihm Jinnarin, eine Verborgene, sowie ihr kluger Fuchs Rux.«]

Jinnarin flüsterte Rux etwas zu, und sie und der Fuchs verbeugten sich sehr zu Ranias Entzücken vor den Kindern des Meeres.

[»Ich bin Nalin. Das ist Rania. Und Imro.«]

Die drei Meeresbewohner erwiderten die Verbeugung mit einer eleganten Geste. Dann warf Nalin einen Blick auf die aufgehende Sonne. [»Die Insel ist weit von hier – zwei Sonnen und noch mehr wird das *ith!rix* brauchen, um die Algen zu durchqueren, und wenn wir ankommen wollen ...«]

»Bokar, ruft die anderen«, sagte Aylis. »Die Insel ist zweieinhalb Tage entfernt, und die Meeresbewohner wollen aufbrechen.«

Als Jinnarin das hörte, fiel ihr die Kinnlade herunter, doch bevor sie etwas sagen konnte, kam ihr der Waffenmeister zuvor: »Zweieinhalb Tage! Mein Kriegstrupp wird bei der Ankunft erschöpft sein, wenn wir so lange rudern müssen. Wenn es Schwierigkeiten auf der Insel gibt, werden wir nicht die Kraft haben, ordentlich unsere Äxte zu schwingen.«

Aylis trug Bokars Bedenken den Kindern des Meeres vor, und Rania lachte und sagte: [»Keine Sorge, Lady Aylis, wenn Ihr Taue zum Festbinden habt, kann Euch das *ith!rix* den ganzen Weg ziehen.«]

[»Nicht bis zur Insel«, fügte Nalin jedoch bestimmt hinzu, [»sondern nur bis in Sichtweite.«]

Die Zwerge ruderten die anderen Dingis zum *ith!rix*, und Jinnarin mit Rux, Aylis, Aravan, Jatu und Bokar wechselten auf ihr jeweiliges Boot. Alamar blieb, wo er war, und eine Mannschaft kam zu ihm an Bord. Rasch nahmen die Boote die ihnen zugewiesenen Positionen in einer Reihe ein, sodass das Heck jedes Dingis mit dem Bug desjenigen hinter ihm verbunden war. Das erste Boot in der Reihe – Bokars – war mit dem *ith!rix* vertäut. »Laufknoten«, hatte Bokar befohlen, »für den Fall, dass dieses Ungeheuer es sich in den Kopf setzt, zu tauchen.«

Als alles bereit war, gab Bokar den Meeresbewohnern ein Zeichen, und sie sprangen vom Panzer der gewaltigen Schildkröte ins Wasser. Einen Moment später setzte sich das *ith!rix* in Bewegung und nahm langsam Fahrt auf, während seine riesigen Flossen durch das Wasser schlugen wie große Vogelschwingen in der Luft. Es pflügte einen breiten Weg in die Algen, sodass ein weiter Kanal zurückblieb, während die Dinghis der Schildkröte folgten wie Perlen an einer Schnur. Und neben und hinter den Booten schwammen die Delfine, die miteinander schnatterten und neugierig diejenigen betrachteten, welche sie begleiteten – und von allen Insassen vor allem Rux. Manchmal schwammen auch ein oder zwei Kinder des Meeres neben ihnen, die Arme nach vorn ausgestreckt, die Flossen an jeder Seite von der Hand bis zum Knöchel aufgerichtet, während ihre biegsamen Leiber in geschmeidigen Delfinbewegungen dahinglitten und sich ihre Kiemen entlang des Brustkastens nun, da sie vollständig unter Wasser schwammen, geöffnet hatten.

So glitten sie in nordwestlicher Richtung in die Algen des hellgrünen Meeres, und die Riesenschildkröte schwamm nach kurzer Zeit in stetigem Tempo, das Aravan auf etwa neun Knoten schätzte. Er rief den anderen zu: »Wenn wir dieses Tempo durchhalten, erreichen wir die Mitte in weniger als zwei Tagen.«

»Zwei Tage«, seufzte Jinnarin, während sich Enttäuschung auf ihrem Gesicht ausbreitete. »Das haben die Kinder des Meeres auch zu Aylis gesagt.«

»Aye, Lady Jinnarin«, sagte Jamie, der mit an Bord ihres Bootes war. »Der Wirbel hat einen Durchmesser von fast tausend Meilen – also fünfhundert vom Rand bis zur Mitte, und die *Eroean* ist ungefähr ein Drittel dieser Strecke eingedrungen, hat man mir gesagt.«

Jinnarin seufzte. »Ach, Jamie, ich kann es einfach kaum noch erwarten, endlich dort anzukommen. Farrix ist in dem Kristallschloss, jedenfalls glaube ich das, und wenn das Schloss auf der Insel ist ...«

Lork, einer der Zwergenkrieger, unterbrach die Pysk mit einer Frage: »Wissen wir überhaupt, wo diese Insel liegt?«

Jinnarin schüttelte den Kopf und schaute dann ins Wasser. »Aber die Kinder des Meeres wissen es.«

Relk, ein anderer Zwerg, lachte rau. »Und was ist mit der Schildkröte? Weiß sie Bescheid?«

Jinnarin kicherte. »Selbst wenn sie es wüsste, wer könnte sie fragen?«

Jamie lächelte, zog aber eine Augenbraue hoch. »Die Meerjungfrau kann mit ihr reden, würde ich meinen. Und die Meermänner auch. Wenn Ihr genau hinschaut, könnt Ihr sehen, dass immer einer von den dreien bei ihr ist und ihr die Richtung zeigt ... oder sie anleitet.«

Jinnarin ging zur Bordwand, lehnte sich hinaus und beobachtete das Geschehen eine Weile. Tatsächlich bestätigten sich Jamies Worte, denn sie sah immer einen der Meeresbewohner in der Nähe des Kopfes der Riesenschildkröte.

Und währenddessen fuhren sie immer tiefer in den Wirbel.

Stunden verstrichen, in denen die Sonne immer weiter am westlichen Horizont aufstieg. Für die Menschen, Magier und Zwerge in den Booten gab es wenig Beschäftigung, außer dazusitzen und sich zu unterhalten oder die Glieder zu strecken, und nur Jinnarin fühlte sich in den kleinen Gefährten nicht beengt.

Allmählich wurde das Gewirr der Algen dichter, und als ganze Stränge vorbeitrieben, konnte Jinnarin kleine Fische erkennen, die sich zwischen den blättrigen Ranken wanden, und winzige Krebse, die über die Algen huschten. Sie fischte einen grünen Strang aus dem Wasser, und winzige Krabben flohen auf andere Stränge. Jinnarin und Rux untersuchten die Alge, und der Fuchs beschnüffelte die Beute aus dem Meer ausgiebig. Der Wedel war lang und dünn, mit einem zierlichen Stängel und verzweigt. An den Spitzen wuchsen kleine hellgrüne Blätter, die wie Haken aussahen und sich mit anderen Algensträngen verzahnen konnten. So bildeten die Schlingpflanzen einen dicht gewobenen Teppich unter der Wasseroberfläche. Winzige Beeren wuchsen an zarten Stängeln entlang der Algen, und als sie genauer hinschaute, sah Jinnarin, wie eine winzige Schnecke langsam eine dieser Beeren einhüllte.

Während sie und Rux die Pflanze untersuchten, sagte Jamie: »Diese Algen sind nur hier in dieser Gegend grün, Lady Jinnarin, hier im Großen Wirbel. In den anderen Gewässern der Welt ist dieses Kraut rötlich-braun und lange nicht so dick.«

»Rötlich-braun?«

»Aye.«

Jinnarin schaute auf das hellgrüne Meer links und rechts. »Dann muss wohl etwas Besonderes im Wasser sein, hm?«

Jamie warf einen Blick über die Schulter, als halte er nach etwas Ausschau. »Das oder der Fluch, der auf diesem Ort liegt.« Bei seinen Worten sahen sich alle Zwergenkrieger – Lork, Tolar, Relk, Engar, Koban und Regat – wachsam um, und ihre Hände legten sich aus langer Gewohnheit auf den Knauf ihrer Waffen.

Schaudernd warf Jinnarin die Alge wieder ins Wasser, und sie fuhren weiter.

Als die Sonne im Westen versank, wurde die Riesenschildkröte allmählich langsamer, und ihre vorderen Flossen schwangen jetzt nach vorn, um die Algen aus dem Weg zu schieben und den Weg freizumachen. Dennoch hielten sie eine gute Geschwindigkeit, die Aravan auf sieben Knoten schätzte.

Mindestens ein Kind des Meeres, meistens aber zwei und manchmal sogar alle drei ritten auf dem Rücken der Kreatur, und ein Meermensch war immer in der Nähe ihres Kopfes, um das *¡th!rix* durch die träge Strömung zu dirigieren. Wenn sie nicht auf dem Rücken des *¡th!rix* saßen, schwammen die beiden anderen manchmal zu den Delfinen zurück, die der Schildkröte immer noch folgten. Manchmal kraulten die Kinder auch dicht an den Rändern der Algen entlang, und dann zuckten ab und zu ihre flinken Hände vor, um mit ihren scharfen Krallen einen Fisch aufzuspießen, den sie lachend einem Delfin zuwarfen oder mit großem Genuss selbst verzehrten. Außerdem sammelten sie alles mögliche Getier im Wasser ein und brachten es nach vorne, vermutlich, um die Schildkröte damit zu füttern. Ab und zu schwamm Imro neben einem der Dingis her und betrachtete die Zerstörer darin, und dann kündeten seine Augen von unausgesprochenen Beschuldigungen.

Und sie fuhren immer noch tiefer in den Großen Wirbel hinein, der sich langsam drehte.

Es war kurz nach Einbruch der Dunkelheit, als sie im Licht des Mondes das erste Schiff voraus sahen, ein halb versunkenes Wrack, das in den Algen festsaß, ohne Masten, das Holz geborsten und größtenteils von einem widerlichen schleimigen Gewächs überzogen. Es war eine jingarische Dschunke, deren Segel schon seit langem verrottet waren. Das *¡th!rix* machte einen großen Bogen um das Wrack und weigerte sich, näher zu schwimmen, obwohl Aravans blaues Steinamulett warm blieb, als sie es passierten.

»Warum sinkt es nicht?«, fragte Jinnarin. »Ich meine, es sieht ohnehin schon halb verfault aus.«

»Die Algen, Lady, die Algen. Die halten es bis in alle Ewigkeit über Wasser.«

»Oh.«

Und sie fuhren weiter, tiefer und immer tiefer hinein, und hinter ihnen kam ein kühler Wind auf.

Mitternacht kam und mit ihr zogen dunkle Wolken auf, die der Wind vor sich hertrieb. Blitze zuckten tief über den Westhorizont. Sie passierten zwei weitere Wracks, eines an Steuerbord, das andere an Backbord, doch sie waren zu weit entfernt, um erkennen zu können, was für Schiffe es einmal gewesen waren. Keiner der Menschen konnte sie sehen, denn am bedeckten Himmel leuchteten weder Mond noch Sterne, aber Zwerg und Elf, Magier und Pysk konnten die Silhouetten gerade noch ausmachen, obwohl Einzelheiten auch ihrer außergewöhnlichen Sicht verborgen blieben.

Das *¡th!rix* schwamm weiter durch das immer dichter werdende Algengestrüpp und wurde dabei immer langsamer, während ein Gewitter – von einem stürmischen Wind getrieben – immer näher kam, und die Wellen unter der Pflanzendecke immer höher schlugen. Jinnarin schaute zu den düsteren Wolken empor und schauderte, denn es war, als sei nun ihr Albtraum in ihr waches Leben eingedrungen.

»Achtung!«, ertönte ein Ruf von vorne, und Jinnarin beugte sich über die Wandung, lugte nach vorn und keuchte vor Furcht, denn in der Ferne konnte sie ein weiteres Wrack sehen, direkt im Weg, in dessen Takelage grünes Elmsfeuer flackerte.

In eben diesem Augenblick zuckte ein sengender Blitz auf das Meer herab und tauchte alles in ein gleißendes Licht, dem Augenblicke später ein ohrenbetäubender Donnerschlag folgte.

Windgepeitschter Regen prasselte aus dem pechschwarzen Himmel.

Jinnarin schaute sich voller Entsetzen um, in der Erwartung, ein schwarzes Schiff zu sehen, das ihnen durch das hellgrüne Meer entgegeneilte und in dessen Masten Blitze einschlugen.

Den Rest der Nacht fiel ununterbrochen Regen und sorgte bei den Insassen der Boote für frierendes Elend. In allen Dingis hüllten sich die Insassen in ihre Umhänge und zogen das Ersatzsegel so gut über sich, wie es eben möglich war, und kauerten sich darunter, um sich gegenseitig zu wärmen und dem Regen zu entgehen. Dennoch lief stetig Wasser in die Boote und schwappte ihnen um die Füße, und bis auf Rux und Jinnarin wechselten sich alle mit Wasserschöpfen ab.

Das spärliche Licht des neuen Tages fand sie erschöpft, müde und übernächtigt vor, aber immer noch auf dem Weg weiter in den Wirbel, während ein dünner Nieselregen durch den Nebel fiel, der über dem Meer aufgestiegen war. Jinnarin machte sich vor allem um Alamars Gesundheit Sorgen, denn dem Magier fehlte die Widerstandskraft der Jugend, und die Umstände würden ihm ganz sicher mehr zu schaffen machen als den anderen. Aber sie konnte nichts deswegen unternehmen, und so wandte sie sich Rux zu und tat, was sie konnte, um es dem Fuchs gemütlicher zu machen, der fror und vor Ungemach knurrte.

Der Nebel hielt sich den ganzen Tag, da die Wolkendecke die Sonne daran hinderte, ihn aufzulösen. Immer wieder passierten sie festsitzende Wracks, deren Umrisse am Rande des Blickfelds im dichten Nebel vage auszumachen waren. Einige dieser Wracks ließen das Steinamulett um Aravans Hals kalt werden, das ihn so vor Gefahr warnte. Auch hatte es den Anschein, als wisse die Schildkröte um die Fährnisse der halb versunkenen Schiffe, denn das Tier machte immer einen weiten Bogen darum. Die Reisegefährten hielten auch nicht inne, um einer solchen Gefahr auf den Grund zu gehen, denn ihre Aufgabe war eine andere.

Rania, Nalin und Imro wurden immer stiller und wirkten bedrückt, je weiter sie vordrangen, und sogar die Delfine schienen ihre Lebensfreude einzubüßen. Doch im Gebaren des *¡th!rix* war keine Veränderung festzustellen. Die riesige Schildkröte schwamm immer noch unbeirrt durch das Algengewirr.

Am Nachmittag hellte sich der Himmel ein wenig auf, und bis zum Sonnenuntergang hatte sich der Nebel aufgelöst, und die müden Seelen der Reisenden schöpften frischen Mut. Bei Einbruch der Nacht legten sich alle schlafen, die nicht mit einer Wache betraut waren. Jinnarin kuschelte sich an Rux und betrachtete noch eine Weile das Sternenzelt über ihnen, bevor ihr die Augen zufielen.

Nur das *¡th!rix* schwamm weiter.

Jinnarin erwachte unter einem grauen Himmel, und wieder blies ein kalter Wind. Es war der Beginn des dritten Tages ihrer Reise, und immer noch schwamm die Riesenschildkröte mit sieben Dingis im Schlepptau unermüdlich durch die Algen. Bokar, Aravan, Alamar, Aylis, Jinnarin mit Rux und Jatu fuhren in getrennten Booten, die miteinander vertäut waren. Wie zuvor befand sich auch ein erfahrener Seemann in jedem Boot, und in den ersten sechs Booten fuhren jeweils sechs Zwergenkrieger mit. Im siebten Dingi befanden sich jeweils drei der bärtigen Kämpfer und drei Matrosen. Der Proviant war gleichmäßig verteilt, damit sie nicht ihren gesamten Vorrat verloren, sollte eines der Boote kentern.

Hinter den Booten folgten die fünf Delfine, und auf der Riesenschildkröte ritten die drei Kinder des Meeres. Ob die Meeresbewohner geschlafen hatten oder ob sie überhaupt Schlaf brauchten, wusste Jinnarin nicht.

Bei ihrem Erwachen stellte sie fest, dass Jamie mit weißem Gesicht und zusammengepressten Lippen auf das Meer ringsumher starrte. Die Zwergenkrieger sahen sich ebenfalls aufmerksam um, und ihre Finger ruhten auf den Heften ihrer Streithämmer und Äxte. Jinnarin erhob sich, um festzustellen, was nicht in Ordnung war, und als sie Jamies Blicken folgte, keuchte sie unwillkürlich, denn wohin sie auch schaute, sah sie gefangene Schiffswracks, deren Takelagen mit den langen Ranken eines graugrünen Gewächses behangen waren, die herunterbaumelten wie Fallstricke, um die Arglosen zu erwürgen, während Schlingpflanzen und schleimige Muschelkrusten sich am Rumpf heraufzutasten schienen, als wollten sie die Wracks mit ihrem Griff unter Wasser ziehen.

»Es ist wie ein großes Netz, Lady Jinnarin«, murmelte Jamie, »genau wie Tivir gesagt hat: das Netz einer riesigen Spinne, das alles einfängt, was hineinsegelt in dieses Meer der Verlorenen Schiffe. Ich habe schon immer davon gewusst, aber ich hätte nie gedacht, dass ich es einmal sehen würde. Aber jetzt bin ich hier, ja, das bin ich.«

Das Holz der Planken war stark vermodert, und bei fast allen Schiffen war die Farbe von Rumpf und Kiel verwittert und unkenntlich geworden.

Grau und leblos waren sie, jedenfalls vermutete Jinnarin das, obwohl Aravan allen mitteilen ließ, dass sein blauer Stein eiskalt geworden sei, woraufhin die Zwerge ihre Armbrüste spannten und mit Bolzen bestückten.

Die Konstruktion einiger der morschen Schiffe war höchst ungewöhnlich; das fand selbst Jinnarin, obwohl ihre diesbezügliche Erfahrung begrenzt war. Aber Jamie gab ihr Recht, denn auch er hatte dergleichen noch nie gesehen.

Ein Wrack schien vollkommen aus Ried gemacht worden zu sein; Bug und Heck waren hoch und kurz, und mittschiffs gab es eine Überdachung nach Art eines Baldachins, die längst zerfallen war, und spitz zulaufende Ruder hingen schief in den Befestigungen.

Ein anderes Schiff bestand aus massivem Holz, der Rumpf wirkte rund und bauchig und war an beiden Enden stumpf. Vielleicht hatte es früher einmal einen Kajütaufbau gegeben, doch nun nicht mehr. Vielmehr sah es schwarz verkohlt aus, als habe es vor langer Zeit einmal in Flammen gestanden.

Ein Wrack sah aus wie ein ausgehöhlter Baumstamm – obwohl es so mit Algen bedeckt war, dass seine genaue Form schwer zu erkennen war. Zwei große Stangen ragten zu beiden Seiten daraus hervor, deren Zweck Jinnarin rätselhaft war, doch Jamie verriet ihr, dass an den beiden äußeren Enden früher einmal jeweils ein kleinerer Stamm befestigt gewesen sei, um dem Boot die nötige Stabilität zu verleihen.

»Seht nur!«, grollte einer der Zwerge namens Tolar.

Jinnarins Blick folgte seinem ausgestreckten Arm, und plötzlich schlug ihr das Herz bis zum Hals, denn sie hatte zwar noch nie zuvor so ein Schiff gesehen, wusste aber dennoch sofort, worum es sich handelte – an der Stelle, auf die der Zwerg zeigte, befand sich das verrottete, überwachsene Wrack einer Galeere. Gesplitterte Ruder ragten überall aus Öffnungen im Rumpf. »Durlok!«, zischte sie zornig, und rings um sie erhob sich ein aufgebrachtes Murmeln.

»Aye, Lady«, pflichtete Jamie ihr bei. »Sein Schiff wird sehr wahrscheinlich ganz ähnlich aussehen, wenn auch seetüchtiger, würde ich meinen.«

Aravan verkündete über die Boote hinweg, dass sie sich dem Herzen des Wirbels nähern mussten, denn diese Wracks stammten aus uralten Zeiten, und solche Schiffe wurden schon lange nicht mehr gebaut.

So schwamm die Schildkröte mit den sieben Dingis im Schlepptau durch den uralten Schiffsfriedhof.

Der Wind blies eisig, und der Himmel verdunkelte sich, obwohl es noch nicht Mittag war. Plötzlich ertönte von vorn ein schriller Schrei. Das *¡th!rix* schwamm nicht weiter, sondern paddelte auf der Stelle. Die Boote trieben ziellos hinter der gewaltigen Schildkröte. Jinnarin stand auf, um Ausschau zu halten, und vor sich in der Ferne konnte sie die Spitzen felsiger Klippen ausmachen.

Eine Insel.

Sie hatten endlich das Zentrum des Algenteppichs erreicht.

Sie banden die Dingis von der Schildkröte und auch voneinander los. Alamars Boot, das dritte in der Reihe, wurde nach vorn gerudert. Rania, Nalin und Imro standen auf dem Rücken der Riesenschildkröte und wickelten das Tau auf, das sie dem Zwerg zuwarfen, dann wandten sie sich Alamar zu und redeten mit dem Magier. Was sie sagten, hörte Jinnarin nicht, und hätte sie es gehört, hätte sie es nicht verstanden. Immerhin wusste sie, dass die Kinder des Meeres ihren Teil der Abmachung nun erfüllt hatten, denn die Insel lag vor ihnen. Jetzt lag es an ihr und ihren Begleitern, ihr Versprechen einzulösen und die Insel vom Bösen zu befreien, obwohl niemand wusste, was genau sie dort erwarten mochte.

Rania tauchte ins Wasser, schwamm an den Dingis entlang und hielt sich dann neben Jinnarins Boot. Die Delfine gesellten sich zu ihr, und sie hob ihr helles Gesicht aus dem Wasser und sprach mit Rux. Ihre Worte waren voller Klick- und Schnalz-Laute, die für jeden vollkommen unverständlich waren, obwohl Aylis im nächsten Boot lachte. Der Delfin schnatterte, und Rux bellte, und dann wandte sich Rania ab, wobei ihre schlanke Gestalt wie flüssiges Silber durch die Wogen glitt. Sie bestieg wieder ihren erhöhten Posten auf dem Panzer der gewaltigen Schildkröte.

Mit den Kindern des Meeres auf dem Rücken schwamm das *jth!rix* einen Bogen und schwenkte in den Kanal ein, den sie auf dem Hinweg geschaffen hatte. In der Öffnung der Rinne angelangt, drehten sich die silberhaarigen Meeresbewohner noch einmal um und riefen einen melodischen Abschiedsgruß. Aylis antwortete in derselben Art, und im klaren Wasser des Kanals sprangen die fünf Delfine übermütig in die Höhe und eilten dann dem weit entfernten offenen Meer entgegen.

Jinnarin schaute ihnen lange nach, während die Zwerge nach Osten ruderten und die flachen Boote über die Algen glitten. Schließlich wandte sie sich Aylis' Boot zu und rief: »Was hat sie gesagt, diese Rania? Was hat sie zu meinem Rux gesagt?«

Aylis lächelte. »Sie hat Eurem kleinen Fuchs gesagt, falls er je die Neigung verspüren würde, das Land hinter sich zu lassen und sich ihnen anzuschließen, würden die Delfine das sehr begrüßen.«

Jinnarin lachte, drehte sich zu Rux um und kraulte seine Ohren, während sie einen letzten Blick auf das langsam entschwindende *jth!rix* warf. Die Kinder des Meeres waren schon lange untergetaucht und nicht mehr zu sehen. Die Zerstörer waren vor dem Bau der Spinne zurückgelassen worden, um sich der Gefahr allein zu stellen.

6. Kapitel

DIE FELSENINSEL

Frühling, 1E9575
[Die Gegenwart]

»Ruder einziehen und Segel hissen!«, rief Aravan, und die Männer an Bord der Dingis trimmten die Segel, um das Beste aus dem kühlen Südwind zu machen.

Die flachen Boote glitten über das Wasser, und ihr abgerundeter Bug hatte keine Mühe, die Algen tiefer unter Wasser zu drücken. So fuhren sie in unregelmäßiger Reihe an halb versunkenen Schiffswracks vorbei.

Jinnarin und Rux standen im Bug und beobachteten aufmerksam die felsige Insel, die immer näher kam. Dies war ihr Ziel, die Höhle der Spinne – so erschien Jinnarin die Insel. Aus dieser Entfernung sahen die Klippen kahl und lebensfeindlich aus, graue Felsnadeln, die ohne jegliches Grün in die Höhe ragten.

Eine grimmige Vorahnung beschlich Jinnarin, und sie erschauderte und hüllte sich fester in ihren Mantel. Rux, der sich eng an sie schmiegte, flüsterte sie zu: »Keine Sorge, alter Fuchs, das schaffen wir schon.« Doch ob sie dies sagte, um sich selbst oder ihren Gefährten zu beruhigen, vermochte sie selbst nicht zu sagen. Rux spürte ihr Unbehagen und blickte sie fragend an. Sie lächelte ihn an, legte den Arm um ihn und zauste seine Ohren, und dergestalt aufgemuntert, leckte er ihr einmal über die Wange und machte sich dann wieder von ihr los.

Sie segelten an vielen Wracks aus alter Zeit vorbei, die halb im Algengestrüpp versunken waren, während Seegras den aus dem Wasser ragenden Rest einhüllte. An einer Stelle ragte nur noch ein Mast aus dem Wasser, und für Jinnarin sah es so aus, als sei er über und über mit blassen Pilzen bedeckt, die auf der gesamten Länge des Schafts wuchsen. Sie segelten weiter, und Jinnarin schaute ins Wasser und versuchte an den Algen vorbeizuschauen. Plötzlich keuchte sie und zog sich benommen weiter ins Boot zurück, denn sie sah den auf der Seite liegenden Rumpf eines Schiffs, das offenbar vollständig unter Wasser gezogen worden war, und ihr Verstand gaukelte ihr Visionen von toten Matrosen vor, die darin gefangen waren und verzweifelt von innen an den Wänden kratzten, um sich zu befreien.

»Was für ein grauenhafter Ort«, murmelte sie, während sie beklommen den Schiffsfriedhof betrachtete.

Sie segelten vielleicht eine Stunde weiter, und die Insel kam nur langsam näher, da die Dingis doch merklich von dem immer dichter werdenden Algenteppich aufgehalten wurden, bis sie nur noch sehr wenig Fahrt machten. »Nehmt die Riemen und zieht damit die Algen aus dem Weg«, befahl Jamie, und als die Zwerge ihre Ruder nahmen, um dem Befehl nachzukommen, zog Jinnarin sich mit Rux wieder ins Heck zurück. Doch obwohl Zwerge im Bug und an den Seiten knieten und den Seetang mit den Rudern beiseitefegten, wurde das Boot immer noch langsamer. Nicht einmal die Kinder des Meeres hätten hier ohne die Hilfe des *jth!rix* durch das Algendickicht schwimmen können.

»Versuchen wir, von hier ab zu rudern«, sagte Jamie. »Ich lasse das Segel oben, damit der bisherige Vortrieb erhalten bleibt.«

Die Ruder wurden wieder durch die Dollen gezogen, und während Jamie durch rhythmisches Zählen den Takt vorgab, zogen die Zwerge das Boot mit stetigem Schlag durch das Wasser, das ihnen zäh wie Melasse vorkam, und die Ruderer schwitzten und stöhnten vor Anstrengung. Jinnarin war froh, dass nicht sie rudern musste, obwohl ihr beim Anblick des Algenteppichs der Gedanke kam, dass sie vielleicht darauf würde laufen können, als sei sie Alamar persönlich.

Auch die anderen Boote ruderten durch das Dickicht der Wasserpflanzen, wobei das letzte die größte Mühe hatte, da es mit drei Menschen und drei Zwergen bemannt war und somit keine gleichmäßige Kraftverteilung an den Rudern möglich war. Doch dann hatte Bokar eine Idee, und er befahl allen Booten, sich dicht hinter seinem zu halten, mit der Überlegung, dass sein Boot einen Kanal schaffen würde, wie es die Riesenschildkröte auf dem Weg hierher getan hatte. Also fanden sich alle Dingis in einer Reihe hinter Bokars Boot ein, und danach wurde das Rudern leichter – für alle bis auf die Ruderer im führenden Boot, eine Position, auf der sich die Boote in regelmäßigen Abständen ablösten, um die Bürde gleichermaßen auf alle zu verteilen.

So fuhren sie noch eine Meile weiter, und plötzlich wurden die Algen lichter, und die Dingis stießen in klares Wasser vor. Der Seetang hinter ihnen war wie eine große grüne Mauer, die steil in die Tiefe abfiel.

Gut zwei Meilen voraus lag die Insel, von einem Ring aus blauer See umgeben, oder jedenfalls schien es so.

»Ruder einholen«, rief Aravan, »und hinter mir einordnen, wie Gänse im Flug.«

Rasch wurden die Boote in eine Vogelschwarm-Formation manövriert, mit Aravan an der Spitze und drei Booten links sowie dreien rechts. So segelten sie über das offene Wasser zur Insel.

Öde und unheimlich ragte das Land aus dem Meer in die Höhe. Rechts und links erhoben sich steile, felsige Klippen zweihundert Fuß in die Höhe, so weit das Auge reichte, und die Wellen des Ozeans brandeten wuchtig gegen das Gestein. Auf den Klippen konnte Jinnarin windgepeitschte Bäume erkennen, die sich verzweifelt in den felsigen Boden krallten, doch von Büschen, Gräsern oder anderen Gewächsen war nichts zu entdecken. Jinnarin schätzte, dass die Insel ungefähr drei Meilen breit war. Über ihre Länge konnte sie aus ihrer derzeitigen Position nichts sagen.

»Hm, das ist sonderbar«, murmelte Jamie plötzlich.

»Was denn?«, fragte Jinnarin.

»Keine Vögel, Lady Jinnarin. Es gibt überhaupt keine Vögel. Tatsächlich habe ich seit unserer Ankunft in den Gewässern des Großen Wirbels keinen Vogel mehr gesehen.«

Jamies Worte verursachten der Pysk Herzklopfen, und sie streckte die Hand aus und kraulte Rux, während ihre scharfen Augen vergeblich die grauen Klippen und den bleiernen Himmel nach einer Spur von Leben absuchten. Während sie die kahlen Höhen betrachtete, kam die Nachricht aus Aravans Boot, dass sie die Insel entgegen dem Lauf der Sonne umrunden würden, und alle Boote schwenkten nach Backbord und folgten Aravans Beispiel.

Sie waren gut vier Meilen an den steilen Klippen entlanggesegelt, als sie eine Stelle erreichten, wo ein Teil der Klippen nachgegeben hatte. Eine tiefe, mit Geröll gefüllte Kerbe zog sich von ganz oben bis zum Wasser und zu einem mit Felsen übersäten Kieselstrand am Fuß der Klippen.

Diesen Strand steuerten sie an. »Seid vorsichtig, wenn ihr die Boote verlasst! Das Wasser ist tief!«, rief Aravan.

Als sie sich dem Spalt näherten, schaute Jinnarin in das klare Wasser darin, und ihr Blick verlor sich in den Tiefen, doch sie sah keinen Grund. Dann plötzlich passierten sie eine Unterwasserklippe, die sich steil aus dem Abgrund zu einem flachen Sims kaum mehr als zwanzig Fuß unter ihnen erhob und mit Geröll und Felsbrocken der eingestürzten Klippe übersät war. Dieser Steinbelag wurde immer dichter, je näher sie dem Strand kamen.

Jinnarin schnallte sich ihren Köcher mit Pfeilen um und streifte sich den Bogen auf den Rücken. Dann legte sie Rux ihre Satteltaschen um, der im Bug stand und vor Freude jaulte, weil er endlich wieder Land witterte. Ein Boot nach dem anderen landete auf den Felsen des kiesigen Strandes, wo sie mit lautem Knirschen auf dem steinigen Untergrund an Land gezogen wurden. Kaum war Jinnarin auf ihren Fuchs aufgestiegen, als Rux auch schon aus dem Boot und auf den Geröllhang sprang, während die Krieger und Jamie noch mit dem Boot beschäftigt waren.

Der Fuchs sprang über Geröll und Gestein und eilte zu der Stelle, wo Bokar und Aravan bereits standen und die Klippen über sich betrachteten, während Dask und Brekka, die zwergischen Kundschafter, sich mit der Armbrust in der Hand daran machten, die im Schatten liegende Kerbe zu erklimmen. Selbst ihre vorsichtigen Schritte lösten immer wieder kleinere Geröll lawinen aus.

Die Pysk stieg vom Rücken des Fuchses und flüsterte Rux einige Worte ins Ohr, die es ihm gestatteten, in der Nähe frei herumzulaufen, was das Tier auch tat und dabei den Strand als sein Revier markierte. Jatu gesellte sich zu dem Trio, dann Kelek, Aylis und schließlich auch Alamar, der vorsichtig über das Geröll stapfte und etwas davon murmelte, dies sei eine Falle mit dem Zweck, arglosen Neuankömmlingen die Knochen zu brechen. Bei seinem Eintreffen warf er einen Blick auf den steilen Abhang aus losem Gestein und ächzte: »Bergauf. Das hätte ich mir denken können.«

»Kapitän«, fragte Jatu Aravan, »der Gezeitenwechsel steht bevor. Sollen wir die Boote sichern?«

Bokar warf einen Blick auf die Kundschafter, die mittlerweile ein Drittel des Aufstiegs geschafft hatten, und sagte: »Wenn wir von den Spähern das Zeichen bekommen, dass alles in Ordnung ist, können wir die Boote festmachen. Vorher nicht.«

»Späher?«, entfuhr es Jinnarin. »Herrje, es gibt keine besseren als Rux und mich.« Damit legte sie die Finger an die Lippen und blies die Wangen auf. Weder die Zwerge noch die Menschen noch Alamar hörten etwas, obwohl Rux' Kopf aufmerksam herumfuhr, und der Fuchs sofort zu seiner Herrin gelaufen kam.

»Was macht Ihr denn, Lady Jinnarin?«, fragte Bokar verblüfft.

»Sie pfeift«, sagte Aravan. Aylis nickte zustimmend, denn sowohl der Elf als auch die Magierin hatten das Geräusch gehört, das jedoch für alle anderen zu hoch war, um es wahrzunehmen.

Als Jinnarin sich auf Rux' Rücken schwang, trat Bokar vor, wie um ihr den Weg zu versperren, und sagte: »Lady Jinnarin, es ist vielleicht nicht sicher ...«, doch der Rotfuchs lief bereits an dem Waffenmeister vorbei und eilte die Geröllawine empor.

»Kruk!«, fluchte Bokar.

Alamar nickte zustimmend und murmelte: »Da könnte man ebenso gut mit einem der Kiesel hier verhandeln, und würde vielleicht noch mehr erreichen.«

Während Rux die Kerbe hinaufeilte und dabei Dask und Brekka passierte, knurrte Bokar: »Das gefällt mir nicht. Oben könnten Feinde lauern.«

Aylis wandte sich an Aravan. »Was sagt dein Stein, Aravan?«

Der Elf berührte das Amulett an seiner Kehle. »Er ist ein wenig kühler als sonst, als drohe weit entfernt Gefahr.«

Jatu starrte über das Wasser auf die halb versunkenen Schiffswracks, die in dem Algengestrüpp festsaßen. »Könnte es etwas an Bord der Wracks sein?«

»Vielleicht, Jatu. Auf vielen dieser Wracks hat es Dinge gegeben, die den Stein kalt werden ließen ... Jedenfalls ist die Gefahr, die das Amulett jetzt spürt, nicht in der Nähe.«

Bokar schüttelte unwillig den Kopf. »Das ist kaum eine Beruhigung, Jatu, denn der blaue Stein spürt nicht alle Feinde.«

Kelek wandte sich an Bokar. »Waffenmeister, soll ich einen Trupp zusammenstellen, der ihr folgt? Ich würde nicht wollen, dass Lady Jinnarin irgendeinem Feind allein gegenübertritt.«

Bokar nickte, und Kelek brüllte Befehle auf Châkur, der Zwergensprache. Während der Trupp zusammengestellt wurde, erreichten die Pysk und der Fuchs, nun in Schatten gehüllt, das obere Ende der Kerbe und waren einen Moment später verschwunden.

Ein kühler Wind wehte, und Wolken trieben über den kalten dunklen Himmel, und Jinnarins eifriger Blick wanderte über das felsige Panorama. Hier und da erhoben sich zerklüftete Felszacken in die Luft. Knorrige Bäume und Büschel eines stacheligen Grases sprenkelten die grauen Felsen und krallten sich förmlich in das unnachgiebige Land. Jinnarins Mut sank, und Tränen ließen ihr Blickfeld verschwimmen. »Ach, Rux, nun sind wir den ganzen Weg hierher gekommen, und es gibt kein Schloss – nicht einmal eine Burg. Vielleicht ist das hier doch nicht der richtige Ort.«

Hinter ihr ertönte ein Kratzen auf dem Felsen, und Dask und Brekka traten neben sie, da sie den höchsten Punkt des Anstiegs erreicht hatten. »Wohin sind sie jetzt verschwunden, sie und ihr Fuchs?«, fragte Brekka.

Dask zuckte die Achseln und sah sich um.

»Ich bin genau hier«, sagte Jinnarin und hob den Schatten auf, der sie verborgen hatte.

Die Kundschafter schraken überrascht zusammen, denn für sie tauchte Rux ganz plötzlich aus dem Nichts auf. Dask lachte und kauerte sich nieder, sodass er auf Augenhöhe mit der Pysk war. Doch als er sie ansah, änderte sich seine Miene sofort. »Warum so traurig?«

»Ach, Dask, ich sehe kein Schloss.«

Der Zwerg schaute sich um. »Seid dessen nicht zu sicher, Lady Jinnarin. Zwar können wir von dieser Stelle aus keines sehen, aber es könnte immer noch ein Gebäude zwischen den Felstürmen stehen ... oder dahinter.«

»Außerdem«, fügte Brekka hinzu, »könnte sich auch ein Schloss am Ufer des Wassers auf der anderen Seite der Insel befinden.«

Dask nickte zustimmend. »Fasst Mut, Lady Jinnarin, denn noch gibt es keinen Grund, die Hoffnung aufzugeben.« Er drehte sich um, zeigte auf die Steinklippen hinter sich und sagte: »Das Schloss aus Eurem Traum könnte sehr wohl auch ein Erkertürmchen an irgendeiner Felswand auf dieser Insel sein.«

Jinnarin betrachtete das Panorama, seufzte und nickte dann. »Ihr habt wohl Recht. Ich hatte eben nur mit einem weithin sichtbaren Kristallpalast gerechnet.«

Brekka lächelte wehmütig und schüttelte den Kopf. »Bei diesem Abenteuer ist nichts so einfach, Lady Jinnarin.«

Dask warf noch einen letzten ausgiebigen Blick über die Insel. »Ich gebe den anderen das Zeichen.«

Als Dask die paar Schritte zurückgehen wollte, hörten sie Geröll poltern, und Kelek und sein Trupp tauchten im Spalt auf. Dask signalisierte jenen, die noch unten am Ufer warteten, dass alles in Ordnung sei.

Während die Boote so weit auf den Strand gezogen wurden, dass sie der Hochwasserstand nicht erreichen konnte, und man sie an großen Felsbrocken vertäute, stellte Kelek rings um den höchsten Punkt der Kerbe Wachen auf. Die übrigen Zwerge schickte er wieder nach unten, um beim Herbeischaffen der Vorräte zu helfen, die durch die Spalte nach oben geschleppt werden mussten. Einiges blieb für die Rückfahrt in den Booten – oder für eine rasche Flucht, denn wer konnte wissen, ob sie dann noch die Zeit haben würden, alles zu verladen? Zwerge und Menschen gleichermaßen schulterten ihre Bündel und begannen den Aufstieg.

Als Erster traf Bokar mit einem Wasserfass oben ein. Er stellte es ab, schaute sich um und verkündete: »Wir schlagen unser Basislager hier oben auf. Dann senden wir Spähtrupps aus und warten ab, was sie entdecken.« Damit drehte der Zwergenkrieger sich wieder um und kehrte auf demselben Weg zurück zu den Booten, um die nächste Ladung nach oben zu schaffen, wobei er Aylis, Aravan und eine Kolonne von Matrosen und Kriegern passierte, die alle mit einer Last auf den Schultern die Geröllrampe erklommen.

Von zwei stämmigen Zwergen gestützt, quälte Alamar sich als Letzter die Steigung empor, wobei er alle vor sich verwünschte, weil sie absichtlich lockere Steine auf ihn niederregnen ließen.

Eine Stunde später hatten sie ihr Lager oben in der Spalte errichtet. Bokar stellte die Spähtrupps zusammen, die sich sofort an die Erkundung der Insel und auf die Suche nach einem Schloss oder einem Erkerturm oder sonst etwas von Interesse machten. Die Zwerge eigneten sich besonders gut für diese Mission, denn mit ihrer schon beinahe unheimlichen Fähigkeit, sich jederzeit orientieren zu können, würden sie dieses Stück Land sehr bald vollständig erkundet haben. »Ortssinn« nannte Alamar diese Gabe, aber es war sehr viel mehr und sehr viel weniger zugleich.

Nach einem heftigen Streitgespräch mit Jinnarin gab Bokar schließlich nach, und sie und Rux begleiteten einen Zwergentrupp zu den Felsentürmen auf der Insel, denn die Pysk verfügte ebenfalls über besondere Hilfsmittel zum Auskundschaften des Landes. Auf dem Fuchs würde sie dem Trupp voranreiten, in Schatten gehüllt, um insgeheim und unbemerkt die gewundenen Wege zu erforschen.

Alle Trupps waren aufgefordert, lediglich zu erkunden und zu beobachten und allen Konfrontationen und Kämpfen aus dem Weg zu gehen – denn wer wusste schon, welche Feinde dieser fürchterliche Ort verbergen mochte? Und so brachen die Späher unter einem düsteren Himmel zur Erkundung der Insel auf. Und zwischen der weit ausschwärmenden Vorhut glitt ein Schatten durch Gräser und Gebüsch und Geröll und strebte den Felstürmen entgegen.

Einen Schild als Zeichenunterlage benutzend, setzte sich Dett auf den Boden und fügte der Karte auf dem Pergament einen Abschnitt hinzu, während ihm Aravan und Bokar über die Schulter schauten. Als der Kundschafter den Stift beiseite legte, sagte der Waffenmeister grollend: »Damit ist die Karte vollständig.«

Aravan schaute auf den Maßstab. »Hm, gut drei Meilen breit und vier Meilen lang.«

Alamar musterte den vor ihm sitzenden Zwerg mit finsterer Miene. »Kein Schloss, wie? Nichts dergleichen?«

Dett drehte sich zu dem Alten um. »Nein, Meister Alamar. Nicht dort, wo wir waren.«

»Ihr habt die Klippen hinuntergeschaut, nicht wahr?«

Der blonde Zwerg nickte.

»Pah! Bei allen Berichten dasselbe«, sagte Alamar verdrossen, dann machte er auf dem Absatz kehrt und bückte sich, um unter dem Rand des improvisierten Zeltdaches hindurchzuschlüpfen, wo Aylis im kühlen Wind auf und ab marschierte und immer wieder in die zunehmende Dunkelheit der hereinbrechenden Nacht starrte.

»Das Marschieren hilft dir auch nicht weiter«, murmelte Alamar.

»Wo ist sie, Vater?«

Alamar deutete mit einer Handbewegung auf die Silhouetten der Klippen. »Da draußen.«

»Aber sie müsste längst wieder da sein. Alle anderen Spähtrupps sind bereits zurückgekehrt.«

»Sie ist nicht allein, Tochter. Außerdem kann sie auf sich aufpassen.«

Ob dieses Zugeständnisses überrascht, blickte Aylis ihren Vater fragend an. »Trotzdem ...«, sagte sie mit leiser Stimme.

Dann wurde sie von den ersten Regentropfen unterbrochen, die auf die Zeltplane schlugen.

Jinnarin und Rux kehrten eine Stunde später bei strömendem Regen mit Brekka, Dask und Dokan ins Lager zurück. Bis auf die Knochen durchnässt, schlüpften sie unter das Zelt, und ihren hängenden Schultern konnte Aylis ansehen, dass die Pysk und ihre zwergischen Begleiter nichts gefunden hatten. »Nichts außer Felsklippen«, bestätigte Jinnarin.

Als sie sich im flackernden Schein eines kleinen Strauchfeuers abgetrocknet hatten, fügte Dask die Informationen, die sie mitgebracht hatten, der Karte hinzu und zeichnete ihren genauen Weg präzise ein.

Als er fertig war, stellte Jinnarin sich neben den Schild und betrachtete die Zeichnung. Kalter Regen trommelte auf die Seide über ihren Köpfen. »Wo ist es, dieses Schloss?«

Bokar hob die Hände und sagte nichts.

»Niemand hat etwas gefunden?«

»Nichts«, knurrte Bokar.

Den Tränen nah wandte Jinnarin sich auf der Suche nach Antworten an Aravan, doch auch der elfische Kapitän wusste nichts zu sagen.

Der alte Magier jedoch räusperte sich. »Vielleicht hat Durlok seine Heimstatt in einen Zauber gehüllt, sodass man sie nicht sehen kann.«

Jinnarins Augen weiteten sich. »Ein unsichtbares Schloss?«

»Das habe ich nicht gesagt, Pysk«, schnauzte Alamar, über ihre schnelle Frage aufgebracht. »Ihr denkt wie alle anderen – dass wir Magier jedes Wunder vollbringen können.«

Ein feuriger Funke glitzerte in Jinnarins Augen. »Aber Ihr habt gesagt ...«

»Ich habe gesagt, Pysk«, fiel Alamar ihr ins Wort, »er könnte vielleicht einen Zauber benutzt haben, damit man sein Schloss nicht sieht.«

Jinnarin knirschte mit den Zähnen. »Wenn das nicht Unsichtbarkeit ist, was ist es dann?«

»Oh, am Ende läuft alles auf Tarnung und Irreführung hinaus.«

Bokar hob eine Augenbraue. »Tarnung verstehe ich, Meister Alamar, aber wie kann das sein? Ein Schloss zu verbergen, ist doch kein Taschenspielertrick.«

»Ha! Maßt Ihr Euch an, mich in Magie und Zauberkunst unterweisen zu wollen, Zwerg?«

Aylis seufzte resigniert. »Mein Vater meint, dass es Zauber gibt, die einen Betrachter veranlassen, ganz einfach nicht das zu sehen, was er vor Augen hat. Bei einigen Zaubern ist man sozusagen gezwungen, um die Ecke zu schauen. Andere veranlassen den Beobachter, ein Objekt für etwas völlig Vertrautes zu halten, worauf man nicht die geringste Aufmerksamkeit verschwenden muss. Wieder andere lassen den Betrachter das Gesehene sofort vergessen, noch während er es betrachtet. Schließlich gibt es Zauber, die ein Objekt tarnen und es dabei mit der Umgebung eins werden lassen, wie im Fall Eures Schattens, Jinnarin. Illusion, Irreführung, Verdunkelung – das wären drei Möglichkeiten, ein Schloss zu verbergen.«

»Seht Ihr? Ich hab's doch gesagt!«, höhnte Alamar. »Unsichtbarkeit, pah!«

Jinnarin ignorierte Alamars Ausbruch und fragte: »Und Ihr glaubt, Durlok könnte so etwas getan haben?«

Aylis hob die Hände. »Es wäre zumindest eine Möglichkeit.«

»Wie wollen wir dagegen angehen?«

»Aha!«, Alamar hob die Stimme, um das Prasseln des Regens zu übertönen. »Ich werde Durloks billigen Tricks meine eigenen Zauber entgegensetzen und meine Magiersicht einsetzen.«

Irgendwann in der Nacht hörte es auf zu regnen, und das Morgengrauen brachte strahlenden Sonnenschein. Zwei schwer bewaffnete Gruppen wurden ausgeschickt, jede fünfzehn Zwerge stark. Die eine begleitete Alamar, die andere Aylis. Der alte Magier und seine Tochter würden ihre Gabe der Sicht anwenden, um zu durchschauen, was Durlok an Tarnsprüchen gewirkt haben mochte ... falls auf der Insel solche Magie am Werke war.

Sie teilten die Insel in Abschnitte auf, wobei sie Detts Karte zu Hilfe nahmen. Alamar und seine Gruppe würden im Westen beginnen, Aylis und ihre Begleiter im Osten. Zunächst würden sie lediglich am Rand der Insel über die Klippen wandern und mit ihrer Sicht so viel wie möglich erkunden. Sollten sie etwas entdecken, würden sie an Ort und Stelle bleiben und Boten schicken, um die andere Gruppe zu holen. Falls sie nichts entdecken konnten, würden sie sich irgendwo auf der anderen Seite wieder treffen, und dann würde Aylis mit ihrer Gruppe durch die Klippen wandern und es noch einmal versuchen. In diesem Fall würde Alamar mit seiner Gruppe wieder ins Lager zurückkehren, da das Gelände allgemein als zu schwierig für den Alten erachtet wurde. Alamar hatte dem zwar zunächst energisch widersprochen, sich aber schließlich mit dem Plan einverstanden erklärt, nachdem Aylis ihn daran erinnert hatte, dass es in den Felstürmen hauptsächlich bergauf ging.

Jatu und Bokar begleiteten Alamars Gruppe, während Jinnarin, Aravan und Kelek mit Aylis gingen. Der Rest der Besetzung blieb im Lager und bewachte Vorräte und Boote.

Jinnarin übernahm auf ihrem Fuchs die Spitze, als Aylis' Gruppe nach Osten aufbrach, und die Magierin flüsterte *»Visus«* und ließ den Blick schweifen.

Sie marschierten über die Klippe, deren Seiten steil zum Wasser abfielen. Der Ozean unter ihnen donnerte gegen das graue steinerne Bollwerk.

Während die Gruppe in die Höhe kletterte, schien die Morgensonne hell und strahlend. Sie würde weit im Norden über ihre Köpfe hinwegziehen, denn es war Mitte Mai, und sie befanden sich weit südlich der Mittellinie – tatsächlich sogar gut fünfhundert Meilen südlich des Wendekreises der Ziege.

Eine Stunde verstrich, nicht mehr, und sie hatten das östliche Ende der Insel erreicht, als Linnarin plötzlich rief: »Seht doch! In den Klippen – ein Funkeln!«

Eine Viertelmeile entfernt war zwischen den aufragenden grauen Felsen ein Glitzern zu sehen. »Das ist keine Illusion«, murmelte Aylis, »sondern ein echtes Licht – ob Ursache oder Spiegelung, kann ich allerdings nicht sagen.«

»Das sollten wir uns ansehen«, rief Jinnarin, während Rux auch schon loslief.

»Wartet«, rief Aravan, doch die Pysk war bereits ein Stück voraus.

»Hinterher!«, befahl Kelek, und Aravan widersprach ihm nicht. »Im Laufschritt!« Und die Zwerge, der Elf und die Magierin folgten dem Fuchs auf dem Fuße.

Sechzig Herzschläge später hatte Rux die Entfernung bis zu dem Funkeln zurückgelegt, und Jinnarin ließ den Kopf hängen, denn es war lediglich Sonnenlicht, das von einem glitzernden Felsen reflektiert wurde. Augenblicke später traf der Rest der Gruppe ein. »Es ist nur Fels mit einer spiegelnden Oberfläche«, sagte Jinnarin traurig. »Und ich hatte so gehofft ...«

Kelek trat vor und fuhr mit der Hand über den von Wasser und Wind glatt polierten Stein. *»Kwarc«*, sagte er, und andere Zwerge murmelten Bestätigungen. Kelek drehte sich um und beschrieb eine allumfassende Geste. »Alles Gestein hier zwischen den Klippen und anderswo auf der Insel enthält *kwarc*.«

Jinnarin seufzte. »Das reicht aber nicht, um ein Kristallschloss daraus zu bauen.«

»Hier nicht«, gab Kelek ihr Recht, um mit einer weit ausholenden Geste über die Insel zu weisen. »Aber woanders – wer weiß?«

Sie marschierten an den Rand zurück und setzten den Marsch über die Insel fort, wobei sie sich langsam der Südseite näherten. Sie waren ein paar Meilen weit gekommen, als Aravan schließlich eine Hand hob. »Mein Amulett. Es wird mit jedem Schritt kälter. Gebt Acht, denn wir nähern uns einer Gefahr.«

Alle Armbrüste wurden gespannt und die Waffen in ihren Halterungen gelockert, und jene, die einen Schild auf dem Rücken trugen, lösten ihn und sorgten dafür, dass er leicht zur Hand war – nicht so, dass er die Benutzung der Armbrust behindern würde, aber eben doch griffbereit. Jinnarin wurde zurückgerufen und von der Warnung, die von Aravans Amulett ausging, in Kenntnis gesetzt, und sie machte ihren winzigen Bogen bereit und hüllte sich und Rux in Schatten. Dann übernahm sie wieder die Spitze, denn kein anderer war so gut für diese Aufgabe geeignet wie sie. Aravan mahnte sie dennoch zur Vorsicht und forderte sie auf, immer ein Auge auf ihn zu haben, denn er würde ihr ein Zeichen geben, falls der Stein eine unmittelbare Gefahr ankündigen sollte.

Also blieben Jinnarin und Rux dem Rest der Gruppe dreißig Schritte voraus, während sie immer noch am Klippenrand weiter nach Südwesten marschierten. Je weiter sie kamen, desto kälter wurde Aravans Stein. Aylis' magische Sicht enthüllte nichts Ungewöhnliches – keine Illusion, Irreführung oder Verdunkelung – und auch keine Gefahr. Sie trotteten am südlichsten Punkt der Insel vorbei, die Augen ständig in Bewegung und die Waffen in Bereitschaft, doch etwas Bedrohliches sahen sie nicht. Doch als sie weiter nach Westen gingen, murmelte Aravan: »Die Gefahr lässt langsam nach. Der Stein wird wieder wärmer.«

Aylis betrachtete die Insel mit ihrer Magiersicht, dann sagte sie: »Bewegt die Gefahr sich von uns weg oder wir uns von ihr?«

Aravan lächelte leicht ob ihrer klugen Frage. »Wenn wir mit Bokar, Jatu und den anderen zusammentreffen, werden wir der Sache auf den Grund gehen, *Chieran*.«

Sie marschierten noch eine Weile, und mit jedem Schritt erwärmte sich der Stein. Und dann sahen sie in der Ferne Alamars Gruppe rasten und den Magier selbst auf einem Felsen sitzen.

»Hier ist es am kältesten«, murmelte Aravan, dessen Hand das blaue Steinamulett fest umklammert hielt. Der Elf war von einem Ring aus Zwergenkriegern umgeben, in dem sich auch Aylis und Alamar befanden.

»Wenn Euer Stein kalt ist«, murmelte Alamar, »reagiert er höchstwahrscheinlich auf Kreaturen aus der Neddra – Gezücht und dergleichen.«

Sie waren zu der Stelle zurückgekehrt, wo der Stein abkühlte, und seinem Einfluss mit gezückten Waffen dorthin gefolgt, wo er am kältesten war. Nun standen sie am Rande der Felsentürme und vielleicht eine Viertelmeile von den Klippen entfernt.

Am Rande des Rings sah Jinnarin sich verwirrt um. »Aber hier ist nichts.«

»Seid Euch dessen nicht zu sicher«, murmelte Bokar grollend, während er leicht gegen eine aufrechte Felswand klopfte. »Vielleicht gibt es hier eine Geheimtür.«

»Eine Geheimtür?«, fragte Jinnarin. »Wohin sollte die führen?«

»In das Gestein«, antwortete Kelek.

Aravan wandte sich an Aylis. »Siehst du etwas mit deiner magischen Sicht?«

Aylis schüttelte ebenso wie Alamar den Kopf.

Bokar lachte kurz und trocken. »Wenn es hier in der Nähe eine Geheimtür gibt, ist es unwahrscheinlich, dass wir sie finden, selbst wenn sie von so schlechter Machart ist wie die der Ükhs.«

»Ha, Zwerg!«, sagte Alamar pikiert. »Das glaubt Ihr. Ihr vergesst, dass Aylis eine Seherin ist.« Er wandte sich an sie. »Tochter?«

Aylis streckte eine Hand aus. »Darf ich den Stein halten?«

Der Elf streifte sich das Band über den Kopf und reichte ihr das Amulett. Sie nahm den kalten Stein in die Hand, schloss die Augen und murmelte: *»Unde?«*

Nach einem Augenblick flüsterte sie: »Es kommt von unten.«

»Aha!«, grunzte Kelek. »Wie ich gesagt habe – aus dem Gestein.«

Aravan fragte leise. »Kannst du sonst noch etwas erkennen, Aylis?«

Aylis öffnete die Augen, sah Aravan an, schüttelte dann zögernd den Kopf und gab ihm den Stein zurück. »Nur, dass es aus dem Boden kommt, mehr nicht.«

»Kruk!«, fauchte Bokar. »Wenn es irgendwas tief unter der Erde ist, könnte der Eingang überall auf der Insel sein!« Er breitete die Arme aus. »In den Klippen. Oder auch an einem anderen Ort. Überall!«

Aylis nickte und sagte dann: »Ja, Bokar, aber beachtet das Folgende: Wenn Durlok etwas damit zu tun hat, ist der Eingang vielleicht durch Magie verborgen. Wir haben den Rand der Insel abgesucht, die Felsentürme aber noch nicht. Ich würde sagen, wir setzen den ursprünglichen Plan in die Tat um. Vielleicht hat die Kreatur unter uns überhaupt nichts mit Durlok zu tun. Umso mehr Grund, die Suche fortzusetzen.«

Aravan streifte sich das Amulett wieder über den Kopf. »Dann lasst uns gehen.«

Alamar protestierte erneut. »Kein Grund, mich am Mitkommen zu hindern. Hier gibt es genug Wege, die ich beschreiten kann. Ihr braucht meine Magiersicht.«

»Vater, dass wir deine Sicht brauchen könnten, daran zweifle ich nicht. Aber wir haben uns heute Morgen darauf geeinigt, dass Eile geboten ist. Ich kann diese Felsentürme rasch durchsuchen und ebenso rasch ins Lager zurückkehren, wenn es etwas zu vermelden gibt. Tatsächlich sind wir sogar früher wieder im Lager als du mit deiner Gruppe.«

»Ach, glaubst du das? Das werden wir ja sehen, Tochter.« Alamar machte auf dem Absatz kehrt und stürmte gefolgt von Bokar, Jatu und dem Trupp Zwerge davon.

»Sehr gut gemacht, *Chieran*«, flüsterte Aravan. Und hinter Jinnarin auf Rux marschierte Keleks Zwergentrupp weiter zu den Felstürmen, Aylis und Aravan in ihrer Mitte.

»Nichts!«, rief Alamar. »Du hast nichts gefunden?«

Aylis nickte. »Überhaupt keine Spur von Zauberei, Vater.«

Alamar wandte sich an Kelek. »Was ist mit Geheimtüren, Zwerg?«

Kelek schüttelte den Kopf, doch Bokar tönte: »Meister Alamar, habe ich nicht gesagt, dass Geheimtüren praktisch unmöglich zu finden sind? Selbst mit einer Karte sind sie nur schwer zu entdecken.«

Alamar knurrte erbost, erwiderte aber nichts darauf.

Aravan warf einen Blick auf die Nachmittagssonne und wandte sich dann an die anderen. »Wir haben gestern und heute gesucht und nichts gefunden ...«

»Nichts außer nacktem Fels und kümmerlichem Gestrüpp, Aravan«, warf Jinnarin trübsinnig ein.

Aravan nickte zustimmend. »Aye. Aber keine Spur von einem Kristallschloss oder dem Schwarzmagier.«

»Da war die Kälte in deinem Amulett«, erinnerte Aylis die Umstehenden.

»Die aber nichts mit Durlok zu tun haben muss!«, ergänzte Alamar.

»Vielleicht, Meister Alamar, aber was ist dann im Boden verborgen?«, fragte Aravan.

Alamar hob die Hände und schaute die anderen fragend an.

»Ich brauche Vorschläge«, sagte Aravan.

»Hinsichtlich der Kälte in Eurem Stein?«, fragte Jinnarin.

»Hinsichtlich allem«, erwiderte der Elf, »seien es die Kälte, Orte, wo wir suchen können, oder Dinge, die wir übersehen haben.«

Jatu räusperte sich. »Kapitän, ich habe nachgedacht. Wenn Durlok, aus welchen Gründen auch immer, tatsächlich auf einer schwarzen Galeere hierher kommt, braucht er einen sicheren Ankerplatz für das Schiff. Und wenn wir diesen Ankerplatz finden, entdecken wir vielleicht auch das Geheimnis dieser Insel.«

Aravan legte den Kopf ein wenig schräg und lächelte. »Ganz nach Seemannsart gedacht, Jatu. Diese Schlussfolgerung gefällt mir. Eure Überlegung hat sehr viel für sich. Habt Ihr noch mehr zu sagen?«

Jatu zuckte die Achseln und fügte dann hinzu: »Nur dies: an der Stelle, an der wir gelandet sind, ist das Meer tief. Kein Ankerplatz. Aber wir haben uns das Wasser hier noch nicht überall angesehen. Ich schlage vor, wir marschieren noch einmal den Rand der Insel ab und halten dabei nach einem Platz Ausschau, an dem die Galeere des Schwarzmagiers landen könnte.«

Alamar hob eine Hand, und als Aravan sich ihm zuwandte, sagte der Magier: »Ich stimme zu, aber lasst mich Folgendes hinzufügen: Wir sollten dort mit der Suche beginnen, wo Euer Steinamulett kalt geworden ist.«

»Wartet!«, rief Aylis, während sie über den Rand und die Klippe hinunterschaute. »Da ist ein Felsvorsprung. Ich kann nicht sehen, was darunter ist.«

Die anderen blickten ebenfalls nach unten auf den Überhang. »Und wenn schon«, sagte Jatu. »Das Wasser ist schwarz und tief. Dort gibt es keine Ankermöglichkeit ... es sei denn, Durlok vertäut die schwarze Galeere an Vorrichtungen im Fels.«

»Ich klettere nach unten und sehe nach«, sagte Bokar.

Aylis legte ihren Mantel ab. »Ich begleite Euch, Waffenmeister.«

Bokar sah sie überrascht an, und Aylis fügte hinzu: »Derartige Vorrichtungen zum Vertäuen des Schiffs könnten durch Zauberei getarnt sein. Ihr werdet meine Magiersicht brauchen.«

Bokar zuckte die Achseln und fragte dann: »Könnt Ihr klettern?«

Alamar lachte schallend. »Wie eine Bergziege, Zwerg.«

Bokar ignorierte Alamar und fragte: »Könnt Ihr Euch auch abseilen?«

Aylis lächelte. »Ich habe mich schon die eine oder andere Wand heruntergelassen.«

Jetzt johlte Alamar geradezu. »Du meine Güte, einmal in der Akademie von Kairn, hat Aylis ...«

»Vater, still!«, gebot Aylis, wobei sie errötete. Sie sah Aravan an, doch ohne seinem Blick zu begegnen. Der Elf hob seinerseits neugierig eine Augenbraue, enthielt sich aber jeden Kommentars.

Seile wurden zusammengebunden und durch Schnappringe gezogen, welche an Nägeln hingen, die tief in das Gestein gehämmert wurden. Aylis führte das doppelte Seil unter ihrem linken Oberschenkel durch und über die rechte Schulter nach unten, während die rechte Hand das Seil tief unten packte, und dann sah sie Bokar an, der mit seinem Seil ganz ähnlich verfuhr. Sie nickten einander zu und seilten sich an der vertikalen Wand ab.

Gut hundert Fuß tiefer erreichten sie den Sims, Bokar zuerst, Aylis gleich hinter ihm. Sie lösten sich beide von ihrem Seil, und Bokar legte sich auf den Bauch und lugte über den Rand. »Kruk!«, knurrte er. »Nur Felsen bis zum Ufer.«

Jetzt legte Aylis sich neben ihn. »*Visus*«, murmelte sie und keuchte dann. »Seht doch! Falsches Gestein!«

»Falsch? Mir kommt es echt genug vor.«

»Glaubt mir, Bokar, es ist nicht real. Seht Ihr die Wellen – sie schwappen *durch* dieses Gestein.«

Jetzt weiteten sich Bokars Augen. »Bei Elwydd«, hauchte er. »Ihr habt Recht!«

7. Rapitel

DIE HÖHLE DER SPINNE

Frühling, 1E9575
[Die Gegenwart]

»Da unten ist eine Höhle auf Meereshöhe«, sagte Aylis in dem Augenblick, als sie über den Rand kletterte. »Hinter einer Illusion verborgen.«

»Eine *Illusion*!«, riefen mehrere Stimmen auf einmal.

»Durlok!«, fauchte Alamar.

»Diese Höhle, wie groß ist sie?«, fragte Aravan.

»Der Eingang liegt auf Meereshöhe und ist gut siebzig oder achtzig Fuß breit; er verjüngt sich nach oben bis zu einer Höhe von vielleicht neunzig Fuß.«

Jinnarin fragte mit geweiteten Augen: »Wie sah die Illusion aus?«

Bokar bückte sich und hob einen kleinen Felsbrocken auf. »Wie dieser Stein«, sagte er. »Ich konnte die Höhle nicht entdecken. Für mich war da nur eine steil zum Meer abfallende Felswand. Aber Lady Aylis hat mir gezeigt, dass die Wellen *durch* das solide wirkende Gestein branden.«

»Wie tief ist die Höhle?«, fragte Aravan.

»Von dem Sims aus konnte ich das nicht erkennen«, antwortete Aylis, »aber Bokar sagt, dass sie sehr groß ist.«

Kelek hob eine Augenbraue und fragte: »Inwiefern, Waffenmeister?«

»Sie hört sich groß an, Kelek. Die Wellen wogen hinein, und ihr Tosen erzeugt ein tiefes, hallendes Echo.«

»Ah«, sagte Kelek zufrieden.

»Ich konnte ein Stück weit hineinschauen«, fügte Aylis hinzu, »und sie verläuft vierzig oder fünfzig Fuß weit gerade in den Fels hinein. Mehr kann ich nicht sagen.«

Jatu wandte sich an Aravan. »Wäre dies ein sicherer Ankerplatz für Durloks Schiff?«

Aravan nickte. »Aye, Jatu. So sieht es jedenfalls aus.«

»Ha!«, knurrte Alamar. »Was die Tiefe der Höhle angeht: Sie muss mindestens eine Viertelmeile in die Insel hineinragen.«

Jinnarin sah den Alten verblüfft an. »Wie kommt Ihr darauf, Alamar?«

»Das Steinamulett, Pysk.« Der Magier zeigte auf die Felstürme. »Die Stelle, an welcher Aravans Amulett am kältesten war, ist eine Viertelmeile vom Ufer entfernt.« Alamar sah den Elf an. »In dieser Höhle könnte es wohl Gezücht aus Neddra geben, nicht wahr?«

Aravan hob eine Hand. »Höchstwahrscheinlich, Meister Alamar, obwohl es auch etwas anderes sein könnte – sogar eine Kreatur des Meeres.«

»Eine Kreatur des Meeres?«, entfuhr es Jinnarin.

»Aye«, erwiderte Aravan. »Es ist bekannt, dass manche Seeungeheuer den Stein kalt werden lassen – Hélarme, zum Beispiel.«

Jinnarin schluckte. *Hélarme – Kraken.*

»Ob Hélarme oder nicht«, verkündete Alamar, »wir müssen es so oder so herausfinden. Die Illusion allein besagt schon, dass dies Durloks Höhle ist.«

Jinnarin hatte plötzlich Herzklopfen, und ihre Gedanken überschlugen sich – *Die Höhle der Spinne, meint er* –, doch sie sagte nichts.

Bokar wandte sich an Aylis. »Gibt es einen sicheren Platz, wenn wir uns abseilen?«

125

Aylis schüttelte den Kopf. »Ich glaube nicht. Es gibt keine Vorsprünge, auf denen man stehen könnte – ich habe jedenfalls keine gesehen.«

»Dann müssen wir mit den Booten hineinfahren«, versetzte Jatu.

Aravan warf einen Blick auf die tief stehende Sonne. »Wir haben nicht mehr lange Tageslicht. Ich halte es für besser, wenn wir diesen Ausflug morgen Früh unternehmen.«

Zwei Stunden nach Sonnenaufgang näherten sich die Boote der Klippe unter dem Überhang. Nackter Fels erhob sich dort – jedenfalls kam es Jinnarin so vor.

Nur mit einer lautlosen Handbewegung befahl Aravan, die Segel einzuholen.

Rasch wurden alle Segel heruntergenommen, und während einige Zwerge bereits gespannte und geladene Armbrüste aufhoben, führten andere zur Geräuschdämpfung mit Stoff umwickelte Ruder durch die Dollen und ruderten jener Öffnung entgegen, die nur Aylis und Alamar sehen konnten. Aylis befand sich mit Bokar im vordersten Boot, Alamar mit Aravan im nächsten, Jinnarin, Rux und Jatu folgten im dritten.

Aylis' Anweisungen folgend, ruderten alle sieben Boote hintereinander auf eine scheinbar solide Felswand zu. Alle Menschen, Zwerge, Magier sowie Elf, Pysk und Fuchs nahmen an diesem Ausflug teil, denn sie wussten nicht, was sie hinter der Illusion vorfinden würden, und wollten deshalb in voller Stärke dem Ungewissen entgegentreten.

Plötzlich riss Jinnarin die Augen weit auf, denn Aylis' und Bokars Boot fuhr einfach durch die Felswand hindurch und verschwand. Dann glitt Aravans und Alamars Boot ebenfalls durch den massiv scheinenden Fels. Trotz allem, was sie soeben gesehen hatte, kniff Jinnarin die Augen fest zu – *Wir werden zerschellen!* –, als ihr Boot die Felswand erreichte, an der sie vorbeirauschte, ohne etwas davon zu spüren. Einen Moment später öffnete sie die Augen vorsichtig und sah, dass sie in einer Höhle angelangt waren. Sie warf einen Blick über die Schulter nach hinten – von dieser Seite gab es keine Illusion einer Felswand, nur die große, gezackte Öffnung, die an der Basis sehr breit war und sich dann nach oben verjüngte.

Jinnarin beugte sich über die Wandung des Dingis und schaute ins Wasser. Es war tief, und obwohl es im einfallenden Tageslicht hell erschien, konnte sie keinen Grund erkennen. Als sie sich wieder nach vorn wandte, sah sie, dass sie sich in einer langen Enge mit steil aufragenden Felswänden links und rechts befanden, die tiefer hineinführte. Das Gestein glitzerte durch die darin enthaltenen Fragmente von *Kwarc*, oder wie die Zwerge es genannt hatten.

Die Boote fuhren weiter den Kanal entlang, der auf Höhe des Wassers gut achtzig Fuß breit war. Die unregelmäßige Decke in der Höhle war stellenweise nicht höher als fünfzig Fuß. Und Jatu flüsterte: »Wenn Durloks Schiff einen hohen Mast hat, muss er ihn umlegen, um das Schiff hier durchzumanövrieren.«

Ihre Schatten eilten ihnen auf dem Weg ins Innere der Höhle voran, da das Tageslicht hinter ihnen langsam zurückblieb. Aus der Finsternis vor ihnen drang das hohle Geräusch einer rhythmischen Brandung, wie Atemzüge einer riesigen Kreatur. Plötzlich verbreiterte sich der Kanal zu einer Lagune mit einer Breite von vielleicht dreihundert Fuß. Voraus war das Ufer etwa halb so weit entfernt, während die Enden rechts und links in Düsternis gehüllt waren.

Und überall glitzerten und funkelten die Wände wie Diamanten.

»*Kwarc*«, hauchte Brekka, indem er mit seiner Armbrust darauf zeigte.

127

»Kristall!«, zischte Jinnarin. »Ach, Jatu, könnte das hier das Kristallschloss sein? Alamar sagte mir, die Bilder in unseren Träumen seien manchmal nur irreführende Schatten der Wahrheit.«

»Vielleicht stimmt das, Lady Jinnarin«, erwiderte Jatu mit gedämpfter Stimme. »Vielleicht ist diese glitzernde Höhle tatsächlich das funkelnde Schloss aus Eurem Traum.«

Das reflektierte Licht tanzte auf den Kristallwänden, und das Tosen der Brandung hallte in ihren Ohren, als sie durch die Lagune fuhren. Aylis führte die Kolonne der Boote nach links zu einem Anlegeplatz im Schatten, wo es einen langen steinernen Kai gab.

Während sie über das dunkle, wogende Wasser glitten, schaute Jinnarin wieder über die Bootswand ins Wasser. Alles war in eine so undurchdringliche Schwärze gehüllt, dass tausend Ungeheuer unbemerkt in den Tiefen hausen mochten. Und da sie sich an Aravans Worte über die Hélarme erinnerte, stellte Jinnarin sich dicke, fleischige Tentakel vor, wie sie aus den Tiefen hervorbrachen, sich um die Boote wickelten und diese ins Verderben zogen, und sie ächzte entsetzt und wich von der Bordwand zurück.

Das erste Boot erreichte den Kai und ging längsseits. Zwergische Krieger stiegen leise aus. Während ein Krieger am Boot blieb, um es zu vertäuen, schwärmten die anderen bereits geduckt aus, die Armbrüste im Anschlag. Als die anderen Boote den steinernen Pier erreichten, verstärkten weitere Zwerge den Verteidigungsring.

Jinnarins Boot erreichte schließlich den Kai, und auf einen geflüsterten Befehl von ihr sprang Rux mit der Pysk auf dem Rücken an Land – ein flüchtiger Schatten, der auf den Steinen landete und zum Verteidigungsring lief.

Alamars Boot legte am Ende des Piers an, wo eine Steintreppe vom Wasser aufwärts führte. Die Zwerge halfen dem Alten aus dem Boot und auf die Treppe.

Bald hatten sich alle auf dem Pier versammelt. »Seid auf der Hut, mein Amulett erkaltet«, sagte Aravan laut, um das Echo der anbrandenden Wellen zu übertönen. Die Warnung wurde rasch von Mund zu Mund an alle Krieger weitergegeben.

Ein einzelner Korridor führte von dem Landeplatz weg, ein grob behauener Tunnel, gut dreißig Fuß breit und knappe fünfzig Fuß hoch. In der Ferne, ein gutes Stück tiefer in dem gewundenen Gang, war ein schwacher Lichtschein zu sehen, dessen Quelle hinter einer Biegung verborgen lag.

Mit einer stummen Geste teilte Bokar seine Krieger in zwei Gruppen ein, die sich mit dem Schild in der einen und der Waffe in der anderen Hand in Bewegung setzten, zwanzig Krieger an jeder Wand, ganz vorn diejenigen mit gespannter Armbrust im Anschlag. Brekka und Dokan hatten die Führung übernommen, obwohl ein kleiner Schatten auf gleicher Höhe bei ihnen war. Bokar und Aravan gingen nicht weit hinter der Spitze, wobei Bokar seine doppelschneidige Axt geschultert hatte, und Aravan ein Schwert in der rechten und ein Langmesser in der linken Hand trug. Die beiden Magier waren unbewaffnet und hielten sich jeweils in der Mitte ihres Trupps, Alamar links und Aylis rechts. Den Abschluss bildeten die Menschen, die mit Säbeln und Knüppeln bewaffnet waren. Zwei trugen abgeschirmte Zwergenlaternen, deren Blenden ein kleines Stück geöffnet waren, sodass ein wenig Licht herausdrang, da das Sehvermögen der Menschen nicht so gut war wie das der anderen Rassen. Jatu war der Letzte in seiner Reihe, und der schwarzhäutige Hüne war mit seinem großen Streitkolben bewaffnet.

Sie folgten leise dem Korridor, dessen Wänden glitzerten und funkelten, während Aravans Amulett mit jedem Schritt kälter wurde. Bald lag ein unangenehmer Geruch in der Luft.

Der Gang schwenkte allmählich nach links, als sie sich dem Lichtschein voraus näherten. Der in Schatten gehüllte Rux trabte mit seiner Herrin auf dem Rücken ein Stück voraus, doch auch der Fuchs rückte nur noch behutsam vor, da ihm der Gestank in der Höhle sichtlich missfiel.

Die Pysk und ihr Reittier erreichten eine Abzweigung und warteten dort auf Brekka und Dokan. Ein kleinerer Tunnel führte nach links, während der Hauptkorridor mit sanftem Rechtsknick weiter geradeaus verlief. Aus dem kleineren Tunnel zur Linken drang der schwache Lichtschein. Der Boden schien hier leicht anzusteigen, und der Gang selbst war nicht breiter als drei Fuß und gerade hoch genug für einen Menschen.

Die beiden zwergischen Kundschafter gingen dorthin, wo der Schatten wartete, obwohl Jinnarin sich bewegen musste, um sie wissen zu lassen, dass sie in der Nähe war. Brekka lugte vorsichtig in den Gang zur Linken, während Dokan ein paar Schritte vorauseilte und einen Blick in den Hauptkorridor warf. Beide fanden nur Düsternis und Stille vor.

Bokar, Aravan und ihre beiden Trupps erreichten die Abzweigung, und Bokar gab das Handzeichen zum Anhalten. Seine wachsamen Augen begutachteten die beiden Möglichkeiten vor ihnen, und schließlich bedeutete Bokar Brekka und Dokan, den schmalen Korridor zur Linken auszukundschaften, während die übrigen Krieger an der Abzweigung warteten.

Bevor sie sich in Bewegung setzen konnten, fiel der Schatten von Jinnarin und Rux ab, und sie machte energisch klar, dass Brekka und Dokan zurückbleiben sollten, während sie und Rux den spärlich erleuchteten Seitenkorridor erforschen würden. Ohne eine Antwort abzuwarten, ballte sie die Schatten wieder um sich, und sie huschte gleich darauf in den schmalen Seitenkorridor.

Bokar machte Anstalten, sie aufzuhalten, doch Aravan legte dem Waffenmeister eine Hand auf die Schulter, hielt ihn zurück und murmelte: »Sie hat Recht, Bokar. Niemand ist für diese Aufgabe besser geeignet.«

Zähneknirschend wandte Bokar sich an Brekka und Dokan und bedeutete ihnen, stattdessen dem großen Gang zu folgen. Der Rest der Streitmacht blieb, wo er war. Wachsame Augen versuchten, die Düsternis zu durchdringen, und suchten nach einem Feind, während die Pysk und ihr Fuchs durch einen spärlich erleuchteten Gang der Lichtquelle entgegeneilten.

Der Weg führte stetig bergauf, und das Licht wurde langsam heller, da sie sich seiner Quelle näherten. Rux lief lautlos vorwärts, und Jinnarin hatte einen ihrer winzigen Pfeile auf die Sehne ihres Bogens gelegt und hielt ihn schussbereit. Die Wände waren zerklüftet und wanden sich zackig hierhin und dorthin, aber im Wesentlichen führte der Weg beständig nach Süden, also zum Rand der Insel zurück, jedenfalls Jinnarins Einschätzung nach. Der eigentliche Gang blieb schmal und schrumpfte stellenweise auf eine Breite von zwei Fuß, wurde aber nie breiter als fünf Fuß. Eine dünne Staubschicht bedeckte den Boden, und als sie nach Spuren Ausschau hielt, fand sie keine, obwohl die Abnutzung an einigen Stellen deutlich machte, dass der Weg durchaus benutzt wurde.

Sie waren vielleicht vierhundert Fuß weit gelaufen, als Jinnarin murmelte: »Ich rieche das Meer, Rux.« Kurz darauf erreichten sie endlich das Ende des Ganges, wo sich ein schmaler senkrechter Schlitz befand, durch den Tageslicht einfiel. Diverse Abfälle lagen auf dem Boden. Jinnarin stieg ab und sah sie sich genauer an – Fischschuppen und Gräten, eine verschimmelte Brotkruste, vertrocknete Obstschalen, die geknackten Knochen von irgendeinem Tier und ähnliche Überreste von Mahlzeiten, die vor Wochen zu

sich genommen worden waren, so erschien es ihr jedenfalls. Jinnarin ging zu dem Spalt, kletterte hinein und
schaute nach draußen. Sie konnte das Meer am Horizont
sehen und hier und da gefangene Schiffswracks, die aus
den treibenden Algen ragten. Gut neunzig Fuß unter ihr,
am Fuß der steilen Klippe, donnerte der Ozean gegen die
Felsen der Insel. Zweihundert Fuß weiter links brandeten
die Wellen durch das Gestein. *Das muss die Illusion vor
dem Eingang der Höhle sein.* Sie schaute nach oben und
sah genau über sich einen Felsvorsprung nach außen ra-
gen. *Ja, ich bin wieder am Rand der Insel. Das hier muss
ein Ausguck sein.* Sie wandte sich ab, um sich wieder auf
Rux' Rücken zu schwingen. Tageslicht ließ die kristallhalti-
gen Wände des Ganges glitzern, und sie ächzte. *Ist das hier
die Stelle, an der ich in meinem Traum stehe?* Mit klopfendem Herzen fuhr Jinnarin wieder herum und schaute wieder über das Wasser, doch kein schwarzes Schiff und auch
keine Riesenspinne eilten über die Wellen auf sie zu. Sie
bezähmte ihre Furcht und bestieg ihr Reittier, und der
Fuchs machte sich auf den Rückweg durch den schmalen
Gang.

Als Pysk und Fuchs die Abzweigung erreichten, stellte
Jinnarin fest, dass die Trupps vorgerückt waren, denn nun
standen Aylis und Alamar in der Nähe. Als der Schatten
aus dem schmalen Gang flitzte, flüsterte die Seherin einem
Zwerg etwas zu und kauerte sich dann nieder, um die Pysk
aufzuhalten und mit ihr zu reden.

»Wo sind Bokar und Aravan?«, fragte Jinnarin.

»Ich habe nach ihnen geschickt.«

»Aylis, vielleicht habe ich die Stelle entdeckt, an welcher
wir im Traum stehen und auf das Meer schauen.«

»Am Ende des Ganges?«, fragte Aylis, indem sie auf den
schmalen Korridor zeigte.

»Sie sieht nicht so aus, wie sie im Traum ist ...«

In diesem Augenblick tauchten Aravan und Bokar auf und kamen zu ihnen.

»Bokar, Aravan«, sagte Jinnarin leise, »der Gang führt zu einem Ausguck, einem schmalen Spalt gleich unter dem Felsvorsprung und links oder vielmehr westlich vom Eingang der Höhle.«

»Zweigen noch andere Gänge ab?«, fragte Bokar.

»Nein.«

»Jinnarin«, flüsterte Aylis, »bevor Ihr das nächste Mal einfach so davonrast, wartet, bis ich einen Zauber gewirkt habe.«

»Einen Zauber?«

»Ja. Wenn ich mich konzentriere, kann ich die Anwesenheit von denkendem Leben spüren.«

»Aber Aravans blauer Stein ...«

Alamar zischte: »Er entdeckt in erster Linie unsere Feinde, Pysk. Und manches Unheil spürt er überhaupt nicht.«

»Und er verrät mir auch nicht die Richtung, aus welcher die Gefahr droht«, fügte Aravan hinzu, »nur, ob nah oder fern.«

Bokar zupfte an seinem roten Bart. »Dennoch, Lady Aylis, ich möchte nicht, dass Ihr bei der Vorhut seid, und auch nicht Meister Alamar ...«

»Ach, Zwerg«, knurrte Alamar erbost. »Wir können recht gut auf uns aufpassen.«

Aylis legte ihrem Vater eine Hand auf den Arm, um ihn zu beruhigen. »Vater, Bokar hat Recht – die Vorhut ist ein Platz für Krieger.« Sie wandte sich an den Waffenmeister. »Trotzdem, Bokar, wenn wir auf Abzweigungen stoßen, lasst mich einen Zauber wirken, bevor Ihr Kundschafter hineinschickt.«

Bokar nickte zustimmend und sagte: »Ein Stück weiter haben Brekka und Dokan bereits einen weiteren Gang entdeckt, der nach rechts abzweigt.«

»Ich bin gleich wieder zurück, Vater«, murmelte Aylis und entfernte sich rasch, bevor Alamar sich erbötig machen konnte, sie zu begleiten. Jinnarin folgte ihr auf Rux ebenso wie Aravan und Bokar.

Sie folgten der Biegung, und gut fünfzig Fuß weiter stießen sie auf diese neue Abzweigung, einen breiten Korridor, der im rechten Winkel vom Hauptgang abknickte. Hier schnaubte Rux und versuchte verzweifelt, seine Nüstern von dem Gestank zu befreien, der aus diesem Gang drang.

»Aufgepasst«, zischte Jinnarin. »Rux gefällt nicht, was vor uns liegt.«

Bokar gab den Zwergen mit einer Armbrust das Zeichen für höchste Alarmbereitschaft. Dann wandte er sich an Aylis und flüsterte: »Lady Aylis, dem Widerhall nach klingt dies für uns Châkka nach einer einzelnen Kammer, die in einiger Entfernung liegt.« Aylis nickte und trat vor die dunkle Öffnung.

Von Armbrüsten bewacht, murmelte Aylis: *»Patefac vitam patibilem«,* und spähte in den Gang, die Stirn in höchster Konzentration tief gerunzelt. Nach einem Augenblick entspannte sie sich und trat zurück. »Nichts«, flüsterte sie.

»Ha!«, zischte Alamar. Jinnarin fuhr herum. Der alte Magier war plötzlich hinter ihnen aufgetaucht. »Kein denkendes Leben, aber es gibt andere Kreaturen, die darin sein könnten – einige davon tödlich.«

»Das weiß ich wohl«, entgegnete Bokar. »Brekka, Dokan ...« Der Waffenmeister hielt inne und betrachtete den Schatten, unter dem sich Jinnarin und Rux verbargen. Schließlich fügte er hinzu: »... und Lady Jinnarin. Ihr drei nehmt eine rasche Erkundung vor. Seid wachsam, denn, wie Meister Alamar zu Recht sagt, es könnte dennoch Leben darin geben.«

Die Kundschafter mit Jinnarin an der Spitze verschwanden in dem Gang, obwohl Rux sich nur widerstrebend dem Gestank aussetzte. Der Gang bog zuerst ein wenig nach links und dann wieder nach rechts, und bei dieser zweiten Biegung öffneten Brekka und Dokan eine Zwergenlaterne, deren phosphoreszierender Schein die Dunkelheit zurückdrängte, die selbst ihre Châkaugen nicht mehr durchdringen konnten, wenngleich Rux und Jinnarin noch immer etwas sahen.

Sie gelangten in eine große Kammer mit einem Gestank, der Pysk und Zwergen gleichermaßen Übelkeit verursachte. Auf dem Boden lagen mehrere große Matten. »Trolle!«, zischte Brekka mit grimmiger Miene. »Das ist ein Schlafgemach für Trolle.«

Jinnarin schauderte. Sie hatte noch nie einen Troll gesehen, aber schon von ihnen gehört. Farrix hatte erzählt, sie seien riesig – zwölf bis vierzehn Fuß groß –, und verfügten über gewaltige Kraft und eine unendliche Zähigkeit, aber wenig Verstand. Sie hätten spitze Zähne, Ohren wie Fledermausflügel, funkelnde rote Augen und dazu eine grünliche, schuppige und steinharte Haut. Und manche Leute würden sie Ogrus nennen, andere wiederum ...

»Zählt die Betten«, zischte Dokan und unterbrach damit Jinnarins Überlegungen. »Wir müssen wissen, wie groß die Gefahr ist.«

Rasch umrundeten sie den Raum. »Ich zähle achtundzwanzig«, knirschte Dokan, und Brekka und Jinnarin bestätigten die Zahl.

Brekkas Blick wanderte durch den Raum. »Ich sehe keine anderen Ein- und Ausgänge.«

»Nur der Gang, durch den wir gekommen sind«, fügte Dokan hinzu.

»Gehen wir«, drängte Jinnarin. »Rux hält es in dem Gestank kaum noch aus.«

Sie kehrten rasch zum Hauptkorridor zurück.

»Dort ist eine leere Schlafkammer für Trolle«, erläuterte Dokan. »Mit achtundzwanzig Schlafgelegenheiten.«

»Elwydd!«, rief Bokar. »Achtundzwanzig?« Der Waffenmeister wandte sich äußerst beunruhigt an Aravan. »Wir
können es nicht wagen, es mit so einer Streitmacht aufzunehmen, Kapitän. Wir hätten schon Mühe, auch nur einen
Troll zu besiegen.«

Aravans Hand irrte zu dem kalten Amulett an seinem
Hals. »Hoffen wir, dass wir nicht einmal diesem einen begegnen, Bokar. Doch Trolle oder nicht, wir müssen weiter,
denn jetzt bin ich sicher, dass wir durch Durloks Festung
schreiten, und irgendwo hier ist das Herz des Bösen, das wir
suchen und vernichten müssen.«

Ein kleiner Schatten näherte sich. »Die Antwort auf die
Frage, wo Farrix ist, muss ebenfalls hier zu finden sein.«

Ein grimmiger Ausdruck trat in Bokars Augen. Er wandte
sich an Brekka und Dokan ... und an Jinnarin. »Dann lasst
uns weitergehen«, grollte er und bedeutete den Kundschaftern, die Spitze zu übernehmen.

Sie gingen weitere hundert Fuß, während der Gang leicht
aufwärts und weiterhin in leichtem Bogen nach rechts
führte, und trafen auf eine scharf nach links abknickende
Abzweigung. Wiederum wirkte Aylis einen Zauber, und
wiederum entdeckte sie kein Leben darin. Und in diesem
Gang fanden Jinnarin, Brekka und Dokan zwei weitere
Schlafkammern, eine für sechzehn Rucha, die andere für
vier Loka. Wieder führte Jinnarin sich vor Augen, was
sie von Farrix über diese Kreaturen wusste. Rucha waren
o-beinig und vier bis fünf Fuß groß und hatten große Ohren, spitze Zähne, dunkle Haut und gelbe Augen. Loka waren wie Rucha, aber menschengroß und mit geraden Glied-
maßen. Und wie Trolle stammten auch diese Wesen aus
Neddra – die ungeschickten Rucha und die geschickten
Loka waren gleichermaßen Kreaturen Gyphons.

Der Hauptgang führte immer noch weiter aufwärts und
leicht nach rechts, und der Widerhall des Ozeansrauschens

wurde immer leiser. Und immer noch wurde Aravans Amulett beständig kälter, je weiter sie gingen, und zeigte somit an, dass sie der Gefahr immer näher kamen.

Gut vierhundertfünfzig Fuß weiter stießen sie auf die nächste Abzweigung. Der eine Weg führte nach links, der andere geradeaus. Beide Gänge waren eben, aber welcher der Hauptkorridor war, ließ sich nicht mehr sagen. Doch aus dem Gang zur Linken drang ein schwacher bläulicher Lichtschimmer.

»Lass mich das Amulett halten, Aravan«, flüsterte Aylis.

Aravan streifte sich das Band über den Kopf und gab Aylis den Stein. *»Unde?«,* murmelte sie, während sie die Augen schloss. Langsam drehte sie sich, bis sie sich dem linken Gang zuwandte. Sie öffnete die Augen und gab Aravan das Amulett zurück. »Es kommt aus diesem Gang«, sagte sie, indem sie darauf zeigte.

»Was ist mit dem rechten Weg?«, murmelte Bokar. »Wir sollten uns lieber erst in Gefahr begeben, wenn wir wissen, was sich hinter uns befindet.«

Aylis stellte sich vor den dunklen Gang zur Rechten. *»Patefac vitam patibilem«,* murmelte sie und schüttelte dann den Kopf. »Kein Leben, Waffenmeister.«

Bokar deutete mit einem Kopfnicken auf Brekka und Dokan und zeigte auch auf Jinnarins Schatten, und schon waren die Kundschafter unterwegs in den rechten Gang.

Nach kurzer Zeit hörten sie das Rauschen fließenden Wassers, und schließlich betraten sie einen großen Versammlungssaal, wo es Tische und Bänke gab, die groß genug für Trolle waren, aber auch solche für Rucha und Loka. Verdorbene Essensreste lagen überall herum, und an einer Wand stand ein Trog. Aus einer Felswand lief Wasser, das ihn füllte, während der Überschuss durch einen Spalt im Boden ablief. »Ein Speisesaal«, knurrte Brekka.

Auf der anderen Seite dieses großen Raums führten zwei Gänge weiter, ein kleiner nach rechts und abwärts und ein größerer nach links und eben. Während Dokan den linken Weg erforschte, nahmen sich Brekka und Jinnarin den kleineren zur Rechten vor. Auf dem Weg bergab hörte Jinnarin Wellen gegen Stein schwappen. Sie erreichten eine weitere Abzweigung: Ein offener Gang führte nach rechts, während der Weg nach links von einer allerdings nur angelehnten Gittertür versperrt wurde. Nach einem Blick auf Brekka wandten sie sich nach rechts und gelangten schließlich zu einer Kammer, in der sich ekelhafter Gestank mit dem Geruch des Meeres vermischte. Eine mit Unrat gefüllte Spalte zog sich quer über den Boden, deren Rand von Fäkalien gesäumt wurde, und tief unten hörten sie die Wellen des Ozeans schwappen. »Puh«, murmelte Brekka, »eine Latrine.«

Sie kehrten zu der Gittertür zurück, und dahinter fanden sie eine weitere Kammer mit überall verstreuten Matten aus fauligem Stroh. Auch durch diesen Raum zog sich eine dünne Spalte, durch die von unten das Rauschen des Meeres drang. Jinnarin sah Brekka an. »Hier waren wohl Gefangene eingesperrt«, merkte er grollend an, indem er mit einer Kopfbewegung auf die Gittertür zeigte.

Sie kehrten in den Speisesaal zurück und berichteten Dokan, was sie gefunden hatten. Dokan zeigte mit dem Daumen auf den Gang hinter sich, den er erforscht hatte. »Eine Küche«, sagte er. »Es gibt Abzugsöffnungen in der Decke.«

Brekka öffnete die Abschirmung an der Laterne vollständig und schaute nach oben. Die *kwarc*-haltige Decke wies ebenfalls Belüftungsspalten auf. »Ha. Ich nehme an, es ist überall dasselbe. Das anbrandende Wasser funktioniert wie eine Pumpe und sorgt für Belüftung.«

Sie kehrten zur wartenden Hauptgruppe zurück und erstatteten Bokar Bericht. Der Waffenmeister nickte, wandte sich dann an Aravan und zeigte auf den linken Gang mit dem schwachen bläulichen Lichtschimmer. »Nun, Kapitän, dann lasst uns nachsehen, welches Böse Euer Amulett entdeckt hat.«

Sie schlichen in den Gang, Brekka, Dokan und die in Schatten gehüllte Jinnarin an der Spitze, während das Rauschen des Ozeans sich in der Dunkelheit hinter ihnen verlor. Nach hundert Fuß passierten sie einen weiten Bereich mit Kisten, Ballen und Fässern zu ihrer Linken. »Vorräte«, zischte Brekka im Vorbeigehen. Hundertfünfzig Fuß weiter wurde der Lichtschein heller, und wieder passierten sie ein Vorratslager in einer Aushöhlung zur Linken. Dann näherten sie sich einer Öffnung zu einer Kammer, woraus der blaue Lichtschein drang. Brekka ließ sie ein paar Schritte davor innehalten und wisperte leise: »Seid vorsichtig, denn das ist kein Tageslicht, was wir sehen, und wohl auch kein Laternenlicht, sondern etwas ganz anderes.«

Jinnarin flüsterte: »Es sieht aus wie das magische Licht, das Alamar manchmal wirkt.«

Eine leise Stimme ertönte direkt hinter ihnen. Es war Aravan, der sich mit seiner elfischen Geschicklichkeit unbemerkt herangeschlichen hatte. »Seid vorsichtig. Mein Stein ist eiskalt. Ich würde meinen, die Gefahr liegt in dieser Kammer.«

Hinter ihm näherten sich die Châkka und mit ihnen Aylis.

Aravan schaute die Seherin an und deutete dann mit einem Kopfnicken auf die erleuchtete Kammer. »*Patefac vitam patibilem*«, murmelte sie, dann fügte sie im Flüsterton hinzu: »Seid vorsichtig, in der Kammer gibt es ein denkendes Wesen. Wer oder was, kann ich jedoch nicht sagen.«

»Ich werde nachsehen«, zischte Jinnarin, und ihre von Schatten umhüllte Gestalt schlich der Öffnung entgegen.

Mit klopfendem Herzen tasteten sich Jinnarin und Rux vorwärts, und langsam kam das Innere der Kammer in Sicht. Jinnarin schluckte verblüfft, denn Decke und Wände bestanden vollständig aus fußbreiten, schrittlangen Kristall-schäften – sechsseitige, stumpfe Stelen, dicht an dicht und in allen möglichen Winkeln in den Raum ragend. Der unebene Boden bestand ebenfalls aus transparentem Kristall, als seien irgendwann einmal auch aus dem Boden die Stelen gewachsen, dann aber abgebrochen worden, um den Boden anschließend grob zu glätten. Alles war von einem blauen Licht durchdrungen, das die Luft abzustrahlen schien. Als Rux tiefer in den Raum eindrang, rückte langsam eine Rune in Jinnarins Blickfeld, die in den Boden geschlagen worden war und deren Form an den Sinnen zu zerren schien, als winde sie sich auf eine obszöne Weise, obwohl sie fest in den rohen Kristall gemeißelt war.

Der Fuchs machte noch zwei zögerliche Schritte vorwärts, und weitere verderbte Runen erschienen in Jinnarins Blickfeld, wobei bereits ihre Formen etwas Böswilliges hatten. Jetzt konnte sie erkennen, dass zur Linken der Boden zur Mitte des Raumes hin abfiel.

Die Pysk warf einen Blick zurück über die Schulter. Dokan und Brekka schlichen hinter ihr heran, während alle anderen warteten.

Mit klopfendem Herzen trieb Jinnarin Rux vorwärts. Wiederum hielt die Pysk den Atem an, denn nun sah sie, dass die Kammer ein gewaltiges Rund war, volle zweihundert Fuß im Durchmesser, und von großen funkelnden Kristallen gesäumt. Der grob behauene Boden bildete eine große, flache Senke, und Jinnarin konnte jetzt bis zur Mitte schauen, wo auf einem erhöhten Podest oder vielleicht einem Altar etwas lag ...

»Farrix!«, schrie sie, und der Schatten löste sich von ihr und Rux, und Fuchs und Pysk waren nun deutlich zu sehen. »Farrix!«, rief sie noch einmal und stürmte in die Kammer.

8. Kapitel

DIE KRISTALLKAMMER

Frühling, 1E9575
[Die Gegenwart]

»Kruk!«, fauchte Brekka und lief mit Dokan hinter sich zur Tür, die Armbrust im Anschlag und zum Schuss erhoben, während hinter ihnen Aravan mit Bokar und dem Kriegstrupp ebenfalls herbeieilten.

Sie stürzten in die Kristallkammer, schwärmten sofort aus und sahen sich auf der Suche nach dem Feind forschend um. Brekka und Dokan folgten Jinnarin nach unten zu dem Mittelpodest, wo Pysk und Fuchs mittlerweile angelangt waren und Letzterer gerade auf den Kristall-Altar sprang.

Jinnarin sprang von Rux herunter und glitt neben Farrix auf die Knie, während sie seinen Namen rief. Doch Farrix bewegte sich nicht. Der schwarzhaarige Pysk lag in seiner Lederkleidung reglos auf dem Rücken, und seine Brust hob uns senkte sich nicht. Furcht erfüllte ihr Innerstes, als Jinnarin ein Ohr auf Farrix' Oberkörper legte, auf einen Herzschlag lauschte und keinen hörte. Sie lehnte sich auf den Knien zurück, hob das Gesicht zur Decke und weinte leise, das Gesicht zu einer Maske unsagbaren Kummers verzerrt. Rux winselte und drehte sich unentschlossen im Kreis, fletschte die Zähne und knurrte, als die anderen näher kamen.

Brekka und Dokan waren ebenso wie Aravan am Mittelpodest angelangt und umringten den Altar. Und immer noch strömten Zwerge durch den Eingang in die Kammer.

Bokar traf bei Aravan ein. »Dort gibt es noch einen Ausgang«, blaffte er und zeigte auf eine Stelle in der Kammer, wo der Schlitz einer Türöffnung pechschwarz in der Kristallwand gähnte. Der Waffenmeister wandte sich an Aravan. »Was sagt Euer Amulett, Kapitän?«

»Es ist eisig kalt – die Gefahr ist ganz nah«, antwortete Aravan, dessen Augen einen Feind suchten und doch keinen fanden.

»Kelek!«, rief Bokar seinen Stellvertreter zu sich.

Während Kelek zu Bokar kam, betraten Aylis und Alamar die Kristallkammer. Der Alte blieb bei den in den durchsichtigen Boden geritzten Runen stehen. »Gyphon!«, zischte er, dann sah er sich um. »Das ist ein Gyphon geweihter Tempel.«

Mittlerweile befanden sich alle Zwerge in der Kammer, denen nun die Menschen folgten. Alle hielten ihre Waffen in den Händen, ... alle bis auf Jatu. Sie schwärmten in dem Raum aus, dessen Kristalle im blauen Licht funkelten.

Aravan bedeutete Jatu zu sich, und der schwarze Hüne ging in Begleitung von Aylis in die Senke hinab. Bei dem Kristallblock angelangt, fiel beider Blick auf Jinnarin, und Kummer erfüllte ihre Augen. Jatu streckte die Hand nach der leidenden Pysk aus, zog sie dann aber wieder zurück, denn dies war nicht der rechte Zeitpunkt, die Trauernde zu trösten – das würde später kommen. Tränen des Mitleids liefen Aylis über die Wangen, doch auch sie wusste, dass der Trost noch warten musste.

Alamar löste sich von den Runen am Eingang und folgte ihnen in die Mitte. Er sah Jinnarin neben der reglosen Gestalt von Farrix, und ein Ausdruck tiefer Trauer huschte über sein Gesicht. Doch er schüttelte den Kopf und machte sich vor sich hin murmelnd an die Untersuchung des Altars, ohne das Knurren des Fuchses zu beachten.

»Blutrinnen. Für die Opferung. Verfluchter Durlok! Das ist sein Schlachthaus oder eines davon ...« Immer noch murmelnd wich er zurück und starrte auf die sich windenden Runen, die hier und da in den Boden geritzt waren. »... Gyphon sei verdammt!«

Aravan deutete mit einem Kopfnicken auf die zweite Öffnung und sagte: »Jatu, da gibt es noch mehr Gänge, die auf der Suche nach der Gefahr erkundet werden müssen, vor der uns mein Amulett warnt. Dennoch wünsche ich, dass Ihr mit den Menschen hier bei Lady Jinnarin bleibt und sie bewacht, während der Rest von uns weitergeht.«

»Aye, Kapitän«, sagte Jatu. Er schaute sich um und winkte die Menschen zu sich.

Aravan wandte sich an Aylis. »Ich möchte, dass du uns begleitest und auf unserem Weg weiter nach Leben suchst.«

Aylis nickte und folgte Aravan, der mit Bokar, Kelek und dem Rest des Kriegstrupps zu der schmalen Öffnung in der Wand ging, die pechschwarz war – nicht einmal das blaue Licht schien hindurch. Alle warteten, während Aylis vor der Tür stand und ihren Zauber wirkte. Plötzlich fuhr sie zusammen. »Versperrt!«, zischte sie.

Als Alamar das hörte, sah er von der Rune auf, die er gerade inspizierte. »*Visus!*«, murmelte er und lugte dann in die Schwärze, während Bokar mit erhobener Axt vor die schwarze Öffnung trat. »Wartet, Bokar! Die Tür ist gesichert!«, rief Alamar. Bei diesen Worten wichen alle ein, zwei Schritte zurück.

Der alte Magier ging zu dem Durchlass und fuhr zischend und murmelnd mit den Fingern über den Rand der Öffnung. Mit einem entschlossenen Nicken trat er zurück, hob eine Hand und rief *»Resera!«,* und die Dunkelheit verschwand. »Glaubt er wirklich, er könnte *mich* aufhalten?«, knurrte er, trat beiseite und lud seine Tochter mit einer Geste ein, ihm zu folgen. »Es gehört alles dir, Tochter. Aber solltest du auf mehr davon stoßen, komm und hol mich. Ich muss diese Runen untersuchen.« Alamar ging zur nächsten der Runen und beugte sich darüber, während er vor sich hin murmelte und sich den Bart strich.

Wieder stellte sich Aylis vor die Öffnung und flüsterte *»Patefac vitam patibilem«*, dann drehte sie sich zu Aravan und Bokar um und sagte: »Kein Leben.«

Mit Brekka und Dokan an der Spitze trat der Zwergentrupp mit Aravan und Aylis durch die Öffnung, während der alte Magier hinter ihnen die sich windende Rune betrachtete und bei sich murmelte und zischte – »Verflucht sei Durlok! Und verflucht sei auch Gyphon!«

Der schmale Gang, den sie betraten, verbreiterte sich unterwegs langsam, und nach gut fünfzig Fuß betraten Brekka und Dokan einen weiteren Raum. In dem aus der Kristallkammer einfallenden blauen Licht konnten sie erkennen, dass das Gelass ebenfalls geräumig war, wenn auch nicht so groß wie der Kristallraum. An zwei Wänden standen mehrere Tische mit Destilliergeräten, Astrolabien, Brennern, Phiolen und ähnlichen Gerätschaften. Krüge mit Pulvern und Flaschen mit Flüssigkeiten darin standen ebenso herum wie steinerne Urnen mit farbigen Mineralien. Außerdem gab es durchsichtige Glasgefäße mit allerlei konserviertem Getier – kleine Pelztiere, Vögel, Reptilien und Amphibien, manche seziert, andere nicht ... und weitere Behältnisse enthielten Herzen, Lebern, kalte, starrende Augen und ähnliche Organe, die alle in einer trüben Flüssigkeit schwammen. In der Mitte der Kammer hing ein großer Kristallstalaktit von der Decke, und gleißendes Wasser lief an den Seiten herunter und füllte einen kleinen dunklen Teich in einer flachen Vertiefung im Boden. An einer der Kristallwände befanden sich Regale voller Bücher und Schriftrollen und Pergamentstapel. Auf dem Boden standen Kolben und Vorrichtungen aus Drähten und Metallrahmen. Doch Brekka und Dokan hielten sich nicht damit auf, irgendetwas davon zu untersuchen, sondern begaben sich vielmehr zu einer weiteren Öffnung in der rechten Wand, während der Rest des Kriegstrupps mit Aylis und Aravan soeben den Raum betrat.

»Das ist das Laboratorium eines Magiers«, murmelte die Magierin, während sie sich umschaute, um dann den Kundschaftern zu der Hintertür zu folgen.

»*Visus*«, murmelte sie zuerst und dann, »*Patefac vitam patibilem*«, um sich dann auf den dunklen Gang voraus zu konzentrieren. »Nichts.«

Die Zwergenlaternen beleuchteten den Weg, als Brekka und Dokan den Gang betraten. Zehn Schritte später erreichten die beiden eine Kammer mit einem großen Himmelbett, dessen Samtvorhänge geschlossen waren. Ein roter Teppich bedeckte den Boden, auf dem ein Sofa und ein Sessel aus schwarzem Leder standen. Außerdem stand ein Schreibpult an einer Wand, schwarz lackiert und mit einem scharlachroten Drachen darauf, der sich über die geschlossene Pultklappe wand.

Während andere Mitglieder des Kriegstrupps leise den Raum betraten, legte Brekka einen Finger auf die Lippen und deutete mit einem Kopfnicken auf das Bett. Dokan nickte und gab seine Armbrust einem anderen Châk, um stattdessen seine Axt in die Hand zu nehmen. Die beiden Kundschafter gingen gemeinsam zum Bett. Brekka hob seine Armbrust an die Schulter, während Dokan nach dem Vorhang griff.

Auf ein Nicken hob Dokan die Axt in die Höhe und riss mit der freien Hand den Vorhang beiseite.

Das Bett war leer.

Brekka sah Dokan an und grinste. Dokan zuckte die Achseln und sah sich dann in dem Raum um. An der Wand gegenüber hing noch ein schwarzer Samtvorhang ohne Verzierungen. Der Kundschafter ging dorthin und lugte vorsichtig dahinter. Mit einer Geste bedeutete er Aylis, dass sich ein Raum auf der anderen Seite befand. Aylis stellte sich vor den Vorhang und flüsterte ihren Zauber, dann wandte sie sich an Dokan und schüttelte den Kopf.

Dokan zog vorsichtig den Vorhang beiseite und enthüllte einen schmalen Durchlass. Ein Blick hinein veranlasste den Zwerg zu einem überraschten Ächzen, denn in dem Raum stapelten sich Schätze – Truhen, Barren, Beutel, viele halb geöffnet, gaben einen Blick auf ihren Inhalt preis: Seide, Gewürze, Räucherwerk, Parfüm und ähnliche Dinge. Dokan wandte sich an Aravan, eine Frage in den Augen. »Das ist die Beute von den in den Algen gefangenen und ausgeplünderten Schiffen, würde ich meinen«, murmelte der Elf.

Dokan nickte und betrat den Raum dann mit Brekka und anderen im Schlepptau. Sie beachteten die aufgetürmten Schätze nicht weiter und sahen sich lediglich nach weiteren Ausgängen um, ohne welche zu finden.

Schließlich wandte Bokar sich an Aravan. »Wenn es hier keine Geheimtüren gibt, haben wir das Ende erreicht, Kapitän. Dieser Schlupfwinkel ist leer, kein Durlok, keine Ükhs, keine Hröks und, was das Beste ist, keine Trolle.«

»Und doch ist mein Stein kalt«, sagte Aravan mit der Hand an der Kehle.

Aylis ging zu Aravan. »Gib mir das Amulett, Aravan. Ich werde feststellen, woher die Gefahr kommt.«

Wiederum reichte Aravan Aylis den blauen Stein. Sie nahm ihn und sagte: »Ich werde Hilfe brauchen, denn meine Augen sind geschlossen, solange wir der Spur folgen.«

Aravan sagte nichts, sondern lächelte nur und bot ihr seinen Arm an.

»*Unde?*«, flüsterte sie.

Langsam drehte Aylis sich, bis sie vor einer leeren Wand der Schatzkammer stand. Bokar und Kelek untersuchten sie und klopften den Kristall ab. Nach einem Augenblick sagte Bokar: »Ich kann nichts finden.«

»Aber die Gefahr liegt in dieser Richtung«, verkündete Aylis.

Brekka strich sich seinen dunkelbraunen Bart. »Hinter dieser Wand liegt die Kristallkammer.« Seine Châkka-Sinne verliehen ihm in diesem Punkt Gewissheit. »Vielleicht sollten wir dorthin zurückkehren.«

Aylis nickte, und alle verließen die Schatzkammer und kehrten durch das Schlafgemach und das Laboratorium zum Tempel zurück. Aylis blieb in der Tür stehen und sah sich in der Kammer um. Auf dem Mittelpodest kniete Jinnarin immer noch weinend neben Farrix und hielt die schlaffe Hand ihres Gefährten. Hinter ihr lag Rux auf einem Ende des Kristallblocks, den Kopf auf den Pfoten. Jatu und die Menschen standen mit dem Rücken zum Altar und hielten Wache. Ein Mensch stand in der anderen Tür und behielt den Gang dahinter im Auge. Alamar befand sich auf der anderen Seite der Kammer und untersuchte immer noch die in den Kristallboden geritzten Runen.

Schließlich schloss Aylis die Augen. »*Unde?*«

Von Aravan begleitet, schritt die Seherin langsam zur Mitte, die rechte Hand und den Zeigefinger ausgestreckt, das Amulett fest in der Linken, die Augen geschlossen und die Stirn voller Konzentration gerunzelt. Sie schritt in die Senke und dem Kristallblock entgegen. Schließlich erreichte sie den Altar und streckte mit geschlossenen Augen den Finger aus, um die Quelle der Gefahr zu berühren. »Hier«, murmelte sie. »Von hier kommt das Böse.«

Aylis öffnete die Augen.

Ihr Finger zeigte auf Farrix.

9. Kapitel

IM GARTEN DER TRÄUME

Frühling, 1E9575
[Die Gegenwart]

Langsam hob Jinnarin den Kopf und sah Aylis an. Tränen rannen aus ihren Augen und strömten ihr über das von Kummer gezeichnete Gesicht. Mit einer Stimme, die kaum mehr als ein Flüstern war, hauchte sie: »Was? Böse? Mein Farrix? Das kann nicht sein, Aylis! Wie könnt Ihr ... Er ist tot, Aylis, tot! Farrix ist tot ...« Sie brach erneut in verzweifeltes Schluchzen aus, da sie der Kummer wieder übermannte.

Aylis weinte ebenfalls, und sie drehte sich um und lehnte das Gesicht an Aravans Brust.

Der Elf umarmte sie und flüsterte: »Nicht *Böse*, Liebste, der Stein reagiert nicht auf Böses ... er signalisiert Gefahr.«

Mit dem kalten Amulett in der geballten Faust löste Aylis sich wieder von seiner Brust. »Gefahr, Böses – einerlei, ich verstehe es nicht.« Sie blinzelte die Tränen weg, drückte Aravan den kalten Stein in die Hand und wandte sich dann Farrix' regloser Gestalt zu. »Wie kann jemand, der tot ist, eine Gefahr für ...« Aylis ächzte und erschrak, dann rief sie: »Seine Augen! Jinnarin, seine Augen! Seht Euch Farrix' Augen an!«

Jinnarin schaute in das leblose Gesicht ihres Gefährten. Und selbst durch ihre Tränen konnte sie erkennen, dass Farrix' Augen sich unter den geschlossenen Lidern rasch hin und her bewegten.

»Farrix!«, rief sie, indem sie sich auf ihn warf und ihn umklammerte. Die Tränen flossen weiter, doch jetzt waren es Freudentränen. »Adon, er lebt!«

Aylis schmiegte sich wieder an Aravan, während ihr die Tränen über die Wangen liefen. Der Elf hielt sie fest umschlungen.

Jatu grinste und öffnete den Mund, um etwas zu sagen, doch Jinnarins nächste Worte verschlugen ihm die Sprache. »Doch wartet«, ächzte die Pysk, die wieder den Kopf auf Farrix' Brust gelegt hatte, »er hat keinen Herzschlag. Er atmet nicht.«

Aylis fuhr herum und starrte Farrix an. »*Visus!*«, zischte sie, den Blick auf den Pysk gerichtet. »Vater!«, rief sie einen Moment später, ohne den Blick von Farrix abzuwenden. »Komm zu mir!«

Alamar schaute von der Rune auf, die er gerade studierte. »Vater!«, rief Aylis wieder. Verstimmt über die Unterbrechung, wollte Alamar missmutig wissen: »Was ist denn, Tochter? Ich bin beschäftigt! Kummer und Trauer müssen warten, denn ich muss mir noch die übrigen Runen ansehen.«

»Nein, Vater, nicht die Runen, wenigstens nicht jetzt. Vielmehr musst du dir Farrix ansehen. Ein Zauber liegt auf ihm. Lebt er, oder ist er tot?«

»Woher soll ich das wissen? Du bist die Seherin.«

»Aber du hast Erfahrung mit ... mit Durloks Totenbeschwörungen. Und ich fürchte, hier ist dergleichen geschehen ...«

»Eine Totenbeschwörung?« Alamar eilte hastig durch die Kristallkammer zum Altar.

»Wenn es Totenbeschwörung ist«, zischte Aravan, »dann hat der Stein in der Tat Böses entdeckt.«

Der Alte erreichte den Altar und starrte Farrix durchdringend an. Nach einem Augenblick murmelte er »Aha!«, beugte sich über ihn, nahm das Zucken von Farrix' Augen zur Kenntnis und grinste. »Leichen träumen nicht, und das gilt auch für die Untoten.«

»Aber sein Herz schlägt nicht«, jammerte Jinnarin.

»Seid nicht albern, Pysk«, erwiderte Alamar unwirsch, »natürlich schlägt es.«

»Aber ich habe gelauscht und ...«

»Na, dann lausch noch mal!«

Jinnarin legte ein Ohr auf Farrix' Brust. Nach einem Augenblick richtete sie sich wieder auf und schüttelte den Kopf. »Nein, da ist ...«

»Ich sagte, lauscht!«, bellte der Magier.

Wieder legte Jinnarin ein Ohr auf Farrix' Brust und verharrte eine ganze Weile in dieser Stellung. Plötzlich weiteten sich ihre Augen. »Ein Herzschlag!«, zischte sie. Sie lauschte weiter. Lange Augenblicke verstrichen, dann sagte sie schließlich: »Noch einer!« Und wieder eine Weile später: »Noch einer!«

Jinnarin erhob sich. »Aber er atmet nicht.«

Alamar wandte sich an Aravan. »Euer Langmesser«, forderte er. Der Elf zückte die Klinge und reichte sie dem Magier. Der hielt den Stahl zwischen den Händen und murmelte »*Refrigera*«. Einen Augenblick später wandte er sich dem Altar zu. »Jetzt schaut genau hin, Pysk, aber atmet nicht auf diese kalte Klinge.« Alamar hielt die Klinge vor Farrix' Mund und Nase. Schließlich kondensierte eine Spur von Nebel und verdunstete, und nach einer längeren Weile wiederholte sich der Vorgang. »Seht Ihr, ich habe es Euch doch gesagt. Er atmet.« Immer noch die Klinge haltend, rief er Aylis zu: »Farrix ist nicht tot, Tochter, und er gehört auch nicht zu den Untoten. Hier ist keine Totenbeschwörung am Werk, obwohl Farrix in einen Zauber gehüllt ist, den ich aber nicht ergründen kann, weil ich so einen Zauber noch nie gesehen habe.«

»Ein magischer Schlaf?«, fragte Jinnarin.

»Pah! Alberne Pysk, schon wieder auf der Suche nach mehr ›Wundern‹?«

Jinnarin sprang auf. »Wenn es kein Zauberschlaf ist, was ist es dann?«

Aylis, die Farrix untersuchte, merkte auf. »Es ist ein gefährlicher Bann, Jinnarin.«

»Gefährlich!«

»Das hat sie gesagt, Pysk: gefährlich.« Alamar gab Aravan das Langmesser zurück.

Jinnarin rang die Hände, und ihr Blick huschte mehrfach zwischen Farrix, Alamar und Aylis hin und her. »Was machen wir denn jetzt? Was machen wir jetzt?«

»Ich habe keine Zeit für dieses sinnlose Gewäsch«, raunte der Magier verdrossen. »Ich muss wieder zurück zu den Runen. Sag du es ihr, Tochter.« Alamar schlurfte davon.

Aylis seufzte und wandte sich dann an Jinnarin. »Farrix schwebt in keiner unmittelbaren Gefahr, Jinnarin. Sein Schlaf ist mehr wie der Winterschlaf eines Bären.«

»Wie wecken wir ihn dann?«

»Wir können ihn nur wecken, indem wir den Zauber von ihm nehmen.«

Jinnarin warf einen Blick auf Farrix. »Wie stellen wir das an – den Zauber von ihm nehmen, meine ich.«

Aylis schüttelte den Kopf. »Wenn ich ihn gewirkt hätte, wäre es leicht, weil ich dann die Eigenarten und Besonderheiten des Zaubers kennen würde. Aber der Versuch, den Zauber eines anderen aufzuheben ... das ist sehr gefährlich, sowohl für den Verzauberten als auch für den Magier, der es versucht.«

»Diese Gefahr, von der Ihr sprecht, worin besteht sie?«

Aylis betrachtete Farrix. »Sollte ich bei dem Versuch, den Zauber von ihm zu nehmen, scheitern, könnte ich ihn damit in einen Dauerschlaf versetzen ... oder sogar töten. Die Gefahr für mich selbst bestünde im Falle eines Scheiterns darin, selbst unter den Einfluss des Zaubers zu geraten – dann gäbe es zwei Opfer. Außerdem könnte ich ebenfalls dabei den Tod finden – ich bin kein Experte in dieser besonderen Form der Zauberei, obwohl ich über ein paar Grundkenntnisse verfüge.«

»Oh«, murmelte Jinnarin.

»Warum bringen wir ihn nicht zurück nach Rwn?«, schlug Jatu mit einem Blick auf den verzauberten Pysk vor. »Dort wird doch sicher jemand über die nötige Erfahrung verfügen.«

Aylis seufzte. »Das gehört mit zum Problem. Der Zauber bindet ihn hier an diesen Ort. Ihn von der Insel zu entfernen, vielleicht sogar schon von diesem Altar, würde seinen Tod bedeuten.«

»Oh«, sagte Jinnarin traurig. »Dann können wir ihn nicht von hier fortbringen.«

»Hm«, sann Jatu. »Das bedeutet, entweder müssen wir ihn zurücklassen und jemanden holen, der den Zauber aufheben kann ...«

»Nein!«, rief die Fuchsreiterin dazwischen. »Jetzt, wo ich meinen Farrix wieder gefunden habe, weiche ich ihm nicht mehr von der Seite.«

Jatu nickte zögernd und sagte: »Dann hat es den Anschein, als müssten wir Durlok gefangen nehmen und ihn zwingen, den Zauber aufzuheben ... oder Lady Aylis oder Meister Alamar müssen es versuchen.«

Aylis schüttelte den Kopf. »Nicht mein Vater. Ich habe schon wenige Kenntnisse auf diesem Gebiet, aber mein Vater hat überhaupt keine.«

Jinnarins Mut sank. »Ach, Aylis, ich will nicht, dass Ihr Euch in Gefahr begebt. Gibt es denn keinen anderen Weg, mir Farrix zurückzugeben – abgesehen von der Aufhebung des Zaubers, meine ich?«

»Eine Möglichkeit gäbe es, aber sie ist nicht sehr wahrscheinlich.«

»Und welche wäre das?«

Aylis sah Farrix an. »Wenn er von selbst aufwacht, hebt er den Zauber damit zwangsläufig auf.«

Jinnarin seufzte, setzte sich neben ihren Gefährten und ließ niedergeschlagen die Schultern hängen.

Aravan schaute von Farrix zu Aylis. »Jetzt ist nicht der rechte Zeitpunkt, diese Entscheidung zu treffen. Denken wir eine Weile darüber nach. Vielleicht erkennen wir später eine andere oder bessere Möglichkeit.«

»Ha!«, rief Alamar plötzlich. »Keine dieser Runen ist jetzt aufgeladen, obwohl sie es früher einmal waren.« Der Magier kam zu ihnen in die Mitte der Kammer.

»Was bewirken sie, Vater?«

»Meine Vermutung ist, dass sie Durlok gestatten, mit Gyphon zu reden, aber das ist, wie gesagt, nur eine Vermutung – aber eine ziemlich wahrscheinliche Vermutung, möchte ich hinzufügen.«

»Mit Gyphon zu reden?« Aylis war bestürzt. »Aber Adon hat doch verboten ...«

»Ich weiß, Tochter, ich weiß.« Alamar war jetzt am Altar angelangt. »Aber das glaube ich.«

Auch Bokar kam zum Mittelpodest und zu Aravan. »Ich schicke einen Trupp los, der in den uns bekannten Gängen nach verborgenen Türen suchen soll, obwohl es unwahrscheinlich ist, dass wir welche finden, ob es welche gibt oder nicht.«

»Unsinn«, schnaubte Alamar. »Geheime Portale zu finden, ist eine triviale Angelegenheit.« Der Magier betrachtete den schlafenden Pysk und wandte sich dann an Bokar. »Ich kann hier nichts tun. Stattdessen gehe ich mit Eurem Trupp und benutze meine Magiersicht, um verborgene Türen aufzuspüren.«

»Vater, deine Sicht zeigt dir doch nur Türen, die durch Zauber verborgen sind, nicht aber solche, die kunstfertig angelegt wurden.«

»Tochter, diese ganze Höhle war hinter einer Illusion verborgen. Durlok hat vielleicht auch andere Öffnungen und Durchlässe auf diese Weise getarnt.«

Aylis seufzte, warf einen Blick auf Farrix und sagte dann zu Aravan: »Wir können dasselbe in der Hälfte der Zeit erledigen, wenn ich einen anderen Trupp begleite und auch nachsehe. Das gibt mir die Zeit, mir Gedanken über unser Dilemma mit Farrix zu machen.«

Bokar wandte sich an Aravan und fragte: »Was habt Ihr denn nun vor, Kapitän? Ich meine, sollen wir hier in Durloks Höhle bleiben, bis er zurückkehrt? Sollen wir ihn gefangen nehmen? Ihn zwingen, den Zauber von Farrix zu nehmen? Ihn nach Rwn vor ein Tribunal der Magier schleifen? Oder verlassen wir die Insel, bevor er zurückkommt? Was sollen wir tun?«

»Er hat bereits vor einem Tribunal gestanden«, warf Alamar ein. »Das hat ihn zum Exil auf Vadaria verurteilt, bevor er nach Mithgar geflohen ist. Und nun muss er nach Vadaria zurückgebracht werden, bevor er noch mehr Schaden anrichten kann, und zwar tot oder lebendig. Ich selbst würde tot vorziehen.«

»Vater, jetzt, wo wir diesen Ort kennen, können wir nach Rwn zurückkehren und uns dort aller Hilfe versichern, die wir brauchen, um Durlok in seiner Höhle zu fangen.«

»Tochter, wenn wir Farrix aufwecken und mitnehmen, weiß Durlok, dass sein Versteck entdeckt wurde, und dann flieht er an einen anderen Ort.«

»Vater, wir können Farrix nicht in der Gewalt dieses Ungeheuers lassen.«

»Aber wir können Durlok auch nicht entkommen lassen, Tochter.«

Bei diesen Worten schluchzte Jinnarin auf.

Jatu knurrte etwas und wandte sich dann an Alamar. »Durlok wird ohnehin wissen, dass wir hier waren, Magier, denn Ihr habt Euch an seiner Tür zu schaffen gemacht und seine Falle entschärft.«

»Pah!«, schnaubte Alamar. »Da lässt sich leicht der ursprüngliche Zustand wiederherstellen. Nichts von dem, was ich getan habe, muss Durlok verraten, dass er entdeckt worden ist.«

Aravans Blick ruhte voller Bestürzung auf der weinenden Pysk. Nach einem Augenblick sagte er: »Wir werden uns beraten, wenn Ihr von Eurer Suche zurückkehrt. Bokar, stellt noch einen Trupp zusammen, der Lady Aylis begleiten soll. Schickt außerdem einen Wachposten zu dem Ausguck, den Lady Jinnarin gefunden hat. Ich will nicht von Durlok überrascht werden.«

»Ich auch nicht, Kapitän«, versicherte der Waffenmeister. »Aus diesem Grund habe ich auch Arka und Dett bereits zu diesem Ausguck geschickt – mittlerweile müssten sie dort angekommen sein.« Während Aravan diese Umsicht mit einem Lächeln quittierte, wandte Bokar sich an Kelek. »Führt Lady Aylis' Trupp an. Ich gehe mit Meister Alamar.« Im Nu war ein zweiter Trupp zusammengestellt, und die Suche nach den Geheimtüren begann. Aylis und Aravan gingen mit einem Trupp in Richtung Kai, während Alamar mit dem anderen am Ende des langen Ganges begann. Kurz darauf herrschte Stille in der Kristallkammer, und Jinnarin, der nach wie vor die Tränen über das Gesicht liefen, saß neben ihrem Farrix und hielt die Hand des Schlafenden.

Nach einer Weile kam Brekka zum Podest und gesellte sich zu Jatu. Der schwarzhäutige Mensch sah sich in der Kammer um und fragte den Zwerg dann: »Sagt mir, Brekka, habt Ihr schon jemals einen Ort wie diesen gesehen?«

Der Zwerg schüttelte langsam den Kopf. »Die Hüter der Überlieferungen berichten von Kristallkavernen, aber bisher hatte ich selbst noch keine gesehen. Bei unseren Grabungen entdecken wir Châkka manchmal kleinere Kammern, die wie diese hier sind – hohle Steine mit Kristallen, die an den Innenwänden kleben ... *Kalite, Lamethyk, Kwarc* und andere. Aber verglichen hiermit sind diese hohlen Steine winzig, während diese Kaverne riesig ist.«

Plötzlich spannten sich Brekkas Kiefermuskeln im Zorn. »Aber diese Kaverne wurde geschändet. Seht Euch nur den Boden an – entstellt. Wir Châkka hätten daraus etwas Staunenswertes gemacht, aber die plündernden Grg haben sie so verwüstet, dass sie praktisch nicht mehr zu retten ist. Und Durlok hat sogar ekelhafte Runen in das Gestein geritzt. Allein dafür könnte ich ihn töten.«

Jatu rieb sich das Kinn. »Das ist bei Eurer Rasse ein Verbrechen?«

Brekka nickte. »Elwydd hat die Gefilde unter den Bergen in unsere Obhut gegeben. Wir ehren Sie und geben uns Mühe, sie so zu gestalten, dass sie Ihren Beifall finden würden. Das Gestein zu verschandeln, heißt, Ihren Namen in den Schmutz zu ziehen, und dafür würden wir Vergeltung fordern.«

»Aber, Brekka, manchmal zerstört auch mein Volk, die Menschheit, das Gestein – mit Bergwerken und anderen Bauten.«

»Bergbau ist ein ehrenwertes Gewerbe. Kostbare Metalle und seltene Edelsteine, Erze und Gestein zu fördern oder Stein zu behauen, daran ist nichts falsch. Das Verbrechen besteht in der mutwilligen Zerstörung unersetzlicher Schönheit ... darin und in der ungerechtfertigten Vernichtung von Leben.«

»Ah, ich verstehe.«

Die beiden verstummten, aber einen Moment später ertönte hinter ihnen eine leise Stimme: Jinnarins. »Das Böse.

Das Böse muss vernichtet werden.« Sie warf einen Blick auf Farrix. »Dafür muss Durlok sterben.«

»Aye«, stimmte Brekka zu, indem er sich mit der Faust auf die geöffnete Handfläche hieb.

»Aber erst, wenn wir ihn gezwungen haben, den Schläfer zu wecken«, sagte Jatu.

Jinnarin seufzte und nickte dann.

Alle betrachteten Farrix, der reglos und wie tot dalag. In diesem Augenblick zuckten die Augen unter den Lidern wieder schnell hin und her. »Er träumt«, sagte Jinnarin.

»Die Sendung? Was meint Ihr?«, fragte Jatu.

Jinnarin zuckte die Achseln. »Vielleicht. Ich wünschte nur ...« Plötzlich weiteten sich Jinnarins Augen, und sie sprang auf. »Jatu! Das ist es! Ich weiß wie ... – wo ist Aylis? Brekka, wo ist Aylis?«

Brekka zeigte auf den zum Kai führenden Ausgang, doch bevor er ein Wort sagen konnte, rief Jinnarin bereits, »Rux!«, und riss den Fuchs damit aus seinem leichten Schlummer. Das Tier erhob sich, und Jinnarin sprang auf seinen Rücken. »Vorwärts!«, rief sie. »Such Aylis!«

Der Fuchs sprang vom Altar, landete auf dem Kristallboden und rannte zum Ausgang. »Jinnarin, wartet!«, rief Jatu und lief hinterher, doch sie beachtete ihn gar nicht und hatte einen Augenblick später die Kristallkammer verlassen und raste auf Rux durch den Gang.

»*Visus*«, murmelte Aylis, während die Wellen des Meeres hohl gegen die Wände der unterirdischen Lagune brandeten. Ihr Blick streifte durch die große Grotte. Nach einem Moment wandte sie sich an Aravan und Kelek, schüttelte den Kopf und murmelte: »Nichts.« Sie konzentrierte sich, um ihre magische Sicht beizubehalten, und betrat den Gang, der von der Anlegestelle in die Höhle führte, und diesem Weg folgte sie, immer begleitet von Aravan und den

Zwergen. Dabei betrachtete sie eingehend die Wände. Kurz darauf erreichten sie den schmalen, nach links abzweigenden Gang, der zum Ausguck führte, und diesem folgten sie. Kelek und eine Hand voll Zwerge gingen voran, Aravan und der Rest hinterdrein, wobei die Zwerge ab und zu seitwärts gehen mussten, da ihre Schultern an einigen Stellen zu breit für den Gang waren.

Und selbst dabei ging Aylis in Gedanken das Problem Farrix und Durlok immer wieder durch. Dennoch hielt sie ihre Magiersicht aufrecht und suchte in dem schmalen Gang nach verräterischen Anzeichen für Spruchzauberei, Tarnung oder was sonst darin verborgen sein mochte.

Schließlich erreichten sie das Ende des Ganges, wo Arka und Dett Wache standen. Noch immer fiel Tageslicht durch den schmalen Spalt in der Wand der winzigen Wachkammer, die mit den Neuankömmlingen vollkommen überfüllt war.

»Der Spalt ist auch durch eine Illusion getarnt«, murmelte sie. »Ich würde meinen, dass er von außen wie Gestein aussieht.« Sie schaute nach draußen und dann nach oben und sagte: »Ah, dieser Spalt ist unter dem Überhang, wo ich ihn nicht sehen konnte, und deswegen habe ich ihn mit meiner Magiersicht auch nicht entdeckt, als Bokar und ich darauf lagen.«

Sie schaute sich in der kleinen Kammer um, und Kristall glitzerte im Tageslicht. *Ah, jetzt erkenne ich es auch. Das hier ist die Stelle, an der Jinnarin in ihrem Traum steht.* Aylis drehte sich um und schaute wieder auf das Meer. Plötzlich weiteten sich ihre Augen, als ihr eine unerwartete Erkenntnis kam, die sie mit solcher Wucht traf, dass sie die Konzentration verlor. Sie fuhr zum Gang herum, schlug sich mit der Hand vor die Stirn und rief: »Adon, wie dumm von mir! Ich weiß einen Weg!«

»Einen Weg wohin?«

Obwohl sie neben Aravan stand, hörte sie seine Worte gar nicht, so versunken war sie in ihre plötzliche Erleuchtung. Mit drängender Stimme sagte sie: »Ich muss zu Jinnarin.« Dann stürzte sie durch das Gedränge der Zwerge und zurück in den Gang und rief dabei den Kriegern, die ihr unabsichtlich den Weg versperrten, ein energisches »Aus dem Weg!« zu.

»Geht ihr voran!«, rief Kelek, und die Zwerge, welche den Ausgang versperrten, machten kehrt und liefen – von Aylis zur Eile angespornt – zurück zum Hauptgang.

Die Zwerge eilten mit klirrender Rüstung voran. Aravan und Kelek sowie eine Hand voll Zwerge folgten langsamer. Sie hatten die Abzweigung beinahe erreicht, als sie das Bellen eines Fuchses von vorn hörten, und dann rief Jinnarin: »Aylis, Aylis, ich weiß es, ich weiß es, ich weiß, wie.« Und Rux kam mit der Pysk auf dem Rücken in raschem Trab angelaufen, die Nase auf dem Boden, um der Witterung der Magierin folgen zu können.

Die vordersten Zwergenkrieger blieben abrupt stehen, und die Nachfolgenden, darunter auch Aylis, stießen mit ihren Vordermännern zusammen. Rux blieb ebenfalls stehen, und Jinnarin sprang von seinem Rücken und lief durch das Gedränge zu Aylis. Ihr Gesicht strahlte förmlich beim Anblick der Seherin, so wie Aylis' Augen beim Anblick der Pysk. In dem Moment, als sie einander sahen, riefen sie beide gleichzeitig *Traumwandeln!*

Jinnarin stand auf dem Altar und betrachtete Farrix, während Aylis mit ihrem Vater stritt.

»Tochter, hast du vergessen, dass Aravans Amulett eiskalt ist? Der Stein entdeckt die Antipathie zwischen Aravans *Essenz* und derjenigen seiner geborenen Feinde ... was der Grund dafür ist, dass er auf die schändlichen Kreaturen aus Neddra reagiert, ihn aber nicht auf einen menschlichen

Feind aufmerksam macht. Hör mich an, Tochter, in diesem Zauber, der auf Farrix liegt, steckt etwas Böses.«

»Der Stein entdeckt Gefahr, Vater, nicht notwendigerweise Böses. Und wir wissen bereits, dass in der Sendung eine Gefahr liegt. Aber wenn wir Farrix im Traum begegnen, können wir mit ihm reden, ihn dazu bringen, sich der Tatsache des Träumens bewusst zu werden, und ihn die Kontrolle übernehmen lassen, damit er sich selbst wecken und den Bann brechen kann. Um das zu erreichen, werden wir das Risiko eingehen.«

Alamar nickte und schnitt dann eine finstere Miene. »Beim letzten Mal habt ihr ein grünes Ungeheuer mit zurückgebracht.«

»Tentakel, Vater, nur Tentakel. Und die wurden abgeschlagen, als wir die Brücke geschlossen haben.«

»Aber was ist, wenn euch wieder etwas Schreckliches folgt? Etwas Schlimmeres. Etwas, das sich nicht abschlagen lässt?«

Aylis seufzte. »Es gibt überall Gefahren, Vater. Aber ich glaube, dass das Wandeln in Farrix' Traum die am wenigsten gefährliche Methode ist. Ich glaube nicht, dass ich das Wissen und die Fähigkeiten habe, den Zauber zu bannen, den Durlok ihm auferlegt hat. Aber wenn ich es versuche, sind sowohl Farrix als auch ich selbst in Gefahr – und auf diesem Weg wartet der Tod. Und unsere Aussichten, Durlok zu fangen und ihn zu zwingen, den Zauber aufzuheben – wer kann die einschätzen? Ich nicht. Außerdem könnte Durlok noch mehr Unheil anrichten, sollten wir ihm die Möglichkeit geben, einen Zauber zu wirken – ob gegen Farrix oder gegen uns alle. Wir können Farrix nicht mitnehmen und den Zauber von den Meistern auf Rwn aufheben lassen. Und ich glaube nicht, dass Farrix sich ohne Hilfe selbst aufwecken und damit den Bann brechen kann. Nein, Vater, ich glaube, dies ist unsere beste Möglichkeit, diesen schlimmen Fluch aufzuheben, der auf Jinnarins Gefährten liegt.«

»Da ich Durlok kenne, Tochter, glaube ich, dass dies wahrscheinlich eine seiner Hinterhältigkeiten ist«, konterte Alamar. »Auf der Tür lag auch eine Falle, das weißt du. Doch womit er Farrix präpariert haben könnte, das weiß ich nicht. Aber eines weiß ich: Der Zauber ist mit jemandem oder etwas verbunden, doch mit wem oder was, das kann ich nicht sagen. Und diese Verbindung zu unterbrechen ... tja, das könnte zu noch größeren Problemen führen.«

Aylis küsste ihren Vater auf die Wange und grinste. »Wir werden sehr vorsichtig sein, Vater. Wenn es eine Falle gibt und wir Erfolg haben, dann haben wir ihn beide besiegt, Vater und Tochter gleichermaßen.«

Ein schwaches Lächeln huschte über Alamars Züge, doch dann seufzte er und sagte: »Farrix aufzuwecken, bedeutet natürlich, dass Durlok uns wahrscheinlich wieder durch die Lappen geht.«

Jinnarin ging auf Alamar los. »Mir ist vollkommen *egal*, was mit Durlok passiert! Wir haben uns aufgemacht, Farrix zu finden und ihn, wenn nötig, zu retten, und gefunden haben wir ihn. Aber seine Rettung liegt noch vor uns. Ihr habt einen Schwur darauf geleistet, Alamar! Und jetzt lasst uns in Ruhe! Euer Kampf mit Durlok kann warten! Ihr könnt ihn ein andermal besiegen.«

Alamar knirschte vor Zorn mit den Zähnen, dann machte er auf dem Absatz kehrt. »Bokar, ruft den Trupp zusammen. Es gibt immer noch Räume und Gänge, die auf Geheimtüren untersucht werden müssen.«

Aylis schaute ihrem Vater nach, der unterwegs war, um das Labor, das Schlafgemach und die Schatzkammer sowie die Gänge dazwischen mit seiner Magiersicht zu untersuchen. Als er die Kristallkammer verlassen hatte, wandte sie sich an die Pysk. »Jinnarin, ich glaube nicht, dass mein Va-

ter versuchen würde, uns daran zu hindern, Farrix aufzuwecken, nur damit er Durlok wieder gegenübertreten kann.
Vielmehr hat er Angst um uns beide, denn er weiß, dass das
Wandeln in einem Traum ein äußerst gefährliches Unterfangen ist – und besonders im Traum *dieses* Träumers.«

Jinnarin seufzte. »Wahrscheinlich habt Ihr Recht, Aylis.
Es ist nur so, dass wir so einen weiten Weg zurückgelegt
haben, um Farrix zu finden, und nun, da wir ihn gefunden
haben ... na ja, ich will ihn einfach wiederhaben.«

»Ich weiß, Jinnarin, ich weiß. Und wenn Fortuna uns hold
ist, werdet Ihr das in Kürze auch.«

Jinnarin merkte plötzlich auf und sah sich in dem Raum
um. »Dieses Licht, Aylis, gibt es eine Möglichkeit, wie wir es
zumindest dämpfen können?«

»Mein Vater könnte es, da bin ich ganz sicher.«

»Das wäre gut, denn ich habe ein paar Kerzen.« Jinnarin
wühlte in einer der Satteltaschen, die Rux getragen hatte,
und holte drei Kerzen heraus, jede beinah so groß wie sie.

Aylis zeigte auf den Boden neben dem Altar. »Wenn mein
Vater zurückkommt und wir anfangen, werde ich hier sitzen. Ihr sitzt neben Farrix, und wenn er anfängt zu träumen, gebt mir ein Zeichen.«

Als Aylis nach einer ebenen Stelle auf dem Boden Ausschau hielt, stutzte sie plötzlich und starrte dann auf den
Kristall, der sie umgab. »Hm, Jinnarin, als ich mit Ontah
durch die Sendung gewandelt bin, haben wir Euch in
einem schönen Kristallschloss angetroffen. Doch als sich
der Traum veränderte, waren die Wände plötzlich rau und
unbearbeitet, und auch der Boden erschien gröber, so, als
würden wir in einen anderen Traum gezogen. Mir fällt auf,
dass der Boden hier rau ist, und auch die Wände sind nicht
poliert.«

Jinnarins Mut sank, als sie an Weiße Eule dachte, der
von eben jenem Traum getötet worden war, in dem sie viel-

leicht wieder wandeln würden, denn die Pysk konnte sich noch gut an die Grimasse des Schreckens erinnern, zu der das Gesicht des Toten erstarrt war. Sie schüttelte den Kopf, um die entsetzliche Vision zu verscheuchen, dann sah sie sich in der Kammer um und sagte schließlich zu Aylis: »Ja, Wände und Boden sind rau und unpoliert.« Dann erbleichte sie. »Es hat sich verändert, als uns die schreckliche Furcht überkommen hat, nicht wahr? Was hat das zu bedeuten, Aylis?«

Aylis holte tief Luft und schüttelte dann den Kopf. »Ich glaube, das ist einfach nur ein weiteres Anzeichen dafür, dass dies die Stelle ist, an der Euer Traum entsteht.«

»Weil es Farrix ist, der träumt«, sagte Jinnarin.

Aylis betrachtete den verzauberten Schläfer. »Aye.«

Die Pysk legte ihren Bogen und den Köcher mit Pfeilen neben Farrix auf den Altar. Sie seufzte tief und sagte: »Komme, was da wolle, ich bin bereit.«

»Ich auch«, sagte Aylis.

Einige Zeit verstrich, und schließlich kehrte Alamar mit Aravan und Bokar in die Kristallkammer zurück.

»Nichts«, sagte der alte Magier. »Keine Türen oder Paneele, die durch einen Zauber verborgen wären.«

»Eure Krieger klopfen noch immer die Wände ab«, sagte Aravan zu Bokar, »sowohl weiter hinten als auch in Richtung Kai. Vielleicht finden sie noch eine Geheimtür.«

»Unwahrscheinlich, Kapitän«, erwiderte Bokar. »Wenn sich die Erbauer auch nur ein wenig auf ihr Handwerk verstehen, finden wir nichts. Trotzdem suchen wir nach Nahtstellen, Säumen, Rissen im Kristall, hohlen Geräuschen – irgendwas, das auf eine verborgene Tür oder einen Hohlraum hindeuten würde.«

Alamar marschierte mit einer konzentrierten Miene durch die Kristallkammer. Schließlich rief er: »Hier ist auch nichts,

Bokar. Ihr könnt aufhören, Euch Sorgen über ein geheimes Trollversteck zu machen.«

Bokar schüttelte den Kopf und knirschte: »Ihr verspottet mich, Meister Alamar. Aber Trolle sind nichts, worüber man Witze macht. Sie sind ein schrecklicher Feind. Ihre Haut ist wie Stein und hält sogar Klingen stand. Nicht einmal ein Armbrustbolzen kann sie durchschlagen, nur im Auge oder im Ohr und vielleicht an der Kehle, und das sind Schüsse, die von der Herrin Fortuna begünstigt sein müssen. Und achtundzwanzig davon« – Bokar zeigte in die Richtung des Trollquartiers – »würden uns zerquetschen wie Käfer unter einem Stiefelabsatz.«

»Faugh!« Alamar tat die Gefahr mit einem Winken der Hand ab, während er zum Mittelpodest ging. »Sollten Trolle kommen, überlasst sie ganz einfach mir.«

»Vater«, sagte Aylis scharf, »Bokar hat Recht. So viele Trolle wären praktisch nicht aufzuhalten. Ich habe nicht die Ausbildung dafür, und obwohl du sie hast, musst du dich an dein Versprechen erinnern und darfst dein Feuer nicht vergeuden.«

»Es wäre gar nicht mehr nötig als ein Blitz oder zwei ...«

»Vater!«

Mit einem verärgerten Murren schob Alamar das Kinn vor, blieb aber ansonsten ruhig. Aylis wandte sich an Bokar. »Waffenmeister, ich möchte, dass Ihr Eure Krieger aus diesem Raum abzieht, denn hier muss es ganz still sein, wenn Lady Jinnarin und ich in Farrix' Traum wandeln wollen.«

»Aber ich will Euch nicht ohne Schutz lassen«, protestierte Bokar.

»Dann lasst einen oder höchstens zwei Krieger zurück.«

Bokar schüttelte den Kopf. »Zwei sind nicht genug.«

»Unsinn!«, rief Alamar. »Diese Höhle ist verlassen, Bokar. Wir können nicht sagen, wo Durlok sich gerade aufhält.

164

Wenn Aylis und Jinnarin Ruhe und Frieden brauchen, dann sollen sie beides auch bekommen, sage ich.«

»Wir brauchen außerdem Dunkelheit, Vater. Kannst du dieses blaue Licht löschen?«

»Ha!«, schnaubte der Magier, hob eine Hand, murmelte *»Exstingue omnino«*, und die Kammer war mit einem Schlag in völlige Dunkelheit gehüllt.

»Vater!«, rief Aylis.

Sanft phosphoreszierender Schein erfüllte die Kammer, als Jatu die Blende der Zwergenlaterne öffnete, die er an seinem Gürtel trug.

Jinnarin schaute auf die Lampe, zündete aber dennoch eine ihrer Kerzen an, und Jatu schloss die Blende wieder, sodass der blaugrüne Schein verschwand.

Als das weiche gelbe Licht der Kerze auf dem Altar brannte und ihr Schein auf dem Kristall glitzerte und funkelte, sagte Aravan: »Jatu, Bokar, Meister Alamar und ich werden in der Kammer bleiben, während ihr traumwandelt. Alle anderen helfen bei der Suche nach Geheimtüren.«

Bokar hob eine Augenbraue, sagte aber nichts, während Aylis ihre Zustimmung gab und hinzufügte: »Bokar, sagt ihnen, dass sie leise sein sollen, wenn sie aus irgendwelchen Gründen die Kammer betreten müssen.«

Auf dem Kristallaltar saß Jinnarin im flackernden Kerzenschein mit untergeschlagenen Beinen neben Farrix. Ihre Gedanken schweiften umher, und sie befand sich in einem Zustand leichter Meditation. Neben dem Kristallaltar saß Aylis auf dem rauen Boden, den Rücken an den Block gelehnt und ebenfalls im Zustand der Meditation. Im dunklen Schatten am Rande der Kammer saßen Bokar, Jatu, Aravan und Alamar in regelmäßigen Abständen voneinander – Bokar am Eingang zum Hauptgang, Alamar beim Durchlass zu Durloks Laboratorium, Jatu gegenüber von Bokar und Aravan gegenüber von Alamar. Und in der Luft lag ein ganz leiser Widerhall schwachen Gemurmels und leisen Klopfens, da Menschen und Zwerge in der gesamten Höhle nach Geheimtüren suchten.

Nach einer längeren Weile stand Alamar leise auf und streckte sich, da seine alten Muskeln steif geworden waren. Er gab Jatu ein Zeichen, und als der schwarzhäutige Mensch zu ihm kam, flüsterte er ihm etwas ins Ohr. Jatu nickte, und Alamar verließ die Kammer in Richtung Laboratorium. Jatu ging lautlos zu Bokar, murmelte etwas und ging dann weiter zu Aravan. Dort angelangt, kauerte er sich neben den Elf und flüsterte: »Meister Alamar will Durloks Papiere durchsehen. Er glaubt, er kann vielleicht feststellen, was der Schwarzmagier vorhat.«

Aravan nickte und murmelte dann: »Bezieht Posten am Ausgang, sodass Ihr rasch zu ihm könnt, falls er Hilfe brauchen sollte.«

»Das hatte ich ohnehin vor, Kapitän, denn falls etwas passiert, könnte es auch sein, dass wir Alamars Hilfe hier brauchen.« Jatu erhob sich, ging dorthin, wo zuvor Alamar gesessen hatte, und hockte sich hin.

Und mehr Zeit verstrich.

Die Kerze war zur Hälfte heruntergebrannt, als Farrix' Augen unter den Lidern zu zucken begannen.

»*Añu*«, murmelte Jinnarin Aylis das Wort der Suggestion zu, das die Seherin auf die Veränderung aufmerksam machte. Dann glitt Jinnarin in einen Zustand tiefer Meditation, benutzte ein anderes magisches Wort und fing an zu träumen. Und sie befand sich ...

... vor dem hohlen Baum in Darda Glain, der Farrix' und ihr Zuhause war. Mit einem Seufzer rief Jinnarin Bogen und Pfeile zu sich. Dann bildete sie eine Brücke zu Aylis' Traum und trat auf ...

... das Achterdeck der *Eroean*, wo Aylis mit Aravan stand. Der Elf lachte schallend, während die Seherin am Ruder drehte, um den Kurs des Schiffes zu ändern. Aylis erblickte die Pysk und lächelte, dann wandte sie sich Aravan zu und küsste ihn. »Ich muss gehen, Liebster«, sagte sie.

Die Luft spaltete sich, und Pysk und Seherin traten gemeinsam in den Spalt und landeten ...

... am schattigen Rand eines von der Sonne beschienenen Gartens.

Die Luft war mild, sogar ein wenig kühl, da eine leichte Brise wehte. Ein kristallklarer Bach gurgelte in der Nähe und zog sich durch die üppige Vegetation. Mit hohem Gras bewachsene Wege führten durch ein Farbenmeer, in welchem zahllose Blüten in der Brise nickten, während Bienen zwischen Blumen und Moosen und zierlichen Gräsern kreisten. Hier und da stand ein Zierbaum, und der Garten selbst war in einer breiten Waldlichtung angelegt. Aus der Ferne war das Gezwitscher unsichtbarer Vögel zu hören. Die Mittagssonne stand hoch oben an einem klaren blauen Himmel und schien auf die Lichtung, und in der Mitte des Gartens wuchs eine hohe Hecke, gut hundert Fuß von Ecke zu Ecke und insgesamt vierhundert Fuß im Umfang.

»Du meine Güte«, murmelte Aylis. »Wie wunderschön.«

»Ja«, stimmte Jinnarin zu, während sie sich umsah, »aber, wo ist Farrix?«

Sie standen im Schatten einer großen Eiche am Rande des alten Waldes. Aylis drehte sich langsam einmal vollständig um die eigene Achse und ließ den Blick über den Garten und dann über die massiven Stämme wandern, die im Wechselspiel zwischen Licht und Schatten lagen. Doch als sie ihren Kreis vollendet hatte, ruhte ihr Blick wieder auf der Hecke in der Mitte der Lichtung. »Da«, sagte sie und zeigte darauf. »Ich würde meinen, dass wir ihn innerhalb dieser Hecke finden.«

Sie folgten einem der Wege, der sich neben dem plätschernden Bach in Richtung der Hecke wand. Sie gingen zwischen den Blumen und Gräsern und leise raschelnden Bäumen durch, während die Brise im Rücken sie sacht antrieb und ihnen das Haar zerzauste. Dann schritten sie über einen winzigen Brückenbogen. Als Aylis sich über das Geländer beugte, sah sie goldene Fische über einen weißen Sandboden schwimmen, die sofort vor ihre Schatten zwischen die in der Strömung des Baches wallende Wasserkresse flohen.

Schließlich erreichten Pysk und Seherin die Hecke, doch als sie sie umrundeten, fanden sie keinen Eingang. Aylis lächelte, nahm Jinnarin bei der Hand und flog mit ihr über die Hecke hinweg. Auf der anderen Seite fanden sie ... einen Garten innerhalb des Gartens, der ganz genauso aussah wie der erste ... nur dass in der Mitte auf einem Kristallblock jemand lag ...

»Farrix!«, rief Jinnarin, die weiterflog und neben ihm landete.

Er schlief.

»Wach auf, mein Liebster! Wach auf!«, rief sie und schüttelte ihn an der Schulter – doch ohne Erfolg.

Jinnarin legte ein Ohr auf seine Brust, und nach einer längeren Weile sagte sie: »Ein Herzschlag«, dann nach einer Weile: »Noch einer.«

Mit Tränen in den Augen sah Jinnarin die Magierin an. »Ach, Lichtschwinge, hier ist es genau dasselbe. Hier liegt er auch in einem Zauberschlaf.«

Traurigkeit stand in Aylis' Augen, und sie betrachtete Farrix, stutzte plötzlich und schaute genauer hin. Ihre Augen weiteten sich. »Sperling, er träumt!«

Jinnarin riss den Kopf von Farrix' Brust und starrte auf Farrix' Augen, die unter den geschlossenen Lidern hin und her zuckten.

Verwirrung spiegelte sich auf der Miene der Pysk wider.

»Ein Traum in einem Traum?«

»Ja, Sperling, so muss es sein. Wir müssen uns beeilen und auch in diesen Traum eindringen.«

»Können wir das denn?«

»Ich weiß es nicht, aber wir müssen es versuchen. Und schnell, denn wenn er aufwacht, sitzen wir in der Falle.«

»Wir sitzen auch in der Falle, wenn er nicht aufwacht, sondern nur aufhört zu träumen. Vielleicht ist das der Hinterhalt, den Durlok aufgestellt hat. In wie viele Träume wir auch eindringen, wir werden ihn immer schlafend vorfinden. Ach, beeilen wir uns einfach ...«

Jinnarin bildete eine weitere Brücke, und in der Luft formte sich ein Spalt. Sie traten hinein und befanden sich ...

... in einem Kristallschloss mit Blick auf ein hellgrünes Meer, wo ein schwarzes Schiff, in dessen Masten Blitze einschlugen, über die sturmgepeitschten Wellen schoss.

Und Furcht erfüllte ihr innerstes Wesen, hämmerte auf ihr Herz ein, zerrte an ihren Eingeweiden und spaltete ihre Seele. Der Raum veränderte sich, der Kristall wurde gröber, unbearbeitet. Von Entsetzen gepeinigt, fuhren Aylis und Jinnarin herum und erblickten eine sich windende Masse aus Schwärze, die ihnen entgegenwallte und in der sich riesige Krallen an massigen Armen bildeten, um sie anzuspringen und zu zerfetzen, während in grässlichen, hämischen gelben Augen wahnsinniger Triumph leuchtete.

»Weg von hier!«, schrie Aylis.

Jinnarin sprang durch ein Loch, landete in dem sonnenhellen Garten und verlor ihren Bogen, als sie sich abrollte. Aylis sprang ebenfalls in den Sonnenschein, und Pysk und Seherin verschlossen die Brücken hinter sich. Doch die Luft vor ihnen flimmerte, und wallende Schwärze brach durch – keine einzelne sich windende Masse, sondern fünf, zehn, zwölf und noch mehr!

»Noch mal!«, rief Jinnarin. »Verschwi...!« Doch bevor sie den Gedanken beenden konnte, flutete Entsetzen in ihren Verstand und füllte ihn vollkommen aus. Sie konnte nicht mehr denken. Sie konnte nicht mehr sehen. Sie konnte nicht mehr hören. Sie konnte nur noch schreien.

Doch Aylis' Verstand war nicht vor Furcht gelähmt, und es gelang ihr, den Arm zu einer der sich windenden Massen auszustrecken und mit zitternden Lippen *»Fulmen!«* zu rufen. Ein Blitzstrahl zuckte aus ihrer ausgestreckten Hand und durch die brodelnde Schwärze.

Plötzlich konnte Jinnarin wieder sehen, hören und denken. Aber dafür war Aylis nun vor Angst erstarrt und schrie, unfähig, etwas anderes zu tun.

Schwärze wallte ihr entgegen, schwarze Krallen, zum Zuschlagen erhoben.

Endlich gelang es Jinnarin, eine Hand auszustrecken und ihren Bogen zu fassen. Panik zerrte an ihr, und ihr Atem ging in heiseren, keuchenden Stößen, während ihre vor Angst beinah starren Finger sich bemühten, einen Pfeil aufzulegen, was ihr schließlich ebenfalls gelang. Sie hob so furchtsam den Bogen, dass der Schaft in ihrer zitternden Hand gegen das Holz des Griffs klapperte. »Adon«, ächzte sie, zielte und schoss, und der Pfeil schrumpfte zu einem winzigen Pysk-Pfeil, der durch eine der wallenden Wolken aus Schwärze flog und hinten wieder austrat, ohne Schaden anzurichten.

Obwohl sie beinah verzweifelte, legte sie noch einen Pfeil auf. »Dämonengezücht!«, rief sie, während die Furcht an ihr zerrte. »Stirb!« Und damit schoss sie auf einen anderen wallenden Schatten. Doch wieder flog der winzige Schaft durch brodelnde Schwärze und wieder heraus, und immer noch wand sich die Masse mit den anderen durch die sonnenbeschienenen Blumen Aylis entgegen.

Dann legte Jinnarin noch einen Pfeil auf und wählte diesmal ihr Ziel sorgfältig. Doch wiederum flog der winzige

Schaft durch wallende Schwärze, ohne eine Wirkung zu erzielen. Und jetzt hatte die brodelnde Schwärze Aylis erreicht und schloss sich um die vor Angst starre Seherin, die weder denken noch sehen noch hören, sondern nur in unablässigem Grauen schreien konnte.

Riesige schwarze Krallen wurden erhoben, um sie zu zerreißen, in wahnsinnigen Augen blitzte irrer Triumph, und ein klaffendes rotes Maul grinste höhnisch ...

... doch in diesem Augenblick flog ein winziger Pfeil in ein gelbes Auge ...

... und alle schwarzen Kreaturen verschwanden, bis auf eine!

... und diese eine brüllte vor Schmerzen und griff sich in das ungeformte Gesicht, das mit Reißzähnen gefüllte rote Maul in großer Qual weit aufgerissen ...

... und noch ein winziger Pfeil flog in den formlosen Mund der Kreatur und traf Gewebe ...

... und tödliches Gift flutete ins Gehirn des Dämonen ...

... und brannte und ätzte sich hindurch ...

... und die Kreatur fiel tot um, vom ätherischen Gift auf dem geisterhaften Pfeil getötet, den eine Pysk mit einem Phantombogen abgefeuert hatte.

10. Kapitel

DER SCHLAFENDE PYSK

Frühling, 1E9575
[Die Gegenwart]

Die entsetzliche Furcht verschwand, und Aylis sank zu Boden. Jinnarin eilte zu ihr und rief: »Lichtschwinge!« Die Seherin schaute Jinnarin an und stammelte: »Ich ... ich ... Das Ungeheuer! Wo ist es?«

»Tot.«

»Tot?«

»Ich habe es getötet. Es war ein Dämon, und den habe ich getötet.«

»Wie?«

Jinnarin hob ihren Bogen. Aylis nickte. »Ich habe es mit einem Blitz versucht, einem Zauber meines Vaters, aber ohne Erfolg.«

»Du hast den echten Dämon verfehlt.«

»Den echten?«

»Ja. Alle bis auf einen waren Illusionen.«

»Wie hast du ...?«

Jinnarin lächelte. »Jatu hat mir einiges über Dämonen erzählt. Ich habe auf denjenigen geschossen, der keinen Schatten geworfen hat.«

Aylis drehte sich zu dem Dämon um, und vor ihren und Jinnarins Augen stieg eine ölige Dunkelheit aus der schwarzen Gestalt auf, die der Wind verwirbelte und auseinander riss. Augenblicke später war der Dämon verschwunden.

»Das war Durloks Falle«, knirschte Aylis. »Das war der böse Geist, der Weiße Eule getötet hat. Sperling, du hast ihn mit deinem Bogen gerächt.«

Jinnarin schaute auf die Stelle, wo der Dämon gelegen hatte, und nickte. Und plötzlich fing sie schallend an zu lachen, vor Erleichterung und weil sich ihre Anspannung löste.

Aylis sah sie erstaunt an und fing dann ebenfalls an zu lachen.

Kurz darauf johlten beide vor Vergnügen und zeigten aufeinander. Schließlich hielt Jinnarin sich die Hand vor den Mund, in dem Versuch, sich zu beherrschen, wandte sich von Aylis ab und schaute in die Mitte des Gartens, wo Farrix' schlafende Gestalt lag.

Der Anblick ernüchterte sie schlagartig. »Farrix! Lichtschwinge, wir müssen Farrix wecken! Und rasch, denn er wird bald aufhören zu träumen.«

Auch Aylis wurde wieder ernst. »Ja! Du hast Recht. Wir müssen ihn schnell finden.«

»Wieder zurück in den Traum im Traum?«

Aylis nickte und bildete bereits eine Brücke aus.

Wieder traten sie durch den Spalt in der Luft und in das Kristallschloss. Jetzt gab es keine Furcht mehr darin. In aller Hast durchsuchten sie die Kammer, und sie fanden Farrix in einer Nische, wo er auf einem Kristallaltar schlief.

»O nein, nicht schon wieder!«, rief Jinnarin, indem sie sich neben ihn kniete. »Er steht auch hier unter einem Bann!« Doch beim Klang ihrer Stimme bewegte sich Farrix.

»Er hat sich bewegt, Sperling! In diesem Traum ist er nicht verzaubert!«

Jinnarin schüttelte ihn sanft an der Schulter. »Farrix. Farrix. Wach auf, mein Liebster.«

Langsam reckte Farrix sich, gähnte und öffnete die Augen ...

... Und in diesem Augenblick veränderte sich das Kristallschloss, der Boden wurde rau, und Kristallstelen ragten aus den Wänden. Es war Durloks Gyphontempel ...

»Hallo, Liebste«, sagte Farrix und wollte sich erheben, konnte sich jedoch nicht bewegen, weil Jinnarin sich auf ihn geworfen hatte und vor Freude weinte.

»He, was ist denn los? Warum weinst du denn?«

Jinnarin versuchte es ihm zu sagen, doch sie brachte nur ein unzusammenhängendes Schluchzen heraus.

»Es ist eine sonderbare Geschichte, Farrix«, sagte Aylis. Erst beim Klang ihrer Stimme bemerkte der Pysk ihre Anwesenheit. »Aber eines ist klar: Du hast dich irgendwie mit Durlok eingelassen ...«

»Durlok!«, fauchte Farrix und richtete sich auf, obwohl Jinnarin ihn immer noch umarmte. »Das hatte ich ganz vergessen!« Er schaute sich in der Kristallkammer um, dann packte er Jinnarin bei den Schultern und hielt sie auf Armeslänge vor sich. »Wie bist du hierher gekommen? Was ist das für ein Wunder? Ach, schon gut, wichtig ist jetzt nur, dass wir von hier verschwinden, Liebste! Du bist hier nicht sicher!«

Farrix nahm sie bei der Hand und versuchte gegen Jinnarins Widerstand mit ihr von dem Kristallblock zu springen, doch Jinnarin hielt ihn zurück und rief: »Nein, nein, Farrix!« Er drehte sich zu ihr um, und mit verweinten Augen schüttelte sie den Kopf. »Vor Durlok brauchst du keine Angst zu haben, wenigstens im Moment nicht. Das ist nämlich ein Traum, in dem du dich befindest, und du musst einfach nur aufwachen! Du musst den Bann brechen.«

Farrix starrte sie an. »Ein Traum? Ich träume? Wovon redest du, und wer ist das?« Er zeigte mit dem Finger auf Aylis.

Jinnarin ballte in hilfloser Verzweiflung die Fäuste. »Ach, Farrix, das ist doch jetzt völlig egal. Weißt du, du musst nämlich aufwachen, bevor du aufhörst zu träumen.«

Wieder sperrte Farrix Mund und Nase auf. »Ich muss aufwachen, bevor ich aufhöre zu träumen? Aber ... aber wenn das hier tatsächlich ein Traum ist, höre ich doch auf zu träumen, wenn ich aufwache. Das ergibt keinen Sinn.« Er sah Aylis an, hob die Hände, um anzuzeigen, dass er nicht das Geringste verstand, und sagte dann: »Und ich will trotzdem wissen, wer du bist.«

»Sie ist eine Magierin, Farrix. Alamars Tochter.«

Aylis nickte. »Wir sind in deinem Traum, um einen« – Aylis seufzte – »einen ›Bann‹ zu brechen, den Durlok dir auferlegt hat. Es ist wichtig, dass du aufwachst, bevor dieser Traum endet.«

Farrix stieß den angehaltenen Atem keuchend aus und schüttelte den Kopf. »Ich kann nicht glauben, dass ich träume.« Er sah sich um, zwickte sich – »Au!« – und zuckte zusammen. »Es ist alles so *wirklich*!«

Jinnarin stampfte mit dem Fuß auf. »Ist *das* wirklich?«, schnauzte sie ihn an und schwebte dann vom Kristallblock in die Höhe.

»Adon!«, zischte Farrix und sprang auf. »Es *ist* ein Traum!«

»Siehst du? Ich hab's dir doch gesagt!«, verkündete Jinnarin und ließ sich wieder auf den Altar sinken.

»Was muss ich tun?«, fragte Farrix.

Plötzlich ging Jinnarin auf, dass sie gar nicht wusste, *was* Farrix tun musste, um sich aufzuwecken. Sie wandte sich Hilfe suchend an Aylis.

»Sag mir«, fragte ihn die Seherin, »hast du dir je gewünscht, zu einer bestimmten Zeit aufzuwachen, sagen wir bei Tagesanbruch oder bei Mondaufgang oder um Mitternacht, und hat das dann funktioniert?«

Farrix nickte zögernd.

»Dann musst du Folgendes tun: Überzeuge dich selbst, dass der Augenblick unseres Verschwindens der Augenblick ist, in welchem du aufwachen musst.«

»Der Augenblick eures Verschwindens?«

»Ja. Das ist das Signal für dich.«

Farrix sah sich in der Kristallkammer um. »Wohin verschwindet ihr denn? In die Gänge? In die Trollkammer? Zurück in die Grotte? Wohin?«

Aylis schüttelte den Kopf. »Zu keinem dieser Orte, Farrix. Vielmehr gehen wir zu einem Garten. Zum Garten der Träume.«

»Dort bist du nämlich«, fügte Jinnarin hinzu. »Und schläfst.«

Farrix' Augen weiteten sich voller Verwirrung. »Ich schlafe dort?«

»Ja, Liebster. Da träumst du diesen Traum.«

»Ach so«, sagte er leise. »Ich schlafe in einem Garten und träume diesen Traum, und wenn ich aufwache, ist alles in Ordnung.«

»Nicht ganz ...«, setzte Jinnarin an, doch Aylis unterbrach sie.

»Wir erklären dir, was danach kommt, wenn du aus diesem Traum erwacht bist.«

Wieder stieß Farrix die Luft aus. »Das verwirrt mich jetzt doch, aber ich gebe mir alle Mühe aufzuwachen, wenn ihr von hier verschwindet.« Er sah sie an und runzelte dann die Stirn. »Aber hört mal: Ich weiß nicht, wie ich es mache, zu einer bestimmten Zeit oder bei einem bestimmten Ereignis aufzuwachen. Ich tue es einfach.«

Aylis lächelte grimmig. »Der Wunsch ist der Antrieb – er muss nur stark genug sein.«

»Oh.«

Jinnarin trat neben ihn. »Farrix, ich brauche dich wirklich. Du *musst* es tun, sonst sitzen wir, fürchte ich, alle ziemlich in der Klemme, und Durlok wird etwas Furchtbares tun, etwas, das wir verhindern müssen, bevor er noch mehr Menschen tötet.«

Farrix knirschte mit den Zähnen. »Durlok sei verflucht! Er ist ein Ungeheuer, und man muss ihm Einhalt gebieten.«

Aylis sah ihn eindringlich an. »Dann *musst* du aufwachen, Farrix.«

Er nickte entschlossen. »Dann lasst es uns versuchen.«

»Ich bin zwar nicht ganz sicher, aber ich glaube, dass es leichter wird, wenn du dich wieder hinlegst«, riet Aylis.

Farrix legte sich wieder auf den Kristallblock.

Jinnarin beugte sich vor, küsste ihn zärtlich und trat dann zurück. »Lichtschwinge ...«

Farrix drehte den Kopf, sodass er sie sehen konnte, und beobachtete dann, wie sich ein Spalt in der Luft bildete, durch den der Ausschnitt eines sonnenbeschienenen Gartens zu sehen war. Seine Augen weiteten sich, als sie durch den Spalt gingen und dieser sich hinter ihnen schloss.

Jinnarin kletterte mit Aylis auf den Kristallblock, wo Farrix im Herzen der blühenden Lichtung schlief. Die Sonne stand immer noch im Zenith und hatte sich überhaupt nicht bewegt. Die beiden schauten auf die Augen des Träumers, die hin und her zuckten. Plötzlich hörten die Bewegungen auf. »Ach«, jammerte Jinnarin. »Wir waren zu spät. Er hat aufgehört zu tr...«

... Da schlug Farrix die Augen auf.

»Ha!«, frohlockte Jinnarin. »Du hast es geschafft!« Und sie küsste ihn lang und voller Freude.

Farrix richtete sich auf und schaute sich um. »Was ich geträumt habe, war also gar kein Traum. Oder nein, warte ... es war schon ein Traum, aber kein gewöhnlicher Nachtmahr. Ergibt das einen Sinn?«

»O ja, Liebster!«, sagte Jinnarin und küsste ihn wieder.

Farrix machte Anstalten aufzustehen und sagte: »Also dann, lass uns von hier verschwinden, und Durlok auf ...«

»Nein, nein, Farrix. Warte«, rief Jinnarin und drückte ihn wieder nach unten. »Das ist auch nur ein Traum.«

»Auch nur ein Traum?« Er sah sich um und zwickte sich wieder – »Autsch!«

Jinnarin schwebte in die Höhe. »Siehst du?«

Farrix ächzte. Dann seufzte er. Und dann murmelte er: »Durlok sei verflucht! Ist das wie eines von diesen Puzzle-Spielen, wo immer neue Schachteln ineinander gestapelt sind?«

Jinnarin grinste. »Nein, Liebster, das ist der letzte Traum. Wenn du aus diesem erwachst, bist du wirklich und wahrhaftig wach.«

Aylis beugte sich vor. »Bist du bereit, es noch einmal zu versuchen?«

Farrix verdrehte die Augen, nickte aber.

»Diesmal wird es vielleicht etwas schwieriger, Farrix, denn wie Sperling – Jinnarin – bereits gesagt hat, ist das hier die letzte Hürde.«

»Ich bin bereit«, sagte er, indem er sich erneut auf den Kristallblock legte. »Bringen wir's hinter uns.«

Jinnarin küsste ihn noch einmal. »Ich warte auf dich, Liebster.«

Wieder beobachtete Farrix, wie sich ein Spalt in der Luft bildete, durch den Jinnarin und Aylis verschwanden, und der sich dann hinter ihnen schloss.

Jinnarin und Aylis kehrten in die Kristallkammer zurück, wo das nackte Chaos herrschte, während brüllende Zwergenkrieger auf eine große Kreatur einschlugen, die auf dem Boden auf halbem Weg zwischen Altar und Wand lag. Zwischen der Kreatur und dem Altar standen Aravan und Jatu mit der Waffe in der Hand und bewachten eine reglose Seherin und zwei gleichermaßen starre Pysk – Aylis, Jinnarin und Farrix. Alamar trat soeben aus dem zum Laboratorium führenden Durchlass. Um seine Hände spielte ein eigenartiges dunkles Feuer. Oben auf dem Kristallblock – zwischen seiner Herrin und dem Aufruhr in der Kammer – stand Rux, die Zähne gefletscht und das Fell gesträubt.

Rasch eilten die Traumwandler zu ihrem Körper zurück und tauchten hinein, um einen Moment später die Augen aufzuschlagen und den wogenden Kampf wahrzunehmen.

Aylis sprang ebenso auf wie Jinnarin. Die Pysk legte einen ihrer winzigen Pfeile auf und sprang auf Rux' Rücken, während Aylis zu Alamar ging, der neben dem Altar stehen geblieben war. »Vater, was ist das?«

»Ein Gargon, Tochter, ein Gargon!«

Aylis pochte das Herz im Halse. Ein Gargon! Eine große, grässliche Kreatur, grau und verwachsen, aber aufrecht auf zwei Beinen gehend, ein böses Ungeheuer der Niederen Ebene, ein Dämon, und in der Lage, seine Opfer einzig durch Furcht zu lähmen.

Aravan trat mit dem Schwert in der Hand zwischen Aylis und die Kreatur, ohne das Ungeheuer aus den Augen zu lassen. Jatu bezog Stellung neben ihr.

»Es ist einfach aus der Luft auf den Boden gefallen«, grollte der dunkelhäutige Hüne. »Kelek und sein Trupp waren gerade hier«, fügte er hinzu.

»Châkka-shok! Châkka-cor!« Bokars Kriegsruf übertönte den allgemeinen Lärm, und dann ließ der Zwerg seine Axt auf die Flanke der reglosen Kreatur niedersausen.

»Halt!«, rief Kelek, der sich bei den Zwergenkriegern befand, welche auf das daliegende Ungeheuer einschlugen. Seine Stimme verlor sich beinah in dem Getöse. »Haltet ein, bei Elwydd! Es ist tot!«

Endlich wurde er in dem Tumult gehört, und die Rufe und Schreie wurden leiser und leiser und verstummten schließlich völlig. Und während wieder Ruhe einkehrte, wichen die Krieger langsam und argwöhnisch zurück und betrachteten die Kreatur im Licht der Zwergenlaternen. Das

Wesen wirkte wie die böse Parodie eines großen Menschen mit reptilienhaften Zügen. Es war acht Fuß groß, massig, mit Klauenhänden und Füßen sowie funkelnden Reißzähnen in einem Echsenmaul, ständig bereit, wieder vorzuspringen und anzugreifen.

Mitten in die Stille hinein sagte eine helle, jungenhafte Stimme von hinten: »Herrje, was ist das denn für ein Krawall?«

Jinnarin, Aylis, Alamar, Aravan und Jatu fuhren herum und sahen Farrix, der aufgestanden war und jetzt gähnte und sich die Augen rieb.

11. Kapitel

ALTE BEKANNTE

Frühling, 1E9575
[Die Gegenwart]

Mit einem Freudenschrei sprang Jinnarin von Rux' Rücken und warf sich auf Farrix, der infolge ihres heftigen Ansturms rückwärts taumelte. Vor Freude weinend, drückte sie ihn an sich und überhäufte ihn mit Küssen.

Er umarmte sie ebenfalls und küsste sie ebenfalls. Dann hielt er eine Handbreit Abstand von ihr, um sie zu betrachten. Gerade als er den Mund öffnete, um etwas zu sagen, stürmte ein Kriegstrupp der Zwerge in die Kristallkammer, Schilde und Waffen erhoben und bereit zum Kampf, während ihre Blicke durch die Kammer irrten, da die Châkka Bokars Kriegsruf gehört hatten und nun den Feind suchten.

Erschrocken schob Farrix Jinnarin hinter sich und sprang zwischen sie und die potenzielle Gefahr, während seine Hände nach seinem Bogen griffen und nichts fanden und seine umherhuschenden Blicke Menschen und Zwerge, Elfen und Magier, Rux den Fuchs ... und einen sehr toten Gargon entdeckten.

Farrix fuhr zu Jinnarin herum. »Wir müssen uns verstecken, bevor sie uns sehen«, zischte er, während er sich in Schatten hüllte.

Sie schüttelte den Kopf. »Nein, Liebster, das sind Freunde.«
»Freunde? Freunde! So viele?«

Auf ihr Nicken und Grinsen entledigte er sich des Schattens und wandte sich wieder der bunt gemischten Gruppe in der Kammer zu.

Bokar hatte die Hände erhoben und überschrie das wogende Chaos auf Châkur. Er verlangte Ruhe und sagte, der *Ghath* sei erschlagen und der Kampf sei damit vorbei. Als wieder so etwas wie Ordnung herrschte, drehten Alamar, Aravan, Aylis und Jatu sich wieder zum Altar und zu den Pysk darauf um, und ein breites Grinsen zeigte sich auf ihren Gesichtern.

Farrix fragte Jinnarin über die Schulter: »Liebste, das ist nicht schon wieder ein Traum, oder?« Bevor sie antworten konnte, zwickte er sich – »Autsch!« – und murmelte dann: »Ach, das hat vorhin auch schon nicht funktioniert.«

Jinnarin lachte und trat vor ihn. Sie legte ihm die Hände auf die Schultern und sagte: »O nein, Farrix, das ist kein Traum. Du hast den Bann gebrochen und bist wirklich und wahrhaftig wach.«

Er riss sich vom Anblick des Tumults in der Kammer los und schaute ihr in die Augen. »Dann kannst du nicht fliegen?«

»Nein, Liebster, ich kann nicht fliegen.«

»Ach«, sagte Farrix. »Ein Jammer. Ich könnte mir vorstellen, dass das eine angenehme und nützliche Begabung ist.« Er lächelte, als er das sagte. Dann zog er sie wieder an sich und küsste sie lange, bevor er mit einer umfassenden Handbewegung auf seine Umgebung zeigte. »Ich muss schon sagen, Menschen, Zwerge, Magier und ein Elf – wer sind all dies Fremden?«

»Fremde für dich, Freunde für mich.« Jinnarin löste sich von ihm und fügte hinzu: »Das heißt, Fremde für dich bis auf zwei. Aber sie alle sind Freunde, die mir geholfen haben, dich zu finden und den Bann zu brechen.« Sie drehte sich um, bedeutete den anderen, näher zu treten, und sagte: »Farrix, die Lady Aylis kennst du ja schon ...«

»Wie ...?« Farrix starrte die Seherin an. »Ich dachte, Ihr wärt eine Pysk!«

Aylis lächelte. »Wir sind uns in einem Traum begegnet, Farrix, in dem wir alle dieselbe Größe hatten – so seltsam das auch scheinen mag.«

»Oh«, sagte Farrix und verbeugte sich vor Aylis. »So oder so freut es mich ungemein, Eure Bekanntschaft in der Wirklichkeit zu machen, und ich danke Euch, dass Ihr Jinnarin geholfen habt, den Bann zu brechen.«

Während Aylis lächelte, sagte Jinnarin: »Und das ist Jatu.«

Der schwarzhäutige Mensch trat vor und brummte: »Ah, Meister Farrix, sie hat Euch gut beschrieben, die Lady Jinnarin.«

Farrix' Augen weiteten sich bei der Betrachtung des hünenhaften Menschen. »Aus den Ländern im Süden, nehme ich an. Ich wollte schon immer dorthin.«

»Vielleicht bereisen wir sie eines Tages zusammen«, erwiderte Jatu mit einem breiten Grinsen.

»Und das ist Aravan.« Jinnarin zeigte auf den Elf.

»Ein Freund!«, lächelte Farrix und erklärte dann: »Ich kann das Amulett spüren, das Ihr tragt.«

Aravans Hand fuhr unwillkürlich an seine Kehle. »Das habe ich von Tarquin bekommen.«

Alamar deutete mit einem Kopfnicken auf Aravan. »Das Amulett, Elf, was zeigt es an?«

»Es ist warm ... nicht mehr kalt, die Gefahr ist vorbei.«

»Ha! Wie ich gedacht habe!« Der Alte zeigte auf den toten Gargon. »Da, Tochter, das war Durloks Falle! An Farrix gebunden! Wer versuchte, den Bann zu brechen, hat es mit einem Gargon zu tun bekommen.«

Jatu schüttelte zögernd den Kopf. »Ein Gargon, ja. Dennoch, Meister Alamar, ich könnte schwören, dass er bereits tot war, als er aus dem Nichts auf den Boden fiel ...«

Farrix' Augen weiteten sich vor Überraschung. »Meister Alamar?«

Alamar betrachtete ihn. »Hm? Ach, Pysk. Hm, freut mich, Euch wach anzutreffen.«

Wieder fragte Farrix: »Meister Alamar? Seid Ihr's wirklich?«

»Natürlich bin ich's wirklich, was glaubt Ihr wohl?«

Farrix schüttelte den Kopf, als wolle er die wirren Gedanken darin klären. »Äh, ich meine mich zu erinnern, dass Ihr, äh, viel dunklere Haare hattet.«

»Hatte ich auch«, schnaubte der Magier. »Aber wenn Ihr so viele Zauber gewirkt hättet wie ich, wärt Ihr auch etwas grauer auf dem Kopf.«

»Oh«, sagte Farrix, halb zu Jinnarin gewandt, die ihm zuflüsterte: »Zauberei verbraucht Jugend. Ich erkläre dir alles später.«

»Ach, übrigens, Pysk«, fügte Alamar hinzu. »Guter Schuss und danke vielmals.«

Verwirrung zeigte sich auf Farrix' Zügen, und Alamar ergänzte: »Das Wildschwein, Pysk – der Eber!«

Farrix lächelte nun und nickte, aber Jinnarin sagte: »Tausend Jahre zu spät, Alamar, aber bitte sehr.«

Alamar grummelte mürrisch und sagte dann halblaut »Visus«, während er Farrix durchdringend musterte. »Aha, Tochter, er ist nicht mehr verzaubert. Und die Verbindung ist auch verschwunden. Sag mir, was habt ihr gemacht?«

»Nun, Vater, im ersten Traum haben wir ...«

»Im ersten Traum?«

»Ja, Vater. Es gab zwei: einen Traum in einem Traum.«

Jinnarin schüttelte den Kopf. »Nein, Aylis, eigentlich müssen es mindestens drei gewesen sein. Vergesst nicht, dass Farrix auch in dem zweiten Traum geschlafen und geträumt hat.«

Aylis nickte. »Farrix meinte in einem seiner Träume, es sei wie eines dieser Puzzles, bei denen man eine Schachtel öffnet und die nächste Schachtel findet.«

»Aha«, murmelte der Alte, indem er das Kinn hob, um dann ungeduldig zu gestikulieren. »Na los, erzähl weiter.«

»Im ersten Traum fanden wir Farrix schlafend in einem Garten – er lag auf einem Kristallaltar wie diesem hier.« Aylis klopfte auf das Steinpodest. »Er hat in dem Traum geträumt, also sind wir auch in den geträumten Traum eingedrungen.«

Alamar hob eine Augenbraue. »Das hätte ziemlich gefährlich werden können.«

»Das war es auch!«, entfuhr es Jinnarin. »Da sind wir nämlich auf den Dämon gestoßen!«

»Ein Dämon?«

Jinnarin nickte eifrig. »Ja. Ein Dämon. Und es war schrecklich. Aber Jatu hat uns gerettet und Euch auch.«

Alamar warf die Hände in die Luft und rief: »Haltet ein! Haltet ein! Was Ihr sagt, ergibt keinen Sinn, Pysk.«

Aylis sah Jinnarin an. »Doch, schon, Vater, wenigstens glaube ich das« – Jinnarin nickte nachdrücklich – »aber ich kann ja erzählen, was passiert ist, jedenfalls das, was ich weiß, und Jinnarin kann dann die Dinge ergänzen, die mir entgangen sind.

Im ersten Traum – im Garten – haben wir Farrix auf einem Kristallaltar schlafend angetroffen. Im zweiten Traum betraten wir das Kristallschloss aus der Sendung. Aber wir wurden von einer grässlichen Kreatur angegriffen, einer sich windenden Schwärze mit großen Krallen und bösen Augen und einem Maul voller Reißzähne. Ich glaube, dieses Ungeheuer hat dein Amulett gespürt, Aravan. Ich glaube auch, dass es Weiße Eule getötet hat. Ein böser Geist, so hat er das Ungeheuer genannt. Ein Dämon, Jinnarins Worten nach. Doch ganz gleich, wie man es bezeichnet, es war furchtbar und hätte uns beinah getötet.«

Aylis' Augen waren geweitet, während sie sich an ihre Furcht erinnerte, und Aravan legte einen Arm um sie. Sie schenkte ihm ein flüchtiges Lächeln und fuhr dann fort: »Wir sind aus dem Kristallschloss geflohen, in den Garten zurück, aber das Ungeheuer hat uns verfolgt, nicht nur eins, sondern viele, ein Dutzend oder mehr. Bevor wir aus diesem Traum fliehen konnten, ließ das Ungeheuer Jinnarin vor Angst erstarren, indem es sie einfach ansah.«

Jinnarin seufzte und ergriff Farrix' Hand. »Ich konnte mich nicht bewegen. Ich konnte nicht fliehen. Ich dachte, mein Herz würde vor Angst bersten.«

Aylis nickte. »Ich auch, Jinnarin. Ich dachte auch, mein Herz würde bersten.« Sie bedachte die Pysk mit einem dünnen Lächeln und fuhr dann fort: »Ich habe einen Blitzstrahl gewirkt ...«

»Einen Blitzstrahl? Einen Blitzstrahl, Tochter? Aber du weißt doch gar nicht, wie.«

»Du hast Recht, Vater – ich weiß nicht, wie. Aber vergiss nicht, es war ein Traum, und wie ich in dem Traum herausgefunden habe, in welchem wir der Spinne entflohen sind, brauche ich nur das richtige Wort zu sagen, um einen Zauber zu wirken. Und trotz meiner Furcht konnte ich eines deiner Wörter sprechen, ›Fulmen‹, und schon zuckte der Blitz aus meiner Hand. Aber er erzielte keine Wirkung, sondern fuhr einfach durch eine der Kreaturen. Doch der Blitzstrahl bewirkte etwas anderes: Das Ungeheuer hielt mich jetzt irrigerweise für die größere Bedrohung, denn in diesem Augenblick ließ die furchtbare Kreatur von Jinnarin ab und richtete ihre ganze Kraft auf mich. Von dem Augenblick an kann ich mich nur noch an Furcht erinnern ... bis Jinnarin mich befreit hat.«

Alamar wandte sich an Jinnarin und beschrieb dabei kleine, ungeduldige Kreise mit den Händen. »Und, Pysk, was ist dann passiert?«, wollte er wissen.

»Dann habt Ihr uns gerettet, Alamar, Ihr und Jatu.«

Jatu legte verwirrt den Kopf auf die Seite, doch Alamar schnauzte sichtlich erregt: »Nun erzählt schon, Pysk! Inwiefern sind Jatu und ich zu Eurer beider Rettung geeilt?«

»Nun ja, nachdem ein paar von meinen Pfeilen« – Jinnarin zeigte auf einen der winzigen Schäfte – »nichts gegen zwei von den Kreaturen ausrichten konnten, fiel mir ein, dass Ihr mal gesagt habt, Ihr könntet einen Feuerball aussehen lassen wie zehn. Und ich überlegte, dass ungefähr zehn Dämonen dort waren und alle bis auf einen Illusionen sein müssten, Trugbilder wie das illusorische Gestein über dem Eingang zu dieser Höhle. Dann fiel mir Jatus Geschichte wieder ein, dass alle Dämonen bis auf einen einzigen keinen Schatten hätten, und auf den habe ich als Nächstes geschossen – auf den Dämon ohne Schatten. Mein Pfeil flog hindurch und erzielte keine Wirkung. Und er wollte gerade Aylis töten ...«

»Herrje, Liebste«, hauchte Farrix, »was hast du gemacht?«

»Hört auf zu unterbrechen, Pysk«, schnauzte Alamar Farrix mit einem wütenden Seitenblick an. Dann wandte er sich an Jinnarin. »Was habt Ihr gemacht?«

»Ich habe ihn getötet, das habe ich gemacht«, erwiderte Jinnarin.

»Wie?«, drängte Alamar, vor Verzweiflung beinah schreiend.

»Ich habe ihm einen Pfeil ins Auge geschossen.«

»Ins Auge?«

Jinnarin hob den Bogen zur Unterstreichung. »Ja, ins Auge ... und dann ins Maul.«

»Und das hat ihn getötet? Den Dämon, den bösen Geist?«

An dieser Stelle meldete sich Aylis zu Wort. »Ja, Vater, das hat ihn getötet und mich befreit. Und nach einem Augenblick hat das tote Ungeheuer sich in einen widerlichen schwarzen Dampf verwandelt, den der Wind davongeweht hat.«

»Hm«, Alamar zog grüblerisch die Stirn in Falten und sagte dann in scharfem Tonfall: »Aber der Bann war noch nicht gebrochen, oder?«

»Er war noch nicht gebrochen«, erwiderte Aylis nickend. »Wir kehrten wieder in den Traum innerhalb des Traums zurück, also in das Kristallschloss, und dort fanden wir Farrix wieder auf einem Altar.«

Alamars Augen weiteten sich. »Nun, nun. Also ist der Altar das Verbindungsglied, das alle Träume untereinander und mit diesem Ort hier verbindet.«

»Genau mein Gedanke, Vater.«

In diesem Augenblick wandte Bokar sich von dem getöteten Gargon ab und gesellte sich zu ihnen. Jinnarin wandte sich an Farrix. »Das ist Waffenmeister Bokar, Farrix. Er ist auch ein Freund.«

Bokar verbeugte sich steif vor Farrix, und der Pysk grinste, verbeugte sich aber ebenfalls. Der Zwerg warf einen Blick über die Schulter zum Eingang und sagte dann: »Ich möchte Euch eine Frage stellen, Meister Farrix ...«

»Fragt ihn später«, schnauzte Alamar, »wir sind gerade mitten im Gespräch.« Bokars Bart bebte vor Wut, aber er hielt sich zurück und schwieg. »Fahre fort, Tochter. Ihr habt also Farrix auf einem Kristallaltar in dem Kristallschloss aus Jinnarins Traum gefunden – was ist dann passiert?«

»Er hat auch dort geträumt, Vater, aber als Jinnarin ihn rief, hat er sich bewegt. Wir haben ihn geweckt, und plötzlich verschwand das Schloss, und die Kammer wurde zu einem Ebenbild dieses Raumes. Ich glaube, dass dies der

Moment war, in dem die Verbindung zu einer bösen Präsenz unterbrochen wurde.«

»Aha!«, bellte Alamar. »Das war der Zeitpunkt, als der Gargon hier aufgetaucht ist! Also war er tatsächlich schon tot, als er hier gelandet ist! Was wohl auch besser so war, denn möglicherweise wären wir von so einem Ungeheuer alle getötet worden.«

»Aber, Alamar, das verstehe ich nicht«, protestierte Jinnarin.

»Hört her, Pysk, der Gargon war irgendwo auf der Insel, würde ich meinen, aber an Farrix gebunden, und jeder, der den Bann zu brechen versuchte, musste ihn heraufbeschwören.«

»Augenblick«, meldete Jatu sich zu Wort. »Wenn irgendwo ein Gargon auf der Insel gewesen wäre, hätte Kapitän Aravans Amulett ihn dann nicht entdeckt und wäre kalt geworden?«

»Aber es hat ihn ja entdeckt«, entgegnete Alamar. »Genau hier in dieser Kammer. Die Essenz des Gargon war in Farrix' Traum gefangen ... daher hat sein Körper, wo immer er auch versteckt gewesen sein mag, Aravans Stein nicht reagieren lassen. Aber der Stein *hat* dafür entdeckt, dass die Essenz des Gargons mit Farrix verbunden und an seinen Traum gekettet war. Ja, Durlok hat eine schlaue Falle aufgestellt, verflucht seien seine Augen!«

Jatu nickte, dann drehte er sich zu dem toten Gargon um. »Und in dem Augenblick, als die Verbindung unterbrochen wurde ...«

»Kam der Gargon aus seinem Versteck und fiel tot zu Boden.«

»Bereits von meiner Jinnarin getötet!«, verkündete Farrix, indem er sie aufhob und herumwirbelte.

Als er sie wieder absetzte, küsste er sie und ließ sie los, und sie wandte sich mit weit aufgerissenen Augen an Alamar. »Ihr meint, der Dämon aus dem Traum war wirklich der Geist, die Essenz des Gargon?« Auf Alamars Nicken ächzte sie: »Ach, du meine Güte, dann war es ja ein noch größeres Wagnis, als ich gedacht habe, ein ganz bestimmtes Bild als Ziel für meinen Schuss auszuwählen.«

»Warum das, Pysk?«

»Alamar, ich war nicht der Ansicht, dass Gargonen Dämonen sind, und hätte ich gewusst, dass ...«

Aravan schüttelte den Kopf. »Nein, Jinnarin, es war eine kluge Entscheidung, das Ungeheuer ohne Schatten zu töten, denn mein Volk glaubt schon lange, dass die Gargonen zu den Dämonen gehören.«

»Höchstwahrscheinlich, Elf. Höchstwahrscheinlich«, sagte Alamar. Dann wandte der Magier sich wieder an Aylis. »Und was geschah dann, Tochter?«

»Danach war eigentlich alles ganz einfach, Vater. Wir mussten Farrix nur davon überzeugen, dass er träumt und aufwachen muss – natürlich erst nach unserem Verschwinden, denn wir wollten nicht in dem Nachtmahr gefangen werden.«

»Mein Traum war so wirklich«, fügte Farrix hinzu. »Ich meine, wenn Jinnarin nicht geflogen wäre, hätte ich wohl geglaubt, dass sie den Verstand verloren und eine andere Pysk – Aylis – mit in den Wahnsinn getrieben hat. Und als ich aus dem Traum im Traum erwachte, musste ich noch einmal überzeugt werden. Und als ich dann aus dem letzten Traum erwachte, tja, da sah es aus, als wäre ich selbst in einem Irrenhaus gelandet, mit all den brüllenden Kriegern, die auf eine riesige tote Echse einschlugen. Da wusste ich dann nicht mehr, ob ich nicht selbst übergeschnappt war.«

Jinnarin fing an zu kichern, Jatu lachte schallend, und Aylis lachte ebenfalls. Aravan fiel gemeinsam mit Farrix in die allgemeine Heiterkeit ein. Sogar Alamar kicherte. Alle außer Bokar lachten, dessen Miene nach wie vor grimmig war. Als das Gelächter abgeflaut war, trat der Waffenmeister vor. »Meister Farrix, ich muss Euch eine wichtige Frage stellen.« Er zeigte mit dem Daumen hinter sich und zum Gang, der zum Kai führte, und sagte: »Wo sind die Trolle?«

Farrix sah ihn an und erwiderte: »Na, bei Durlok, Waffenmeister Bokar. Sie rudern sein schwarzes Schiff.«

12. Kapitel

DIE SPINNE KEHRT ZURÜCK

Frühling, 1E9575
[Die Gegenwart]

Bokar wandte sich an Aravan. »Kapitän, jetzt, wo wir Farrix gefunden und befreit haben, schlage ich vor, dass wir von hier verschwinden, und zwar rasch. Bevor Durlok und seine achtundzwanzig Trolle zurückkehren.«

»Immer noch Angst vor den Trollen, was, Zwerg?«, schnaubte Alamar. »Wie ich schon sagte, *ich* kann mich um sie kümmern.«

»Vater!«, ging Aylis auf den Alten los. »Wir haben diese Unterhaltung bereits geführt. Achtundzwanzig Trolle sind zu viel, um gegen sie zu kämpfen.«

»Pah!«, erwiderte Alamar.

Farrix wandte sich an Aylis. »Woher wisst Ihr, dass es achtundzwanzig sind?«

Bokar beantwortete die Frage. »Wie haben die Betten gezählt, Meister Farrix.«

»Herrje« – Farrix hob die Hände – »natürlich. Wie dumm von mir.«

»Dann sind es also tatsächlich so viele?«, fragte Jatu.

Der Pysk nickte. »Ja, Und fünfzehn Rucha und vier Loka.«

»Fünfzehn Rucha!«, rief Jinnarin. »Aber wir haben sechzehn Betten gezählt.«

»Einer ist tot«, erwiderte Farrix. »Getötet von ...«

»Ach was!«, knurrte Bokar. »Ükhs und Hröks sind keine Gefahr, aber die Trolle stehen auf einem anderen Blatt.«

»Kapitän«, meldete Jatu sich zu Wort. »Bokar hat Recht. Wir sollten verschwinden, und zwar jetzt gleich.«

»Nein!«, fauchte Alamar. »Wenn wir jetzt gehen, wird Durlok wissen, dass wir hier waren, weil der Pysk verschwunden ist und ein toter und zerhackter Gargon in seinem Tempel liegt. Er wird fliehen und ein neues Versteck finden, und wir werden Jahrhunderte brauchen, bis wir ihn wieder aufgespürt haben. Und die ganze Zeit wird er grässliche Rituale ausführen, Unschuldige abschlachten und seine Macht stärken – und alles für einen bösen Zweck.«

Während Alamars Ausbruch war alles Blut aus Farrix' Gesicht gewichen. »Alamar hat Recht – mit den Ritualen, meine ich. Durlok ist ein Ungeheuer.«

Der alte Magier nickte nachdrücklich, dann drehte er sich um und zeigte auf eine Spur verstreuter Papiere zwischen der Kristallkammer und dem Laboratorium. »Ich war in seinem Allerheiligsten und habe seine Schriften gelesen – ich war hier, als der Gargon heruntergefallen ist und Jatu gerufen hat, und ich bin sofort gekommen.« Alamar ging zu einem der Blätter, hob es auf und hielt es hoch vor sich. »Das sind die Aufzeichnungen eines Schwarzmagiers. Sie beschreiben schändliche, furchtbare Rituale voller entarteter Gräueltaten. Und alles dient dazu, mehr Macht über andere zu erlangen, Herrschaft zu erringen und den freien Willen zu zerstören, und der Verherrlichung und Erhöhung Gyphons.«

Alamar knüllte das Pergament zusammen und warf es zu Boden. »Nein, sage ich. Ich werde nicht zulassen, dass so ein Ungeheuer auf die Welt losgelassen wird. Wenn ich allein hier bleiben muss, um ihm gegenüberzutreten, dann soll es eben so sein.«

»Aber, Vater«, protestierte Aylis, »du kannst nicht hoffen, einen Magier *und* eine Armee von Trollen zu besiegen. Kehren wir lieber nach Rwn zurück und holen uns alles, was wir brauchen. Durloks Spur wird noch frisch sein, und wir werden Meisterseher zur Verfügung haben, um ihn aufzuspüren. Sie werden auch die Fähigkeit haben, seine Schutzvorrichtungen zu überwinden und seine Essenz zu finden.«

»Stimmt das, *Chieran*?«, fragte Aravan. »Wir berauben uns nicht der Möglichkeit, die Welt von diesem Ungeheuer zu befreien?«

Aylis nickte. »Ja, Liebster. Er kann nicht entkommen, weil wir jetzt etwas von ihm in unseren Besitz gebracht haben und wissen, wo wir anfangen müssen.«

»Wartet!«, rief Jinnarin. »Wenn mehr nicht nötig ist, hättet Ihr ihn dann nicht schon längst aufspüren können, als er von Vadaria nach Mithgar geflohen ist? Das war doch auch ein bekannter Ausgangspunkt.«

Aylis schüttelte den Kopf. »Wir hatten zwar einen Anfangspunkt, aber wir hatten keinen Gegenstand von ihm, nichts, was etwas von seiner Essenz enthalten hätte. Was er nicht mitgenommen hat, das hat er vor seiner Flucht zerstört.« Aylis zeigte in die Richtung seines Laboratoriums. »Doch nun haben wir reichlich Auswahl, und alles ist mit seinem Feuer gezeichnet.«

Aravan wandte sich an Alamar. »Stimmt das, Meister Alamar?«

Alamar schaute sich um, als suche er Verbündete, aber alle Gesichter waren grimmig und warteten auf seine Antwort. Schließlich seufzte er und ließ die Schultern hängen. »Die Seher hatte ich vergessen. Ja, es stimmt.«

Aravan sah alle der Reihe nach an. »Wir verschwinden, und zwar rasch, denn ich werde nicht das Leben aller aufs Spiel setzen, damit einer Rache nehmen kann. Aber wir werden zurückkehren, für den Kampf gerüstet, darauf habt Ihr mein Wort.«

»Euch ist klar, Elf, dass Ihr mehr Unschuldige zum Tode verurteilt, wenn wir mit eingezogenem Schwanz davonlaufen«, brachte Alamar zwischen zusammengebissenen Zähnen hervor.

Aravans Blick war fest. »Vielleicht, Alamar. Doch wenn wir uns die Hilfe holen, die wir brauchen, stellen wir sicher, dass das Ungeheuer auch wirklich getötet wird. Alles andere heißt praktisch, unser Scheitern zu besiegeln und Durlok freie Hand zu geben.«

Farrix schlug sich mit seiner winzigen Faust auf die ebenso winzige Handfläche. »Ja! Und dem Schwarzmagier muss Einhalt geboten werden, und da würde ich lieber vorher sichergehen, als mich hinterher zu beklagen.«

Alamar reckte stur das Kinn vor, doch Aylis ging zu ihm, umarmte ihn und flüsterte: »Vater, Farrix hat Recht: Aravans Methode ist die beste. Ich weiß es, und du weißt es auch. Doch selbst wenn du anders darüber denkst, ist da immer noch dein Schwur – nach Rwn zurückzukehren, sobald Farrix gefunden ist –, und jetzt bitte ich dich, ihn einzuhalten.«

Lange Augenblicke stand er steif in ihrer Umarmung, die Arme an den Seiten, ohne die Geste zu erwidern. Doch schließlich nickte er ruckartig, klopfte ihr tätschelnd auf den Rücken und sagte: »Also gut. Du hast deinen Standpunkt klar gemacht. Aravan auch.« Aylis löste sich zaghaft ein wenig von ihm und schaute in sein Gesicht. Er lächelte sie an ... aber das Lächeln reichte nicht bis in seine Augen. Und wieder schob er das Kinn vor, und er sah Aravan an und winkte in Richtung des Laboratoriums und verkündete: »Aber wir gehen erst, wenn ich diese unheiligen Ergüsse verbrannt habe – Folterprotokolle, nekromantische Fibeln und Folianten mit ruchloser Magie.« Alamar machte auf dem Absatz kehrt und marschierte ins Laboratorium zurück.

Aylis ging zu Aravan. »Ich gehe mit ihm und sorge dafür, dass wir etwas von Durloks Essenz mitnehmen.«

Aravan neigte den Kopf. »Ich begleite dich, *Chieran*.«

»Wir kommen auch mit«, sagte Jinnarin, und sie und Farrix sprangen von dem Kristallblock. Rux folgte ihnen. Jatu sah Bokar an und zuckte die Achseln, und alle folgten Alamar in Durloks Laboratorium und hoben unterwegs die überall verstreuten Papiere auf.

Im Laboratorium angekommen, zeigte Jatu auf den Gang, der noch weiter nach innen führte. »Was ist mit den Schätzen, Kapitän?«

»Wir lassen sie hier, Jatu«, erwiderte Aravan. »Wir brauchen sie nicht, und ich will unsere kleinen Boote für die Rückfahrt nicht zusätzlich beschweren.«

»Wir sollen sie für Durlok hier lassen?«, fragte Farrix. »Er wird sie für finstere Zwecke einsetzen.«

»Wir könnten sie ins Meer werfen«, sagte Jinnarin zu Aravan.

Bokar schüttelte den Kopf. »Es ist eine große Menge, Lady Jinnarin, ein Schatz, der eines Drachenhorts würdig wäre. Alles wegzuwerfen, würde sehr lange dauern. Aber wenn wir es nicht tun, wird geschehen, was Meister Farrix gesagt hat, und Durlok wird die Schätze benutzen, um seine Ziele zu erreichen.«

Alamar, der Schriften und Bücher auf einen großen Haufen warf, rief: »Pah! Wenn Durlok über Gezücht verfügen kann, sind die Schätze ohne Bedeutung. Er kann seine Trolle immer plündern und morden lassen, um sich mehr zu beschaffen, oder sie sogar im Boden danach wühlen lassen.«

»Edelsteine und kostbare Metalle im Gestein zu finden, ist keine so leichte Aufgabe«, warf Bokar ein.

196

Alamar wandte sich dem Zwerg zu und funkelte ihn an. »Für einen Magier schon.«

Bokars Augenbrauen schossen in die Höhe, aber er sagte nichts, sondern machte sich vielmehr daran, ebenfalls Bücher und Schriften auf den immer größer werdenden Stapel zu werfen.

Farrix wandte sich an Aylis. »Wenn Magier so leicht Dinge finden können, könntet Ihr dann meinen Bogen finden? Durlok hat ihn mir abgenommen und irgendwo abgelegt, und ich hätte ihn gern zurück.«

Aylis lächelte. »Vielleicht kann ich das, Farrix. Jinnarin, leiht Ihr mir Euren Bogen?«

Jinnarin reichte Aylis die winzige Waffe. *»Iveni simile«*, murmelte die Seherin. Aylis drehte sich langsam und bedächtig, als suche sie etwas, und schließlich ging sie mit Aravan an ihrer Seite und den beiden Fuchsreitern auf den Fersen langsam den Korridor zu Durloks Schlafgemach entlang. Jatu folgte ihnen mit einer Zwergenlaterne. Aylis schritt langsam durch das Schlafgemach, und mit jedem Schritt schien sie sich sicherer in ihrer Orientierung zu werden. Sie ging weiter in die Schatzkammer, wo sie mit einem gezielten Griff das Gegenstück zu Jinnarins Bogen aufhob. Sie drehte sich um und beugte sich zu Farrix herunter. »Euer Bogen, Meister«, sagte sie grinsend und mit einem Seitenblick auf Aravan.

Ein strahlendes Lächeln überzog Farrix' Gesicht, doch dann reckte er den Hals und starrte auf den funkelnden Berg. »Äh, seht Ihr auch meine Pfeile irgendwo?«

Ohne ein Wort streckte Aylis eine Hand zu Jinnarin aus. »Seid vorsichtig«, sagte die Pysk, als sie ihren Bogen zurücknahm und der Seherin dafür einen ihrer winzigen Pfeile gab.

»Iveni simile«, murmelte Aylis. Zuerst wandte sich die Seherin in Jinnarins Richtung, denn die Pysk hatte noch mehr

Pfeile in dem Köcher an ihrer Hüfte. Doch Aylis murmelte *»Aliter«* und drehte sich wieder. Sie kehrte wieder in Durloks Laboratorium zurück, wo Bokar und Alamar immer noch Papiere und Bücher auf den Haufen warfen. In einer Schublade entdeckte sie Farrix' Pfeile, und als sie ihm den winzigen Köcher gab, runzelte Aylis die Stirn und schüttelte den Kopf. »Ich nehme an, Durlok wollte sie untersuchen. Es wäre ein trauriger Tag, sollte ein Schwarzmagier jemals das Geheimnis Eures Pfeilgifts ergründen.«

»In der Tat«, erwiderte Farrix. »Deswegen verraten wir es auch keinem.«

Bei diesen Worten schaute Jinnarin zu Alamar, doch der Alte murmelte vor sich hin und hatte die Worte nicht gehört.

Aylis betrachtete den Stapel der Bücher, Schriften, Pergamente, Aufzeichnungen und Papiere. »Du meine Güte, müssen wir das alles verbrennen, Vater?«, fragte Aylis. »Ich meine, ich habe immer alles Niedergeschriebene um des enthaltenen Wissens willen verehrt, sei es kostbar oder gewöhnlich. Bist du sicher, dass wir nichts zerstören, was sich in der Zukunft als nützlich erweisen könnte?«

Alamar hielt inne und betrachtete den Stapel. »Ich bin nicht sicher, Tochter. Aber eines weiß ich genau: Viele von diesen Dingen sind in der Gemeinsprache verfasst, andere wiederum in der Sprache der Schwarzmagier aufgeschrieben. Einiges ist in Slûk. Diese Sprachen erkenne ich; es sind aber auch noch andere Sprachen vertreten, solche, die ich nicht kenne. Viele von den Papieren sind illustriert, manche nicht. Aber alle, die es sind, zeigen monströse Rituale – Ausweidungen, Kastrationen, Häuten, Folter, rituelle Vergewaltigungen und so weiter, alle mit dem Ziel, dem Opfer die Kraft abzuziehen, davon bin ich überzeugt. Aber es gibt auch Schriften ohne Illustrationen, und so wäre es in der Tat möglich, dass wir unersetzliches Wissen wegwerfen ...

ich glaube aber, dass es sich um ein verderbtes Wissen handelt, und das will ich Durlok nicht lassen. Mit den Zaubern, die du zu deiner Verfügung hast, könntest du – oder auch andere Seher – leicht lesen, was da geschrieben steht, aber wir haben nicht die Zeit, um alles durchzusehen. Könnten wir alles mit zurück nach Rwn nehmen, um es im Kampf gegen die Schwarzmagier zu benutzen, dann würde ich es sofort und mit Freuden tun. Aber genau wie bei den Schätzen gibt es auch hier zu viel einzupacken. Es würde uns auf der Rückfahrt nur belasten. Also will ich alles zerstören, um es Durlok vorzuenthalten ... alles bis auf das hier« – Alamar hielt eine schwarze Kladde in die Höhe – »Durloks ganz persönliches schwarzmagisches Grimoire. Siehst du, es enthält sein Feuer. Damit werden wir ihn aufspüren, wenn wir so weit sind.«

»Wenn es das ist, was wir behalten wollen, dann schlage ich vor, Vater, dass wir alle eine Seite daraus behalten, damit wir, wenn eine verloren gehen sollte, dennoch die Mittel haben, ihn aufzuspüren.«

»Ah«, sagte Alamar, »ein ausgezeichneter Plan.« Und er riss sechs Seiten aus dem Brevier und stopfte eine in sein Gewand. Dann gab er jedem außer Aylis eine Seite, der er stattdessen den Rest der Kladde gab. »Hier, Tochter. Wenn du Gelegenheit dazu erhältst, nutze deine seherischen Fähigkeiten, um zu entschlüsseln, was darin steht.« Zufrieden sah er jeden bis auf Bokar an, deutete auf den Berg aus Papier und sagte: »Wenn Ihr jetzt Eure Wanderungen beendet habt, schlage ich vor, dass Ihr mit Hand anlegt, damit wir hier fertig werden.«

Rasch wurden alle Papiere aus dem Laboratorium und auch aus dem Schlafgemach zusammengetragen und auf den Haufen geworfen. Schließlich sagte Alamar: »Nun gut, zünden wir es an und sehen zu, dass wir verschwinden.«

Als Jatu sich bückte, um den Haufen anzuzünden, hörten sie plötzlich lautes Stimmengewirr aus der Kristallkammer, und ein paar Augenblicke später kam ein Zwergenkrieger in das Laboratorium gelaufen. Es war Dett, einer der beiden Posten im Ausguck.

»Waffenmeister! Kapitän!«, sagte er in dringlichem Tonfall. »Ein Schiff! Am Südhorizont ist ein schwarzes Schiff aufgetaucht, und es fährt in diese Richtung.«

»Durlok!«, fauchte Alamar. Doch dann trat ein Funkeln in seine Augen, und er rieb sich die Hände. »Nun denn. Also soll es wohl doch zum Kampf kommen.«

Jinnarin stand vor dem Spalt im Ausguck und beobachtete die schwarze Galeere, die mit der Abendflut näher kam. Die Ruder tauchten gleichmäßig ins Wasser, die dunklen Segel waren so gesetzt, dass sie den Westwind einfingen, und Rumpf und Segeltuch warfen lange Schatten in der untergehenden Sonne. Und während sie das Schiff über das hellgrüne Meer gleiten sah, klopfte ihr das Herz in der Brust, und Furcht erfüllte sie, und halb erwartete sie, jeden Augenblick das Schiff verschwinden und eine große Spinne über die Algen und die Wellen huschen zu sehen. Sie nahm Farrix' Hand und sah ihn an – sein Gesicht war weiß und grimmig –, dann schaute sie wieder auf das wogende Wasser, das nun bei Sonnenuntergang nicht mehr hellgrün, sondern malachitfarben war. *Ist erst später Nachmittag? Es kommt mir so vor, als seien wir schon ewig hier.*

»Fünf Meilen«, schätzte Jatu.

Der hünenhafte Mann trat beiseite, und Bokar schaute wieder durch den Spalt und fragte grollend: »Wie kommt es durch die Algen? Sie scheinen es überhaupt nicht zu behindern. Niedriger Tiefgang? Ein besonderer Rumpf? Magie? Wie?«

»Lasst mich mal sehen«, mischte Alamar sich ein.

Der alte Magier ging an Rux vorbei zum Spalt und drängte sich an Aravan, Jatu und Bokar vorbei. »*Visus*«, murmelte er und lugte dann nach draußen. Und als sein Blick auf die entfernte Galeere fiel, wich alles Blut aus seinem Gesicht. »Adon!«, hauchte er und ließ die Schultern hängen. »Ach, Adon.«

Aylis trat neben Alamar und aktivierte ihre magische Sicht ebenfalls, um sie auf das Schiff zu richten. Und sie erbleichte und sog scharf Luft durch zusammengebissene Zähne. »So viel Feuer, Vater. So unglaublich viel Feuer.«

Unter ihnen drückte Jinnarin in ihrer Angst Farrix' Hand noch fester, der den Griff ebenso fest erwiderte, und sie fragte: »Ich sehe nichts. Wovon redet Ihr, Aylis?«

Aylis wandte den Blick nicht von der Galeere ab, als sie die Frage der Pysk beantwortete. »Das Schiff erstrahlt förmlich in astralem Feuer. Wenn es Durlok ist, den wir so brennen sehen, dann können wir nicht hoffen, ihn zu besiegen. Vielleicht könnten es nicht einmal alle Magier auf Mithgar vereint.« Sie wandte sich an Aravan. »Mit so viel magischer Macht können wir es nicht aufnehmen. Wir müssen fliehen.«

Doch es war Alamar, der ihr antwortete, und seine Stimme klang müde. »Nein, Aylis, wir können nicht erwarten, dass uns die Flucht gelingt, ohne von ihm entdeckt zu werden.«

»Kapitän«, sagte Jatu, »wir können zu unseren Booten zurückkehren und zum dunklen Ende der Lagune rudern. Da können wir uns verstecken und uns dann hinausschleichen, nachdem die Galeere festgemacht hat und entladen wurde.«

Wieder antwortete Alamar: »Wir können uns nicht vor Durlok verstecken. Im Moment seiner Ankunft wird er wissen, dass jemand in sein Allerheiligstes eingedrungen ist, denn er wird einen Enthüllungszauber wirken, um festzustellen, ob noch alles so ist, wie er es verlassen hat. Und wir haben den Bann gebrochen, mit dem er Farrix belegt hat, und auch das wird er entdecken.«

»Vielleicht können wir durch die Belüftungsschlitze in der Decke fliehen«, knurrte Bokar.

Aravan schüttelte den Kopf. »Das wäre höchstens eine vorübergehende Flucht.«

»Was wir auch tun, wir müssen uns beeilen«, warf Jatu ein, »denn die Galeere kommt mit jedem Ruderschlag näher.«

»Können wir nicht List und Tücke einsetzen?«, fragte Farrix. »Sie irgendwie hinters Licht führen?«

»Achtundzwanzig Trolle hinters Licht führen? Vielleicht«, murmelte Bokar. »Aber wie führt man einen Magier hinters Licht?«

Stille senkte sich auf alle, und sie sahen einander an, während unten die Wellen gegen die Felsen brandeten und in der Ferne die Galeere immer näher kam.

Alamar blies die Wangen auf und ließ dann die Luft langsam entweichen. »Wie führt man einen Magier hinters Licht? Diesen Magier? Diesen Schwarzmagier? Vielleicht gibt es eine Möglichkeit. Obwohl ich nicht weiß, ob ich über das nötige Feuer verfüge.«

Furcht zeigte sich in Aylis' Augen. »Was hast du vor, Vater?«

»Ich habe ihn schon einmal besiegt, Tochter. Das kann er nicht vergessen haben ...«

Der Magier wandte sich an Bokar. »Wenn mein Plan misslingt, Zwerg, kümmert Euch nicht um die Trolle. Lasst Eure Krieger sich vielmehr darauf konzentrieren, Durlok zu töten. Vielleicht kommt ein Armbrustbolzen oder eine Axt durch.«

»Vater, du kannst nicht ...«

»Tochter, ich muss ... und um ihn hinters Licht zu führen, brauche ich deine Hilfe. Bleib nah bei mir – so nah du kannst. Ihr anderen zieht Euch etwas zurück und wartet ab. Ich muss mich vollkommen darauf konzentrieren, was ich tue.«

Während Alamar sich dem Spalt zuwandte und seine Energien sammelte und Aylis sich ganz dicht hinter ihn stellte, flüsterte Bokar Aravan etwas zu, und als der Elf nickte, verschwand der Waffenmeister mit Arka und Dett in dem schmalen Gang. »Er will einen Hinterhalt legen«, murmelte Aravan Jatu zu.

Der Erste Offizier brummte seine Zustimmung und flüsterte dann: »Ich hole die Menschen und helfe ihm.« Ohne die Erlaubnis abzuwarten, glitt Jatu in den Gang, den Bokar genommen hatte.

Jinnarin und Farrix machten Anstalten, aus dem Spalt nach unten zu klettern, doch Alamar zischte: »Nein, bleibt zusammen, einer hinter dem anderen. Auf diese Entfernung wird Durlok nur eine Person sehen.«

Farrix wollte vor Jinnarin treten, um sie abzuschirmen, doch sie zog ihn am Ärmel seines Gewandes zurück. »Nein, Farrix«, rief sie. »Du bist größer als ich, und ich will auch etwas sehen.« Seufzend gab er nach, und Jinnarin stellte sich stattdessen vor ihn.

Alamar hob eine Hand und zeigte durch den Spalt nach draußen auf eine Stelle im Meer einige hundert Schritte entfernt. *»Imago mei igens in eo loco.«*

Jinnarin keuchte, denn plötzlich erschien an der Stelle im Meer, auf die Alamar gezeigt hatte, eine riesige, in die Richtung der sich nähernden Galeere schauende Gestalt. Jinnarin konnte zwar ihre Gesichtszüge nicht sehen, wusste aber, dass es das Abbild des Magiers war, denn er war wie Alamar gekleidet. Vielleicht hundert Fuß, wenn nicht höher ragte die Gestalt, und sie nahm an, dass sie die Züge eines jüngeren Alamars trug, denn sein Haar war braun und nicht weiß, und die Gestalt selbst sah stark und kräftig aus und ließ keine Spuren der Gebrechlichkeit des Alten erkennen.

»*Cande*«, zischte Alamar mit Mühe, und in dem Dämmerlicht zeichnete ein geisterhaftes Licht die Umrisse der Gestalt nach, die dann einen Moment später vollständig aufflammte – ein brennender Riese auf dem malachitfarbenen Meer.

Jinnarin warf einen Blick auf Alamar und sah, dass seine Stirn schweißnass war. »*Imita me*«, flüsterte er, wobei seine Stimme vor Anstrengung zitterte. Hinter ihm wurde Aylis blass. Ihre Augen verrieten ihre Sorge.

»*Vox valida*«, stieß er hervor, die Worte nur noch ein Ächzen. Seine Lippen waren vor Anstrengung weiß, Schweiß lief ihm über das Gesicht, und er schien vor Jinnarins Augen zu altern. Sie wollte etwas tun, ihm auf irgendeine Weise helfen, aber sie wusste nicht, wie, und sie war sicher, dass sie wahrscheinlich mehr Schaden als Nutzen verursachen würde, falls sie es versuchte.

Voller innerer Qual sah sie, wie Alamar sich mit großer Mühe aufrichtete, eine Hand hob und in die Ferne zeigte. Sein Mund bewegte sich, als rede er, doch Jinnarin hörte nichts. Doch hinter ihr, draußen, dröhnte plötzlich eine mächtige Stimme über das sich langsam verdunkelnde Meer: »DURLOK!«

Jinnarin fuhr herum und schaute nach draußen. Die riesige leuchtende Gestalt stand mit ausgestrecktem Arm da, und ein Finger zeigte auf die noch entfernte schwarze Galeere. Lange Augenblicke änderte sich nichts, da die Ruder immer noch in gleichmäßigem Rhythmus ins Wasser tauchten und die Segel den Wind einfingen. Wieder rief das feurige Bildnis, »DURLOK!«, und hob auffordernd die Hände. »KOMM ZU MIR, MEIN ALTER WIDERSACHER, ES WIRD ZEIT FÜR EINE NEUE SCHLACHT.«

Jetzt hörten die Ruder auf zu schlagen, und das schwarze Schiff wurde langsamer, da es nur noch der Wind vorwärts trug.

Wieder verstrichen lange Augenblicke. Doch plötzlich erschien etwas weiter entfernt noch eine riesige Gestalt auf dem Meer, die in dunkle Gewänder gehüllt war und in einem schwarzen Feuer leuchtete, und Farrix zischte: »Er hat ein Opfer getötet.«

Jinnarin warf einen Blick auf ihren Gefährten. Sein Gesicht war von Zorn erfüllt, und seine Hand tastete zu seinen Pfeilen, als wolle er jemanden erschießen. Hinter ihm stand Alamar, zitternd und am Rande des Zusammenbruchs, seine Züge noch mehr gealtert als zuvor. Und Aylis legte die Arme um ihn und hielt ihn aufrecht, während ihr die Tränen über das Gesicht liefen.

»ICH SEHE, IHR SEID VOM FEUER ERNEUERTER JUGEND ERFÜLLT«, donnerte eine Stimme über das Wasser.

Jinnarin fuhr herum und schaute wieder nach draußen. Auf diese Entfernung konnte sie sich dessen nicht sicher sein, aber die langen, eckigen Züge des Schwarzmagiers schienen eine grinsende Grimasse zu zeigen, als lache ein Totenschädel.

Alamars Bildnis rief: »ICH HABE DEN PYSK BEFREIT. UND ICH HABE EUREN GARGON GETÖTET. DURLOK, IHR SEID DER NÄCHSTE.«

Überraschung huschte über das Gesicht von Durloks Abbild, und es drehte den Kopf ein wenig, als wolle es auf eine andere Stelle in der Höhle schauen. Dann wandte er sich wieder Alamars Bildnis zu, und Wut erfüllte die Züge, was die Ähnlichkeit mit einem Totenschädel noch verstärkte, denn der Kopf war völlig haarlos – nicht einmal Brauen saßen über den Augen.

Alamars Abbild donnerte: »HABT IHR ERNSTHAFT DAMIT GERECHNET, EIN *GARGON* KÖNNTE EINE HERAUSFORDERUNG FÜR MICH SEIN? PAH!«

Jetzt hob Durloks Abbild eine Hand, und ein mächtiger Blitzstrahl zuckte daraus hervor, der nicht auf Alamars Abbild gerichtet war, sondern auf den Ausguck.

»*Averte!*«, zischte Aylis, und der gewaltige Blitz schlug knapp neben dem Spalt in das Gestein, sodass grelles weißes Licht durch die Öffnung zuckte, dem ohrenbetäubender Donner folgte. Die Erschütterung fegte Jinnarin und Farrix zur Seite und schmetterte sie gegen die Felswand, sodass sie benommen liegen blieben.

Mit einem Klingeln in den Ohren trat Aravan zu Aylis, doch sie schüttelte den Kopf und bedeutete ihm, zurückzubleiben. Er machte Anstalten, den Fuchsreitern zu helfen, doch wiederum hielt Aylis ihn zurück, da sie nichts riskieren wollte, was ihren Vater auch nur im Geringsten ablenken mochte. Und so blieb Aravan bei dem winselnden und sich duckenden Rux und kauerte sich nieder, um ihn zu beruhigen.

Jinnarin, der ebenfalls die Ohren klingelten, schüttelte den Kopf und versuchte die Benommenheit loszuwerden, während sich hinter ihr Farrix rührte. Mit verschwommenem Blick sah sie zu Alamar, der unter der Qual zitterte, einen derart starken Zauber aufrechtzuerhalten. Sein astrales Feuer wurde nun sehr rasch verbraucht und näherte sich dem Ende.

Doch sein leuchtendes Abbild stand aufrecht auf dem Wasser und lachte Durlok aus, dessen Abbild ihn erzürnt anblickte. »MEHR HABT IHR NICHT ZU BIETEN?«, höhnte der riesenhafte Alamar.

»HAH!«, entgegnete Durloks Abbild. »ICH KÖNNTE EUCH ZERQUETSCHEN WIE EIN INSEKT, ALAMAR. DOCH ICH HABE KEINE ZEIT FÜR DIESEN UNSINN. ICH MUSS MEINE ENERGIE SPAREN, DENN SIE WIRD NOCH GEBRAUCHT, UM MEIN GROSSES HOCHZEITSGESCHENK FÜR ALLE VON EUREM SCHLAG ABZULIEFERN. ABER DANACH, FALLS IHR DANN NOCH LEBT ...«

Plötzlich verschwand Durloks Abbild. In der Dämmerung sah Jinnarin, dass die Ruder der schwarzen Galeere wieder ins Wasser getaucht wurden, aber diesmal wechselten sich die Seiten ab, sodass das Schiff wendete. Und die Segelstellung wurde entsprechend verändert, während eine leblose Gestalt über Bord geworfen wurde, da Durlok das Schlachtfeld räumte.

»Sein Opfer«, knirschte Farrix.

Und in der Kammer hinter ihnen flüsterte Alamar heiser »Dele«, und während sein Abbild verschwand, brach der betagte Magier in Aylis' Armen zusammen, die seinen gebrechlichen Körper sanft auf den Steinboden sinken ließ.

13. Kapitel

FARRIX' GESCHICHTE

Frühling, 1E9575
[Die Gegenwart]

»Alamar!«, rief Jinnarin und sprang aus dem Spalt auf den Boden. »Alamar!«

Der Magier lag auf dem Felsen, und rasselnder Atem hob und senkte seine dünne Brust. Er sah aus, als sei er Jahrzehnte gealtert: Das Haar war wesentlich spärlicher, und seine Haut sah aus wie durchsichtiges, mit braunen Flecken gesprenkeltes Pergament. Aylis weinte neben ihm, und Aravan kniete nieder und legte Alamar ein Ohr auf die Brust. Nach einem Augenblick sagte er: »Schwach.«

»Wir müssen ihn nach Rwn schaffen«, meinte Aylis, »nach Vadaria. Sein astrales Feuer ist beinah erloschen. Dieser letzte Zauber war zu viel für ihn. Einfach zu viel ...«

Gegenüber von Aylis und Aravan stand Farrix neben Jinnarin, den Arm um sie gelegt. Beide waren bestürzt wegen des alten Mannes und weil sie nicht helfen konnten. Rux hörte mit seinem aufgeregten Herumlaufen auf, kam zu ihnen und drängte sich auf der Suche nach Trost zwischen sie.

Aravan erhob sich wieder. »Jinnarin, sucht Jatu und Bokar. Erzählt ihnen, was sich abgespielt hat. Sagt dem Waffenmeister, dass wir einen Heiler für Alamar und eine Trage brauchen, um ihn zum Kai zu schaffen. Jatu und die Mannschaftsmitglieder sollen die Boote fertig machen. Wir verlassen die Höhle, sobald es sicher ist.«

Jinnarin nickte, froh, etwas zu tun zu haben, und sie schüttelte sich die Tränen aus den Augen, schwang sich auf Rux und raste los.

Aravan wandte sich an Farrix. »Beobachtet weiterhin die schwarze Galeere. Ich will nicht, dass Durlok uns überrascht, falls er beschließen sollte, umzukehren.«

Als Koban und Relk die Trage am Kai abstellten, flatterten Alamars Lider und öffneten sich schließlich. Er versuchte, sich aufzurichten, schaffte es aber nicht. Jamie beugte sich zu ihm herab. »Nur die Ruhe, Meister Alamar, Ihr solltet nicht versuchen, Euch ...«

Alamar packte ihn mit einer Hand am Hemd, zog Jamie mit überraschender Kraft zu sich herunter und murmelte mit bebender Stimme etwas, das vor dem Widerhall der rauschenden Brandung in der Höhle kaum zu verstehen war. Alamar versank wieder in Bewusstlosigkeit.

Bokar kauerte sich neben die Trage. »Was hat er gesagt?«

»Dass die Papiere verbrannt werden sollen, Waffenmeister. Er sagte, wir sollten die Papiere verbrennen.«

Bokar kniete nieder, und wenngleich er nicht wusste, ob Alamar ihn hören konnte, sagte er zu dem Alten: »Jatu zündet den Haufen gerade in diesem Augenblick an, Meister Alamar. Die Dokumente werden zerstört.«

Ein Dingi wurde zur Treppe am Kai manövriert und die Trage heruntergebracht. Alamar wurde ins Boot gehoben und auf die Bettstatt gelegt, die man für ihn vorbereitet hatte. Burak, einer der Zwergenkrieger, ging mit Alamar an Bord. Der Zwerg würde über den alten Magier wachen und ihm alles an Kräutermedizin verabreichen, was sie mitgebracht hatten und ihm helfen mochte. Burak war zwar kein

Heiler, aber – zusammen mit drei anderen Mitgliedern des Kriegstrupps – nichtsdestoweniger in der Kunst geschult, Wunden und Krankheiten der Krieger zu behandeln, und da er der Geschickteste darin war, begleitete er Alamar.

Während die zwergischen Ruderer folgten und sich ihre Plätze suchten, hallte ein gellender Pfiff aus dem Gang hinter ihnen über das Wasser, und nach langen Augenblicken kamen Jatu, Farrix, Jinnarin und ihr Fuchs aus der Dunkelheit des Ganges.

Aravan sah Jatu erwartungsvoll an. »Sie brennen, Kapitän«, sagte der schwarzhäutige Hüne. »Durloks Schriften brennen lichterloh.«

Farrix und Jinnarin hatten am Ausguck Wache gehalten, und Farrix stieg ab und wandte sich an den Elf. »Die schwarze Galeere ist jetzt hinter dem Horizont verschwunden. Wir können die Insel gefahrlos verlassen.«

Rasch stiegen sie in ihre Boote, Farrix zu Jinnarin und Rux, und kurz darauf hatten die Dingis die Höhle verlassen, und ihre Insassen spürten die kühle Nachtluft auf ihren Gesichtern. Sterne funkelten am Himmel, und tief im Westen hing die dünne Sichel eines Viertelmondes.

Segel wurden im leichten Südwestwind aufgezogen, und die Boote segelten durch tiefes schwarzes Wasser nach Westen zur Südseite der hohen Felseninsel, die auf der Steuerbordseite aufragte. Sie segelten drei Meilen bei klarem Wasser und ohne Hindernisse, doch schließlich erreichten sie die Grenze der Algen. Ruder wurden durch die Dollen geführt und benutzt, um Vortrieb zu erzeugen, und so drangen sie in den Schlingpflanzenteppich ein.

»Ich wünschte, wir hätten unsere Schildkröte«, murmelte Jinnarin, während die Zwerge über die träge Dünung ruderten.

»Schildkröte?« Farrix richtete einen fragenden Blick auf sie.

»Sie hat uns hierher gezogen.«

»Eine *Schildkröte*?«

»Es war eine große, eine riesige, könnte man sagen. Sie hat alle Boote gezogen.«

»Ha!«, tönte Farrix. »Dann muss sie wohl riesig gewesen sein. Aber sag mir eines, Liebste, wie seid ihr an dieses ... dieses Riesenreptil gekommen?«

»Die Kinder des Meeres haben sie mitgebracht, obwohl sie sie anders genannt haben, wie, äh, das weiß ich nicht mehr genau, aber so etwas wie Toh'th'tick'rix.«

Jetzt weiteten sich Farrix' Augen. »Kinder des Meeres! Du bist den Kindern des Meeres begegnet? Ach, Jinnarin, die Geschichte muss ich hören. Erzähl mir einfach alles, alles, was passiert ist, seit ich dich verlassen habe.«

»In Ordnung, Farrix. Meine Geschichte zuerst, aber dann will ich deine hören. Ich meine, wir sind durch die halbe Welt gesegelt, um dich zu finden. Ich wüsste gern, wie du es geschafft hast, dich in die Klemme zu bringen, aus der wir dich befreit haben, und was Durlok mit alledem zu tun hat, und was er vorhat, und ...«

Lächelnd legte Farrix ihr einen Finger auf die Lippen, um ihren Redefluss zu unterbrechen. »Du hast dich kein bisschen verändert, meine Süße, und dafür liebe ich dich. Was Durlok angeht« – seine Miene wurde hart, und seine Augen bekamen einen grimmigen Ausdruck – »so reden wir später über ihn, nachdem du mir deine Geschichte erzählt hast.«

Jinnarin nickte und holte tief Luft. »Wo soll ich anfangen? Warte, ich weiß – wie man mir einmal gesagt hat, beginne mit dem Anfang.« Sie hielt kurz inne, ordnete ihre Gedanken und fing an, leise zu erzählen. »Nachdem Rhu deine Nachricht abgeliefert hatte, machte ich mir zunächst keine Sorgen, bis ich diese Träume hatte. Und dann habe ich Alamar aufgesucht ... Alamar den Magier ...«

Während sich die Reihe der Dinghis mühsam durch zähe Algen und an alten Schiffswracks vorbei nach Westen quälte, lehnten zwei Pysk mit dem Rücken an einem schlafenden Fuchs ... und Jinnarin erzählte Farrix ihre Geschichte.

Bei Sonnenaufgang kreuzten die Dinghis gegen den Wind nach Westen und kamen kaum voran. Ab und zu stieß die kleine Flotte auf Abschnitte, wo die Zwerge rudern mussten, aber größtenteils entgingen sie dem Zugriff des Großen Wirbels, obwohl die Ruderer die Riemen hin und wieder vom Seegras befreien mussten. Farrix und Jinnarin schliefen in den Armen des anderen am Boden eines der Boote, obwohl beide aufwachten, als Jamie über Rux hinwegschritt und der Fuchs sich regte.

Jamie löste Lork am Ruder ab und hielt Ausschau nach den anderen Booten. Aravans Dingi hatte die Führung übernommen, die anderen folgten in einer Reihe – Bokars Boot war das zweite, dann folgten Aylis', Alamars, Jinnarins und Farrix', Keleks und schließlich Jatus als Letztes.

Als Relk den Proviant für das Frühstück verteilte, warf Farrix einen Blick auf die aufgehende Sonne. »Segeln wir nach Gespür?«, fragte er Jamie.

Der Mensch lachte. »Nein, Meister Farrix. Kapitän Aravan benutzt zwar kein Astrolabium, aber er braucht auch keines. Er ist ein Elf, müsst Ihr wissen, und der beste Navigator von allen. Gespür? Nicht, solange er die Sonne oder die Sterne sehen kann.«

»Sieh doch!«, rief Jinnarin plötzlich und ergriff die Hand ihres Gefährten. »Alamar richtet sich gerade auf!«

Im Boot vor ihnen saß der alte Magier im Bug, das Gesicht abgewandt. Wind blies durch die Strähnen seiner weißen Haare, und seine dünnen Hände hielten sich verzweifelt an der Wandung fest.

Er war blass und hager. Ein gebrechlicher Greis.

Jinnarin wandte sich mit Tränen in den Augen an Farrix. Jamie schaute in das Boot voraus. »Herrje, welch eine Veränderung! Du meine Güte, als ich Meister Alamar zuerst gesehen habe, hätte ich ihn auf ungefähr siebzig geschätzt. Jetzt sieht er eher wie neunzig aus.«

Jinnarin sah Jamie an. »Jamie, er ist kein Mensch, sondern ein Magier und als solcher viel älter als neunzig. Nach allem, was ich gehört habe, ist er tatsächlich sogar mehrere tausend Jahre alt. Doch Magier können ihre Jugend verbrauchen und wieder zurückgewinnen.«

»Wie das, Lady Jinnarin?«

»Wenn sie keine Zauber wirken, Jamie, altern sie nicht, niemals. Doch wenn sie einen Zauber wirken, kostet er Jugend und Energie – je bedeutender der Zauber, desto höher die Kosten. Und Alamar hat einen sehr anstrengenden Zauber gewirkt, um Durlok hinters Licht zu führen, und der hätte ihn beinah das Leben gekostet.«

»Durlok wirkt Zauber und altert nicht«, murmelte Farrix.

»Das liegt daran, dass er ein Schwarzmagier ist und anderen die Jugend stiehlt. Alamar hat mir erklärt, dass man anderen Wesen das astrale Feuer entziehen kann. Das tun Schwarzmagier wie Blutegel, und sie verbrauchen nichts von ihrer eigenen Jugend.«

Farrix nickte zögernd. »Ich wusste, dass Durlok die Qualen anderer als Kraftquelle für seine Zauber benutzt, aber ich wusste nicht, dass er sich dadurch seine Jugend bewahrt.«

»Hm«, sann Jamie und fragte dann: »Aber wie gewinnen Magier dann ihre Jugend zurück?«

»Alamar sagt, man muss sehr lange ruhen. Und dabei darf man keine Zauber wirken. Er sagt außerdem, dass dies auf Mithgar Ewigkeiten dauert, aber dass es auf Vadaria, der Heimat der Magier, sehr viel schneller geht.« Jinnarins Blick irrte wieder zu dem greisenhaften Alamar im Boot vor ihnen. »Ach, siehst du denn nicht, Farrix, dass wir auch *deswegen* nach Rwn zurückkehren müssen – denn auf dieser Insel liegt der einzige bekannte Übergang nach Vadaria, und Alamar muss unbedingt heimkehren.«

Den ganzen Morgen segelten die Boote nach Westen durch die gefangenen und halb versunkenen Wracks. Der kühle Wind war unbeständig und wurde wärmer, als er von Südwest nach West und immer weiter drehte, bis er schließlich geradewegs aus nördlicher Richtung blies.

»Ha!«, verkündete Jamie. »Das Kreuzen haben wir hinter uns, wenn der Wind so bleibt.«

»Aber nicht das Rudern«, knurrte Tolar, indem er sein Ruder nahm und mit einem Kopfnicken nach vorn zeigte, wo die Zwerge in Aravans Boot nun gegen die Algen anruderten.

Während die Zwerge die Ruder durch die Dollen zogen, schirmte Farrix die Augen ab und schaute auf eines der Wracks, das etwa eine Meile nördlich von ihnen lag. »Jinnarin, was könnte wohl auf diesen Schiffen gewesen sein? Was für Fracht? Was für kuriose Gegenstände? Was für rätselhafte und staunenswerte Dinge?«

Jinnarin schauderte, da ihre Gedanken zu der Nacht zurückkehrten, als sie ein Wrack in grünem Elmsfeuer hatte leuchten sehen. »Ich weiß es nicht, Liebster, und ich glaube nicht, dass ich es wissen will. Hingegen weiß ich, dass einige dieser versunkenen Wracks Aravans Amulett kalt werden lassen.«

»Und das bedeutet ...?«

»Und das bedeutet, dass in ihnen etwas Gefährliches lauert.«

»Etwas Gefährliches?« Farrix sah sie an, dann richtete er den Blick wieder auf das entfernte Wrack. »Hexen, Liche, Egel und dergleichen?«

Jinnarin schüttelte den Kopf. »Ich weiß es nicht, Liebster.«

Farrix seufzte. »Tja, ich würde trotzdem gern wissen, was diese Schiffe an Bord haben. Irgendwann dieser Tage werde ich vielleicht ...«

»Farrix, deine Neugier hat uns überhaupt erst in diese Zwangslage gebracht. Außerdem sahen Durloks Schätze so aus, als hätte er die Opfer des Großen Wirbels längst ausgeplündert.«

Ein Schatten huschte über Farrix' Miene. »Ja, Liebste. Er hat den Wirbel tatsächlich benutzt, um Opfer einzufangen, obwohl er die Leute wollte, nicht die Fracht.«

Jinnarin legte den Kopf ein wenig schief und sah ihren Gefährten an. Nach einem Augenblick sagte sie: »Nun, Farrix, es sieht so aus, als würde alles zu deiner Geschichte führen. Ich weiß, du willst nicht gerne in unschönen Erinnerungen schwelgen, aber ich glaube, du musst. Wir müssen wissen, was Durlok vorhat, damit die Magier von Rwn ihm Einhalt gebieten können, bevor etwas wirklich Schlimmes geschieht.«

Farrix ballte frustriert die Hände zu Fäusten. »Aber das ist es ja gerade, Jinnarin – ich weiß nicht, was Durlok vorhat! Dass es eine Untat ist, versteht sich von selbst. Aber *was* es ist, das weiß ich nicht! Ich habe nicht die leiseste Ahnung!«

»Nun, Liebster«, sagte Jinnarin, »ich weiß nicht, ob ich helfen kann oder nicht, aber warum erzählst du mir nicht einfach deine Geschichte, dann sehen wir weiter. Wie Alamar immer sagt, beginne mit dem Anfang, und in diesem Fall ist der Anfang wohl, als du mit Rhu unser Heim in Darda Glain verlassen hast.«

Farrix nickte, nahm dann ein Stück Schiffszwieback, biss ein Stück ab und gab Rux den Rest. Er saß da, kaute nachdenklich und sammelte seine Gedanken. Schließlich trank er einen Schluck Wasser und spülte den letzten Bissen herunter.

Schließlich wandte er sich Jinnarin zu und sagte: »Es war immer noch Winter, als Rhu und ich uns aufmachten, das Geheimnis der Wolken zu ergründen ...«

»Liebste, ich ziehe los, um den Wolken zu folgen. Ich muss wissen, wohin sie fliegen.«

Farrix musterte Jinnarin und sah die Spur von Traurigkeit, die in ihre Augen trat. Trotzdem stellte sie seine Entscheidung nicht in Frage, dieses Hirngespinst zu verfolgen, sondern trat nur vor und umarmte und küsste ihn. Das Herz wurde ihm schwer, wenn auch nicht übermäßig ... denn er und Jinnarin waren bereits seit einigen Millennien Gefährten, und sie schien sich mit seinen Eigenarten abgefunden zu haben.

Mit einem Pfiff schwang Farrix sich auf Rhu und ritt in nordöstlicher Richtung auf dem schwarzfüßigen Rotfuchs durch den Schnee von Darda Glain. Und als Farrix sich umschaute, sah er Jinnarin vor dem hohlen Baum stehen, in dem sie wohnten, und er winkte ihr noch einmal zum Abschied. Dann drehte er sich um und ließ Rhu einen Trott anschlagen, der sie vor Einbruch der Nacht noch viele Meilen zurücklegen lassen würde.

Sie ritten nach Nordosten durch die winterkahlen Bäume Darda Glains, da Farrix landeinwärts unterwegs war, um einen Arm des Ozeans zu umrunden, der den direkten Weg nach Osten versperrte. Auf drei Seiten von Wasser umgeben, war Darda Glain ein altehrwürdiger Wald, vierzig Meilen breit in Ost-West-Richtung und fünfzig tief von Norden nach Süden. Er bedeckte eine ins Meer ragende Halbinsel an der Südgrenze Rwns und bezog Nahrung aus den Regenfällen des Sommers und den wirbelnden Schneestürmen des Winters, die vom Westonischen Ozean herüberbliesen. Für alle unzugänglich bis auf die Verborgenen, wohnten Farrix und Jinnarin beinahe genau in der Mitte, obwohl sie ab und zu an den Rand zogen, wenn ihre Zeit der Wache kam. Doch nun ritt Farrix aus dem Herzen des Waldes in eigener Sache los, und es war nicht die Pflicht, sondern die Neugier, die ihn rief und quer über die uralte Insel Rwn lockte.

Rwn selbst war ungefähr kreisförmig und durchmaß beinah hundertfünfzig Meilen in jede Richtung – plus oder minus die eine oder andere Bucht oder die hier und da ins Meer ragende Halbinsel. Gut fünfzig Meilen tief im Inland, von allen Küsten aus gemessen, erhob sich die Insel zu einer zentralen Region mit zerklüfteten Felstürmen, steilen Anhöhen und steinigen Erhebungen. Im Norden lag flaches, ebenes Küstengebiet, von den Nordwinden abgetragen, und hier und da standen vom Wind verdrehte Bäume und kleine Piniengehölze auf den grünen Wiesen, und dort lebte nur eine Hand voll Leute. Im Osten, Süden und Westen waren die Küstengebiete der Insel weniger unwirtlich, wenn auch ebenso spärlich bevölkert – mit Ausnahme von Darda Glain im Süden, wo die Verborgenen wohnten, und der Halbinsel Kairn im Westen, wo die Stadt der Glocken am Westrand hügeligen Ackerlandes lag, das bis zum alten Verteidigungsbollwerk des Kairn-Walls gut fünfundzwanzig Meilen vor der Stadt reichte.

Auf dieser Insel im Wald Darda Glain am Südrand Rwns ritt Farrix auf seinem Fuchs in nordöstlicher Richtung, um ein Himmelsphänomen zu ergründen.

In den nächsten zwei Tagen gelangten sie weiter nach Nordosten und verließen Darda Glain schließlich am Ufer des Sees von Rwn. Der Rand des Sees war gefroren, die Mitte jedoch eisfrei. Ebenfalls eisfrei war der Fluss, der am südlichen Ende des Sees austrat und von dort zum Meer floss. Enttäuscht, dass sie den breiten Strom nicht überqueren konnten, wandte Farrix sich nach Norden, in der Absicht, das Gewässer zu umrunden und dann weiter nach Osten zu reiten. Und so folgten sie die nächsten zwei Tage dem Westufer des Sees. Als sie die Quellflüsse aus den Felstürmen Rwns erreichten, ritten sie stromaufwärts, um Übergänge zu finden, vereiste Stellen und umgestürzte Baumstämme, die Brücken über die herabstürzenden Fluten bildeten, und ein- oder zweimal schwammen sie auch durch den eisigen Strom – wonach Farrix am anderen Ufer ein Feuer anzündete, woran sie sich wärmen und trocknen konnten.

Am fünften Tag, mitten in einem Schneesturm, wandten sie sich schließlich nach Osten, nachdem sie das Nordufer des Sees erreicht hatten, und sie ritten durch Bergausläufer, wobei sie sich bei jeder sich bietenden Gelegenheit nach Süden wandten, denn Farrix' Ziel war eine Landzunge etwa hundert Meilen östlich von Darda Glain. Und fünf Tage später, neun Tage nach ihrem Aufbruch, erreichten sie schließlich diese entfernte Halbinsel mit Blick auf den Westonischen Ozean entlang des Südostufers der Insel.

Rhu fand eine kleine Höhle, wo sie es sich bequem machten, und Farrix ließ ihn frei jagen. Und in jener Nacht flackerte das Nordlicht besonders hell, und eine Wolke fiel herab und ins Meer ... gerade jenseits des Horizonts! *Verwünscht!*

Enttäuscht darüber, dass er so weit geritten war und immer noch nicht mehr wusste als am Tag seiner Abreise, begann Farrix das Abendessen für Rhu vorzubereiten. Er zog den Kleintieren das Fell ab, die der Fuchs getötet und hergebracht hatte – Mäuse, Hasen, Wiesel und so weiter –, wobei ihm Rhu beifällig zuschaute, denn er mochte kein Fell. Und Farrix fand eine Weide und schnitt Zweige, um den Rahmen eines kleinen, an den Enden spitzen Kanus zu bauen. Die Zweige band er mit Lederschnüren zusammen. Er überzog die Konstruktion mit zusammengenähten Fellen und deckte auch die Oberseite mit einem Fell ab, das ein Loch in der Mitte hatte, durch das er die Beine stecken und das er an der Hüfte zubinden konnte, um das Bootsinnere wasserdicht zu machen. Er behandelte alle Säume und Nähte mit einem teerigen Harz, das er aus Pinienzapfen gewann. Dafür brauchte er sechzehn Tage ... doch zwei Tage vor der Fertigstellung fiel wieder eine Wolke jenseits des Horizonts ins Wasser.

»Pest und Pocken! Ich bin noch nicht so weit!«, rief Farrix, indem er dem entfernten Aufflackern mit der Faust drohte.

Zwei Tage später legte Farrix zwei doppelendig geschnitzte Paddel neben das Kanu, schaute zum Himmel und verkündete: »Jetzt! Jetzt bin ich fertig!«

Der Pysk studierte sein Tagebuch, Notizen, die er sich machte, seitdem er die erste Wolke bemerkt hatte, und murmelte bei sich: »Manchmal ist der Himmel bewölkt. Bei anderen Gelegenheiten leuchtet das Nordlicht nicht. Aber alle zwei Wochen, *wenn* der Himmel klar ist *und* das Nordlicht leuchtet, geht im Osten eine Wolke nieder, wie nach einem Plan. Ah, Rhu, mein Junge, von heute an in zwölf Tagen, äh, Nächten, wenn es klar ist und das Meer es zulässt, mache ich mich mit meinem kleinen Boot auf.«

Die Tage verstrichen langsam, obwohl Rhu und Farrix einige Beschäftigung fanden – der Fuchs schlief oder jagte oder beobachtete Farrix, während der Pysk sein Boot im Meer ausprobierte und lernte, wie man es paddelte, wie man es umkippte und wieder aufrichtete, wobei er jedes Mal spuckend und lachend wieder auftauchte, während Rhu bellend am Ufer hin und her lief und drauf und dran zu sein schien, ins Wasser zu springen und seinen tolldreisten Herren zu retten.

Vierzehn Tage nach der letzten Wolke dämmerte ein kalter, klarer Morgen. Farrix holte sein Tagebuch sowie Feder und Tinte hervor und schrieb eine kurze Nachricht für Jinnarin.

Meine Liebste,

ich stehe hier am Ufer einer Insel, und die Wolken treiben weiter nach Osten. Es hat jedoch den Anschein, als flögen sie abwärts und landeten nicht weit entfernt von hier in der See. Ich habe mir ein Kanu gebaut und beabsichtige, ein Stück aufs Meer zu paddeln, um festzustellen, wo sie auftreffen – nicht weit hinter dem Horizont, glaube ich.

Ich habe Rhu aufgetragen, eine Weile zu warten, einen Tag oder so. Wenn er ohne mich zurückkehrt, weißt du, dass ich mich wieder in eines meiner Abenteuer gestürzt habe.

Ich liebe dich

Farrix

Als er die Nachricht geschrieben hatte, belud er sein Boot mit Bogen und Pfeilen sowie etwas Nahrung und zwei Wasserschläuchen.

Gegen Mittag verstaute er die Nachricht in der speziellen Tasche in Rhus Halsband und trug dem Fuchs auf, zwei Sonnen zu warten, wie sie es geübt hatten, und dann heimzukehren. Farrix wusste, dass er den Befehl so immer noch rückgängig machen konnte, falls er früher zu Rhu zurückkehrte.

Dann ließ Farrix sein Kanu zu Wasser, stieg ein und schnürte die Abdeckung um seine Taille zu. Er band sich ein Paddel mit einem Laufknoten an ein Handgelenk und verstaute das zweite im Kanu für den Fall, dass er das erste verlor. Und mit einem letzten Blick auf den klaren Himmel und einem Abschiedsgruß an seinen Fuchs paddelte er aufs Meer hinaus.

Gut zwölf Stunden später, unter einem sternenübersäten Himmel, hörte Farrix auf zu paddeln, nachdem er längst das offene Meer erreicht hatte. Er hatte keine Ahnung, wie weit er gekommen war, aber er konnte bereits seit über einer Stunde nichts mehr von der Landzunge sehen. Also wusste er, dass er längst hinter dem Horizont angelangt war und tatsächlich dem Ort ganz nah sein mochte, wo die Wolken auf so mysteriöse Weise ins Meer stürzten. Eines wusste er jedoch ganz genau – er war unsagbar müde. Ihm war nicht klar gewesen, wie schwierig es für jemanden seiner Statur war, hinter den Horizont zu gelangen, und jedes Mal, wenn er sich umgedreht hatte, war die Landzunge noch zu sehen gewesen, zwar kleiner, aber immer noch sichtbar. Und so war er weitergepaddelt, Stunde um Stunde. Die Sonne war versunken, und er war immer noch weitergerudert, auch nachdem es längst dunkel geworden war. Und im Sternenlicht war die Landzunge immer noch zu sehen, und so hatte er weitergemacht ... bis nach langen anstrengenden Stunden die Landzunge schließlich verschwunden war.

Eine dünne Mondsichel stand tief im Westen, und die Nachtluft war klar und kühl. Und immer noch waren keine gespenstischen Lichter am Himmel zu sehen. Erschöpft ließ Farrix den Kopf auf seine straffe Fellabdeckung sinken, den Blick starr auf den Nordhimmel gerichtet. *Ich ruhe mich nur einen Moment aus und sammle neue Kräfte, denn wer weiß, wann und wo die Wolke niedergeht, sollte das Nordlicht noch erscheinen. Vielleicht muss ich noch ein Stück paddeln. Ha! Ich weiß, dass ich wieder zurückpaddeln muss, sobald das hier vorbei ist.*

Und so lag der müde Pysk halb auf der nachgiebigen Abdeckung, die Arme unter dem Kopf, während die See leise in seinem Ohr murmelte und den Pysk beständig sanft hin und her wiegte.

»Yarrah!«, brüllte etwas und riss Farrix in dem Augenblick aus dem Schlaf, als sein Kanu von etwas Gewaltigem ergrif-

fen wurde, das ihn gegen die Fellabdeckung presste, seine Arme festnagelte und ihn so fesselte. Instinktiv hüllte er sich in Schatten, und Pysk und Boot wurden zu einem dunklen Fleck. Er wurde aus dem Wasser und neben eine hoch aufragende schwarze Wand gehievt, und er wehrte sich verzweifelt in dem Bemühen, die Schnüre um seine Hüfte zu erreichen und sie zu lösen, um Bogen und Pfeile aus dem Kanu holen zu können – doch das konnte er nicht. Eine Art Netz hüllte ihn ein, und er konnte sich nicht bewegen – hatte sogar Mühe zu atmen, so fest eingeschnürt war er. Und er wurde durch die Luft geschwungen, hörte Stimmen, die irgendwelche Wörter riefen, obwohl er sie nicht verstand. Plötzlich fiel er zu Boden, und eine Stimme knurrte: *»Balaka!«* Doch er kannte die Sprache nicht. Stille kehrte ein. Da er den Kopf nicht drehen konnte, sah er niemanden, obwohl er hörte, wie sich Schritte näherten.

Adon, ich bin in die Gefangenschaft von Menschen geraten!

Doch dann tauchte aus der Richtung, in die er schaute, eine ungeschlachte Gestalt auf, riesig, hoch aufragend, höhnisch grinsend – *Ach, Adon! Keine Menschen, sondern vielmehr ein Troll! Ein Troll hat mich gefangen!* Farrix' Herz klopfte wild in seiner Brust, und er schien nicht genug Luft zum Atmen zu bekommen.

Über und hinter ihm hielten die Schritte inne. Augenblicke verstrichen, und in der entstehenden Stille trat zuerst ein Lok in sein Gesichtsfeld und dann ein Ruch. In Farrix' Verstand schrie etwas, er möge fliehen, aber er konnte sich nicht einmal bewegen, geschweige denn seine Fesseln abstreifen.

Hinter ihm zischte eine Stimme: *»Opsi emoi dòs!«*

Dann ertönte kaltes Gelächter, dem ein Flüstern folgte: *»Eórphne analótheti!«* Und plötzlich war der Schatten verschwunden, in den Farrix sich gehüllt hatte.

»Aragh!«, grunzte der Troll überrascht, während seine Fledermausflügelohren zuckten. Dem säbelbeinigen Ruch quollen beinah die Schlangenaugen aus dem Kopf, und er trat einen Schritt vor, nur um von einem menschengroßen Lok mit einem Schlag wieder zurückbefördert zu werden.

Ein Strom gutturaler Worte wurde gewechselt, und Farrix wurde von groben Händen gepackt, aus dem Netz gewickelt und aus dem Boot gerissen, da der Lok sich nicht die Mühe machte, die Schnüre um seine Hüften aufzuknüpfen.

Während er hin und her geschwungen wurde, konnte Farrix erkennen, dass er sich auf dem Achterdeck irgendeines Schiffs befand, eines großen schwarzen Schiffs mit Lateinersegeln mittschiffs und vorn. Auf beiden Seiten gab es Ruderbänke, die von gewaltigen Trollen besetzt waren. Hier und da huschten Rucha umher und auch einige Loka. Mehr sah er nicht, denn der Lok, der ihn festhielt, zog eine Klinge aus der Scheide und schnitt das immer noch an sein Handgelenk gebundene Paddel los, um ihn dann einem Menschen vor die Nase zu halten. Nein! Keinem Menschen, sondern vielmehr einem Magier!

Seine langen, eckigen Züge waren teigig weiß, die Nase lang und schmal und gebogen. Die dünnen, blutleeren Lippen waren zu einem triumphierenden Hohnlächeln verzogen, und in den durchdringenden schwarzen Augen funkelte Häme. Er hatte nicht ein Haar auf dem Kopf, nicht einmal Wimpern oder Brauen. Der Mann war in dunkle Gewänder gehüllt, und er war groß, und seine Finger waren lang und wiesen spitze, schwarz lackierte Nägel auf. Er hielt einen großen, geraden dunklen Stab in einer Hand.

»Schau, schau«, flüsterte er. »Was haben wir denn da? Trügen mich meine Augen, oder haben wir da wahrhaftig einen Pysk eingefangen?«

»Lasst mich gehen, Magier!«, fauchte Farrix.

»*Akah!* Also weißt du, dass ich ein Magier bin.«

»Natürlich weiß ich das«, konterte Farrix. »Ich habe Freunde unter den Magiern.«

»Pah! Nenn mir einen.«

»Alamar! Er ist mein Freund.«

Die Reaktion auf seine Worte schockierte Farrix, denn die Augen des Magiers weiteten sich vor Hass, sein Mund verzerrte sich zu einer Fratze, und er trat vor, die freie rechte Hand mit ihren bösartig glänzenden schwarzen Nägeln klauenähnlich erhoben, bereit, zuzuschlagen und zu zerfetzen. Der Lok, der Farrix hielt, stieß einen Entsetzensschrei aus und zuckte zurück, wobei er den Pysk vorwärts und weit von sich schob, als sei er ein winziger Schild, und Farrix glaubte schon, sein letztes Stündlein habe geschlagen. Doch im letzten Augenblick riss der Magier sich noch einmal zusammen. »Alamar«, zischte er durch zusammengebissene Zähne, während die Nägel eine Haaresbreite vor Farrix verhielten. »Was weiß er?«

Farrix' Augen weiteten sich. »Was?«

»Was weiß er?«, brüllte der Magier, indem er mit seinem Stab auf das Deck stampfte.

»Woher soll ich das wissen?«, erwiderte Farrix.

»Weil ich derjenige bin, den du suchst, Spion. Ich bin Alamars Nemesis. Ich bin Durlok!«

»Spion? Ich bin kein Spion. Und ich habe noch nie von jemandem namens Durlok gehört.«

»Du lügst!«, fauchte Durlok.

Der Magier wandte sich an einen Ruch in der Nähe, zeigte auf Farrix' Boot und erteilte mit knappen Worten Befehle.

Der Ruch wandte sich dem winzigen Boot zu und schüttete den Inhalt auf das Deck: ein zweiendiges Paddel, Proviant, zwei winzige Wasserschläuche, ein winziger Bogen und ein ebenso winziger Köcher, der mit noch winzigeren Pfeilen gefüllt war. Während der Ruch in das Boot lugte, um nachzusehen, ob das alles war, zog ein zweiter Ruch einen der Pfeile aus dem Köcher und untersuchte ihn. Er lachte höhnisch über den winzigen Stachel und berührte trotz Farrix' Warnruf die Spitze mit einem Finger. »Ooo«, höhnte der Ruch, den Mund zu einem spöttischen Grinsen aufgerissen, während er so tat, als fürchte er sich. »Ooo.« Und er stach sich noch einmal in den Finger, doch diesmal zuckte er zusammen, als die scharfe Spitze eindrang. Dann weiteten sich seine Augen in äußerster Beunruhigung, und sein Mund formte ein stummes *O* des Grauens. Er hatte gerade noch Zeit, Farrix anzusehen, bevor er tot zu Boden fiel.

Durlok trat vor und betrachtete den toten Ruch. Vorsichtig zog der Magier den winzigen Schaft aus dem Finger der toten Kreatur und untersuchte ihn. Dann fuhr er zu Farrix herum. »Ein Attentäter!«, rief er mit einem hasserfüllten Blick in den Augen, den schwarzen Stab wie zum Schlag erhoben. Doch dann änderte sich seine Miene und verwandelte sich in ein höhnisches Grinsen, und er hielt den Pfeil in die Höhe. »Ha! Hast du wirklich gedacht, das würde gegen mich wirken? Pah! Du bist ein Narr! Und Alamar ist ebenfalls ein Narr, dich auf diese Todesfahrt zu schicken!«

»*Skalga!*«, ertönte der Ruf des Ausgucks auf dem mittleren Mast. »*Skalga!*«

Durlok fuhr herum und betrachtete den Himmel. Hoch oben im Norden begann das Polarlicht zu funkeln. Er drehte sich wieder zu Farrix um und zischte: »Wir beenden das später, Pysk.« Durlok gab mehrere Kommandos, und Rucha und Loka beeilten sich, ihm zu gehorchen. Während zwei Rucha ihren toten Artgenossen über die Reling warfen, nahm ein anderer Durlok zaghaft den Pfeil ab und schob ihn vorsichtig in den Köcher. Dann wurden Farrix' Habseligkeiten wieder ins Boot gepackt, das daraufhin unter Deck geschafft wurde. Ein Ruch tauchte mit einem Vogelkäfig in Händen auf, und Farrix wurde hineingestoßen und die Tür hinter ihm verschlossen und mit einem winzigen Schloss gesichert. Der Käfig wurde sodann an die vordere Reling des Achterdecks gehängt, und danach wurde der Pysk nicht mehr beachtet.

Farrix konnte sehen, dass das Polarlicht am Himmel stärker wurde und der leuchtende Vorhang immer heller glitzerte. Und auf Deck huschte die monströse Besetzung umher, als werde jeden Moment etwas passieren. Ein Mensch wurde von unten auf Deck geführt. Ein Troll hielt ihn fest, und der Mensch jammerte und schluchzte und winselte. Er wurde in den Bug des Bootes gebracht, wo Durlok schon auf ihn wartete. Beim Anblick des Magiers kreischte der Mensch vor Entsetzen und wand und wehrte sich. Doch all seine Bemühungen, sich zu befreien, blieben ohne Erfolg. Die Kleider wurden ihm vom Leib gerissen und über Bord geworfen, dann wurde er schreiend an einen großen Holzklotz gekettet. Und aus einer Pfanne mit glühenden Kohlen nahm Durlok eine rot leuchtende Zange, während ein Lok mit einem dunklen Metallkasten und ein weiterer mit einem groben Messer aus Feuerstein bereitstanden. Und Durlok nahm die glühende Zange, wandte sich dem Mann zu und ...

Farrix' Kopf ruckte zur Seite, und er schloss die Augen, denn er konnte sich so etwas Widerwärtiges nicht ansehen, und er hielt sich die Ohren zu, obwohl er die gequälten Schreie des Menschen immer noch hören konnte. Das Geheul nahm kein Ende, da dort im Bug Gräueltat auf Gräueltat geschah. Immer wieder hallten grässliche Schreie in den Winterhimmel während das Polarlicht immer greller wurde. Und in seinem Käfig brüllte Farrix vor Furcht und Wut und Hass und rief Durlok zu, er möge aufhören, doch der Schwarzmagier beachtete ihn nicht. Und plötzlich riss Durlok dem Lok das Feuersteinmesser aus der Hand und rammte es dem Menschen tief in den Unterleib. Mit einem letzten gepeinigten Seufzen endete das Geheul, da dem Menschen das Leben entrissen wurde ... und plötzlich herrschte Stille, nur durch das Rauschen des Ozeans und das leise Weinen eines Pysk unterbrochen.

In der Stille öffnete Durlok den Metallkasten und entnahm ihm einen dunklen Kristall, der lang und spitz war. Und er hielt ihn in die Höhe, streckte ihn dem Nordlicht entgegen und murmelte ein Wort der Macht und dazu einen eigenartigen Namen.

Farrix sträubten sich die Haare, seine Arme kribbelten, und plötzlich schoss aus dem Nordlicht eine riesige Wolke herab, dem Ozean, dem Schiff und dem Kristall entgegen, traf den mystischen Stein und ließ Durlok zurücktaumeln. Doch der Magier hielt dem Ansturm der Gewalten stand und hob den Kristall weiterhin in die Höhe, während funkelndes Licht aufflammte und die Augen blendete, da der Kristall erstrahlte. Doch ebenso plötzlich, wie es aufgetaucht war, verschwand das Schauspiel wieder, und nach dem Erlöschen der leuchtenden Farbenpracht wirkte das Schiff im Kontrast nur umso dunkler, obwohl immer noch die Sterne am Himmel funkelten.

In seinem Vogelkäfig an der achteren Reling ächzte und weinte ein vom Licht geblendeter Farrix: »O Adon! Ich habe herausgefunden, wo die Wolken landen, und ich wünschte bei allem, was mir heilig ist, ich wüsste es nicht.«

In den nächsten sechs Wochen befuhr Durloks schwarze Galeere mit Unterstützung des Windes und auch von den Trollen gerudert das Meer in nordnordöstlicher Richtung bis zur Küste von Thol und wandte sich dann südsüdwestlich nach Rwn. In jeder Nacht, in der das Nordlicht leuchtete, führte der Magier seine grausigen Rituale an einem weiteren schreienden Opfer durch und fing die Wolken in seinem Kristall ein.

Und in eben diesen Wochen bedrohte er Farrix, schwor, ihn zu foltern, ihn zu töten und ihn zu benutzen, um eine Wolke vom Himmel zu holen. Doch der Magier hielt seine Versprechen glücklicherweise nicht und begründete dies damit, Farrix sei schließlich ein Attentäter und Spion der Magier von Rwn, und er, Durlok, werde nichts tun, was einem Seher eine Verbindung zu ihm ermöglichen könne, und dazu zählte auch Folter und Tod – tatsächlich habe Alamar es wahrscheinlich so geplant, habe er geplant, Durlok werde den Pysk töten und dadurch eine Seherverbindung zwischen ihm und Alamars eigenem Spross ermöglichen – und das werde er in jedem Fall vermeiden. Stattdessen werde er den spionierenden Pysk gefangen halten, bis er eine sinnvolle Verwendung für ihn gefunden habe, um vielleicht eben jene zu fangen, die ihn überhaupt erst geschickt hätten. Auf diese Weise werde Durlok sich nicht nur an all den Magiern rächen, die ihn verbannt hatten, er werde vor allem ein schreckliches Unrecht wiedergutmachen, das Alamar ihm zugefügt habe. Ja, ja, der Pysk sei lebend nützlicher als tot, davon war Durlok überzeugt. Also blieb Farrix in dem Käfig eingesperrt und wurde von den Rucha versorgt, während er aufhörte, Durloks Beschuldigungen zu widersprechen, denn falls er den Magier davon überzeugen konnte, dass er kein Spion war, würde Durlok seine grässlichen Gräueltaten auch an ihm selbst verüben.

Zweimal überfiel die Mannschaft auf Durloks Geheiß die Küste, und jedes Mal brachten sie Gefangene mit, neue Opfer für seine schrecklichen Riten. Alle waren Menschen, denn sie stammten von Mithgar und waren für seine Zwecke am besten geeignet.

Farrix fand heraus, dass Durlok ihre Qualen benutzte, um seine Zauber und sich selbst mit neuer Energie zu versorgen – und dass Durlok nach eigenem Eingeständnis ein

Schwarzmagier war, den der Großteil der Magier zum Gesetzlosen erklärt und verbannt hatte. Außerdem betete er Gyphon an, und seine Rituale dienten dem dunklen Gott. Doch dieses spärliche Wissen, das Farrix sammelte, verblasste zur Bedeutungslosigkeit neben dem furchtbaren Wissen über die Dinge, die der Schwarzmagier den gefangenen Männern und Frauen antat.

Opfer um Opfer wurde an Deck gebracht und die verstümmelten, verbrannten, geblendeten und entleibten Kadaver über Bord geworfen, während der Magier Wolke um Wolke einfing. Doch dann kam der Frühling, und das Nordlicht tauchte immer sporadischer auf, um schließlich völlig auszubleiben. Endlich wandte Durlok seine Galeere südwärts und fuhr zu seiner Höhle, einem Ort, auf den er zufällig gestoßen und der den Magiern von Rwn unbekannt war.

Auf dieser Fahrt erfuhr Farrix von der grässlichen Furcht der Trolle vor dem Ozean, obwohl er nicht herausfand, worin sie begründet lag. Dass sie überhaupt auf einem Schiff waren, kam ihm paradox vor. Doch sie dienten wegen ihrer Furcht vor Durlok an Bord der Galeere. Ohne ihre Angst vor der See waren sie ideal für diese Aufgabe, da die ungeschlachten Hünen das Schiff mit Leichtigkeit hundertfünfzig Meilen pro Tag rudern konnten. Normalerweise arbeiteten sie in zwei Schichten von je vierzehn Trollen, je sieben pro Seite, doch im Notfall wurden drei weitere Ruder auf jeder Seite angebracht, und dann ruderten zwanzig Trolle.

Die Lateinersegel sorgten ebenfalls für Vortrieb, doch da die Trolle ruderten, brauchte die Galeere niemals zu kreuzen, sodass die Galeere immer den kürzesten Weg zu ihrem Ziel nehmen konnte, aus welcher Richtung der Wind auch wehte.

Einige Wochen später erreichten sie den Großen Wirbel, und Durlok opferte wieder einen Menschen. Die Algen stellten überhaupt kein Hindernis für ihn dar.

In einer Kristallkaverne auf einer hohen Felseninsel versteckt, wo niemand jemals suchen würde, setzte Durlok seine grausigen Rituale fort und folterte, verstümmelte und opferte Gefangene. »Pah! Ich kann immer mehr fangen, sollte ich welche brauchen«, höhnte er ... um dann auf den Großen Wirbel jenseits der Felsen der Höhle zu zeigen. »Natürlich gibt es sogar Zeiten, wenn sie freiwillig zu mir kommen, da ihre Schiffe sich in meinem großen grünen Netz verfangen.« In seinem Käfig schauderte Farrix bei dem Gedanken und stellte sich eine Riesenspinne vor, die in der Mitte ihres Netzes saß und auf Beute lauerte.

Wenn seine Häscher schliefen, prüfte Farrix auf der Suche nach einer Fluchtmöglichkeit die Gitterstäbe und das Schloss seines Gefängnisses, doch ohne Erfolg. Unter Durloks wachsamem Auge wurde niemals etwas in der Nähe liegen gelassen, womit man ein Schloss hätte knacken können. Doch Farrix wartete geduldig, denn eines Tages, eines Tages würden sie einen Fehler machen ...

Und in der Dunkelheit, als alles ruhig war, saß er in seinem Käfig und dachte an Jinnarin. Ach, hätte er ihr doch nur eine Nachricht zukommen lassen und ihr von der Kristallkaverne auf der Felseninsel mitten im Großen Wirbel und von Durlok und seiner schwarzen Todesgaleere erzählen können, vielleicht würde sie dann jene alarmieren können, die diesem Ungeheuer ein für alle Mal Einhalt gebieten konnten. Aber das war nicht möglich, denn wie sollte jemand in einem Käfig jemandem eine Nachricht zukommen lassen, der eine halbe Welt entfernt war?

Drei Monate nachdem die Galeere auf der Insel angekommen war, fuhr Durlok mit seinen Gefangenen und seinem Schiff nach Süden und zum südlichen Polarlicht, wo er erneut Wolken vom Himmel zog.

Schließlich kehrte er wieder in sein Versteck und zu seinem Gyphontempel zurück. Und dort ersann er einen ausgeklügelten Plan, sollte Alamar die Verbindung herstellen und seinen Spion suchen. In hämischer Freude opferte er Mensch um Mensch und sammelte auf diese grausige Weise Energie, um einen furchtbaren Zauber zu wirken: einen Dämon zu beschwören und eine Falle zu stellen und Farrix in einen Zauberschlaf zu versetzen.

14. Kapitel

VIELE FRAGEN

Frühling, 1E9575
[Die Gegenwart]

»Und dann seid ihr gekommen und habt mich aus Durloks Zauberschlaf befreit«, schloss Farrix, während sein Blick über seine Zuhörer im Dingi schweifte, »und dafür werde ich ewig dankbar sein.«

Jinnarin beugte sich vor und gab ihm einen Kuss, doch dann lehnte sie sich mit einem nachdenklichen Ausdruck wieder zurück. Es war Jamie, der den Gedanken aussprach, der allen durch den Kopf ging. »Herrje, Meister Farrix, was habt Ihr nur für eine grässliche Zeit erlebt. Ich bekomme schon vom Zuhören eine Gänsehaut am ganzen Leib.«

Koban hieb sich mit der Faust auf die Handfläche. »Verdammt sei Durlok! Ich wollte, ich könnte seinen Nacken mit meiner Axt streicheln.« Ein Murmeln der Zustimmung durchlief die Reihen der anderen Krieger im Boot.

Nach einem Moment der Stille sah Relk die anderen an. »Warum speichert Durlok die Wolken in dem Kristall? Was bezweckt er damit?«

Alle Augen richteten sich auf Farrix, doch der hob die Hände. »Wenn ich es wüsste, würde ich es euch sagen. Aber es ist heute für mich ebenso ein Rätsel wie damals, als ich es zum ersten Mal gesehen habe.«

232

Den ganzen Tag lang fuhren die Boote über das hellgrüne Meer nach Westen, angetrieben von einem Nordwind, der in den Kalmen der Ziege um diese Jahreszeit ungewöhnlich war.

Am Nachmittag drehte der Wind, bis er direkt aus Westen wehte, sodass sie kreuzen und somit die doppelte Strecke für dieselbe Entfernung zurücklegen mussten. »Wenn wir einen Kiel hätten, kämen wir besser voran«, beklagte sich Jamie, während er sein Steuerruder von Seetang befreite. »Wenn wie einen Kiel hätten, würden uns die Algen aber auch sofort einfangen, und dann würden wir gar nicht mehr vorankommen. Ach, herrje. So oder so verlieren wir.«

Den Rest des Tages und auch den ganzen nächsten blies ihnen der Wind ins Gesicht. In der ganzen Zeit saß Jinnarin in nachdenklichem Schweigen da und sprach nur, wenn sie angesprochen wurde, da sie in Gedanken noch immer mit der Geschichte beschäftigt war, die ihr Gefährte erzählt hatte. Die Pysk suchte darin nach einem Hinweis auf die Absichten des Schwarzmagiers. Schließlich, spät in der Nacht, sagte sie: »Farrix, erzähl Alamar deine Geschichte. Er ist ein Magier. Vielleicht kann er ergründen, was Durlok vorhat.«

»Ha! Dann hatte ich also Recht mit den Blitzen«, sagte Alamar mit zittriger Stimme, während er sich selbst zunickte.

»Mit den Blitzen?«

»Euer Traum. Die Sendung. Die Blitze, Pysk. Das waren die Wolken.«

Farrix saß jetzt in Alamars Boot, nachdem er am Vormittag dorthin übergewechselt war. Es war der dritte Tag, an dem sie nach Westen segelten. Der Himmel war bedeckt, düstere Wolken ballten sich zusammen, und der Wind wehte immer noch aus Westen. »Was noch, Alamar? Was könnt Ihr meiner Geschichte sonst noch entnehmen?«

»Nichts, was Ihr nicht bereits wisst, Pysk. Die Opfer, nun ja, sie geben Durlok die Macht, die er für seine unheiligen Riten braucht. Aber warum er das Polarlicht in den Kristall zieht ... tja, das weiß ich nicht. Sagt, habt Ihr das Wort gehört, das er benutzt hat, als er das Feuer vom Himmel geholt hat? Das könnte helfen.«

Farrix schüttelte den Kopf. »Kry... Krsp... loper ... Ach, wenn ich es hören würde, könnte ich mich wahrscheinlich daran erinnern. Aber die Sprache war mir fremd. Es war nicht Slûk, davon habe ich schon genug gehört, um zu wissen, wie es klingt. Vielmehr war es ... war es ...«

»Wahrscheinlich die Sprache der Schwarzmagier«, warf Alamar ein, während er sich mit einer zitternden Hand durch die dünnen weißen Strähnen der wenigen Haare fuhr, die ihm noch verblieben waren.

In diesem Augenblick fing es an zu regnen, und der kühle Guss durchnässte alle. Nachdem sie das Reservesegel über sich ausgebreitet hatten, sagte Alamar, während die Tropfen auf die Seide prasselten: »Erzählt Aylis diese Geschichte. Sie ist Seherin, und Seher können verborgene und rätselhafte Dinge ergründen. Erzählt es Aylis.«

Dann fing Alamar an zu husten.

Den Rest des Tages und ein Teil des nächsten prasselte der Regen ohne Unterlass auf sie nieder. Doch schließlich ging er in ein Nieseln über und hörte schließlich ganz auf, obwohl weiterhin ein kühler Westwind blies. In der Nacht verschlimmerte sich Alamars Husten, und am nächsten Tag bekam er Fieber. Nachdem er ihm auf der Flamme einer kleinen Öllampe einen heißen Tee aufgebrüht hatte, wies Burak den Magier an, die stechenden Dämpfe einzuatmen, während er den Tee trank. Alamar roch einmal daran – »Bah« – und versuchte die Tasse wegzuschieben. Doch Burak knurrte: »Wenn Ihr Fager an Bord der *Eroean* lebend wiedersehen und eine richtige Behandlung bekommen wollt, dann werdet Ihr diesen Tee trinken, Meister Alamar!« So nötigte er Alamar das Getränk auf, und der Alte war zu schwach, um sich dagegen zu wehren, obwohl er nicht zu schwach war, den Zwerg und alle seine Artgenossen zu verwünschen.

Als der fünfte Morgen ihrer Fahrt graute, legte sich der Wind völlig, und Farrix wechselte auf Aylis' Boot und erzählte der Seherin seine Geschichte, während die Zwergenkrieger ruderten. Doch während der Erzählung schien sie nur mit halbem Ohr zu lauschen, da ihre Gedanken mehr bei dem kranken Alten in dem Boot hinter ihr waren. Trotzdem murmelte Aylis am Ende der Geschichte: »Wahrscheinlich wurde der Samen der Sendung gepflanzt, als Ihr im Käfig eingesperrt wart und an Jinnarin gedacht habt. Und als Durlok Euch in den Zauberschlaf und in den Schlaf innerhalb des Schlafes versetzt hat, hatte der Zauber noch eine unbeabsichtigte Nebenwirkung, denn Euer Traum ist um die halbe Welt gereist.«

Farrix protestierte. »Aber mein Traum handelte von einem Kristallschloss, einem Schiff, einem hellgrünen Meer, einer Spinne und einem Netz. Alles in allem keine sehr akkurate Beschreibung, wenn Ihr mich fragt.«

Aylis lächelte gedankenverloren. »Mein Vater hat uns oft erzählt, dass Traumbilder nicht das sind, was sie zu sein scheinen. Doch Eure Bilder waren gut genug, denn schließlich haben wir Euch gefunden, nicht wahr?«

Farrix lachte. »Ja, in der Tat, das habt Ihr. Aber das lag an Eurer Klugheit und an Euren Fähigkeiten und weniger an meinen Bemühungen.«

Aylis saß einen Augenblick stumm da, während die Ruder platschend ins Wasser tauchten. Doch dann fragte sie: »Habt Ihr das Wort gehört, mit dem Durlok das Feuer in den Kristall beschworen hat?«

»Euer Vater hat mich dasselbe gefragt, Aylis, und ich konnte es ihm auch nicht sagen. Es war sonderbar und klang rau und zischend. Ich denke, ich müsste es noch einmal hören, um mich zu erinnern.«

Aylis holte Durloks Grimoire aus der Tasche. »Farrix, ich habe hier eine Liste aller schwarzmagischen Wörter, und wenn wir die *Eroean* erreichen und uns auf den Weg nach Rwn machen, werde ich Euch daraus vorlesen, und wenn Ihr das Wort wiedererkennt, haben wir vielleicht einen Hinweis auf Durloks Ziele.«

Am folgenden Tag regnete es wieder, und ein böiger Wind blies kräftig und drehte dann ohne Warnung, und Farrix und Jinnarin saßen in ihrem Boot und sahen zu und lauschten, wie Jamie fluchte und um die Herrschaft über das Boot rang, das über die kabbelige See glitt, und die beiden Fuchsreiter lernten mehrere neue interessante Ausdrücke.

Am Morgen des siebten Tages klarte der Himmel auf, und der Wind blies wieder aus Westen. Farrix wechselte auf Aravans Boot und erzählte dem Elfenkapitän seine Geschichte, während die Dingis über das hellgrüne Meer kreuzten. Am Ende von Farrix' Geschichte war Aravan ebenso ratlos wie die anderen, obwohl er den Pysk in einem Punkt aufklären konnte:

»Die Trolle rudern zwar Durloks Schiff, aber es ist nicht ungewöhnlich, dass sie sich vor dem Ozean fürchten. Die Knochen der Trolle sind so hart wie Eisen, manche behaupten, dass sie sogar noch härter sind. Sie können nicht schwimmen, und wenn sie ins Wasser fallen, sinken sie sofort wie ein Stein. Und aus diesem Grund fürchten sie das Meer, denn sollte die schwarze Galeere kentern, würden sie sofort ertrinken.

Aber mögen sie sich auch vor dem Ozean fürchten, vor dem Schwarzmagier fürchten sie sich noch mehr, und das aus gutem Grund, wie Ihr selbst gesehen habt. Er ist mächtiger als sie, und das sagt in der Tat so einiges, denn wie Bokar sagt, sind Trolle Furcht erregende Feinde, zumal so viele von ihnen.

Doch was den Rest Eurer Geschichte angeht, Farrix, so habe ich keine Ahnung, was Durlok vorhat. Doch in einem Punkt können wir ganz sicher sein: Es ist nicht Gutes, das er im Schilde führt.«

Farrix seufzte und nickte. »Vielleicht wissen die Magier auf Rwn mehr.«

In diesem Augenblick rief eine Stimme. »Schiff voraus! Schiff voraus an Steuerbord!«

Farrix schaute hin, und ein wunderbares Schiff tauchte auf, dessen himmelblaue Seidensegel im Wind flatterten, während der Rumpf sich ein wenig auf die Seite gelegt hatte, sodass der silberne Boden durch die Wellen glitzerte.

Es war die *Eroean.*

Sie hatten endlich das Elfenschiff erreicht.

15. Kapitel

DIE JAGD BEGINNT

Spätfrühling, 1E9575
[Die Gegenwart]

»Ich sage dir, Vater, wir müssen nach Rwn!«

»Und ich sage dir, Tochter, wir müssen Durlok Einhalt gebieten. Er hat ganz offen von einem Hochzeitsgeschenk gesprochen und uns alle verspottet, weil er glaubt, dass wir nicht die Macht haben, ihm Einhalt zu gebieten.«

»Ein Hochzeitsgeschenk?« Jatu hob die Augenbrauen und beugte sich ein wenig vor. »Was ist dieses Hochzeitsgeschenk?«

Alamar sah den schwarzhäutigen Hünen über den Tisch hinweg an. »Ich glaube, er verweist damit auf die große Konjunktion, die immer näher rückt, und was immer er geplant hat, es ist ganz gewiss tödlich.«

Aravan nickte zustimmend, doch Jatu fragte: »Große Konjunktion?«

Alamar schnaubte ungehalten. Aravan warf einen kurzen Blick auf den Alten und sagte dann zu Jatu: »Er meint die Konstellation, wenn alle wandernden Sterne gleichzeitig am Himmel stehen. Je näher sie einander sind, desto stärker die Konjunktion. Einmal alle Jubeljahre scheinen sie sich alle buchstäblich am selben Ort zu versammeln, und das nennt man eine ›große Konjunktion‹. Wenn der Mond am Himmel steht und auch bei ihnen ist, dann ist das sogar noch mysteriöser. In gewissen Abständen laufen ein oder mehrere der Wanderer auch über den Taghimmel, wenn sie nicht zu sehen sind, und viele Leute wissen gar nicht, dass sie da sind, aber ...«

»Ahem!«, schnaubte Alamar. »Jeder Sterngucker, der auch nur das Geringste von seinem Handwerk versteht, weiß genau, wo sie sind und ob sie zu sehen sind oder nicht.«

Aravan neigte zustimmend den Kopf und sagte dann: »Es gibt Zeiten, Jatu, wenn Sonne, Mond und die fünf Wanderer alle am Tag am Himmel stehen, obwohl die Augen nur die Sonne sehen.«

»Kruk!«, grollte Bokar und betrachtete die anderen in der Messe. »Was hat das mit einer Hochzeit zu tun, Kapitän?«

»Eine so genannte Hochzeitskonjunktion liegt dann vor, wenn Sonne und Mond einander küssen, während alle fünf Wanderer zusehen – das heißt, dass sie alle am Taghimmel stehen, obwohl nicht notwendigerweise dicht beisammen, nicht in einer großen Konjunktion.«

»Einander küssen?«, entfuhr es Jinnarin, die neben Farrix auf dem Tisch saß. »Was bedeutet das?«

»Was er gesagt hat, Pysk!«, raunte Alamar ihr zu. »Sonne und Mond berühren sich.«

»Ach so«, sagte Jinnarin, »wie bei der Okkultation, die wir in der Längsten Nacht auf Rwn gesehen haben.«

Farrix sah Jinnarin verblüfft an, während sein Mund stumm *Okkultation?* fragte.

»Wenn der Mond die Sonne verzehrt«, flüsterte sie ihm zu.

»Es muss gar keine volle Okkultation sein, Pysk«, murmelte Alamar, indem er sich mit einer altersfleckigen Hand über die gefurchte Stirn strich. »Wichtig ist nur, dass sie sich berühren.«

»Wann wird diese so genannte Hochzeit stattfinden?«, fragte Frizian.

Alamar schlug mit der flachen Hand auf den Tisch. »Das ist genau das Problem! In den nächsten Monaten findet jeden Monat eine Hochzeit statt. Die erste kommt ...« Alamar spitzte nachdenklich die Lippen.

»Am vierzehnten Junitag«, sagte Aravan gelassen.

»Ja«, stimmte Alamar zu, während er den Elf mit hochgezogenen Augenbrauchen ansah, um dann hinzuzufügen: »Und dann gibt es ungefähr eine pro Monat bis ...«

»Die letzte Hochzeit in diesem Jahr«, warf Aravan ein, »findet am neunten Novembertag statt, aber sie wird nur sehr kurz sein, denn während der Mond die Sonne küsst, geht ein Wanderer gerade unter und ein anderer gerade auf. Im folgenden Monat gibt es keine mehr ...«

»Müsst Ihr immer unterbrechen, Elf?«, fragte Alamar verstimmt.

Farrix wandte sich an Alamar. »Ich scheine mich zu erinnern, dass Durlok gesagt hat, es wäre ein großes Hochzeitsgeschenk. Mir will scheinen, dass die *große Hochzeit* noch etwas Besonderes ist, neh?«

Alamars Miene hellte sich auf. »Ah! Kinder und Narren ... Natürlich ist sie etwas Besonderes, Pysk. Eine große Hochzeit findet dann statt, wenn der Kuss mittags stattfindet, vorzugsweise genau um zwölf Uhr, obwohl ein paar Minuten früher oder später dabei nicht von Bedeutung sind. Und diese Hochzeit findet statt am« – Alamar hob eine Hand, um Aravan daran zu hindern, etwas zu sagen – »am ... hmm ... am ...« Er funkelte Aravan an und raunzte: »Wollt Ihr mir denn nicht helfen?«

»Die nächsten vier sind alle große Hochzeiten«, sagte Aravan. »Die letzte findet am elften Septembertag statt.«

Alamar wandte sich an Aylis. »Und *deswegen*, Tochter, müssen wir Durlok folgen. Um ihn daran zu hindern, sein großes Hochzeitsgeschenk für – wie hat er es ausgedrückt? Ach ja – sein Geschenk für alle von meinem Schlag abzuliefern.«

»Was, glaubt Ihr, kann er damit gemeint haben?«, fragte Frizian. »Was ist ›Euer Schlag‹?«

Bevor Alamar darauf antworten konnte, knurrte Bokar: »Wenn wir Durlok folgen, was unternehmen wir dann gegen die Trolle? Schließlich beschützen sie ihn noch.«

»Ich weiß es!«, meldete Farrix sich mit einem Blick auf Aravan zu Wort. »Wenn wir die Galeere versenken können, werden sie mit ihren schweren Knochen höchstwahrscheinlich ertrinken.«

»Augenblick«, murmelte Frizian, »wir wissen ja nicht einmal, wo sich Durlok mit seiner schwarzen Galeere aufhält.«

Ein Grinsen zeigte sich auf Alamars betagtem Gesicht. »Aylis kann ihn finden. Sie hat sein Grimoire.«

»Selbst wenn wir seinen Standort ausfindig machen sollten, Vater, ist er immer noch ein mächtiger Schwarzmagier. Wir haben seinen Zaubern nichts entgegenzusetzen, und selbst wenn wir das hätten, ist es mehr als fraglich, ob wir ihn gefangen nehmen könnten.«

»Gefangen nehmen, Hèl, Tochter, ich will ihn töten!«

Bokar strich sich den Bart. »Wenn wir ihn überraschen und sein Schiff versenken könnten ...«

»Wenn ich mich recht entsinne, Waffenmeister«, sagte Aylis, »haben wir schon einmal darüber geredet. Ihn zu überraschen, ist unwahrscheinlich, und sein Schiff zu versenken, tja, er würde einfach verschwinden.«

»Vielleicht, Lady Aylis, aber wie Meister Farrix sagt, gilt das nicht für seine Trolle.«

Aylis schüttelte den Kopf. »Ich glaube, wir haben hier nicht die nötigen Mittel, um den Schwarzmagier zu vernichten, und anstatt ihn zu verfolgen, sollten wir nach Rwn gehen und den Meistermagiern unsere Geschichte erzählen, damit sie sich darum kümmern können. Außerdem muss mein Vater nach Vadaria.«

»Was ist mit der großen Hochzeit, Tochter? Die nächsten vier Konjunktionen sind kritisch. Was Durlok auch vorhat, er hat nur vier Möglichkeiten dazu. Wir brauchen ihn gar nicht direkt anzugreifen, sondern wir müssen ihn nur dazu bringen, seine Energien auf ein anderes Ziel zu richten. Wenn wir seine Aufmerksamkeit zu Mittag jedes dieser vier Tage ablenken können, insgesamt vielleicht in einem Zeitraum von vier Stunden ... nun, dann hätten wir seine Pläne vereitelt. *Dann* können wir nach Rwn fahren.«

»Was schlägst du vor, Vater? Wie sollen wir ihn ablenken? Und falls wir Erfolg haben, wie sollen wir ihn daran hindern, die *Eroean* zu vernichten und alle, die auf ihr segeln?«

»Hör zu, Tochter. Ich behaupte nicht, alle Antworten zu kennen. Ich weiß nur, dass Durlok gesagt hat, er muss seine Energien für sein Vorhaben konservieren. Das müsste uns ein wenig vor seiner Macht schützen. Er wird sie für seinen finsteren Plan aufsparen und demzufolge nicht auf uns loslassen. Und wie wir ihn ablenken sollen« – Alamar zuckte die Achseln – »da fällt uns schon etwas ein.«

Stille kehrte ein, und alle Augen richteten sich auf Aravan, denn er war ihr Kapitän. Der Elf wandte sich an Aylis. »Kannst du ausfindig machen, wo Durlok sich aufhält?«

Seufzend nickte sie.

»Dann tue es, *Chieran*. Sag uns, wo er sich befindet. Vielleicht beeinflusst das unsere Entscheidung.«

Aylis schaute sich in der Messe um. »Eine abgedunkelte Kabine würde helfen. Weniger Ablenkung.«

Als die Seherin sich setzte, stand Jinnarin auf, zog Farrix verstohlen auf die Beine und führte ihn zu einer entfernten Ecke des Tisches, während sie ihm zuflüsterte: »Ich glaube, wir müssen uns aus ihrer Reichweite entfernen, denn manchmal wird sie ohnmächtig und fällt nach vorn.«

Sie zogen die Vorhänge vor die Bullaugen und zündeten eine einzelne Kerze an. Aylis holte das Grimoire aus der Tasche und hielt das kleine Brevier in beiden Händen. Als alle zur Ruhe gekommen und wieder Stille eingekehrt war, holte sie mehrmals tief Luft, wie um sich zu beruhigen, dann schloss sie die Augen und murmelte »*Cursus*«. Sie saß eine Weile reglos da, dann hob sie eine Hand und zeigte. »Da. In diese Richtung fährt Durlok.«

»Südsüdost«, murmelte Frizian, »also in Richtung Südpol.«

»Wie weit, Tochter?«

»Mehr als tausend Meilen, aber weniger als zweitausend«, erwiderte Aylis mit geschlossenen Augen.

»Wohin ist er unterwegs?«, fragte Aravan.

Aylis runzelte die Stirn, als suche sie, und sagte schließlich: »Wohin er unterwegs ist? Das kann ich nicht sagen. Nur, wo er ist.« Dann fielen ihre Schultern herab, und sie öffnete langsam die Augen, da der Zauber beendet war.

Während die Vorhänge wieder geöffnet wurden, um das Tageslicht einzulassen, suchte Aravan eine Karte und breitete sie auf dem Tisch aus. »Wir sind hier im Sindhumeer am Westrand des Großen Wirbels. Durloks Schiff ist irgendwo zwischen« – sein Finger zeigte auf zwei Stellen auf der Karte – »hier und hier. Er könnte unterwegs sein« – Aravan deutete auf mehrere Stellen auf der Karte – »zur Großen Insel, dem Kontinent im Süden des Hellen Meers, zum Polarland oder nach Osten zum Südkontinent und noch weiter.«

»Und tausend Meilen sind ein ziemlicher Vorsprung«, sagte Farrix. »Wir holen ihn vielleicht niemals ein, wohin er auch unterwegs ist.«

»Ihr vergesst eines, Pysk«, grollte Jatu. »Die *Eroean* ist das schnellste Schiff der Welt. Ob tausend Meilen oder dreitausend, das spielt keine Rolle. Wenn seine Fahrt lange genug dauert, holen wir ihn auf jeden Fall ein.«

Während Farrix nickte, wandte Frizian sich an Aravan. »Nun, Kapitän, wenn die schwarze Galeere irgendwo südsüdöstlich ist, wohin fahren wir dann?«

Aravan sah sie alle der Reihe nach an und sagte schließlich: »Setzt Kurs Richtung Südsüdost, Frizian. Wir folgen Durlok, und wenn wir ihn versenken können, werden wir es tun.«

Ein kollektiver Seufzer hallte durch die Messe, als hätten alle bis zu dieser Entscheidung den Atem angehalten.

»Aber was ist mit der Fahrt nach Rwn?«, fragte Aylis mit Blick auf Alamar, um dann Aravan direkt anzusehen. In ihrer Stimme schwang die Sorge um ihren Vater mit.

»*Chieran*, ich weiß, dass du dir Sorgen um deinen Vater machst, und das gilt auch für mich. Aber Alamar hat Recht: Wenn wir Durlok Knüppel zwischen die Beine werfen können, durchkreuzen wir seine Pläne. Doch eins verspreche ich – wenn uns kein Weg einfällt, wie wir den Schwarzmagier behindern können, umrunden wir das Silberne Kap und segeln weiter nach Rwn.«

»Aber, Kapitän, dann würden wir das Silberne Kap mitten im Sommer umrunden!«, entgegnete Jatu erschrocken.

Aravans Miene war grimmig. »Aye, Jatu, aber wenn überhaupt ein Schiff das Silberne Kap im Sommer umrunden kann, dann ist es die *Eroean*.«

Jinnarin hatte Herzklopfen vor Furcht, und sie drückte Farrix' Hand. Er sah sie überrascht an und flüsterte. »Was ist denn, Liebste? Was ist denn so furchtbar am Silbernen Kap?«

»Die Jahreszeiten«, flüsterte sie zurück. »Die sind südlich der Mittellinie falsch herum. Auch wenn es Sommer heißt, herrscht dort eigentlich tiefster Winter. Das bedeutet, wenn wir das Kap im Sommer passieren, müssen wir mit heulenden Schneestürmen, knirschendem Eis und donnernden Winden rechnen – und einige Besatzungsmitglieder haben mir erzählt, dass es unmöglich ist, das Kap zu dieser Jahreszeit zu umfahren.«

Kapitän Aravan berief eine Mannschaftsbesprechung ein und stellte Farrix auf das Ruderhaus, sodass alle ihn sehen konnten. Der Elf verkündete, dieser Teil ihrer Aufgabe sei erfolgreich abgeschlossen worden – Lady Jinnarins Gefährte sei gefunden und gerettet worden. Nachdem der Jubel abgeklungen war, redete Aravan über Durlok und die schwarze Galeere und von der unbekannten Gefahr, die der Schwarzmagier darstellte. Wie es seine Angewohnheit war, zog Aravan die Mannschaft ins Vertrauen und erzählte von dem Plan, den Schwarzmagier zu verfolgen und wenn möglich, zu vernichten. Die Besatzung hörte sich alles ganz ruhig an – bis er die Möglichkeit erwähnte, mitten im Sommer das Silberne Kap zu umrunden. Eine benommene Stille folgte auf diese Neuigkeiten, und Matrosen wie Krieger schauten gleichermaßen ängstlich drein, denn es war allgemein bekannt, dass dies noch nie vollbracht worden war. Schließlich rief Lobbie: »Herr Käpt'n, im Winter, bei mildem und freundlichem Wetter, ist es schon schwer genug – aber im Sommer? Da könnten wir auch gleich versuchen, in den Großen Mahlstrom im Borealmeer zu segeln, was?« Doch jemand anders, Artus, sagte: »Ach, Lobbie, hat der Käpt'n je irgendwas Unmögliches von uns verlangt?« Und dann rief Jatu: »Es gibt für alles ein erstes Mal – wenn wir das Kap umrundet haben, Lobbie, denken wir über deinen Vorschlag nach, als Nächstes in den Mahlstrom zu segeln«, und dann lachte der schwarzhäutige Hüne laut auf, und es dauerte nicht lange, bis die Mannschaft mitlachte.

Am Nachmittag ging die *Eroean* auf Südkurs, denn sie befand sich noch immer im Randgebiet des Großen Wirbels und musste zunächst die Algen hinter sich lassen, bevor sie sich auf die Verfolgung der schwarzen Galeere machen konnte.

Jinnarin führte Farrix durch das Schiff und stellte ihn der Mannschaft vor. Und als sie zu Rolly und Carly und Finch und Arlo kam, schienen diese vier Farrix mit Argwohn zu betrachten, als fragten sie sich, ob er gut genug für *ihre* Pysk sei. Am Ende bestand Farrix die Musterung anscheinend, denn Arlo machte sich daran, eine größere Schlafmatte für Jinnarins Quartier unter der Koje anzufertigen, auf der beide Fuchsreiter schlafen konnten, und Rolly, Carly und Finch begannen mit der Anfertigung einer winzigen Seekiste, in der Farrix seine Sachen unterbringen konnte.

An jenem Abend verabredete Jinnarin mit Schiffskoch Trench, dass er heißes Wasser für ein Bad für sie und Farrix zur Verfügung stellen würde. Tink und Tivir lieferten eine Waschschüssel mit heißem Wasser in das Quartier unter der Koje, und die Schiffsjungen brachten auch ein paar Seifenflocken und Handtücher mit. Jinnarin schickte Rux auf Rattenjagd, und der Fuchs kam der Aufforderung nur allzu gern nach, da er die letzten sieben Tage in einem winzigen Ruderboot verbracht hatte. Und die beiden Fuchsreiter zogen sich aus, stiegen in das Bad und genossen die Wärme und das Wasser. Bald wuschen sie sich gegenseitig, und nachdem sie nach so langer Zeit endlich allein waren, nahm Farrix Jinnarin in die Arme und küsste sie zärtlich, und sie stiegen aus der Schüssel, trockneten sich in aller Eile ab, legten sich dann zusammen auf ihr Lager und liebten sich ...

... Und dann noch einmal, denn es war zweieinhalb Jahre her, seit Farrix sich aufgemacht hatte, die Wolken zu finden, zweieinhalb Jahre der Einsamkeit und des Tastens nach jemandem, der nicht da war ...

... Und noch einmal ... und dabei wurden sie von Alamar unterbrochen, der durch den Raum stapfte, gegen die Wand ihrer Kabine unter der Koje hämmerte und in mürrischem Tonfall Ruhe verlangte. »Ich versuche zu schlafen, wisst Ihr!«

Aylis richtete sich im Bett auf, das braune Haar zerzaust und ein wissendes Lächeln auf den Lippen. Aravan war nicht da, obwohl die Kajüte nach ihm duftete. Gähnend reckte und streckte sie sich ausgiebig und sprang dann aus dem Bett. Sie wusch sich das Gesicht, kleidete sich rasch an und kämmte sich die Haare. Als sie die Messe betrat, saß Alamar am Tisch und fluchte vor sich hin. »Was ist denn, Vater?«

Der Alte sah sie an. »Nicht genug, dass ich die ganze Nacht den Radau unter meiner Koje hatte, nein, heute Morgen, als ich aufgewacht bin, lag auch noch eine tote Ratte in meinem Schuh.«

Aylis hörte den Anflug eines Kicherns, und als sie hinschaute, tauchte ein dunkler Schatten in den Korridor zurück. Alamar hatte es ebenfalls gehört, und der greise Magier fuhr herum und zeigte mit bebendem Finger in den Gang. »Na schön, Schurke. Zeigt Euch!«

Farrix schritt lässig heran, sein Gesicht ein Bild der Unschuld, obwohl in seinen eisblauen Augen Schadenfreude funkelte.

»Spielt nicht den Unschuldigen«, schnauzte Alamar ihn an. »Ihr könnt mir nichts vormachen.«

»Was denn?« Farrix legte eine Hand auf sein Herz, und seine Augen waren geweitet. »Stimmt etwas nicht?«

»In meinem Quartier liegt eine tote Ratte, Pysk, und das wisst Ihr ganz genau.«

»Tatsächlich?« Farrix zeigte eine Miene gespielter Betroffenheit. »Das muss Rux gewesen sein, der Halunke.«

»Ihr verwünschter Pysk«, schnaufte Alamar, der jetzt jedoch grinsen musste, »Ihr habt Euch kein bisschen verändert!« Alamar sah Aylis an. »Dieser Fuchsreiter, Tochter, hat mich sogar, als ich von dem Eber verwundet daniederlag und kurz davor war, mein Bein zu verlieren, mit Stinkkäfern geweckt! Und das ist noch nicht alles. Du meine Güte, einmal hat er ›zufällig‹ ein Diureseblatt in meinen Tee fallen lassen ...«

»Das war wirklich ein Zufall, Alamar!«, protestierte Farrix.

»Ha! Ich hätte mich beinah zu Tode gepieselt.«

Farrix lachte. »Aber ich musste das ganze Wasser den Berg hinaufschaffen, damit Ihr pieseln konntet! Ich glaube, das habt Ihr nur getan, um mich arbeiten zu sehen.«

Alamar kicherte. »Aber Ihr werdet Euch erinnern, Pysk, dass ich mich für das Diureseblatt revanchiert habe ...«

Erfreut darüber, dass ihr Vater zur Abwechslung einmal gute Laune hatte, warf Aylis ein: »Ich lasse euch zwei jetzt allein, damit ihr eure Bekanntschaft erneuern und Erinnerungen an gelungene Racheaktionen für besonders üble Schandtaten austauschen könnt.« Lächelnd und mit etwas leichterem Herzen ging sie an Deck.

Dort traf sie Aravan am Ruder an. Das Schiff hatte nun Südsüdostkurs eingeschlagen und folgte Durlok. Aravans Miene war jedoch finster. »Wir haben nur ganz leichten Wind, *Chieran*«, erklärte er. »Wir machen kaum sechs Knoten.«

»Vielleicht kommt Durlok deshalb auch nur wenig voran.«

Aravan schüttelte den Kopf. »Wind oder nicht, für ihn spielt das keine Rolle – er hat die Trolle, die für ihn rudern.« Aravan schaute zu den Segeln hoch. »Die *Eroean* ist das schnellste Schiff der Welt, aber nur, wenn sie im Wind liegt.«

Über die nächste Woche hinweg war der Wind leicht und wechselhaft, und manchmal herrschte sogar völlige Flaute. In der Woche darauf blies ihnen der Wind entgegen, und die *Eroean* musste kreuzen, was Aravan nicht ruhiger werden ließ, denn die schwarze Galeere konnte in gerader Linie fahren, auch wenn ihr der Wind entgegenwehte, was das Elfenschiff nicht vermochte.

In dieser Zeit las Aylis das Grimoire des Schwarzmagiers und wirkte dabei einen Zauber, um die Worte zu verstehen. Sie notierte sich die Wendungen in ihr eigenes Zauberbuch und hielt auch Schreibweise, Bedeutung und Aussprache fest. Oft saß sie mit Farrix zusammen und las ihm Wörter vor, um festzustellen, ob eines vertraut klang. Farrix hörte zu, schüttelte jedoch immer den Kopf, da keines der Wörter eine Saite anschlug ... bis eines Tages ...

Aylis saß in der Messe und las laut aus dem Buch vor, und Jinnarin und Farrix hörten zu.

»Hm«, murmelte sie, während sie umblätterte, »das sind die Namen von Edelsteinen: *Adamus* heißt Diamant. *Erythros* bedeutet Rubin. *Smaragdos* ist leicht, und *Sappheiros* ebenfalls.« Aylis schaute kurz zu Farrix, doch der Pysk seufzte und schüttelte den Kopf. Ihr Blick kehrte zu der Seite zurück. »Kristall klingt auch ganz ähnlich: *Krystall*.«

»Hm«, meldete Farrix sich zu Wort, »das letzte Wort kommt mir irgendwie bekannt vor.«

»Krystall?«

Farrix runzelte die Stirn und forschte nach einer flüchtigen Erinnerung. Er neigte gedankenverloren den Kopf und murmelte schließlich: »Vielleicht.«

Jinnarin strahlte Farrix an, während Aylis etwas in ihr Buch eintrug.

Dann las die Seherin weiter und nannte viele seltsam klingende Wörter, doch alle ohne unmittelbaren Nutzen, denn der Pysk kannte keines davon.

Jinnarin und Aylis standen gemeinsam auf dem Vordeck. Die Pysk schaute vom Bugspriet aus nach vorn, während die Seherin über die Reling ins Wasser starrte, das unter ihr vorbeiglitt.

»Habt Ihr Brüder oder Schwestern, Aylis?«

Aylis schaute Jinnarin an und schüttelte den Kopf. »Nein. Warum?«

»Ach, ich habe mich mit Boder unterhalten. Er hat vier Schwestern und drei Brüder. Könnt Ihr Euch vorstellen, in einer Familie von acht Personen aufzuwachsen? Nein, wartet, zehn, wenn man Vater und Mutter mitzählt. Sie hatten acht Kinder in neun Jahren ... In meiner Rasse haben wir vielleicht ein Kind in neun*tausend* Jahren ... und dann auch nur, wenn jemand gestorben ist – durch Unfall, Krankheit oder Feindeinwirkung. Aber acht Kinder in neun Jahren ... für mich ist das eigentlich unvorstellbar.«

Wieder schüttelte Aylis den Kopf. »Menschen – das ist die Art der Menschen. Sie scheinen zu glauben, dass sie sich ohne Zahl vermehren können. Mein Vater hatte Recht, als er sagte, die Gabe der Menschheit sei Fruchtbarkeit.«

Jinnarin nickte und verstummte. Nach einer Weile sagte sie: »Trotzdem muss es etwas Besonderes sein, einen Bruder oder eine Schwester zu haben. Ich habe mich schon oft gefragt, wie es wohl wäre, Geschwister zu haben.«

Aylis spitzte die Lippen. »Ich bin in einer Familie aufgewachsen, die nur aus zwei Personen bestand. Es gab nur meinen Vater und mich.«

»Was ist mit Eurer Mutter?«

Aylis seufzte. »Ich erinnere mich nicht an sie. Sie starb, als ich erst ein paar Monate alt war.«

»Oh, das tut mir Leid, Aylis. Jeder sollte eine Mutter haben ... das heißt, eine liebende Mutter ... so wie meine.«

»Lebt sie in Darda Glain?«

Jinnarin schüttelte den Kopf. »Nein, sie und mein Vater leben jetzt im Schwarzforst. Ich habe sie seit Millennien nicht mehr gesehen – seit meiner Hochzeit. Sie sind von Darda Glain in den Schwarzforst gezogen, weil sie einen größeren Wald gesucht haben. Mehr Platz.«

Sie standen eine Weile schweigend da, dann sagte Aylis: »Ihr hattet eine glückliche Kindheit, neh?«

»O ja. Ich hatte immer das Gefühl, geliebt zu werden.«

Aylis nickte und seufzte dann: »Ich wünschte, ich hätte meine Mutter gekannt. Vater spricht nur selten von ihr. Ich glaube, es würde ihn zu sehr schmerzen. Er sagt, ich sähe wie sie aus, wie Lyssa ... bis auf die Augen. Ich habe die grünen Augen meines Vaters. Er sagt, ihre seien blau gewesen.«

»Wie ist sie ...?«

Aylis' Blick wurde grimmig. »Sie wurde im Krieg von Rwn getötet.«

»In diesen Schlachten sind viele gefallen. Aber in Darda Glain haben wir den dunklen Kreaturen eingeheizt, und danach hatten sie zu viel Angst, um sich noch einmal in den Wald zu wagen.«

»Das habe ich auch gehört.«

Wieder trat Stille ein, da jeder seinen eigenen Gedanken nachhing, während die *Eroean* über die Wellen glitt. Doch schließlich fragte Jinnarin leise: »Wollt Ihr meine Schwester sein, Aylis?«

Aylis drehte sich um und sah die winzige Pysk an, und Tränen traten ihr in die Augen.

Die *Eroean* wurde weiterhin von ungünstigen Winden geplagt, und jeden Tag entfernte sich die schwarze Galeere weiter von ihnen. Sie verließen das Sindhumeer und segelten ein Stück durch das Helle Meer, um dann die Große Insel im Süden zu passieren und in die Gewässer des Polaren Ozeans einzulaufen. Jeden Tag ging die Sonne später auf und früher unter, denn der Sommer näherte sich, und in dieser südpolaren Region bedeutete dies, dass der Besatzung Tage vollkommen ohne Sonne bevorstanden, die Ankunft der langen Nacht.

Während das Schiff durch die tosenden Wellen pflügte, saß Aylis am Kartentisch und legte die Tarotkarten aus. »Du meine Güte«, murmelte sie, die Lippen dünn wie ein Strich, »der Ertrinkende.«

Mit der Feder in der Hand schaute Aravan vom Schiffslogbuch auf. »Was ist denn, *Chieran*?«

Aylis wandte sich ihm mit bestürzter Miene zu. »Der Ertrinkende« – sie zeigte auf die Karten – »ein Vorbote der Katastrophe. Ich kann Durloks Abschirmung zwar immer noch nicht durchbrechen, aber es könnte bedeuten, dass die *Eroean* und alle auf ihr dem Untergang geweiht sind.«

»Aber du bist nicht sicher?«

Aylis schüttelte den Kopf. »Nein. Ich bin nicht sicher. Es könnte auch eine Katastrophe für nur ganz wenige auf diesem Schiff bedeuten ... oder für jemand ganz anderen.«

Aravan kam zu ihr und starrte auf die Karte, während seine Hände die Knoten aus ihren verspannten Schultern massierten. Schließlich sagte er: »Ich werde den Männern sagen, dass sie sich auf jeden Fall an den Sicherheitsleinen festmachen sollen.«

»Hm, das ist seltsam.«

»Was denn, Tochter?« Alamar blickte von seiner Tokkopartie mit Jinnarin auf.

»Vater, Durlok hat hier ein Wort eingekreist, siehst du?«

Aylis reichte Alamar das Brevier über den Tisch. Der alte Magier nahm es und legte es dann wieder auf den Tisch. Jinnarin und Farrix traten beide neben das Buch und starrten darauf.

Κρψσταλλοπψρ, lautete das umkringelte Wort.

»Wie spricht man es denn aus, Tochter, und was bedeutet es?«

»Es könnte auf zwei Arten ausgesprochen werden: Kristallopŷr oder *Krystallopýr*.«

»Das ist es!«, rief Farrix. »Das Wort hat Durlok benutzt, um die Wolken herabzurufen!«

»Welches?«, wollte Alamar wissen.

»Das letzte: *Kry... Kr...*«

»Krystallopýr?«, fragte Aravan. Irgendetwas an dem Wort schlug eine Saite in Aravans Erinnerung an, aber es wollte ihm einfach nicht einfallen.

»Ja. Was Ihr gesagt habt. *Kry... Krys-rystallo...* ach, ich gebe auf!«

»Ha!«, blaffte Alamar. »Das eine ist, was es ist. Das andere ist sein Wahrer Name!«

»Was soll das bedeuten, Alamar?«, fragte Jinnarin.

»Der Kristall, von dem uns Euer Gefährte erzählt hat, Pysk.«

»Ach so«, sagte Jinnarin, kaum klüger als zuvor.

Farrix wandte sich an Alamar. »Ihr meint, der Kristall selbst heißt, äh ...«

»Kristallopŷr«, sagte Jinnarin.

Farrix nickte. »Ja. Aber mit diesem Wahren Namen ...«

»Krystallopýr«, sagte Alamar. »So wird er aktiviert, das ist das Wort, das benutzt wird, um das astrale Feuer zu rufen. Ha! Ich wusste doch, dass es kein Zauber ist!«

»Augenblick, nicht so schnell«, sagte Farrix. »Wenn es kein Zauber ist, warum musste Durlok dann ... dann jemanden auf so grauenhafte Weise opfern? Als ich Gefangener auf der schwarzen Galeere war, habe ich erfahren, dass er durch Folter und Verstümmelung die Qualen seines Opfers irgendwie als Kraftquelle für seine Zauber nutzt.«

Alamar strich sich über den dünnen Bart. »Hm, gute Frage, Pysk. Den Grund dafür kann ich nicht mit Bestimmtheit nennen ... aber da ich Durlok kenne, hat er es wahrscheinlich zu seinem Vergnügen getan.«

Aylis schüttelte den Kopf. »Wahrscheinlicher ist, Vater, dass er es getan hat, um sich vor dem Kristall zu schützen.

Seinen Wahren Namen auszusprechen, könnte es gefährlich machen, ihn in der Hand zu halten.«

Alamar zuckte die Achseln. »Das kann ich nicht beurteilen, Tochter, aber eines glaube ich ganz fest: Durlok hat den Kristall gefunden und irgendwie seinen Wahren Namen herausgefunden.«

Aylis schüttelte den Kopf. »Nein, Vater. Wahre Namen werden während des Schmiedens in die Dinge eingelegt, und sofern Durlok kein Seher ist, kann er den Wahren Namen nicht herausfinden. Er muss den Kristall selbst geschmiedet und ihm seinen Wahren Namen gegeben haben.«

»Er kann ihn nicht *geschmiedet* haben, Tochter!«, widersprach Alamar. »Ihm fehlt die entsprechende Ausbildung.«

»Dann muss er es in einer Schrift gelesen haben, oder jemand anders hat ihm den Wahren Namen des Kristalls verraten, oder jemand mit dem Wissen und der Macht hat ihn für ihn geschmiedet.«

»Bah! Er hat keine Freunde. Wer würde so etwas tun?«

Stille legte sich auf sie, in der Alamars letzte Frage noch in der Luft lag. Augenblicke später mutmaßte Jinnarin: »Wie wäre es mit Gyphon?«

Am achtzehnten Junitag lief die *Eroean* schließlich endgültig in das Südpolarmeer ein, und ein kreischender Ostwind heulte und trieb Schnee, Eis und das Elfenschiff vor sich her. Wellen türmten sich auf, neben denen die *Eroean* sich winzig ausnahm, und obwohl ihr scharfer Bug durch die Spitzen der Wellenberge schnitt, so krachte der Rumpf doch markerschütternd auf die abschüssigen Wasserwände in den Tälern dahinter. Die Sonne ging nicht mehr auf, der Tag blieb so dunkel wie die Nacht, und die heulende Luft war unerträglich kalt. Durch Aylis' Zauberei und Aravans Karten wussten sie, dass die schwarze Galeere weit vor ihnen ostwärts fuhr, gut zweitausendachthundert Meilen voraus und scheinbar auf direktem Kurs zum Silbernen Kap, von dem Durlok nun noch zwölfhundert Meilen entfernt war und das Elfenschiff noch beinah dreitausend.

»Kruk!«, fluchte Bokar und schlug mit der Faust auf den Tisch. »Ich hatte gehofft, ihn vor dieser elenden Meerenge einzuholen.«

Bei Bokars Worten funkelte es in Aravans Augen, und er warf einen Blick auf die Karte. Das Schiff fiel wieder in ein Wellental und begann den nächsten Aufstieg. Niemand sagte etwas, während die Laterne schwankende Schatten in der schaukelnden Messe warf, in deren gelbem Licht Aravan die Entfernungen schätzte. Schließlich wandte er sich an Frizian. »Welche Segel haben wir gesetzt?«

»Nur die Großsegel, Kapitän.«

»Dann lasst auch noch Top, Klüver und Stag setzen, aber nichts, was höher ist.«

»Aber, Kapitän«, protestierte Jatu. »Dieser Wind. Er bläst. Und wie er bläst. So viel Seide gefährdet die Masten.«

Aravan hob eine Hand. »Vielleicht, Jatu, aber ich meine, sie können dem Druck standhalten.« Dann wandte der elfische Kapitän sich an die anderen. »Hört mich an, Ihr alle. Wir werden versuchen, diesen Hèlwind auszunutzen und den Schwarzmagier in der Meerenge einzuholen.«

»*In* der Meerenge!«, rief Bokar. »Täuschen mich meine Ohren? Habe ich Euch *in* der Meerenge sagen hören?«

»Aye, Bokar. Gibt es einen besseren Ort, um ihn zu überraschen?«

Bei diesen Worten fiel der Rumpf der *Eroean* krachend in das nächste Wellental.

In dem tosenden Wind kletterten Matrosen in warmer Kleidung in die Takelage, um die Segel zu setzen. Trotz ihrer warmen Wämser und Hosen verbrachten die Männer gerade so wenig Zeit in der Luft wie nötig, um die Aufgabe zu erfüllen: Ein Mann beendete seine Aufgabe und eilte aus dem Wind, dann stürmte der nächste über das Deck und zu einer bestimmten Rah, um Leinen und Befestigungen zu lösen und dann wieder zurückzulaufen, während Seeleute auf Deck die Seide in den Wind hissten. Groß- und Topsegel wurden vollständig gesetzt, Klüver und Stag folgten. Und die Masten ächzten, und die Taue bebten unter der Last.

Im Ruderhaus rief Aravan, damit man ihn vor dem Heulen des Windes auch verstehen konnte: »Kurs Ostsüdost, Jatu.«

»Aber, Kapitän, das bringt uns zur Polkappe, und sollten wir ins Treibeis geraten ... werden wir zermalmt.«

»Aber es ist der kürzeste Weg zur Meerenge, Jatu. Wir fahren einen großen Kreis um den Globus und keine Strecke auf einer flachen Welt, also richtet den Bug nach Ostsüdost.«

»Aye, Kapitän«, erwiderte Jatu und gab den Befehl an Boder weiter, während Rico die Signale pfiff, um die Segel entsprechend zu trimmen.

»Neunundzwanzig Knoten, Kapitän«, rief Jatu mit ehrfürchtigem Unterton über die Schulter, als er und Artus das spärlich erleuchtete Ruderhaus betraten und sich mühten, die Tür vor dem winterlichen Sturm zu schließen. »Bei Adon, aber ich kann es kaum glauben – ist Euch klar, dass wir in den letzten drei Tagen nicht ein Mal langsamer als zwanzig Knoten waren? Adon und Elwydd, in nur drei Tagen haben wir beinah zweitausend Meilen zurückgelegt! Das hat noch kein anderes Schiff vor uns geschafft.«

»Kein anderes Schiff ist je vor einer so steifen Brise gefahren«, erwiderte Aravan.

»Jatu«, rief Jinnarin, die mit Farrix auf dem Fensterbrett des Bugfensters stand, »wisst Ihr noch, wie Ihr mir einmal erzählt habt, mit einem Polarwind im Rücken könnten wir in einer Woche einen ganzen Ozean durchfahren.«

»Ja, Winzige, aber ich hätte nie gedacht, dass ich diesen Tag einmal erlebe.«

»Wenigstens hat es aufgehört zu schneien«, sagte Farrix, während er in die Polarnacht blinzelte. Plötzlich drückte er das Gesicht gegen die Scheibe und legte die Hände um die Augen, um sie vor dem Laternenlicht hinter sich abzuschirmen. »Aravan, ist das ein weißer Berg vor uns?«

Aravan fuhr herum und lugte durch das Glas. »Laterne aus!«, befahl er, und Geff beeilte sich, seinem Befehl zu folgen, und schlug den Schirm zu. Als das Ruderhaus in beinah völlige Dunkelheit getaucht war – durch den geschlossenen Schirm drangen noch ein paar Funken Licht –, rief Farrix: »Ja, entweder ein weißer Berg oder eine Mauer aus Eis, und ich weiß, worauf ich wetten würde!«

»Wo?«, stieß Aravan hervor und lugte selbst in die lange Polarnacht, die unter der Decke der dahinjagenden Wolken mond- und sternenlos vor ihnen lag.

»Weit voraus. Etwas nach rechts, steuerbord.« Farrix zeigte in eine Richtung. »Wir kommen sehr nah daran vorbei, vielleicht streifen wir den Berg sogar. Könnt Ihr ihn denn nicht sehen?«

»Nein, ich sehe ihn nicht! Hegen, zwei Strich nach backbord! Reydeau, lasst die Segel trimmen! Seid vorsichtig, denn sie kentert, wenn wir sie quer zu diesen Wellen stellen!«

Von dem stürmischen Wind getrieben, segelte die *Eroean* einen lang gezogenen Bogen – rasch für ein Schiff ihrer Größe, doch langsam angesichts der Gefahr. Die bereitstehende Mannschaft eilte an Deck, schwang die Rahen herum und trimmte die Segel. Das Elfenschiff jagte durch die haushohen Wellen und wich einer vertikalen Wand aus Eis aus, die gut achthundert Schritt an steuerbord aus dem Wasser ragte.

Über das Getöse rief Jinnarin Aravan zu: »Ich habe Euch doch gesagt, dass Farrix scharfe Augen hat.«

Aravan nickte. »Eure Augen sind in der Tat scharf, Farrix aus Darda Glain, denn Ihr habt diese Eisscholle in der Dunkelheit der Nacht auf zwei Meilen Entfernung gesehen. Bei dieser Finsternis reichen meine Augen nicht weiter als eine Meile oder sogar weniger.«

»Bei unserem Tempo, Kapitän«, grollte Jatu, »von fast dreißig Knoten, wenn da etwas direkt in Fahrtrichtung vor uns auftaucht, eine Meile oder noch weniger entfernt, stoßen wir damit in weniger als hundert Herzschlägen zusammen.«

Hegen räusperte sich in der Dunkelheit des Ruderhauses. »Mit Eurer Erlaubnis, Kapitän, ich glaube, wir brauchen einen Ausguck wie Meister Farrix hier, der uns durch diese verfluchte ewige Nacht steuert. Ich habe gehört, das Silberne Kap heißt so wegen des Eises, das Sommer wie Winter in der Meerenge treibt, obwohl es um diese Jahreszeit natürlich viel schlimmer ist. Und der Eingang zur Meerenge kann bei unserer Geschwindigkeit nicht mehr viel weiter als zwei Tage entfernt sein.«

»Es wäre mir eine Freude, Wache zu stehen, Aravan«, verkündete Farrix, »weil es sonst wenig zu tun gibt. Und obwohl sie es selbst nicht glaubt, aber Jinnarins Augen sind genauso scharf wie meine.«

»Auch wenn ein Pysk uns zwei oder drei Meilen im Voraus warnt, ich glaube dennoch nicht, dass wir etwas Großem direkt vor uns noch ausweichen könnten, wenn wir weiterhin so schnell segeln. Unsere Aussichten wären bestenfalls dürftig«, sagte Jatu.

»Dürftige Aussichten«, erwiderte Aravan, »sind immerhin besser als gar keine. Ich glaube, Hegen hat Recht – wir sollten Pyskaugen über uns wachen lassen.«

»Was ist mit Alamar und Aylis?«, fragte Jinnarin. »Ich meine, sie haben magische Sicht. Vielleicht können sie auch Wache stehen.«

»Wiederum mit Eurer Erlaubnis, Kapitän«, sagte Hegen. »Lady Jinnarin hat Recht. Wir können alle Augen brauchen, die wir kriegen können ... obwohl ich mich bei Meister Alamar frage, ob er noch die Kraft dazu hat, jetzt, wo er so alt ist und alles. Er war zwar schon alt, bevor wir in den Großen Wirbel gefahren sind, aber jetzt sieht er wirklich aus, als pfiffe er aus dem letzten Loch.«

Farrix wandte sich an Aravan. »Kapitän, lasst ihn mit mir Wache stehen. Er braucht dringend etwas zu tun.«

Aravan rieb sich nachdenklich das Kinn. Schließlich sagte er: »Wenn Lady Aylis sagt, dass er in der Lage ist, den Zauber zu wirken und den Verlust des astralen Feuers zu verkraften, dann, aye, kann er mit Euch Wache stehen.«

Am nächsten Tag klarte der Himmel auf, und die Sterne des Südens schienen, während im Südosten ein zunehmender Halbmond aufging und tief über den Horizont nach Norden wanderte, um im Südwesten unterzugehen. Und obwohl es klar war, blies der heulende Wind unvermindert weiter, und im Meer türmten sich immer noch riesige Brecher auf. Und immer noch raste die *Eroean* durch das eisige Salzwasser, pflügte durch Wellenberge, schlug hart auf das Wasser und stürzte in abgrundartige Täler. Auf seinem großen Kreisbogen zur Meerenge des Silbernen Kaps hatte das Schiff mittlerweile eine ostnordöstliche Richtung eingeschlagen.

Wie jeden Tag wirkte Aylis einen Zauber, um Durlok ausfindig zu machen, da das Brevier für die Seherin ein Leitstern zu dem Schwarzmagier war. »Da«, murmelte sie und zeigte auf eine Stelle. »Vielleicht dreihundertfünfzig Meilen.«

Aravan vermerkte die Richtung und zeichnete einen Punkt auf die Karte. »Er ist noch zur Meerenge unterwegs, die gut zweihundert Meilen vor ihm und sechshundert vor uns liegt.«

»Kapitän«, brummte Jatu nach einer raschen Berechnung, »wenn wir unser Tempo halten können, erreichen wir morgen gegen Mitternacht die Meerenge.«

Bokar betrachtete die Dunkelheit, die durch die Bullaugen drang. »Ha! Wann ist Mitternacht in der ewigen Nacht?«

Im schwankenden Laternenlicht schaute Aravan von der Karte auf, die vor ihm lag. »Morgen kommt die Sommersonnenwende – der Längste Tag im Norden und die Längste Nacht hier.«

Während der Wind heulte, das Schiff Wellenberge erklomm und in Wellentäler stürzte und die See gegen den Schiffsrumpf brandete, stemmte Jinnarin sich gegen den Seegang und betrachtete die Karte. »Werden wir Durlok in der Meerenge einholen?«

Mit Daumen und Zeigefinger maß Aravan die Spanne zwischen den Markierungen, die Durloks tägliche Position festhielten, und schätzte dann ab, wann der Schwarzmagier in die Meerenge einfahren würde. Dann sah er Jinnarin an und sagte: »Aye, wenn der Wind so bleibt, holen wir ihn wahrscheinlich irgendwo in der Meerenge ein.«

Jinnarin schauderte plötzlich. »Oh, mir ist gerade eingefallen, als wir Durlok das letzte Mal in der Längsten Nacht begegnet sind, hätte er uns beinah versenkt.«

Von Aravan gestützt, stand Aylis mit geschlossenen Augen im Ruderhaus, das Brevier in einer Hand und die andere nach vorn ausgestreckt. »Zwanzig Meilen, *da*.«

»Ein Strich backbord, Boder«, zischte Aravan. »Rico, lasst die Segel trimmen. Bei seiner Geschwindigkeit und der unseren erreichen wir ihn in weniger als einer Stunde.«

Bokar meldete: »Die Ballisten sind bereit, Kapitän. Die Krieger stehen unten an den Luken und warten auf mein Zeichen.«

Farrix lugte ins Sternenlicht, Jinnarin an seiner Seite. Auf einem an Deck befestigten Stuhl mit hoher Lehne saß Alamar und hielt ebenfalls Ausschau. Die *Eroean* raste dem Hals der Meerenge entgegen, und rechts, links und voraus tauchten immer massivere Schollen und Berge aus Eis auf, gegen die gewaltige Wellen brandeten. Falls das Sternenlicht versiegte, würde Aravan auf Magier und Pysk angewiesen sein, um das Schiff sicher hindurchzulotsen. Doch die Sterne waren zu sehen, und Aravan brauchte nichts anderes als seine eigenen scharfen Elfenaugen.

Wumm! Wieder krachte der Rumpf aufs Wasser, und Alamar ächzte: »Falls ich noch ein Hirn oder Herz oder eine Niere übrig haben sollte, wenn das alles vorbei ist, zünde ich eine Kerze für Elwydd an! Herrje! Kein Wunder, dass Seeleute halb verrückt sind!«

In diesem Augenblick öffnete sich die Tür, und Wind, Geheul und Gischt drangen ein. Gegen Wind und Wetter ankämpfend, trat Jatu ins Ruderhaus, schlug die Tür zu und sperrte das Toben der Elemente wieder aus. »Kapitän, von achtern zieht ein Unwetter auf.«

»Nah?«

»Aye, Kapitän. Es fliegt mit dem Wind.«

Wieder tobten Gischt und Geheul durch das Ruderhaus, da Aravan nach draußen trat und nach achtern lugte. Augenblicke später war er wieder drinnen. *»Vash!«*, fluchte er, »es erreicht uns in weniger als einer Stunde.«

»Hèl und Verdammnis!«, zeterte Alamar, »wenn das Unwetter so ist wie das letzte, wird Durlok uns in dem Schneegestöber abhängen.«

»Vater, ich habe sein Grimoire. Er kann uns nicht ewig abschütteln.«

Jinnarin sagte mit grimmiger Miene: »Aber er kann uns in dem Unwetter rammen, wenn wir ihm gegenüber blind sind, wie er es im Nordmeer getan hat. Aber wenn er uns hier in diesen Gewässern rammt, werden wir das nicht überleben.«

»Verwünscht!«, fluchte Alamar.

Wieder ging Aravan hinaus und schaute nach achtern. Augenblicke später kam er wieder herein. »Rico, pfeift die komplette Mannschaft herauf und lasst alle Segel setzen bis auf die oberste Reihe.«

»Aber, Kapitän«, protestierte der Bootsmann, »der Wind! Mit vollen Segeln brechen die Masten!«

»Rico«, schnauzte Jatu, »Ihr habt den Kapitän gehört. Komplette Mannschaft. Alle Segel hissen bis auf die oberste Reihe. Und die Männer sollen sich anseilen.«

Segel und Takelage heulten in dem mächtigen Wind wie eine riesige Harfe. Die Masten ächzten in tödlicher Qual, und so raste die *Eroean* über die See und erklomm dabei Wellenberg um Wellenberg, um jedes Mal in die brodelnden Tiefen dahinter zu stürzen.

»Adon!«, rief Farrix. »Die schwarze Galeere! Da ist sie!«

Als die *Eroean* den nächsten Berg erklomm, starrten alle Augen in die Richtung, die der Pysk ihnen anzeigte. Durch den Wirbel der Schneeflocken konnten sie gerade noch die Spitzen der Lateinersegel ausmachen, bevor sie wieder verschwanden, da die Galeere in ein Wellental abtauchte. Das Elfenschiff glitt ebenfalls eine Welle hinab.

»Eine Meile, würde ich sagen«, murmelte Alamar, und Aravan gab ihm Recht.

»Waffenmeister, gebt Euren Kriegern ein Zeichen. Wir erreichen ihn in zweihundert Herzschlägen.«

»Aye, Kapitän!«, rief Bokar. Der Zwergenkrieger öffnete die Falltür und glitt die Leiter zum Deck darunter herab. Alle hörten sein Horn, als Bokar über das Deck lief, wo die Luken aufflogen und die Zwergenkrieger nach draußen eilten. Sie hakten ihre Harnische in die überall gespannten Sicherheitsleinen und arbeiteten sich so über das Deck des stampfenden, schlingernden Schiffes zu den geladenen Ballisten vor, wo sie die Verankerungen lösten.

»Äh, ich müsste da draußen sein und ihre Feuerbälle lenken«, knurrte Alamar, während das Schiff wieder in ein Wellental krachte.

»Vater, du kannst kaum dem Stampfen des Schiffes standhalten, wie willst du dann bei diesem Seegang auf dem Deck stehen?«

»Verdammt, Tochter, glaubst du, das wüsste ich nicht?«

»Ach, Hèl!«, rief Farrix in hilfloser Verzweiflung, als das Schiff plötzlich in wirbelnde Schneeflocken gehüllt war. »Dieses verfluchte Unwetter!«

»Könnt ihr die schwarze Galeere sehen?«, rief Jinnarin. »Ich habe sie völlig aus den Augen verloren!«

Nein!, riefen Farrix und Alamar gleichzeitig und voller Zorn.

»Kurs halten, Boder!«, rief Aravan. »Wahrscheinlich passieren wir Durloks Schiff so nah, dass Bokars Kriegstrupp es sichtet und Feuerbälle verschießen kann.«

Die *Eroean* raste weiter, mit kreischender Takelage, ächzenden Masten und knarrendem Rumpf, der hinter jedem Wellenkamm in die polare See stürzte. Gewaltige Wellen erhoben sich und krachten donnernd nieder, und der durch das Unwetter verstärkte Wind heulte wie eine Banshee. Plötzlich flammte in dem Schneegestöber Feuer bei der Bug-Balliste auf, und ein Flammenstreifen schoss nach Backbord, dem sogleich ein weiterer folgte. Einen Moment später schoss auch die Mittschiffs-Balliste.

»Habt Ihr etwas gesehen?«, raunzte Aravan.

»Eine dunkle Form an Backbord«, erwiderte Farrix. »Ja«, bestätigte Jinnarin. »Nichts!«, fauchte Alamar. Aylis schüttelte nur den Kopf.

»Aber ich weiß nicht, ob Bokars Feuerbälle getroffen haben«, fügte Farrix hinzu.

»Mittlerweile sind wir an der Galeere vorbei«, murmelte Aravan, während das Schiff ins nächste Wellental fiel, »und bei diesem Seegang können wir nicht wenden, weil wir dabei kentern würden.«

»Wir könnten langsamer werden und ihn vorbeilaufen lassen«, schlug Rico vor.

»O nein, Rico«, protestierte Jinnarin. »Ich glaube, er würde uns stattdessen rammen.«

»Wenn er uns findet«, murmelte Alamar, während er in die Wand aus weißen Flocken starrte und das Schiff den nächsten Berg erklomm und ins nächste Tal fiel.

Bokar kam fluchend die Leiter empor und durch die Luke. »Wir haben vielleicht ein Segel in Brand gesetzt, aber wenn, dann war es schieres Glück.«

»Seht Ihr«, verkündete Alamar übellaunig. »Ich habe doch gesagt, ich hätte dort sein und Bokars Feuerbälle lenken müssen.«

»Alamar«, rief Jinnarin, »das ist Schnee von gestern. Außerdem habt Ihr die Galeere ja nicht einmal gesehen.«

»Aber wenn ich an Deck gewesen wäre, hätte ich sie vielleicht gesehen! Hèl, wenn sie ein Zwerg gesehen hat, hätte ich sie auf jeden Fall auch gesehen!«

»Das spielt jetzt keine Rolle mehr, Vater«, sagte Aylis, »wir können es jederzeit noch einmal versuchen. Schließlich haben wir das hier.« Sie hielt Durloks Brevier in die Höhe, und in eben diesem Augenblick ging es in lodernden Flammen auf.

Alamar schrie erschreckt auf, da seine Gewänder plötzlich Feuer fingen. Und eine Tasche in Bokars Gewand fing ebenfalls an zu brennen.

Jinnarin schrie auf, als Aylis das Grimoire auf den Boden fallen ließ und Aravan darauf trat, um das Feuer zu löschen.

Alamar rief »*Abi!*«, und aus seinen Gewändern flog eine brennende Seite, die rasch zu Asche zerfiel. »*Exstinguete ex omni parte!*«, rief er, und alles Feuer erlosch.

Und während die *Eroean* in die Wellen donnerte, rief Jinnarin: »Was war das?«

»Durlok!«, Alamar knirschte vor Zorn mit den Zähnen. »Die Feuerbälle haben ihm gezeigt, dass wir ihm auf den Fersen sind, und er will zerstören, was wir benutzen, um ihn aufzuspüren.«

Aylis schaute auf die Asche an Deck, wo zuvor das Brevier gelegen hatte. »Ich würde meinen, es ist ihm gelungen, Vater, denn ich fürchte, es ist alles verbrannt.«

»Adon!«, rief Jinnarin. »Unsere Blätter sind in unserer Kabine unter der Koje bei Rux!«

Als Jinnarin und Farrix aufsprangen, zur Tür eilten und Jatu folgten, dessen Blatt sich ebenfalls in seiner Kabine befand –, wurde das Tosen des Windes von einem ächzenden Bersten auf Deck übertönt, und plötzlich brach der Besanmast und Seide, Rahen und Leinen kippten nach vorn und gegen den Großmast, und auch dieser brach und fiel auf die Decksplanken. Und mit seinen Segeln riss der Besanmast Besan-, Gaffel- und zwei Stagsegel mit, während der Großmast bei seinem Sturz die eigenen Segel mitnahm und das vordere untere Topsegel und das Großsegel des Bugmasts zerfetzte.

Und während in dem tobenden Schneesturm gewaltige Brecher über das Deck spülten, krachte der Schiffsrumpf gegen einen Berg aus Eis.

16. Kapitel

DIE INIGOBUCHT

Sommer, 1E9575
[Die Gegenwart]

»Adon!«, rief Farrix und zog Jinnarin hinter sich, als Masten, Segel, Rahen und Leinen auf das Deck fielen. Dann durchlief das Schiff ein gewaltiges Zittern, das Jatu, Artus und Rico auf die Knie warf und Aravan, Aylis und Bokar vor die Wand schleuderte. Jinnarin und Farrix hielten sich beide auf den Beinen, da sie sich an einem der fest verankerten Beine von Alamars Stuhl festhielten. Boder blieb ebenfalls stehen, denn er hielt sich am Ruder fest.

»Ach, verfluchte Hèl!«, fluchte Alamar, als er eine gewaltige weiße Wand an Steuerbord aufragen sah, an der das Schiff entlangschrammte.

»Eis!«, rief Jatu, der sich soeben wieder aufrappelte, doch plötzlich war die *Eroean* daran vorbei, die Wand verschwunden und das Knirschen verstummt.

»Wir haben den Eisberg passiert«, verkündete Aravan, während der Rumpf sich hob und dann ins nächste Wellental krachte.

Jinnarin ging an Farrix vorbei und rief ihm eiligst zu: »Liebster, ich kümmere mich um Rux. Und wenn unsere Kabine brennt, hole ich Hilfe. Du bleibst hier, denn deine Augen werden gebraucht, falls dieses elende Schneegestöber jemals nachlässt.« Ohne die Antwort abzuwarten, rannte Jinnarin aus dem Ruderhaus.

Als sie in dem Gang verschwand, der zu den Quartieren führte, rief Jatu: »Artus, kümmert Euch um sie! Außerdem ist in einem Metallkasten in meiner Seekiste eine der Seiten. Vergewissert Euch, dass kein Feuer ausgebrochen ist.«

Als Artus sich zum Gehen wandte, fügte Aravan hinzu: »Artus, im Logbuch auf meinem Schreibtisch liegt noch ein Blatt aus dem Grimoire. Kümmert Euch auch darum.«

»Aye, Kapitän«, erwiderte der junge Mann und lief hinter Jinnarin her.

»Ich gehe auch«, sagte Aylis und folgte Artus in den Gang.

Wieder donnerte die *Eroean* in ein Wellental.

Mittlerweile war Farrix wieder auf dem Fensterbrett, wo er sich festhielt und angestrengt nach draußen starrte. Der Schneesturm wütete immer noch, und der Pysk konnte kaum an den Trümmern der Masten vorbeischauen, da sein Blickfeld nicht ganz bis zum Bug des Schiffes reichte. Als Aravan neben ihn trat, sagte Farrix: »Verwünscht, Aravan, ich kann nicht erkennen, was vor uns liegt, aber eines weiß ich – wir haben keine Masten mehr.«

Wumm!, donnerte der Rumpf aufs Wasser, und Brecher spülten über das Deck und fegten Rahen und Segel gegen Reling, Leitern und Kabinenwände.

Bokar hob seine Jacke auf und inspizierte sie kurz. Die Tasche, in der sich das Blatt befunden hatte, brannte nicht mehr. Während er sie überstreifte, sagte er: »Kapitän, ich sehe mal nach, ob Châkka verletzt wurden, dann kümmere ich mich um den Schaden.«

Der Waffenmeister öffnete die Falltür, und in diesem Augenblick tauchte Tivir darin auf. Der Schiffsjunge war in seine Polarkleidung gehüllt. »Herr Käpt'n, ich soll Euch berichten, was Frizian gesagt hat. Er hat eine Mannschaft zusammengestellt, und sie gehen raus, um den Schaden zu begutachten und die Trümmer zu sichern.«

»Gut und schön, Tivir. Sag ihm, ich brauche einen Bericht, und zwar rasch, denn der Schwarzmagier ist hier noch irgendwo in der Nähe.«

»Aye, Herr Käpt'n«, erwiderte Tivir und glitt die Leiter wieder hinunter. Bokar folgte ihm, und der Zwerg schlug die Falltür hinter sich zu.

»Pah!«, knurrte Alamar. »Durlok kann in diesem Schneesturm auch nicht mehr sehen als wir.«

Ohne sich umzudrehen, fragte Farrix: »Verfügt Ihr nicht über irgendwelche Zauberei, die Euch gestattet, durch den Sturm zu schauen?«

»Ich habe nur magische Sicht, Pysk. In mancherlei Hinsicht dient sie mir gut, in anderer ist sie auch nicht besser als Eure.«

»Und in diesem Schneesturm ...?«

»In diesem Schneesturm sehen Eure Augen besser als meine.«

Wieder donnerte das Elfenschiff in ein Wellental.

Jatu verließ das Ruderhaus und setzte sich dem Unwetter aus, und nach einer Weile kehrte er zurück und brachte heulenden Wind und Schneeflocken mit.

»Kapitän«, sagte der schwarzhäutige Hüne, »wir sind nicht mehr viel schneller als die uns folgenden Brecher. Sollte der Wind auch nur ein wenig nachlassen, geraten sie hinter uns und schleudern uns umher, und dann werden wir kentern.«

»Ich weiß, Jatu«, erwiderte der Elf mit grimmiger Miene.

»Wenn wir nicht bald etwas sehen, rammen wir wahrscheinlich bald den nächsten Eisberg«, ergänzte Alamar. »Im Augenblick sind wir ganz auf die Führung der Dame Fortuna angewiesen.«

»Warum setzt Ihr dann nicht Eure Magie ein?«, rief Jinnarin, die gerade wieder mit Artus ins Ruderhaus zurückkehrte.

»Grr!«, fauchte der Alte, sagte aber nichts mehr.

Artus wandte sich an Jatu. »In Eurem Metallkasten war nur noch Asche. Sonst wurde in Eurer Seekiste nichts beschädigt.«

Jinnarin kletterte zu Farrix aufs Fensterbrett. Er sah sie an und hob eine Augenbraue. Sie antwortete auf seine stumme Frage: »Die Seiten sind verbrannt, aber sonst nichts, obwohl eine Wand versengt wurde. Rux geht es gut, obwohl er infolge des Feuers und des Beinah-Zusammenstoßes mit dem Eisberg äußerst aufgeregt war. Ich habe ihn draußen im Gang getroffen, weil er mich suchen wollte.«

Jinnarin drehte sich zu Aravan um. »Aylis ist in Eurer Kabine, Aravan. Das Logbuch schwelte, als sie und Artus dort eintrafen. Durloks Blatt war verbrannt, und eine ganze Reihe der Logbuchseiten sind verkohlt. Aylis hat einen Zauber gewirkt und kopiert jetzt alle Einträge auf den betroffenen Seiten, solange alles noch frisch ist, sagt sie, obwohl mir nicht klar ist, woher sie weiß, was dort gestanden hat.«

»Magie«, murmelte Farrix.

»Pah!«, schnaubte Alamar.

Jinnarin wandte sich an den alten Magier. »Wo wir gerade von Magie reden, Alamar, warum wirkt Ihr keinen Zauber, der Euch gestattet, durch den Schnee zu schauen?«

»Das habe ich ihn auch schon gefragt«, zischte Farrix. »Er sagt, er weiß nicht, wie.«

»Ich habe gesagt, Pysk«, murrte Alamar, »dass die magische Sicht meine Augen nicht besser macht als Eure.«

»Oh«, sagte Jinnarin. »Doch wartet, wenn Ihr ...«

Wieder krachte die *Eroean* in ein Wellental, und im gleichen Augenblick öffnete sich die Falltür, und Tivir steckte den Kopf hindurch. »Herr Kapitän, Frizian lässt ausrichten, dass Besanmast und Großmast hinüber sind. Der Bugmast steht noch, obwohl der Großmast das Großsegel und das Topsegel abgerissen hat. Klüver und Stag sind noch da und auch alle Segel darüber, und die leisten den Vortrieb. Der Besanmast ist über mehr als der Hälfte seiner Länge geborsten, der Großmast über ein Viertel. Er sagt, es sieht so aus, als wäre zuerst der Besanmast gebrochen und hätte den Großmast mitgenommen. Und Finch sagt, er kann den Großmast flicken, aber nicht den Besanmast. Aber er sagt auch, dass es bei dieser See unmöglich ist, ihn zu reparieren, und dass wir irgendwo Schutz oder ruhiges Wasser finden müssen, bevor er mit der Reparatur beginnen kann.«

»Verdammt!«, schnaubte Jatu. »Wo sollen wir hier mitten im Südpolarmeer ruhiges Wasser finden?«

»Und, Herr Kapitän«, fügte der Schiffsjunge hinzu, »überall liegen Trümmer herum, und Frizian und Bokar haben alle Mann antreten lassen und versuchen, alles festzubinden, damit uns die Trümmer nicht das Schiff zerschlagen.«

»Mit Eurer Erlaubnis, Kapitän«, sagte Jatu grollend, »gehe ich nach oben und helfe.«

Aravan nickte und sagte dann: »Jatu, ich steuere einen Kurs mit den Wellen, bis alles sicher vertäut ist, und ändere den Kurs nur, um Eis auszuweichen, wenn wir es rechtzeitig sehen. Aber beeilt Euch, denn wir müssen das Kap so schnell wie möglich umrunden und dann die Küste aufwärts in den Schutz des Landes segeln, bevor uns der Bugmast auch noch bricht.«

»Aye, Kapitän.« Jatu verschwand die Leiter hinunter, um unter Deck nach vorn zu gehen und dann dort an Deck. Tivir begleitete ihn.

Aravan wandte sich an Rico. »Bootsmann, wir brauchen mehr Vortrieb. Sucht Euch ein paar Männer und seht zu, ob Ihr Top- und Großsegel am Bugmast ersetzen könnt. Artus, Ihr geht ebenfalls mit.«

Während Rico und Artus die Leiter nach unten nahmen, knurrte Alamar: »Hört her, Elf, wir sind blind! Mehr Segel lassen uns nur schneller in die Gefahr vor uns rasen. Wollt

Ihr uns nur schneller in die im Sturm verborgenen Eisberge rammen? Oder wollt Ihr lediglich, dass der dritte Mast auch noch bricht?«

»Nein, Meister Alamar, ich will weder das eine noch das andere. Aber wollt Ihr, dass wir kentern?«

Alamar murmelte sich etwas in den Bart, schwieg aber ansonsten.

Farrix wandte sich an Jinnarin. »Liebste, du wolltest etwas sagen, bevor Tivir gekommen ist.«

Das Schiff krachte ins nächste Wellental, während Jinnarin ihr Gedächtnis nach der flüchtigen Idee durchforstete, ohne fündig zu werden. Doch als sie sich umdrehte und einen Blick nach draußen in den Sturm warf, fiel es ihr plötzlich wieder ein. »Ah, jetzt weiß ich es wieder. Alamar, warum gebt Ihr Farrix nicht Eure magische Sicht? Ich meine, er kann Euch nicht seine Pyskaugen geben, aber Ihr könnt doch gewiss einen Zauber wirken, der ihn astrales Feuer sehen lässt, neh? Vielleicht können Farrix' Augen zusammen mit Eurer magischen Sicht den Sturm durchdringen.«

Alamars Augen weiteten sich vor Verblüffung.

Breit grinsend drückte Farrix Jinnarins Hand. »Das ist wirklich klug von dir, mein Schatz!« Dann wandte er sich an Alamar. »Ob es nun gelingt oder fehlschlägt, einen Versuch ist es allemal wert. Alles ist besser, als blind durch diese Gewässer zu fahren. Könnt Ihr es?«

»Ich kann es versuchen, Pysk. Ich kann es versuchen.«

Alamar streckte seine Hände aus, versuchte das Zittern zu beherrschen und murmelte sich ein »Verdammt!« in den Bart. Er legte sanft die Finger um Farrix' Gesicht und die zitternden Daumen federleicht auf die Augen des Pysk. »Ich glaube, ich muss ihn ein wenig verändern, den Zauber, meine ich. Hoffen wir, dass er stattdessen keine Blindheit bewirkt.«

Jinnarin ächzte und rief: »Blindheit? Wartet!«

Doch in diesem Augenblick murmelte Alamar bereits: *»Transfer visum.«*

Alamar nahm die Hände von Farrix.

Wumm!, krachte das Schiff ins nächste Wellental.

Farrix öffnete die Augen.

Die Iris seiner Augen war nicht mehr eisblau, sondern vollkommen schwarz.

Farrix fiel die Kinnlade herunter, und er ließ langsam den Blick durch das Ruderhaus schweifen, wobei er bei jeder Person innehielt, um schließlich bei Jinnarin zu enden. »Adon«, hauchte er. »Alles leuchtet.«

»Ha!«, keuchte Alamar asthmatisch. »Es hat funktioniert!«

»Alles leuchtet«, wiederholte Farrix.

»Natürlich tut es das, Pysk«, sagte der Alte mit zitternder Stimme, die das Schnippische vollkommen verloren hatte, »aber könnt Ihr auch durch den Schneesturm schauen?«

Farrix fuhr herum und lugte durch das Glas. »Herrje, alles ist so fremdartig. Andere Farben. Doch halt, ja, ich kann sehen! Ha! Rico ist mit einem Trupp auf dem Bugmast. Sie versuchen das untere Topsegel zu reparieren. Ein paar Mann arbeiten auch am Großsegel. Und da! Da ist ein hohes Ding – ein Berg – rechts von uns. Wahrscheinlich Eis, obwohl er nicht weiß ist, sondern ... ich habe kein Wort für die Farbe. Wir kommen daran vorbei.«

Farrix richtete seine schwarzen Augen auf Alamar. »Wie lange wird diese magische Sicht anhalten?«

»Hm? Na, bis Ihr sie mit Eurem Willen beendet, Pysk«, zischte der Alte. »Aber wichtig ist, was seht Ihr voraus? Ihr müsst nämlich das Schiff führen, wisst Ihr noch?«

Als die *Eroean* einen Wellenberg erklomm, wechselte Farrix den Standort, um an den auf Deck liegenden Trümmern vorbeischauen zu können. »Im Augenblick scheint der Weg vor uns frei zu sein«, sagte er schließlich.

»Könnt Ihr die schwarze Galeere sehen?«

Die *Eroean* krachte wieder in ein Wellental.

Farrix lief zum Backbordfenster und dann zum Steuerbordfenster und starrte durch beide nach draußen, während die Wellen das Elfenschiff emporhoben. »Von hier aus nicht, Aravan. Wenn Durlok noch in der Nähe ist, dann nicht dort, wo ich ihn sehen könnte.«

»Direkt hinter uns, Käpt'n?«, mutmaßte Boder.

»Vielleicht«, räumte Aravan ein.

»Herrje, diese seltsamen Farben«, hauchte Farrix. »Sogar die Wellen leuchten.«

Wumm!, donnerte die *Eroean* ins nächste Wellental.

Zeit verstrich, in der Boder gelegentlich auf Farrix' Geheiß kleinere Korrekturen am Ruder vornahm, um Eisbergen in Fahrtrichtung auszuweichen. Aber jedes Mal schaukelte das Schiff gefährlich, und es schien, als ob die See selbst den Eindringling kentern lassen wolle. Schließlich öffnete sich die Falltür, und Rico kletterte nach oben ins Ruderhaus. Er schlug die Kapuze seines Mantels zurück, und sein Gesicht brannte rot von der Kälte. »Kapitän, wir haben alle Segel gesetzt, die wir setzen können. Aber der Mast ächzt und stöhnt. Ich fürchte, er wird auch brechen.

Und, Kapitän«, fügte der Bootsmann hinzu, »Frizian sagt, dass die meisten Trümmer vertäut sind.«

»Gut und schön, Rico.« Aravan ging zur Tür und trat hinaus in den heulenden Sturm. An eine Sicherheitsleine geklammert, ging er zur Reling, blickte durch den Schneesturm über die Seite und hielt sich eisern fest, während das Schiff die Wellenberge erklomm und in die Täler dahinter stürzte, um die Geschwindigkeit des Schiffs in Bezug auf die riesigen Brecher zu schätzen. Als er zurückkehrte, sagte er: »Boder, einen Strich backbord. Rico, lasst den Bugmast trimmen. Wir versuchen den Schutz des Kaps zu erreichen.

Farrix, haltet nach Eis und der schwarzen Galeere Ausschau.«

Zwei Stunden segelten sie so in dem Schneesturm weiter nach Nordosten, während das Schiff schlingerte und der Bugmast unter der Belastung ächzte. Die Meerenge des Silbernen Kaps tauchte vor ihnen auf, und sie zwängten sich mit Wind, Wasser und Schneegestöber in den engen Sund, während Farrix sie an riesigen Eisschollen vorbeilotste. Und als sie die Engstelle des Halses passierten ...

»Verdammte Hèl!«, rief Farrix, die Augen weit aufgerissen. »Was ist das?«

Jinnarin schaute nach steuerbord, wohin er zeigte, doch sie sah nur dichtes Schneetreiben. »Was? Was hast du gesehen?«

Farrix sah sie mit seinen schwarzen Augen an, und sie schauderte, weil sie so fremd waren. »Ich dachte, ich hätte ...« Er verstummte.

»Ja?«

Farrix schüttelte den Kopf. »Ich dachte, ich hätte ein anderes Schiff gesehen.«

Aravan trat vor. »Durlok?«

»Nein, es war eine Galeone, glaube ich. Die Segel waren zerfetzt und flatterten im Wind, und in der Takelage brannten Elmsfeuer.«

Boder am Ruder ächzte. »Die *Graue Lady*.«

»Was?«, fragte Farrix.

Boder sah Jinnarin an. »Habt Ihr ihm die Geschichte nicht erzählt, Lady Jinnarin?«

»Nein«, antwortete die Pysk kopfschüttelnd. »Dazu bin ich noch nicht gekommen.«

»Wozu bist du noch nicht gekommen?«, fragte Farrix, den Blick nach steuerbord gerichtet, während die *Eroean* den nächsten Wellenberg erklomm.

»Dir von einer Seefahrer-Legende zu berichten«, erwiderte Jinnarin, »die *Graue Lady* – ein Geisterschiff.«

»Aye«, fügte Boder hinzu. »Ein verfluchtes Schiff, das endlos durch die Nacht segelt, während Masten und Takelage in grünem Elmsfeuer leuchten, und dessen geisterhafte Besatzung für immer an Bord gefangen ist, um den über Bord gegangenen Sohn einer bösen Zauberin zu suchen.«

Farrix sah Jinnarin an. »Den Sohn einer Zauberin?«

»Eine Art Schwarzmagierin«, antwortete Jinnarin.

»Pah!«, schnaubte Alamar. »Die meisten sind gar keine Schwarzmagierinnen.«

»Aber diese war eine, Meister Alamar«, protestierte Boder. »Sie stammte aus Alkabar in Hyree und war eine so Schwarze Magierin, wie es eben möglich ist. Sie hat die *Graue Lady* dazu verflucht, über die Meere zu segeln, um ihren Sohn zu suchen, der in der Meerenge vor dem Silbernen Kap über Bord gespült wurde.

Aber das ist noch nicht alles. Es heißt, während die *Graue Lady* umherfährt und den verlorenen Passagier sucht, ruft der Geisterkapitän immer wieder seinen Namen. Es heißt auch, wenn man den Namen verstehen kann, findet man sich plötzlich selbst an Bord der *Grauen Lady* wieder und muss auch auf ihr bis in alle Ewigkeit über das Meer fahren ... oder bis der Verlorene gefunden ist.«

»Humbug!«, murmelte Alamar.

Aber Farrix sagte: »Ich glaube nicht, dass wir neben dem Geheul dieses Sturmes noch etwas anderes hören können.«

»Nun, sollte sie in Eure Nähe kommen, stopft Euch etwas in die Ohren«, riet Boder. »Für alle Fälle. Vorbeugen ist besser als leiden.«

Während der Wind heulte und die Takelage am Bugmast entsprechend pfiff, erreichte die *Eroean* den Gipfel des Wellenbergs, und Farrix spähte angestrengt nach steuerbord.

Wumm!, kippte der Rumpf auf die abwärts führende Wand der Welle.

»Nun?«, fragte Jinnarin mit starkem Herzklopfen.

Farrix schüttelte den Kopf. »Nichts. Falls es wirklich da war, ist es jetzt weg. Obwohl ich schwören könnte ...«

»Dummes Zeug!«, murmelte Alamar.

Farrix warf einen flüchtigen Blick auf Boder, dann wandte er sich an Jinnarin. »Vielleicht war es auch nur ein seltsam geformter Brecher.«

»Was ist mit dem Elmsfeuer und den zerfetzten Segeln und allem?«, fragte Boder.

»Für mich leuchtet gerade alles, Boder«, erklärte Farrix. »Und die zerfetzten Segel ... vielleicht war das nur Gischt ...«

Langsam schüttelte Boder den Kopf. Er blieb aber stumm, obwohl er nicht überzeugt war.

Beunruhigt drehte Farrix sich wieder um und blickte nach vorne, und als die *Eroean* den Gipfel des nächsten Wellenbergs erreichte und das Schiff nach steuerbord schlingerte, rief er, »Eisscholle voraus!«, und zeigte nach steuerbord.

Auf Aravans Befehl drehte Boder das Ruder.

Zehn Stunden später liefen sie immer noch nach Norden und wichen dabei riesigen Eisschollen aus. Der Wind flaute allmählich ab, obwohl Luft und Wellen immer noch wogten. Allein mit den Segeln des Bugmasts hatten sie das Kap schließlich umrundet, und langsam gerieten sie unter den Schutz der kahlen Berge. Farrix, Aravan, Hegen und Reydeau standen jetzt im Ruderhaus, während die anderen in ihr Quartier gegangen und in ihrer Koje zusammengebrochen waren. Eine Gruppe Matrosen blieb vorne unter Deck in Bereitschaft, um nötigenfalls die Segel trimmen zu können, sollte eine größere Kursänderung gefordert sein.

Sie segelten fünf weitere Stunden, in denen auch der Schneefall allmählich nachließ und schließlich gänzlich aufhörte. Rico und Boder kehrten ins Ruderhaus zurück, und Reydeau und Hegen zogen sich zurück. Jatu und Artus betraten die Kabine, und der schwarzhäutige Mensch meldete ihre Geschwindigkeit mit neun Knoten. »Weit weg von dreißig«, fügte er hinzu.

Noch eine Stunde verstrich, und die Wolkendecke brach auf. Hier und da funkelte ein Stern hindurch, und jetzt konnte Aravan auch wieder das Wasser weit voraus sehen.

»Zu Bett, Farrix«, sagte der Elf zu dem müden Pysk.

»Aber, Aravan«, protestierte Farrix, »Ihr habt auch noch nicht geruht.«

»Trotzdem, Farrix, ruht Euch aus. Ich bleibe hier. Gute Augen sind nötig, um das Schiff zu steuern, Augen, die bei Sternenlicht sehen können.«

In diesem Augenblick betrat Aylis das Ruderhaus. »Ich kann bei Sternenlicht sehen. Ich werde Wache stehen, während ihr *beide* schlafen geht.«

Während Aravan sie ansah, sagte Jatu: »Lady Aylis hat Recht, Kapitän. Sie und ich werden die *Eroean* führen, während Ihr zwei etwas Schlaf bekommt.«

Aravan küsste Aylis' Hand und wandte sich dann an Jatu. »Segelt geradewegs nach Norden. Wir fahren in die Inigobucht. Dort werden wir vor Anker gehen und Bäume für die nötigen Reparaturen fällen.«

Als Farrix zur Tür seiner Kabine unter der Koje kam, rief Jinnarin Tivir, der den Fuchsreitern einen Blechdeckel brachte, auf dem sich Brot und Honig und zwei winzige Tassen mit heißem Tee befanden. »Es heißt, Ihr hättet unser Schiff vor dem Eis gerettet«, verkündete der Schiffsjunge mit einem Kopfnicken in Farrix' Richtung, »und auch vor der *Grauen Lady*. Für beides habt Ihr meinen aufrichtigen Dank und auch den von meinen Kameraden.«

»Ach, Tivir, es war Jinnarins Idee und Alamars Magie, die mich das Eis sehen ließen. Und was die *Graue Lady* angeht, na ja, es ist nicht sicher, dass sie überhaupt da draußen war. Aber wenn sie es war, dann ist sie *gegen* den Wind gefahren. Wenn also jemand Dank verdient hat, dann sind es Jinnarin und Alamar und die gesamte Mannschaft, denn alle haben das Äußerste gegeben, um das Schiff seetüchtig zu halten, wo doch jedes andere Schiff unter denselben Umständen ganz sicher gesunken wäre.«

Ein strahlendes Lächeln breitete sich auf Tivirs Gesicht aus, und wieder neigte er den Kopf, um sich dann umzudrehen und die Kabine zu verlassen.

Jinnarin trug die großzügige Gabe mit Farrix im Schlepptau in ihr Quartier. Als sie das Tablett abstellte, sagte sie: »Ach, Farrix, wenn es wirklich die *Graue Lady* war, dann bin ich froh, dass du den Kapitän nicht den Namen des versunkenen Passagiers hast rufen hören. Ich will auf keinen Fall noch einmal hinter dir herjagen müssen, schon gar nicht, wenn du an Bord eines Geisterschiffs durch endlose Nächte segelst. Vor allem würde ich nicht in diesen tödlichen Gewässern nach dir suchen wollen.«

Farrix lächelte sie an. »Aber suchen würdest du mich ... oder nicht?«

Sie erwiderte das Lächeln, dann betrachtete sie ihre Fingernägel und sagte spielerisch: »Vielleicht.«

»Ach, du«, knurrte Farrix, hob sie auf und wirbelte sie herum.

Als er sie wieder abstellte, küsste sie ihn und sagte dann: »Kannst du nicht deine eigenen Augen zurückholen? Ich vermisse sie.«

Farrix schloss die Augen und konzentrierte sich, wie Alamar es ihm erklärt hatte. Als er sie wieder öffnete, war das Schwarz verschwunden und sie strahlen wieder in Eisblau. Ebenfalls verschwunden, jedenfalls für Farrix, war eine staunenswerte Welt aus Licht und Feuer.

Acht Tage später, am dreißigsten Junitag, schleppten sie sich in die Inigobucht, die im Schatten hoher Nadelbäume lag. Es war mitten am Tag, als sie ankerten, und die tiefstehende Sonne war hinter den Hügeln im Norden verborgen – sie hatten die Polarnacht vor sieben Tagen verlassen, und die Sonne ging im Nordnordosten auf, um im flachen Bogen über den Nordhimmel zu wandern und nach nur wenigen Stunden im Nordnordwesten unterzugehen. In diesem Dämmerlicht segelte Aravan das Elfenschiff in die Bucht und ließ den Anker auswerfen.

Während Jatu, Finch und ein Trupp aus Menschen und Zwergen einen großen Stamm aus dem Hauptladeraum holten, rüsteten sich Aravan und ein weiterer Trupp mit Werkzeug aus und machten sich auf den Weg zu den Berghängen. Farrix, Jinnarin und Rux begleiteten die Landmannschaft ebenso wie Aylis und Alamar, der trotz der Einwände seiner Tochter darauf bestand, er müsse »von dieser nassen, schlingernden Schaukel herunter und auf trockenes, stabiles Land«.

Sie landeten am felsigen Ostufer der bewaldeten Bucht.

Jinnarin gab Rux die Erlaubnis, frei zu jagen, und der Fuchs bellte und tollte herum vor Freude, an Land zu sein, und rannte durch die Bäume und den tiefen Schnee davon. Alamar beobachtete, wie der Fuchs zwischen den Inigopinien verschwand. »Ha! Wenigstens einer, der mein Bedürfnis teilt, an Land zu sein«, murmelte er, dann wandte er sich ab und humpelte zu einem großen Felsen am Ufer, wo er sich setzte und aufs Meer schaute.

Während eine Abteilung Menschen am Ufer ein Lager errichtete, folgten Farrix, Jinnarin und Aylis der Spur der Holzfällermannschaft, die sich bergauf durch den Wald zog, sodass die Fuchsreiter und die Magierin in der tiefen Spur marschierten, die Zwerge und Menschen hinterlassen hatten.

Nachdem er bei mehreren Bäumen Maß genommen hatte, wählte Aravan zwei hohe, gerade Pinien aus, die beide über hundert Fuß hoch waren. »Daraus machen wir einen neuen Besanmast«, sagte er mit Blick auf die Landschaft. »Wir fällen sie hangabwärts.«

Als Axthiebe durch den Wald hallten, folgten Jinnarin und Farrix Aylis durch den Schnee zu einem Felsen, der aus dem Abhang ragte und einen guten Blick über die ganze Bucht bot. Tief unter sich in der Ferne konnten sie die *Eroean* und herumwuselnde Menschen und Zwerge sehen, die sich an dem riesigen Stamm zu schaffen machten, den sie aus dem Laderaum geholt hatten, um den Großmast zu reparieren.

»Herrje«, rief Farrix, »sie sehen aus wie Ameisen.«

»Hm?«, murmelte Jinnarin gedankenverloren. »Oh, ja, Ameisen.« Sie seufzte.

Farrix nahm ihre Hand. »Was ist denn, Jinnarin? Warum machst du so ein langes Gesicht?«

»Ach, ich habe nur Alamar betrachtet. Er kommt mir so allein vor, so verzagt ... So verbraucht.«

Sie konnten den alten Magier durch das Geäst gerade noch am Ufer sehen. Wasser schwappte gegen den Felsen, auf dem er hockte.

Aylis schaute lange hin, dann sagte sie: »Verbraucht, ja. Der letzte Zauber, den er gewirkt hat – der Farrix seine magische Sicht verlieh –, nun ja, der hat ihm eine Menge abverlangt. Jemand anderem magische Sicht zu geben, ist ein bemerkenswerter Zauber, aber auch ein aufwändiger.«

»Aufwändig?«, rief Jinnarin. »Ich dachte, es sei leicht. Ein Naturtalent der Magier.«

Aylis sah die Fuchsreiter an. »Aye, unsere Art zu sehen, ist in der Tat ein Naturtalent der Magier, aber die Sicht auf einen anderen zu wirken ... Ich bin nicht einmal sicher, dass ich es überhaupt könnte.«

»Ach?«, sagte Farrix. »Warum nicht?«

»Meine Disziplin ist die des Sehens. Er ist Elementarist. Die beiden Disziplinen sind sehr verschieden. Ich glaube, ich würde eine lange Ausbildung brauchen, um zu lernen, was er getan hat.«

»In diesem Fall«, sagte Jinnarin, »bin ich heilfroh, dass ein Elementarist bei uns war, denn wir wären ganz sicher am Silbernen Kap gestorben, wenn Farrix nicht über magische Sicht verfügt hätte, um uns durchzulotsen.«

Aylis seufzte. »Ja. Ohne Zweifel. Aber mein Vater hat dabei viel astrales Feuer verbraucht. Kraft, die er nicht hätte verbrauchen dürfen.«

Jetzt hallte auch das Kratzen einer Säge durch die Pinien.

Die drei erhoben sich und sahen zu, wie die Mannschaft an Bord des Schiffes den Stumpf des Großmasts bearbeitete, der wie ein gebrochener Finger in die Höhe ragte. In der unbewegten Luft konnten sie vor dem Geräusch der Säge hören, wie sie einander Dinge zuriefen. Während sie auf die *Eroean* starrten, sagte Jinnarin: »Ihr könnt nicht mehr ermitteln, wo Durlok sich gerade aufhält, nicht wahr?«

»Nein«, erwiderte Aylis. »Durch die Zerstörung des Breviers kann ich ihn nicht mehr aufspüren. Wo er sich aufhält, entzieht sich meiner Kenntnis.«

»Könnten wir nicht in sein Versteck im Großen Wirbel zurückkehren und etwas anderes von ihm holen?«, schlug Jinnarin vor. »Und ihn so wieder aufspüren?«

»Ja, das könnten wir«, antwortete Aylis. »Aber bedenkt eines. Als wir dort waren, haben mein Vater und ich Durloks Macht gesehen, und sie war beinah unbegreiflich. Wenn wir ihm noch einmal gegenübertreten, brauchen wir mächtige Verbündete ... also müssen wir zuerst nach Rwn und uns Hilfe bei den Meistermagiern suchen.«

Sie verstummten wieder, und tief unter ihnen kamen Zwerge aus einem der Laderäume und brachten einen Schmiede-

ofen samt Blasebalg mit, den sie auf dem Schiffsdeck auf-
bauten. Sie entzündeten ein Feuer und legten Holzkohle auf
die Flammen. Doch Aylis' Blick irrte immer wieder zu ihrem
Vater, der am Ufer saß. Sie zwinkerte ein paar Tränen weg
und sagte: »Ich glaube, ich gehe zurück und sehe ihnen
beim Fällen der Bäume zu. Kommt Ihr zurecht?«

Farrix und Jinnarin nickten, und Aylis ging ohne ein
weiteres Wort. Nach einer längeren Weile tastete Jinnarin
nach Farrix' Hand. »Aylis sagt, dass Alamars Feuer nicht
mehr sehr hell brennt.«

Jetzt seufzte Farrix. »Sie hat Recht. Alamars Feuer brennt
tatsächlich nicht mehr sehr hell, jedenfalls verglichen mit
dem Feuer aller anderen, die im Ruderhaus waren.«

»Du konntest das astrale Feuer in den Leuten sehen?«

»Ja. Und dein Feuer war das hellste, noch heller als Aravans, das am zweithellsten war. Alamars Feuer war am dun-
kelsten.«

»O je, dann muss er tatsächlich zurück nach Vadaria.«

Farrix betrachtete den dasitzenden Magier. »Ja. Und schnell.
Sonst wird er endgültig sterben, wie Aylis gesagt hat.«

Baum fällt!, ertönte der Ruf hinter ihnen, dem das Geräusch brechender Äste und Zweige folgte, als der Waldriese
zwischen den anderen Inigopinien zu Boden krachte.

Axthiebe hallten durch den Wald, da der Stamm von Ästen
und Zweigen befreit wurde. Danach wurde mit Breitbeilen
die Rinde entfernt. Die Spitze wurde abgeschnitten, und der
untere Schaft des Besanmasts wurde abgelängt. Und währenddessen wurde der zweite Baum gefällt. Dann zogen alle
dem zweiten Stamm die Rinde ab, und danach wurde der
Mittelschaft des Besanmasts abgelängt. Schließlich ließen
sie die beiden Stämme durch den Schnee den Hang zum
Wasser hinuntergleiten. Danach nahmen die Arbeiter im Lager eine Mahlzeit und ein heißes, stärkendes Getränk zu sich.

Während sie die Bäume fällten und bearbeiteten, ging die Sonne unter, und ein voller Mond ging im Ostsüdosten auf, um erst weit nach Norden zu wandern und schließlich im Westsüdwesten unterzugehen.

Als die Sonne am folgenden Tag aufging, rieben die Arbeitsmannschaften das Holz bereits mit den besonderen Ölen ein, die Aravan vorbereitet hatte. Danach wurden die Stämme zur *Eroean* geschwemmt, wo man Vorbereitungen traf, sie an Bord zu hieven.

Alamar jedoch bestand darauf, an Land zu bleiben.

In den folgenden Tagen wurden in ununterbrochener Arbeit die Masten erneuert. Massive Eisenbänder wurden geschmiedet, um die einzelnen Abschnitte der Masten zusammenzuhalten, und dabei wurde das Metall von Zwergen erhitzt, bis es weißgelb glühte. Die Bänder wurden über das Ende der Schäfte gestülpt und zu den Nahtstellen gehämmert, wobei das Holz knisterte und schwarz wurde und sich sogar entzündete, bis die Ringe an Ort und Stelle saßen. Und als das Eisen sich abkühlte und sich dabei zusammenzog, wurden die einzelnen Mastabschnitte so fest zusammengefügt, als seien sie aus einem Stück gefertigt worden. Dies wurde noch dreimal wiederholt, da jeder Mast aus drei Abschnitten bestand, und die massiven Eisenbänder hielten alles fest zusammen.

Sie hievten den Großmast in seine Halterung, und ein Stück des Schafts reichte durch alle Decks nach unten bis zur Haltemanschette im Kielschwein. Als er fixiert war, wurde ebenso mit dem Besanmast verfahren. Dann kletterte die Mannschaft die Masten empor und rüstete sie mit Rahen und Leinen und Krähennestern und der gesamten Takelage aus.

Verborgen von den Bergen ging währenddessen die Sonne einige Male auf und unter, und jeden Tag stand sie ein wenig länger am Himmel, da der eisige Sommer sich allmählich der noch weit entfernten Erneuerung des Lebens näherte, die der Herbst bringen würde. Nachts schien der strahlende Mond stumm auf sie nieder, der immer später aufging und gleichzeitig beständig abnahm.

In dieser ganzen Zeit verweilten Alamar und Rux an Land, gemeinsam mit einem einzelnen Besatzungsmitglied, ein Seemann, der dem greisen Magier falls nötig helfen sollte.

Schließlich waren die Reparaturen beendet, und zwei Arbeitsmannschaften ruderten ans Ufer, um das Lager abzubrechen und Alamar zu holen. Jinnarin kam ebenfalls mit, um Rux zu rufen. Während die Männer sich um das Lager kümmerten, ging Jinnarin in den Wald und stieß einen Pfiff aus, einen Ruf, der außerhalb des Hörbereichs von Menschen und Magiern lag. Nach kurzer Zeit kam Rux durch die Pinien getrottet, und Jinnarin ritt auf ihm zu den Booten zurück.

Am sechsten Julitag lief die *Eroean* mit vollen Segeln aus der Inigobucht aus und kehrte zurück in die Weiten des Westonischen Ozeans.

»Wohin, Kapitän?«, fragte Jatu, als der Wind die Seide bauschte.

Aravan schaute zu den frühmorgendlichen Sternen, da die Sonne noch nicht aufgegangen war. »Nach Osten, bis wir uns weit genug von der Küste entfernt haben, dann Kurs Nordnordwest, Jatu. Wir fahren nach Rwn.«

Bei diesen Worten stieß Aylis einen tiefen Erleichterungsseufzer aus und lugte nach vorn, wo ihr Vater an der Steuerbordreling stand.

Als spüre er, dass ein Kurs beschlossen worden war, drehte Alamar sich um und ging langsam nach achtern. Schließlich blieb er am Fuß der Treppe stehen, die zum Achterdeck führte. Und während seine wenigen verbliebenen Haarsträhnen im Wind flatterten, schaute er mit halb blinden Augen zu Aylis und Aravan empor und fragte verbittert: »Fahren wir nach Rwn?«

Auf Aravans Nicken stöhnte Alamar.

Aravan fügte hinzu: »Ohne das Grimoire können wir Durlok nicht aufspüren.«

»Glaubt Ihr, das wüsste ich nicht, Elf?«, entgegnete Alamar spitz. »Natürlich ist er jetzt entkommen! Und er führt Böses im Schilde, das kann ich spüren! Die großen Hochzeiten stehen bevor, wie Ihr wisst. Und wo wir gerade von ihnen reden – im Juni ist nichts passiert, was wir hätten spüren können. Vielleicht ist irgendwo etwas Schreckliches geschehen. Was das jedoch sein könnte, vermag ich nicht zu sagen. Aber vergesst nicht, dass wir ihm dicht auf den Fersen waren und nichts bemerkt haben, also könnte durchaus gar nichts passiert sein. In diesem Fall bleiben noch drei große Hochzeiten in diesem Jahr – im Juli, August und September. Wir müssen ihn finden, bevor er ein furchtbares Unheil anrichtet. Ja, wir können ihn nicht aufspüren, aber vielleicht können es andere – die Kinder des Meeres suchen die schwarze Galeere.«

Aylis' Augen weiteten sich. »Du hast die Kinder des Meeres gerufen?«

»Natürlich, Tochter«, schnaubte Alamar. »Was glaubst du wohl, was ich in der Bucht am Ufer gemacht habe? Wie ein schwachsinniger Alter in die Ferne gestarrt und gesabbert?«

»Nein, Vater, ich habe nur ...«

»Schon gut. Tochter. Es spielt keine Rolle, was du über mich denkst. Tatsache ist, ich habe sie gerufen und um ihre Hilfe gebeten. Sie sind vorgestern bei Mondschein gekommen und verständigen die *Ut!¡teri* – die Wale – und die *A!miî* – die Delfine. Bald werden sie die Meere nach der schwarzen Galeere absuchen, und wenn sie gefunden ist, werden sie die *Silberboden* ausfindig machen und mich oder Euch, Elf – schließlich seid Ihr bei ihnen auch als Freund bekannt – über den Standort von Durloks Schiff informieren.«

»Vater«, sagte Aylis leise. »Ich habe nicht geglaubt, dass du einfach nur in die Ferne starrst. Vielleicht, dass du schmollst, aber nicht, dass du sabberst.«

»Heh!«, kicherte Alamar. »Dass ich schmolle. Heh! Nun, um die Wahrheit zu sagen, Tochter, vielleicht habe ich tatsächlich etwas geschmollt.«

»Wie dem auch sei, Meister Alamar«, sagte Aravan, »vielleicht habt Ihr uns eine Möglichkeit verschafft, Durlok zu finden und seinen Plan zu vereiteln, das wird man sehen. Bis dahin segeln wir nach Rwn.«

Tag für Tag segelten sie mit dem Wind nach Norden und in Richtung Rwn. Über den Wendekreis der Ziege hinweg, wo die Brise leicht und wechselhaft war, aber sie brauchten nicht zu rudern. Die nächste große Hochzeit kam und ging, und sie wussten nicht, ob etwas geschehen war oder nicht.

Am zweiundzwanzigsten Julitag überquerten sie die Mittellinie, und wieder lächelte ihnen die Dame Fortuna zu, denn die Winde legten sich nicht, obwohl sie sich drehten und nun von schräg vorn wehten. In der Mitte der nächsten Nacht ging ein riesiger Schauer von Sternschnuppen nieder, der den gesamten Himmel taghell erleuchtete. Jinnarin und Farrix waren begeistert, aber alle Zwerge an Deck ächzten vor Entsetzen, schlugen sich die Kapuze über den Kopf – ein Zeichen der Trauer – und weigerten sich, in den flammenden Himmel zu schauen. In feierlichem Schweigen zogen sie sich in ihre Quartiere unter Deck zurück, und niemand anders kam nach oben, um sich das Spektakel anzusehen.

»Was ist denn los?«, fragte Jinnarin gedämpft und voller Sorge.

Aravan, der am Ruder stand, antwortete: »Die Drimma glauben, wenn ein Stern vom Himmel fällt, heißt das, jemand wird sterben, gewöhnlich ein Kamerad, wenn auch nicht immer.«

»Oh, wie schrecklich«, sagte Jinnarin, da Sternschnuppen ohne Zahl am Himmel flackerten. »Dass so ein wunderbares Schauspiel wie dieses Furcht erregen kann ... du meine Güte, das ist so, als würde man vor Regenbögen oder Schmetterlingen Angst haben müssen.«

»Vielleicht«, sann Farrix, »liegt es daran, dass die Sterne in einem letzten Aufflackern voller Pracht sterben, während der Regenbogen einfach verblasst und ein Schmetterling davonflattert.«

»Wie dem auch sei«, sagte Aravan, »dies ist jedenfalls der Glaube der Drimma.«

»Holen wir Alamar«, sagte Jinnarin. »Er wird sich dieses Schauspiel nicht entgehen lassen wollen.«

Als die Fuchsreiter nach unten eilten, lehnte Aylis den Kopf an Aravans Schulter, betrachtete den Himmel und murmelte: »Was für ein Wunder der Himmel doch ist, mein Liebster.«

Aravan legte einen Arm um sie und flüsterte: »Ich habe unzählige Wunder gesehen, seit ich auf diese Welt kam – Tempel aus Gold, Flüsse aus Feuer, Juwelen von tausend Regenbögen, große leuchtende Räder aus Licht, die sich im nächtlichen Meer drehten ... und mehr. Aber von all diesen wunderbaren Dingen, *Chieran,* kann sich keines mit dir messen, denn du bist das größte Wunder von allen.«

Sie segelten weiter in Richtung Rwn, nun mitten im Sommer, doch als sie den Wendekreis der Krabbe passierten, legte sich der Wind, und die Schleppboote mussten zu Wasser gelassen werden. Sie ruderten durch die Flaute, bis schließlich wieder Wind aufkam, der jetzt von backbord achtern

287

wehte und die *Eroean* mit frischer Kraft ihrem Ziel entgegentrieb.

Am frühen Morgen des sechsten Augusttags lief ein Ruck durch das Schiff, als habe der Rumpf ein Riff gestreift, aber in diesen Gewässern um Rwn gab es keine Riffe. Und obwohl es den Anschein hatte, als sei die *Eroean* mit etwas zusammengestoßen, wurde das Schiff nicht langsamer. Mitglieder der Besatzung rannten zur Reling, sahen jedoch nichts im Wasser. »Vielleicht haben wir eine große Meereskreatur getroffen«, mutmaßte Jatu, »eine dieser Riesenschildkröten oder etwas in der Art.« Doch Aylis wirkte einen Zauber, spürte aber kein denkendes Leben unter sich, während Alamar feststellte, dass keine Zauber auf die *Eroean* einwirkten.

Sie segelten weiter, und als die Sonne höher kletterte, erbebte das Schiff noch einmal, doch wieder war keine Ursache dafür auszumachen. Ausgucke wurden an der Reling postiert, doch niemand sah etwas, und schließlich wurde das Elfenschiff ein drittes Mal auf rätselhafte Weise erschüttert.

Am Vormittag kam Rwn in Sicht. Die beiden Fuchsreiter standen auf dem Bugspriet, und Farrix sagte zu Jinnarin: »Hörst du das?«

»Was?«

»Glocken. Ich höre Glocken.«

»Kairn ist als die Stadt der Glocken bekannt.«

»Läuten sie normalerweise am Vormittag?«

Jinnarin zuckte die Achseln. »Ich weiß es nicht, aber da kommt Alamar. Fragen wir ihn.«

»Glocken?«, fragte der Alte mit zittriger Stimme, während er einen Blick auf den Stand der Sonne warf. »Seid Ihr sicher?«

»Ja«, erwiderte Jinnarin. »Farrix hat sie zuerst gehört, aber jetzt höre ich sie auch.«

»Geht und sagt Aravan Bescheid«, zischte der Magier. »Um diese Tageszeit kann das nur ein Alarm sein.«

Unter vollen Segeln eilte das Elfenschiff den Docks auf Rwn entgegen und holte die Seide erst im letzten Moment ein, um zügig an die Kais zu gleiten. Hoch am Rand der Insel schien ein ziemlicher Aufruhr zu herrschen. Überall liefen Leute hin und her, und über dem Tosen des Kairn, der in einem Wasserfall in den Ozean stürzte, konnten alle an Bord die Glocken der Stadt hören, die Alarm läuteten.

Rasch gingen sie an Land, Jinnarin in Jatus Kapuze verborgen und Farrix in Aravans. Und als sie zur langen Treppe gingen, die vom Hafen hoch in die Stadt führte, durchlief die ganze Insel ein Beben und ließ selbst das Gestein des Kais erzittern.

17. Kapitel

DER ZUSAMMENSCHLUSS
DER MAGIER

Sommer, 1E9575
[Die Gegenwart]

Die Stadt war in Aufruhr, Leute rannten hin und her, und Häuser bebten und kippten. Manche waren bereits eingestürzt und lagen in Trümmern. An einigen Stellen brannte es, und lange Reihen aus Männern und Frauen reichten Wassereimer weiter und kämpften tapfer, um die Flammen zu löschen. Galoppierende Pferde jagten durch die gepflasterten Straßen, die Reiter tief über den Hals ihrer Reittiere gebeugt, als rechneten sie mit einem Beschuss von Pfeilen. Gespanne donnerten vorbei und zogen rumpelnde Wagen hinter sich her. Wie Scharen schnatternder Gänse trieben rufende Mütter weinende Kinder aus bebenden Häusern. Dabei schlugen die Glocken von Kairn ständig Alarm.

Inmitten dieses Chaos marschierten Aravan, Aylis, Alamar, Bokar und Jatu durch die Straßen zur Fähre, die zur Akademie der Magier führte. Aus ihrem Versteck in Jatus zurückgeschlagener Kapuze betrachtete Jinnarin den Tumult und sammelte Schatten um sich. In Aravans Kapuze tat Farrix es ihr nach.

Schließlich erreichten sie die Fähre, die jedoch nicht bemannt war. Während Kairn von einem weiteren Beben erschüttert wurde, bemannten Jatu und Bokar die Zugseile und zogen die Barke über den Kairn, um am Nordpier der Insel der Magier anzulegen.

»Tochter, wir müssen Drienne finden. Kennst du ihre Aura?«

Aylis nickte und murmelte: *»Ubi est Drienna?«*

Alle folgten der Seherin zur Akademie, und überall liefen Magier entschlossenen Schrittes hierhin und dorthin. Sie betraten den Mittelturm, und schließlich fand Aylis Drienne an einem Tisch mitten in der Bibliothek vor einem dicken Wälzer, den sie durchblätterte. Sie schaute auf und strich sich eine widerspenstige Locke ihrer rabenschwarzen Haare zurück, als die Gefährten sich näherten. Ihre haselnussbraunen Augen weiteten sich beim Anblick des greisen Alamars. Doch ohne Vorrede sagte sie: »Es geschieht etwas. Die ganze Insel Rwn ist in Gefahr.«

»Das ist Durloks Werk«, sagte Alamar.

»Durlok?«

»Der Schwarzmagier«, rief Jinnarin, die in Schatten gehüllt Jatu über die Schulter schaute.

Wieder weiteten sich Driennes Augen, in denen sich smaragdgrüne Sprenkel bewegten, aber ihr Blick kehrte zu Alamar zurück. »Durlok? Ich hielt ihn für tot.«

»Verdammt unwahrscheinlich, Dree«, sagte Alamar. »Wir haben ihn im Großen Wirbel aufgespürt.«

»Im Großen Wirbel?«

»Das ist eine lange Geschichte, die jedoch noch warten muss.«

Drienne nickte bestätigend und fragte dann: »Unabhängig davon, wo Ihr ihn gefunden habt, was hat Durlok mit diesen Beben zu tun?«

Alamar setzte sich ihr gegenüber. »Er hat ein großes Hochzeitsgeschenk für mich und alle von meinem Schlag versprochen.«

»Große Hochzeit?«, murmelte Drienne, dann zog sie eine dunkle Augenbraue hoch. »Die Konjunktion am zwölften Augusttag? In sechs Tagen?«

Alamar nickte. »Diese Hochzeit oder die nächste im September.«

»Dann müssen wir ihm Einhalt gebieten. Wo ist er?«

Alamar ballte eine Hand zur Faust und schlug schwach auf den Tisch, dann sagte er: »Verdammt! Das ist es ja gerade! Wir wissen es nicht! Er ist entkommen.«

»Und ohne etwas von ihm, das seine Aura trägt, ist er gegen Seher geschützt«, fügte Aylis hinzu. »Wie und wodurch, weiß ich nicht. Außerdem ist da noch eines: Im Großen Wirbel haben wir sein astrales Feuer gesehen. Seine Macht ist beinah unvorstellbar.«

Drienne sah Alamar an, und der Greis seufzte und nickte bestätigend.

Drienne lehnte sich auf ihrem Stuhl zurück und legte die Finger zusammen. Nach einem Augenblick sagte sie: »Ich rufe alle Magier zusammen und schlage vor, dass wir einen großen Zusammenschluss herbeiführen und versuchen, ihn ausfindig zu machen und seinem Treiben ein Ende zu bereiten.«

»Zusammenschluss?«, entfuhr es Aylis, während ihr Blick von ihrem Vater zu Drienne wanderte. »Aber das würde ihn ...«

»Ich weiß, Kind«, antwortete Drienne. Und sie fixierte Alamar mit stählernem Blick. »Alle Magier müssen sich vereinen ... aber nicht du, Alamar, dein Feuer ist beinah verbraucht. Du musst zurück nach Vadaria. Wenn wir nicht überleben, räche uns.«

Alamar plusterte sich auf, um eine Antwort zu geben, doch Drienne ließ ihn nicht zu Wort kommen. »Als Regentin der Akademie wird alles so geschehen, wie ich es sage, und ich dulde keinen Ungehorsam.«

Alamar murmelte: »Da sieht man, was passiert, wenn man einer Zauberin ein wenig Autorität anvertraut.«

»Eine Zauberin!«, ächzte Jinnarin. »Ach herrje!«

Mit hochgezogener Augenbraue betrachtete Drienne den Schatten hinter Jatus Schulter. »Sie hat die Geschichte von der *Grauen Lady* gehört«, sagte Jatu. Drienne verzog das Gesicht und nickte dann.

Bis zum Nachmittag hatten sich alle Magier ebenso wie die Gefährten in einem ummauerten Garten am westlichen Ende der Flussinsel eingefunden. Auf dem Weg dorthin konnte Jinnarin den Kairn nach Westen fließen sehen, wo er unter einer Pontonbrücke durchfloss, um dann außer Sicht über den Rand und die Kairn-Fälle hinab in den Westonischen Ozean zu stürzen. Der eigentliche Garten wurde von zwei Magiern bewacht, die an dem einen Tor standen, denn hier befand sich der einzige bekannte Übergang nach Vadaria, und sie bewachten ihn gut.

Jinnarin hatte Herzklopfen, als sie nach Nordwesten schaute, wo gerade der Halbmond versank, der Tag für Tag weiter abnehmen würde, während er sich der Sonne näherte und sich darauf vorbereitete, der goldenen Scheibe in etwas mehr als fünf Tagen zu begegnen. Jinnarin riss den Blick von der bleichen Sichel los, als Jatu durch das Gartentor trat und die Wächter gleich darauf Drienne zunickten.

Innerhalb der weißen Steinmauern stand ein kleines Wäldchen aus Silberbirken. Die einzelnen Stämme standen nur eine Armeslänge voneinander entfernt und umrahmten ein natürliches Amphitheater. Der Boden war mit grünem Rasen bedeckt, bis auf die Stellen, wo Bäche mit bemoosten Ufern flossen, die aus dem Boden entsprangen und bis zur Mitte des kleinen Tals flossen, wo weiße Hyazinthen auf einem kristallklaren Teich trieben. Es schien keinen Abfluss zu geben, doch der Wasserspiegel stieg nicht an, und Jinnarin nahm an, dass das Wasser unterirdisch weiterzog.

Und in diesen Garten strömten die Magier, während das Land hin und wieder bebte und die Blätter der Birken dabei zitterten und raschelten. Sie setzten sich alle so zwischen die Baumstämme, dass sie den Teich sehen konnten, wo jetzt Drienne stand. Die Gefährten saßen ebenfalls zwischen den Bäumen, Jinnarin und Farrix immer noch in Schatten gehüllt. Schließlich wurden die Tore geschlossen, und Stille kehrte unter den Versammelten ein. Als völlige Ruhe herrschte, erteilte Drienne Alamar das Wort.

Der greisenhafte Magier schlurfte durch das Wäldchen zu ihr, während alle anderen Magier zuschauten und leise miteinander flüsterten, wobei einige den Kopf über seinen altersbedingten Zustand schüttelten: *Kann das Alamar sein? Ganz sicher nicht. Er ist so ... so alt! Was ist ihm bloß zugestoßen? ...*

Als die Insel wieder von einem Erdstoß erschüttert wurde, deutete Alamar auf den bebenden Boden und sagte mit dünner Stimme: »Das ist das Werk von Durlok, dem Schwarzmagier.« Ein ungläubiges Murmeln durchlief die Reihen, doch Alamar hob die Stimme und übertönte es. »Er will uns alle vernichten, jedenfalls glaube ich das.

Wir haben ihn auf einer Insel mitten im Großen Wirbel aufgespürt, einem Ort, an dem niemand nach ihm suchen würde. Und in einer Kristallkaverne auf dieser Insel betet er Gyphon an, und dort habe ich herausgefunden, dass Durlok über die Mittel verfügt, die Zwischenwelt zu überbrücken und mit Ihm zu kommunizieren.«

Ein kollektives Stöhnen begrüßte diese Neuigkeit, und eine Magierin, eine Heilerin namens Rithia, rief: »Aber Adon verbietet ...«

»Glaubt Ihr wirklich, das würde Gyphon oder einen Schwarzmagier daran hindern?«, unterbrach Alamar sie mit zittriger Stimme.

»Warum wart Ihr überhaupt auf dieser Insel im Großen Wirbel?«, fragte ein anderer.

»Das geht Euch nichts an«, raunzte der Alte zurück.

»Woher sollen wir dann wissen, dass es wahr ist?«, rief eine weitere Stimme.

»Weil ich es sage, Ihr Idioten!«, entgegnete Alamar aufgebracht, während sich sein Gesicht rötete.

»Wenn Ihr uns nicht sagen wollt, warum Ihr auf dieser Insel wart, warum *sollten* wir Euch dann glauben?«

Alamar konnte nichts anderes tun, als empört zu schnaufen.

»Er hat mich gerettet!«, meldete sich eine Stimme zu Wort, und ein winziger Schattenfleck wand sich aus Aravans Kapuze, fiel zu Boden und huschte durch die Bäume, bis er neben Alamar zur Ruhe kam. Plötzlich verschwand der Schatten, und Farrix stand für alle sichtbar da.

Ein erstauntes Gemurmel durchlief die Versammlung: *Aha! Ein Fuchsreiter! Einer von den Verborgenen!* ...

»Was Alamar sagt, stimmt«, rief Farrix. »Ich weiß es, denn ich war Durloks Gefangener, bis Alamar und seine Gefährten kamen, um mich zu retten.« Farrix streckte die Hand aus, und Jinnarin schritt durch die Silberbirken auf ihn zu. Auch ihr schützender Schatten war verschwunden. Und ihr folgten Aylis, Aravan, Bokar und Jatu.

Die Debatte im Magierwäldchen dauerte den größten Teil des Nachmittags, aber am Ende beschlossen die Magier, sich zusammenzuschließen, um Durlok Einhalt zu gebieten. Regentin Drienne würde der Fokus und die Führerin dieses Zusammenschlusses sein.

»Was bedeutet das?«, flüsterte Jinnarin Aylis zu.

»Ein Zusammenschluss bedeutet, dass ein oder mehrere Magier ihre Macht einem anderen Magier übertragen und so ihr astrales Feuer vereinen. Derjenige, welcher über den Zusammenschluss gebietet, in diesem Fall Drienne, hat sehr viel mehr Kräfte zu seiner Verfügung, als er allein aufbringen könnte.«

Aravan schaute Aylis in die Augen. »Ist das ... gefährlich, *Chieran*?«

»Manchmal schon, weil von allen Magiern Kraft zum Anwender fließt.«

»Augenblick mal«, murmelte Farrix. »Ist das nicht dasselbe, als wenn Durlok seinen Opfern astrales Feuer stiehlt? Wie hat Alamar es noch genannt? Ach ja, ich weiß es wieder – er hat gesagt, es wäre so, als sauge ein Blutegel das Leben aus.«

Wie um eine Anschuldigung abzuwehren, streckte Aylis dem Pysk eine Hand entgegen. »In mancherlei Hinsicht ist es tatsächlich so. Aber bei einem Großen Zusammenschluss geben alle Teilnehmer ihr Feuer freiwillig ab, während ein Schwarzmagier es sich einfach nimmt, ob mit oder ohne Einwilligung.«

»Aber, Aylis, werdet Ihr denn nicht altern?«, fragte Jinnarin. »Ich meine, astrales Feuer verbrauchen, heißt Jugend verlieren, ob Ihr selbst einen Zauber wirkt oder es einem anderen überlasst. In beiden Fällen scheint mir die Wirkung dieselbe zu sein.«

Aylis nickte. »Ja. Ich werde altern. Aber vergesst nicht, dass ich meine Jugend wieder zurückgewinnen kann.«

Aravan nahm Aylis' Hand. »*Chieran*, du hast mir noch nicht gesagt, inwiefern ein Zusammenschluss eine Gefahr für dich sein kann.«

Aylis seufzte. »Während meiner Ausbildung kam auch eine Zeit, als wir den Zusammenschluss übten. Da hat man uns davor gewarnt, dass ein Anwender zu viel astrales Feuer abziehen kann, wodurch die Zusammengeschlossenen sterben würden.«

Die Dämmerung brach über Rwn herein, und der Große Zusammenschluss begann. Die Magier saßen auf dem Rasen rings um den Teich, Jinnarin, Farrix, Aravan, Jatu und Bokar zwischen den Silberbirken des Magierwäldchens und sahen zu, wie ein Magier nach dem anderen ein Wort murmelte – »*Coniunge*« – und anschließend ruhig und stumm sitzen blieb. In der Mitte des Wäldchens an dem mit Blumen geschmückten Teich saß Drienne in einem hochlehnigen roten Sessel, der für diesen Anlass hergeschafft worden war. Driennes Augen waren geschlossen, und Jinnarin nahm eine helle jadegrüne Aura rings um die schwarzhaarige Zauberin wahr. Auch Farrix nahm das astrale Leuchten zur Kenntnis, obwohl es von den restlichen Gefährten keiner sehen konnte.

Die Dämmerung ging in die Nacht über, und ein Gefunkel aus leuchtenden Sternen tauchte am Firmament über ihnen auf. Und die Insel Rwn schauderte und bebte, da sie immer noch von Erdstößen erschüttert wurde.

Kurz vor Mitternacht kam Aylis zu Aravan. Ihre hellbraunen Haare waren jetzt leicht mit Silber durchwirkt, und ein Geflecht dünner Linien hatte sich rings um ihre Augen gebildet. Sie war müde, erschöpft und niedergeschlagen. Sie nahm Aravans Hand in ihre und streichelte sie sanft. »Irgendwo in der Welt lodert große Macht, Liebster, obwohl wir nicht in der Lage zu sein scheinen, sie zu isolieren. Drienne zieht so viel Feuer ab, wie sie sich traut, doch der Zusammenschluss kann nicht mehr tun, als die Flut ein wenig einzudämmen. Welchen Plan Durlok auch verfolgt, wir können ihm nicht Einhalt gebieten, sondern ihn nur ein wenig aufhalten. Deswegen bin ich zu dir gekommen, um dich um einen Gefallen zu bitten.«

Aravan küsste ihre Finger. »Du brauchst ihn nur auszusprechen, *Chieran*.«

»Du musst mit der *Eroean* nach Darda Glain segeln und die Verborgenen von dort fortbringen.«

Aravans Augen weiteten sich. »Aber ich lasse dich nicht hier zurück«, protestierte er.

»Liebster, du musst segeln. Kein anderes Schiff ist schnell genug, um in der wenigen Zeit, die uns noch bleibt, dorthin zu gelangen.«

»Weißt du denn, wie viel Zeit noch bleibt?«

Müde fuhr Aylis sich mit einer Hand durch die mit Silber durchwirkten Haare. »Wenn Durlok seinen Schwur einhält, haben wir vielleicht noch etwas mehr als fünf Tage – nicht ganz sechs.«

»Dann komm mit mir, *Chieran.*«

»Ich kann nicht. Ich werde hier gebraucht.«

Aravan blickte ihr lange in die Augen. Vom Himmel schauten die stummen Sterne auf die beiden Liebenden herab. Schließlich nahm Aravan Aylis in die Arme und küsste sie sanft. Und er flüsterte: »Ich komme zurück und hole dich.«

Tränen liefen der Seherin über die Wangen, als Aravan sich umdrehte und zu den anderen ging. Nach einigen Worten kam Jinnarin zu Aylis gerannt. »Wir kommen zurück, Schwester.« Dann lief die Pysk zu Jatu, und der schwarzhäutige Hüne hob sie in seine zurückgeschlagene Kapuze. Alle winkten Aylis noch einmal zu und sie ihnen, und dann machten sie auf dem Absatz kehrt und gingen zum Tor des Gartens.

Und die Welt erbebte noch einmal.

Als die Gefährten die Hafengegend erreichten, sahen sie eine geringe Zahl verängstigter Männer und Frauen am Kai sitzen und offenbar auf ein Schiff warten. Diese Leute wussten nicht, welche Gefahr ihnen drohte. Sie spürten nur, dass etwas Schlimmes im Gange war. Ihnen kam die bebende Insel zu unsicher vor, und so saßen sie ruhig da und warteten, an Bord der Schiffe zu gehen, auf denen sie eine Passage gekauft hatten.

Gerade als Aravan und seine Begleiter über den Kai schritten, erschütterte ein weiterer Stoß das Land. Kinder spürten die Besorgnis ihrer Eltern, klammerten sich an Vater oder Mutter und weinten vor Furcht.

Aravan, Farrix, Jatu, Jinnarin und Bokar gelangten schließlich zum Liegeplatz der *Eroean*. Sie stellten fest, dass die Landungsbrücke an Bord gezogen worden war und die Zwergenkrieger entlang der Reling Wache standen. Als sie sich näherten, gab Kelek einen Befehl, und die Landungsbrücke wurde ans Ufer geschoben. Ein Mann mit einem schlafenden Kind auf dem Arm trat vor Aravan. »Setzt Ihr jetzt die Segel? Wenn ja, würde ich gerne eine Passage bei Euch buchen, aber ich habe kein Geld. Ich bin aber ein guter Arbeiter.«

Aravan schaute in seine flehenden Augen. »Nein, wir fahren nur zu einem anderen Teil von Rwn. Wenn Ihr und Eure Tochter diese Insel verlassen wollt, habt Ihr hier genug Münzen, um Euch eine Passage zu kaufen.« Aravan zog einen kleinen Beutel aus seinem Umhang, in dem Goldstücke klimperten, und drückte ihn dem Mann in die Hand. Dann drehte der Kapitän sich um und zeigte auf ein Schiff. »Das Schiff da drüben nimmt gerade Ladung auf.«

»Ach, mein Herr, ich weiß nicht ...«

Aravan hob eine Hand, um den Redefluss des Mannes zu unterbrechen. »Zahlt es mir zurück, indem Ihr anderen Gutes tut.« Er warf einen Blick auf den ein Stück weit entfernt liegenden Schoner. »Geht jetzt. Ihr müsst Euch beeilen.«

Als der Mann davonhastete, erwachte das Kind. »Ach, Vater, schau nur, er hat einen kleinen Menschen in seiner Kapuze«, rief das Mädchen, doch er drehte sich nicht um.

Aravan wandte sich an seine Gefährten. »Wenn wir Fremde mit nach Darda Glain nehmen, bekommen wir die Verborgenen niemals an Bord. Doch wie kann ich es ihnen verweigern?«

»Kapitän«, meldete Jatu sich zu Wort. »Unsere Fahrt gilt zuerst den Verborgenen. Wenn wir noch Platz haben, nachdem sie an Bord sind, finden wir vielleicht einen Weg, auch noch andere mitzunehmen.«

Aravan nickte einmal und sagte dann: »Dann lasst uns ablegen.«

Als die Gefährten an Bord der *Eroean* gingen, bebte die Insel erneut.

Das Elfenschiff verließ Kairn mit der Morgenflut und unter vollen Segeln. Es lief nach Süden, während hinter ihm die Glocken läuteten. Der Wind wehte von achtern steuerbord, und ab und zu schauderte das Schiff, wenn die See bebte. Während die Dämmerung den Himmel aufhellte, stand Aravan mit Jinnarin und Farrix an Bord. Er zeigte zum Himmel, an dem ein Viertelmond stand. »Man kann vier der fünf Wanderer sehen: Der Rote nahe dem Zenith wird von den Lian *Reier* genannt und heißt in der Gemeinsprache *Roter Krieger*. Neben dem Mond steht *Veorht Iían*, der *Helle Reisende*. Zwischen dem Mond und dem Osthorizont steht *Cianin Andelé*, der *Leuchtende Nomade*. Und ganz unten am Rand der Welt steht *Wifan Aun*, der Schnelle. Der fünfte Wanderer, *Rul Pex* oder *Schleichfuß*, geht erst kurz nach der Sonne auf, ist also erst am Abend zu sehen, wenn die Sonne untergegangen ist, und dann auch nur für kurze Zeit.«

Farrix zeigte mit dem Finger auf den Himmel und zählte ab. »In der Reihenfolge, in der Ihr die Wanderer aufgezählt habt, nennen wir sie *Rotfüchsin*, *Schneebär*, *Helle Lady*, *Sonnenreiter* und *Reisender*.«

Jinnarin betrachtete sie alle, wie sie scheinbar in einer geraden Linie aufgereiht waren, bis hinunter zum Osthorizont. Dann wanderte ihr Blick zum Viertelmond zurück, und ein kalter Schauder überlief sie. Farrix legte den Arm um sie und fragte: »Was ist denn, Liebste?«

Jinnarin seufzte. »Diese Pracht zu missbrauchen ... das kündet von einem schändlichen Verstand.«

»Ich weiß«, erwiderte Farrix leise, und sie standen gemeinsam an Deck und beobachteten, wie der Morgen graute, bis schließlich die Sonne aufging. Und als sie gänzlich über dem Horizont stand und es lichter Tag war, konnte man die Wanderer nicht mehr sehen, obwohl der abnehmende Mond immer noch über ihnen am Himmel stand und sich immer näher an die Sonne herantastete.

Sie liefen bis zum frühen Morgen nach Süden, und der Wind kam beständig von steuerbord, bis sie schließlich eine breite Landzunge umrundeten, die weit ins Meer ragte, und von dort aus nach Ostsüdost schwenkten. Mit dem Wind im Rücken, strebten sie der großen Halbinsel entgegen, auf der Darda Glain lag. Aravan war zu einer langen Meeresbucht unterwegs, die tief in den uralten Wald hineinreichte. Sowohl Farrix als auch Jinnarin hatten ihm versichert, dass Schiffe ohne Furcht vor einem Angriff in diese Bucht segeln konnten, solange sie nicht an Land gingen. Die Verborgenen würden sie aber sehr genau beobachten.

Es war Mittag, als sie an der Einmündung der langen Bucht vorbeisegelten und nach Ostnordost schwenkten, um ihr zu folgen. Aravan hatte alle Mann an Deck beordert. »Ich will, dass die Verborgenen Euch sehen, damit sie wissen, wer kommt. Lasst Waffen und Rüstungen unter Deck, damit sie wissen, dass wir in Frieden kommen.«

Bokar ordnete die Châkka so an, dass die Hälfte an der Steuerbordreling stand und die andere Hälfte an Backbord.

Ohne ihre Armbrüste, Äxte, Streithämmer und Schilde und ohne ihre Rüstungen und leuchtenden Stahlhelme sahen sie mehr wie Handwerker und Kaufleute aus ... jedenfalls war das Jinnarins Ansicht. Jatu hatte die Matrosen in die Takelage geschickt und auch in die Ausgucke, sodass das Schiff aussah, als se es auf einer Paradefahrt. So fuhr die *Eroean* mit acht Knoten mitten durch die fünfzehn Meilen lange Bucht, während sich die himmelblauen Segel im Wind blähten und der stumme Wald links und rechts zusah.

Die Sonne hatte ein Drittel des Weges vom Zenit zum Horizont zurückgelegt, als die *Eroean* schließlich das Ende der Bucht erreichte, wo sie ankerte.

»Boot bereit machen, um es zu Wasser zu lassen«, rief Aravan.

Der Elf wandte sich an die beiden Fuchsreiter, die mit Rux vor ihm standen. »Fertig?«

Sie nickten und Jinnarin fügte hinzu: »Und auch willig!«

Bokar meldete sich noch einmal zu Wort: »Kapitän, mir missfällt die Vorstellung, dass Ihr allein an Land geht. Außenstehenden ist es verboten, Darda Glain zu betreten. Was ist, wenn Ihr von den Verborgenen angegriffen werdet? Meine Krieger werden Euch wenig nützen, wenn sie hier sind und Ihr dort.«

»Er geht nicht allein, Bokar«, sagte Farrix mit einer Geste in Richtung Jinnarin und Rux. »Wir werden bei ihm sein.«

»Und was die Angriffe anbelangt«, warf Jinnarin ein wenig beleidigt ein, »so trägt er seinen Stein, und alle werden in ihm einen Freund erkennen. Wir sind schließlich keine blutrünstigen Wilden. Außerdem dachte ich, wir hätten das besprochen und Ihr hättet zugestimmt.«

Bokar knurrte etwas, sagte aber nichts mehr.

»Boot ist bereit, Käpt'n!«, rief Slane.

Die beiden Pysk, der Elf und der Fuchs gingen über das Deck, wo zunächst Jinnarin von Jatu ins Boot gehoben

wurde, dann Farrix, und Rux auf Jinnarins Befehl hinter-
hersprang. Als Letzter ging Aravan an Bord, und Jatu rief:
»Boot zu Wasser lassen!«

Während der Kiel des Beiboots noch über den Sand kratzte,
wurde die Insel wieder von einem Beben erschüttert, und
die Blätter der Bäume in der Nähe raschelten wie zum Pro-
test. Jinnarin sagte: »Wir sind so schnell wieder zurück, wie
wir können, Aravan. Wir müssen einen weiten Weg zurücklegen und viele warnen. Ich hoffe nur, dass die meisten
rasch reagieren.«

Aravan warf einen Blick auf die Sonne. »Es ist früher Nachmittag des Siebten. Versucht bei Sonnenuntergang des Zehnten wieder zurück zu sein und alle mitzubringen, die mitkommen wollen. Ich will am frühen Morgen des Elften wieder
auf See sein und noch einmal zurück nach Kairn fahren.«

Jinnarin und Farrix neigten bestätigend den Kopf. Sie
schwangen sich beide auf Rux, Farrix hinter seiner Gefährtin, und auf einen Befehl von Jinnarin sprang der Fuchs
über Bord und flitzte über den Sandstrand und in den dunklen Wald dahinter.

»Gehabt Euch wohl«, rief Aravan ihnen nach, aber er be-
zweifelte, dass die Fuchsreiter ihn gehört hatten.

Die Zeit bis zu dem Tag, an dem die Verborgenen an Bord
zurückerwartet wurden, verging nur langsam. Und während die Tage dahinschlichen, tastete sich auch die abnehmende Mondsichel der Sonne entgegen, und die Beben ver-
schlimmerten sich. Aravan und die gesamte Mannschaft der
Eroean marschierten nervös auf Deck auf und ab, denn sie
hatten nichts von den Verborgenen gehört, und weder Farrix noch Jinnarin waren zurückgekehrt. Allmählich ließ der
Wind in der Bucht nach und flaute ab, bis er sich am zehnten Augusttag gegen Mittag vollkommen legte und nur

noch eine sommerliche, windstille Schwüle über dem Wald und der Bucht lag. Und der Mond würde in nur zwei Tagen auf die Sonne treffen.

Die Nacht brach herein, und immer noch hatten sie keine Nachricht erhalten. Doch als sich auf der *Eroean* Mitternacht näherte, klopfte es an Aravans Tür, und als der Elf sie öffnete, stand dort Geff. »Herr Käpt'n, am Ufer brennt ein kleines Signalfeuer.«

Rasch wurde ein Boot zu Wasser gelassen, und Aravan ruderte zu der winzigen Flamme. Als der Kiel des Bootes über den Sand kratzte, drehte Aravan sich um und sah Jinnarin und Farrix zusammen mit Rux und einem anderen Fuchs, den er für Rhu hielt, am Feuer stehen. Außerdem sah er auch viele Schatten – andere Fuchsreiter, nahm er an. Und am Waldrand lauerte etwas ... Riesenhaftes ... in der Dunkelheit zwischen den Bäumen.

»Darf ich an Land kommen?«, fragte er, während er sich erhob.

»Ja, gewiss Aravan«, sagte Jinnarin, die sehr bestürzt klang. »Bitte kommt. Vielleicht könnt Ihr diese ... diese sturen, unbelehrbaren Narren zur Vernunft bringen!«

Aravan trat in die flache Brandung und zog das Boot etwas höher auf den Strand. Dann ging er zum Feuer und kniete dort nieder. Die Schatten wichen zurück.

»Was ist geschehen?«, fragte der Elf.

Farrix holte tief Luft und ließ sie langsam entweichen. »Sie wollen nicht mitkommen.«

»Oh? Niemand? Weder die Bewohner der Bäume noch die der Hügel? Die Fennschwimmer? Die Waldläufer?«

Jinnarin hockte sich in den Sand. »Manche haben Angst. Andere wollen nicht von Menschen, Zwergen oder Elfen gesehen werden. Wieder andere glauben nicht, dass ein Kampf zwischen Durlok und Alamar oder irgendeinem anderen Magier für sie von Bedeutung ist.«

»Gib dich nicht mit Magiern ab!«, murmelte Farrix. »Das ist eine alte Redensart, und die meisten beherzigen dieses Sprichwort.«

»Habt Ihr ihnen von dem Schwarzmagier erzählt, von Durloks finsteren Plänen?«

Farrix nickte. »Trotzdem, die meisten meinen, dies sei eine Angelegenheit der Magier.«

»Wenn er nach Darda Glain kommt«, flüsterte ein Schatten, »kümmern wir uns um Durlok. Ansonsten überlassen wir es den Magiern, unter ihresgleichen die Ordnung zu wahren.«

Ein tiefes, wortloses Grollen kam von der riesenhaft aufragenden Dunkelheit am Waldrand.

Als ein weiteres Beben das Land erschütterte, wandte Aravan sich an die Versammlung. »Seht Ihr denn nicht, dass Durlok bereits in Eure Domäne eingedrungen ist? Dieses Beben ist sein Werk. Es kündigt etwas Schlimmes an, dessen könnt Ihr gewiss sein.«

»Vielleicht«, erwiderte eine Stimme aus dem Schatten, »aber was es auch ist, es ist gegen die Magier gerichtet und nicht gegen Darda Glain.«

Jinnarin hieb mit der Faust in den Sand. »Es hat keinen Sinn, Aravan. Wir haben uns den Mund fusselig geredet. Die LivVolls, Vred Tres, Sukke Steins – von denen kommt keiner, weil es zu lange dauern würde, sagen sie. Die Sprygt verlassen ihre Bäume nicht, die Tomté bleiben bei den Hügeln, und die Ande sagen, dass sie mit den Lichtungen verbunden sind. Und die anderen haben erst gar nicht zugehört.«

»Was ist mit Euresgleichen, mit den Fuchsreitern?«

Jinnarin wedelte mit der Hand. »Ein paar sind gekommen, um sich das Schiff anzusehen und den Freund, der Tarquin gerettet hat, mehr nicht.«

»Sie wollen nicht mitkommen?«

»Genau, Aravan, sie wollen einfach nicht mitkommen«, fügte Farrix hinzu.

»Wir verlassen Darda Glain nicht«, flüsterte eine weitere Stimme aus dem Schatten.

Aravan blieb eine Weile stumm auf den Knien. Dann wandte er sich an die Schatten. »Wir kehren jetzt auf die *Eroean* zurück. Bei Morgengrauen segeln wir nach Kairn. Sollte es einer Sinneswandel bei einem oder mehreren von Euch geben, entzündet ein Feuer am Ufer, ehe wir das offene Meer erreichen, dann holen wir Euch ab. Und das gilt auch für Euren gewaltigen Freund, der am Waldrand steht, und jeden anderen Verborgenen.«

Aravan ließ Jinnarin und Farrix zurück, damit sie sich verabschieden konnten, setzte sich ins Boot und wartete. Augenblicke später folgten die beiden Fuchsreiter. Rhu und Rux sprangen ins Boot, Aravan hob Jinnarin und Farrix hinein und setzte sie in den Bug, und Jinnarin lehnte den Kopf an Farrix' Schulter und weinte.

Der Elf wollte das Boot gerade ins Wasser schieben, als ein Ruf aus dem Wald ertönte und ein Trupp Pysk angeritten kam, insgesamt zehn, Männer wie Frauen. Jinnarin und Farrix sprangen auf und sahen zu, wie die Fuchsreiter näher kamen, und Jinnarin wischte sich die Tränen aus den Augen. In Leder gekleidet und mit Pfeil und Bogen bewaffnet, ritt der Trupp auf seinen Rotfüchsen durch den Sand bis zum Beiboot, wo sie anhielten.

Die Führung hatte eine rothaarige Frau, und sie setzte sich vor Aravan und betrachtete den Elf einen Augenblick. Anscheinend bestand er die Prüfung, und sie richtete den Blick aus ihrer braunen Augen auf Jinnarin. »Wir sind gekommen, um uns Euch anzuschließen.«

Die Miene auf Jinnarins tränenüberströmtem Gesicht heiterte sich ein wenig auf. »Ach, Anthera, wir sind ja so froh, dass Ihr Eure Meinung geändert habt ... Ihr alle!«

Wieder wanderte Antheras Blick zum Elf und dann zurück zu Jinnarin. »Wir haben uns lange beraten, bevor wir uns entschieden haben. Hätte ein anderer als Ihr und Farrix zu uns gesprochen, wären wir nicht gekommen.«

Das Land bebte erneut.

»Ihr habt wohl daran getan, zu kommen, Lady Anthera«, sagte Aravan, »denn Rwn insgesamt ist in Gefahr.«

Anthera schüttelte den Kopf. »Oh, wir glauben nicht, dass die Insel – oder auch nur Darda Glain – in irgendeiner Gefahr schwebt. O nein. Vielmehr seht Ihr einen Trupp Krieger vor Euch. Wir sind gekommen, um uns gegen den Magier zu wenden, der einen von uns gefangen genommen hat. Nie wieder werden wir zulassen, dass die Gefangennahme und das Töten Verborgener allgemein üblich wird. Nie wieder!«

Hinter ihr hoben die Pysk ihre Bögen und riefen laut: *Nie wieder!*

Bei seiner Rückkehr zur *Eroean* war Aravans Ruderboot voller Füchse.

Der Morgen graute, und immer noch rührte sich kein Lüftchen, sodass die Seide schlaff herabhing. Außerdem wurde kein Feuer an dem schmalen Strand entzündet. Eine schlanke Mondsichel näherte sich der brennenden Sonne. Es war der elfte Augusttag, und der morgige Tag würde die Große Hochzeit bringen.

Wie ein eingesperrtes Raubtier tigerte Aravan auf Deck hin und her. Und kurz vor dem Mittag befahl er Jatu, die Ruderboote zu Wasser zu lassen. »Wir schleppen das Schiff aufs offene Meer, vielleicht weht dort eine Brise.«

Die Boote wurden zu Wasser gelassen und die Schleppleinen befestigt, und die Zwergenkrieger begannen zu rudern und stimmten dabei ihre Kriegsgesänge an. Langsam glitten sie durch die Bucht und dem entfernten Meer entgegen, während die Mannschaft sich in die Riemen legte und die Sonne über den Himmel kroch. Ab und zu meldeten die Ausgucke Bewegung zwischen den entfernten Bäumen. Doch wenn sie in den Wald blickten, konnten sie nichts Außergewöhnliches entdecken.

Und die Zwerge ruderten immer noch.

»Zwei Knoten höchstens, würde ich schätzen, Kapitän«, erwiderte Jatu auf Aravans Frage.

Der Elf seufzte. »Ich pflichte Euch bei. Bei dieser Geschwindigkeit erreichen wir den Ozean in der Abenddämmerung.«

»Wenn wir Wind finden, Kapitän«, sagte Rico, »dann schafft es die *Lady Ercean* auch noch rechtzeitig nach Kairn.«

»Ich kann nur hoffen, dass Ihr Recht habt, Rico.«

Und die Zwerge ruderten weiter.

Es war kurz vor Sonnenuntergang, als die ersten Regungen der Luft die Segel strafften. »Rico, lasst die Rahen kielwärts zum Schiff drehen. Wir haben noch eine Stunde vor uns, ehe wir das offene Meer erreichen, wo wir den nötigen Platz zum Segeln haben. Wenn es sein muss, refft die Segel vollständig.«

»Aye, Kapitän.«

Langsam verstrich die Stunde, und die Zwerge schleppten das Elfenschiff dem offenen Meer entgegen. Eine leichte, wechselhafte Brise spielte in den Segeln, und Rico ließ die Seide gänzlich reffen, sodass sie die Ruderer nicht behinderte. Schließlich erreichten sie den Westonischen Ozean, und Aravan gab Befehl, die Boote an Bord zu holen.

»Rico, alles bereit machen zum Segeln. Boder, wir kreuzen nach Westen, denn wir haben Gegenwind.«

Doch während sich die violette Dämmerung langsam aufs Meer legte, rief ein Ausguck: »Delfine, Herr Käpt'n! Delfine backbord voraus!«

Aravan ging zur Reling und schaute mit seinen Elfenaugen aufs Meer hinaus, dann sagte er zu Rico, »Wartet noch mit der Ausführung der Befehle, Bootsmann, wenigstens noch eine kleine Weile«, denn Aravan konnte sehen, dass zwischen den Delfinen auch ein Kind des Meeres schwamm.

Jinnarin und Farrix kamen angelaufen, kletterten auf einen Belegnagel und starrten über die Reling. Und als die Delfine das Elfenschiff erreicht hatten, lehnte Aravan sich über die Backbordreling und rief dem kreisenden Kind des Meeres zu: »Sprecht Ihr die Gemeinsprache?«

Die Antwort kam mit sonderbarem Akzent und gespickt mit Klickgeräuschen, und Jinnarin verstand überhaupt nur zwei Worte: *Ut!¡teri* – Wale sowie *¡g!aleere* – der Versuch der Meeresbewohner, Galeere zu sagen.

Doch Aravan schien zu verstehen, was das Kind sagte – vielleicht weil er ein Freund war, vielleicht wegen seines Amuletts, vielleicht auch aus ganz anderen Gründen, wer konnte das wissen? Jedenfalls wandte er sich an die anderen und sagte in grimmigem Tonfall: »Die Wale haben die schwarze Galeere gefunden.«

18. Kapitel

DIE GROSSE KONJUNKTION

Sommer, 1E9575
[Die Gegenwart]

Jinnarin bekam Herzklopfen. »Wo?«, rief sie dem Kind des Meeres zu. »Wo ist denn die schwarze Galeere?«

Das Kind legte den Kopf ein wenig auf die Seite und gab eine an Aravan gerichtete Antwort. »Sie versteht Euch nicht, Jinnarin«, sagte er. Dann rief er nach unten: »In welcher Richtung ist die schwarze Galeere? Wie weit weg?«

Das Kind drehte sich um und zeigte nach Südwesten, wobei es die Geste mit einem Kommentar in seiner lautmalerischen Sprache begleitete.

»Auf halbem Weg nach Atala«, übersetzte der Elf, »*Silberboden* kann gewiss so weit segeln. Es ist nicht einmal ein halber Tag für die *¡Nat!io*. Ah ja, und weniger als ein halber Tag für Euch und Euresgleichen, aber länger für mich in dieser leichten Brise.«

Wieder klickte und schnalzte das Kind Aravan etwas zu.

»Weder *¡Nat!io* noch *Ut!¡teri* noch *A!miî* können sich der schwarzen Galeere nähern, denn sie entfesselt eine furchtbare Kraft und etwas geschieht mit dem Meeresboden.« Aravans Augen weiteten sich. »Durlok tut etwas mit dem Meeresboden! Was?«

310

Aravan hörte zu und wiederholte dann die Antwort sinngemäß. »Ihr wisst es nicht, denn die furchtbare Kraft reicht bis ganz nach unten, und das Meeresvolk kann sich nicht nähern.«

»Kruk!«, fluchte Bokar, der mittlerweile neben Aravan stand.

Jatu hielt eine Hand in die Brise. »Der Wind frischt etwas auf, Kapitän. Wir haben gute Aussichten, die halbe Strecke nach Atala zu schaffen, ehe der Mond morgen die Sonne küsst.«

»Vielleicht können die Kinder und Wale und Delfine nicht in die Nähe der Galeere gelangen, Kapitän«, sagte Bokar, »aber bei Elwydd!, meine Ballisten reichen weit über das Wasser.«

»Aber was ist mit Kairn?«, fragte Jinnarin beklommen. »Aylis ist noch dort.«

»Ah, ja, Liebste«, sagte Farrix. »Aylis ist noch dort und vielleicht auch Alamar, wenn er noch nicht nach Vadaria gegangen ist. Doch hört, Alamar hatte einen guten Plan, als wir mit der Verfolgung Durloks begonnen haben, bevor der Schwarzmagier das Brevier zerstört hat: Wenn wir es schaffen, Durlok morgen nur für eine Stunde um die Mittagszeit abzulenken, können wir, glaube ich, seinen Plan durchkreuzen, wie immer der auch aussehen mag.«

Jinnarins Tonfall verriet ihre Unschlüssigkeit. »Aber wenn wir scheitern ...«

»Wenn wir es nicht versuchen, sind wir bereits gescheitert«, warf Farrix ein.

Unter ihnen im Meer klickte und zirpte das Kind des Meeres. »Sie sagt, sie führt uns zur schwarzen Galeere«, übermittelte der Elf.

Jatu wandte sich an seinen Kapitän. »Die Zeit verstreicht. Was soll es sein: Kairn ... oder Durlok?«

Aravan warf einen Blick zu den Windfähnchen empor, die in der auffrischenden Nordwestbrise flatterten. Und dann schaute er nach Westsüdwest, wo Atala lag, rund vierhundertdreißig Meilen entfernt, und wo auch die schwarze Galeere lag, vielleicht halb so weit entfernt, also etwas über zweihundert Meilen. Dann wanderte sein Blick nach Nordwesten, wo die Stadt der Glocken lag, wo sich seine wahre Liebe befand, nur neunzig Meilen Luftlinie hinter dem Horizont.

»Kapitän?«, drängte Jatu. Aravan sah den schwarzhäutigen Hünen lange an und sagte schließlich: »Westsüdwest, Jatu. Wir folgen dem Kind des Meeres.«

In einem Wäldchen aus Silberbirken schaute Aylis zu den Sternen empor. Aus ihren feinen silbergrauen Haaren war mittlerweile fast alles Braun verschwunden. Und sie fragte sich, ob die Fahrt der *Eroean* nach Darda Glains wohl gut verlaufen war, denn in nur fünfzehn Stunden würde der unsichtbare Mond die Sonne treffen. Im Augenblick stand keiner der Wanderer am Himmel, und das würde sich erst eine Stunde vor Mitternacht ändern, wenn der Rote Krieger als Erster aufging.

Sie fragte sich, wann Aravan zurückkehren würde, denn er hatte versprochen, sie abzuholen.

Aylis senkte den Blick und betrachtete Drienne. Die Zauberin saß immer noch am Teich, und das Alter ließ ihre Haut durchscheinend wie Porzellan wirken. Ihre vormals rabenschwarzen Haare sahen nun wie Perlmutt aus, und auch ihre Knöchel waren weiß, während sie die Arme des roten Sessels fest umklammert hatte und die Macht ihres Zusammenschlusses in den Äther leitete, in dem Versuch, das Lodern von Durloks astralem Feuer zu löschen. Es war ihnen nicht gelungen, den Aufenthaltsort des Schwarzmagiers ausfindig zu machen, und selbst wenn, wäre es fraglich, ob dies ihre Aussichten verbessert hätte.

Doch wenn sie Durloks Plan verzögern konnten, bis die Hochzeit vorbei war, würde es den Aufwand wert gewesen sein ... jedenfalls hofften sie das.

Die *Eroean* glitt durch die Wellen, das Bugspriet nach West-südwest gerichtet, während der frische Wind von schräg vorn aus Steuerbord wehte. Doch vor dem Elfenschiff schwamm eine Gruppe Delfine, die mühelos mit dem Schiff mithielten, und in ihrer Mitte befand sich ein Kind des Mee-res. Hoch am Himmel hinter ihnen war der Rote Krieger zu sehen, tiefer im Osten stand der Helle Reisende, dem der Leuchtende Nomade folgte. Und Jinnarin hatte zugesehen, wie jeder der Wanderer aufgegangen war, und bei jedem neuen Auftauchen eines Wanderers hatte sie wildes Herz-klopfen bekommen.

Bokar und seine Châkkakrieger hatten ihre Rüstungen angelegt und die Waffen gereinigt, sie hatten die Ballisten gründlich überprüft, und Kisten mit Feuerbällen und Spee-ren standen griffbereit. Und als Bokar seinen Kriegern mit-geteilt hatte, was sie beabsichtigten, hatte Engar gerufen: »Gut und schön, Waffenmeister. Wenn wir die schwarze Ga-leere versenken, schicken wir damit auch achtundzwanzig Trolle auf den Meeresgrund!« Engars Bemerkung war mit begeisterter Zustimmung aufgenommen worden.

Was die Fuchsreiter betraf, so hatten sie Quartier in Ala-mars ehemaliger Kabine bezogen, und auch sie bereiteten sich vor, wenn auch nicht öffentlich, denn sie fühlten sich noch nicht ganz wohl in Gegenwart der Menschen und Zwerge ... und nicht einmal in der des Elfs, obwohl er ein Freund war.

Das Elfenschiff trieb weiter durch die manchmal schau-dernde See, und als endlich der Morgen graute, ging mit ihm auch der als der Schnelle bekannte Wanderer auf. Jin-narin glaubte, ihr Herz würde vor Anspannung zerspringen, denn sie hatten noch viele Meilen vor sich, doch die sich unaufhaltsam bewegenden Himmelskörper achteten nicht auf ihre Not.

Die Sonne ging auf.

»Herrgott Adon, Aravan«, meinte Farrix gepresst, »wo ist der Mond?«

Aravan zeigte auf eine Stelle östlich der Sonne. »Da, obwohl man ihn nicht sehen kann.«

Farrix schaute hin, aber die Sonne brannte zu hell in seinen Augen, um den Mond ausmachen zu können.

Auch die Wanderer waren mit dem Sonnenaufgang verschwunden.

»Schleichfuß geht bald auf«, fügte Aravan hinzu, »obwohl auch er nicht zu sehen sein wird.«

»Kapitän, wir laufen jetzt fünfzehn Knoten«, sagte Jatu. »Kommen wir noch rechtzeitig?«

Aravan schaute auf die Sonne und überlegte kurz. »Ich weiß es nicht, Jatu. Es hängt davon ab, wo genau Durloks Galeere liegt. Ich kann aber sagen, dass wir bei unserer jetzigen Geschwindigkeit genau um die Mittagszeit die Hälfte der Strecke nach Atala zurückgelegt haben werden. Wenn er näher ist ... gut und schön. Aber wenn er weiter weg ist ...« Aravan beendete den Satz nicht, aber alle wussten, was er meinte.

Farrix tigerte auf Deck umher, da er nicht in der Lage war, sich auch nur für ein paar Augenblicke hinzusetzen. Jinnarin fuhr ihn an, er möge »endlich zur Ruhe kommen«, doch er hatte sich kaum niedergelassen, als sie seinen Platz einnahm und murmelte: »Komm schon, Wind, kannst du nicht stärker blasen?«

Und die *Eroean* eilte über das Meer, während die Stunden verstrichen.

Die Sonne hatte beinah den Zenit erreicht, als der Ausguck im Großmast brüllte: »Herr Käpt'n, die Delfine schwenken ab!« Gleichzeitig meldete der Ausguck auf dem Bugmast: »Herr Käpt'n, Schiff genau voraus!«

Während die *Eroean* an den Delfinen vorbeiglitt, die einen Kreis um das Kind des Meeres bildeten, rief Bokar einen Befehl, und die Zwerge eilten zu den Ballisten. Jinnarin und Farrix wichen den Kriegern aus, eilten zum Vordeck, kletterten auf das Bugspriet und lugten nach vorne. Gerade als Aravan sich zu ihnen gesellte, konnten sie tief am Horizont und gerade in Sichtweite die schwarze Galeere im Wasser ausmachen.

»Gute Güte!«, hauchte Farrix.

»Adon!«, wisperte Jinnarin.

Als er die Furcht in ihrer Stimme hörte, fragte Aravan: »Was denn? Was seht Ihr?«

»Seht Ihr es denn nicht, Aravan?«, rief Farrix mit vor Entsetzen weit aufgerissenen Augen.

»Die Galeere, aye, aber mehr nicht.«

»Ach, Aravan«, hauchte Jinnarin. »Die Galeere ist in die brodelnde Aura eines schwarzen Feuers gehüllt.«

Aylis, deren Haare mittlerweile völlig grau waren, schaute zur Sonne empor. Der Mittag war nah, und der unsichtbare Mond würde jeden Moment auf die Sonne treffen. Sie seufzte und ließ den Blick über die Hänge des Amphitheaters und über die anderen Magier wandern, die mittlerweile alle vom Alter gebeugt waren. Ihr Blick verweilte auf einem gebeugten, runzligen, haarlosen Greis, der teilweise hinter einem Baum stand, die arthritischen Hände knotig und zitternd. Langsam ging Aylis durch das Wäldchen nach unten und den Hang gegenüber empor. Schließlich erreichte sie den Greis und sagte weinend: »Vater.«

Alamar schaute sie mit seinen halb erblindeten Augen an, und sein Mund öffnete sich zu einem zahnlosen Grinsen. »Mach ihn fertig, Tochter«, flüsterte er.

Doch während Aylis ihn mit Tränen auf ihrem gealterten Gesicht ansah, wusste sie auch, dass weder er noch sie den Großen Zusammenschluss verlassen konnten, bevor Drienne ihn aufhob. Und weinend sah sie ihren Vater an, und seine braunfleckige Haut straffte sich in seinem skelettartigen Gesicht, als ihn die letzten Reste seiner Jugend verließen.

In diesem Augenblick erbebte die Insel so heftig, als sei sie von einem gigantischen Hammerschlag getroffen worden. Der greise Magier brach zusammen, und Aylis verlor den Boden unter den Füßen.

Und das Meer zog sich von Rwn zurück.

»Richtet sie aus, Boder. Wir passieren die Galeere auf unserer Backbordseite. Rico, holt so viel Tempo aus den Segeln, wie Ihr könnt.«

»Aye, aye Käpt'n«, murmelte Boder, indem er die Position der *Eroean* relativ zur schwarzen Galeere abschätzte, die vielleicht noch fünf Meilen voraus war. »Wie nah soll ich ihr kommen? Ich streife sie, wenn Ihr wollt.«

Aravan grinste. »Hundert Fuß reichen völlig.« Der Elf drehte sich um und rief: »Bokar, wir werden sie in einem Abstand von hundert Fuß auf unserer Backbordseite passieren.«

Die Zwergenkrieger an den Ballisten ächzten und stöhnten, während sie Flüche auf Châkur brüllten.

Im Bug kauerten Jinnarin und Farrix sich zwischen die straff gespannten Haltetaue, wo weder Wind noch Wellen sie hinwegfegen konnten.

Aravan schaute auf die Sonne, von der er wusste, dass der unsichtbare Mond sie in wenigen Augenblicken küssen würde.

Doch Rico und die Mannschaft hatten die Segel so getrimmt, dass sie auch noch das letzte bisschen Tempo aus dem Wind zogen, und das Elfenschiff jagte über die Wellen.

Die Ballisten waren schussbereit.

Die Zwerge waren kampfeslustig.

Und Boder lag sicher auf Kurs ...

... Und in diesem Augenblick küsste der Mond die Sonne ...

... Die Welt erbebte ...

... Und der Boden schien unter dem Meer wegzusinken ...

... Und das Wasser sackte förmlich unter der *Eroean* weg ...

... Und das Schiff fiel mit ihm ...

... Und völlig unkontrolliert raste das Elfenschiff einen langen Abhang aus Wasser hinunter, während Menschen und Zwerge wie Kegel über das Deck kullerten, da die kreiselnde *Eroean* kopfüber und *bergab* auf die reglose schwarze Galeere zuraste ...

... Und während sie die steile Abfahrt immer tiefer hinunterstürzten, schien sich vor ihnen in der Ferne eine riesige Mauer aus Wasser zu erheben, und eine gigantische Welle raste ihnen entgegen.

In dem Wäldchen der Silberbirken löste sich der Große Zusammenschluss auf, und Drienne, deren Haare nun vollständig weiß waren, erhob sich unter Schmerzen und rief: »Wir haben die Schlacht verloren und schweben nun in großer Gefahr. Vadaria ist unsere einzige Hoffnung, wenn wir noch rechtzeitig überwechseln können.«

Und nach dieser Erklärung begannen alle Magier, den Rücken mittlerweile vom Alter gebeugt, zwischen den Birken mit den komplizierten Schritten und dem arkanen Gesang, der sie nach Vadaria bringen würde.

Aylis, die jetzt aus dem Zusammenschluss befreit war, kniete sich neben die reglose Gestalt ihres Vaters. Sie konnte nicht sagen, ob er lebte oder tot war, aber sie hob seine gebrechliche Gestalt dennoch auf. Mühsam, denn sie war selbst furchtbar schwach, gelang es ihr schließlich, sich aufzurichten. Mit seinem reglosen Körper auf den Armen begann sie ebenfalls mit dem Gesang und der Ausführung der komplizierten Schritte des Rituals, in der verzweifelten Hoffnung, ihn doch noch zu retten,

Überall rings um Rwn wurde Meile um Meile der nackte Meeresboden entblößt – Sand, Schlick, Fels und Meerespflanzen lagen im Sonnenlicht, Fische schnappten nach Luft und zappelten umher, Aale glitten durch den Schlick, Kraken wanden und schlängelten sich, und der Kairn stürzte über die Fälle auf den nackten Meeresboden – das Meer war nach Süden geflohen, um die kolossale Leere zu füllen, die der jähe Kollaps des Meeresbodens hinterlassen hatte. Weit im Norden Rwns reagierte das Wasser des Nordmeers, und ein kalter Strom bildete sich, um das Loch zu füllen, welches das zurückweichende Meer hinterlassen hatte.

Ein heulender Wind ging der gigantischen Welle voran und blies der *Eroean* entgegen, und seine Böen stoppten die Drehbewegung des Schiffs. Das Schiff zeigte der kommenden Welle das Heck, und Aravan rief über das Heulen hinweg: »Rico, die Rahen festbinden! Boder, einen geraden Kurs steuern! Frizian, alle Luken dicht machen! Jatu, einen Seeanker bereit machen – nein, zwei! Bei Adon, wir können dieser Welle nicht davonfahren, aber vielleicht können wir auf ihr reiten!«

Während Menschen und Zwerge sich beeilten, den Befehlen nachzukommen, rief Aravan allen zu, so schnell wie möglich unter Deck zu gehen. »Wir werden vielleicht überflutet, und ich will nicht, dass jemand über Bord gespült wird.« Dann übernahm er das Ruder im Heck und befahl Boder, dasjenige im Ruderhaus zu übernehmen.

Hinter ihnen donnerte die gigantische Welle auf sie zu, während sie im heulenden Sturm vor ihr flohen. Doch das Elfenschiff kroch nun langsam die riesige Neigung der Welle empor.

Immer höher kletterte das Schiff, während die Wasserwand immer steiler und steiler wurde, und vom Kamm der gigantischen Welle fiel tosendes Wasser hinab. Rico und die Mannschaft verankerten die letzten Leinen und eilten unter Deck. Als Letzter gab Aravan seinen Posten auf, nachdem er sah, dass Boder das Steuer im Ruderhaus übernommen hatte.

Als der Kapitän über das steil abfallende Deck ins Ruderhaus glitt, raste das Elfenschiff ins Wasser, als wolle es kentern, doch im letzten Augenblick richtete es sich auf und ritt auf der Welle.

Aravan stemmte sich gegen das schräge Deck, hielt sich fest und rief: »Abzählen!«

Augenblicke später kam die Meldung. »Alle Matrosen anwesend, Kapitän«, rief Frizian. Der Zweite Offizier hielt sich an der Leiter unter der Falltür fest, um nicht wegzurutschen.

»Die Châkka sind auch alle hier, Kapitän«, meldete Kelek lautstark.

Während die *Eroean* von der tosenden Welle getragen wurde, rief Aravan: »Was ist mit den Fuchsreitern?«

»Die Füchse sind unten, Kapitän«, rief Frizian, »aber ich glaube, dass die Reiter alle oben sind.«

»Boder, ich übernehme das Ruder! Ihr durchsucht die Quartiere nach ihnen.«

Während Boder den steilen Gang zu den Kabinen erklomm, hing das Elfenschiff wie festgenagelt auf der Welle.

Augenblicke später kehrte Boder zurück. »Alle Reiter sind in ihren Quartieren, nur Lady Jinnarin und Meister Farrix nicht. Die beiden sind in keiner der Kabinen, Käpt'n. Weder in ihrer, noch in Eurer und auch in keiner anderen. Kapitän, Ihr glaubt doch nicht, dass sie ertrunken sind, oder?«

Ein freudloser Ausdruck huschte über Aravans Gesicht, doch er antwortete nicht. Vielmehr rief er Frizian zu: »Jinnarin und Farrix werden vermisst. Sucht unter Deck und ruft nach ihnen, Wenn sie irgendwo in den Quartieren oder Laderäumen sind, sollen sie sich melden.«

Unter Deck kletterten Menschen und Zwerge durch das geneigte Schiff und riefen nach Farrix und Jinnarin, doch niemand beantwortete ihre Rufe.

Auf Deck, vorne im Bug, zwischen Klüverschoten verankert, schnappte Jinnarin immer wieder nach Luft, wenn die

Eroean sich wieder etwas aus dem Wasser hob, das sie ertränken wollte.

In einem Silberbirkenwald fing der Boden an zu zittern, als ungezählte Tonnen tosenden Wassers über den entblößten Meeresboden und zur Insel Rwn rauschten. Aylis trug ihren Vater und rief ebenso wie die anderen Magier die Formeln für denn Übergang, doch noch hatte keiner den Übergang nach Vadaria geschafft.

Die gigantische Welle raste immer weiter und stieg höher und höher und trug die *Eroean* auf ihrer riesigen Flanke, als sei das Schiff nicht mehr als ein winziger Holzsplitter.

»Ach, Adon, Adon, Adon«, ächzte Boder. »Es ist so hoch wie ein Berg.«

Bestürzung erfüllte Aravans Miene, und es gelang ihm nur mit Mühe, zu einem Fenster zu gehen und nach oben zur Sonne zu schauen. Ein verzweifeltes Stöhnen unerträglicher Qual entrang sich seiner Brust. Vor Verzweiflung brach er beinah auf dem Deck zusammen. Doch Boders Sorge um seinen Kapitän brachte Aravan wieder auf die Beine. Er holte tief Luft, und sein Gesicht wurde ausdruckslos, als er alle Gefühle gewaltsam unterdrückte.

»Herr Käpt'n, was ist denn? Was ist passiert?«

»Boder, unsere Position«, keuchte Aravan mit äußerster Verzweiflung in den Augen. »Die *Eroean* fährt gerade über Rwn hinweg.«

19. Kapitel

DIE FLUT

Sommer, 1E9575
[Die Gegenwart]

Die riesige Welle fegte durch den Ozean, und wo sie auf Landmassen traf, zog sich das Wasser zischend und gurgelnd zuerst von den Küsten zurück. Und diese gewaltige Ebbe zog Schiffe und Boote von ihren Anlegestellen mit, da Haltetaue zerrissen und Anker mitgeschleift wurden wie Bindfäden und Spielzeug. Leute rannten an den Strand und gafften auf den leeren Meeresboden, und viele eilten hinaus, um die nach Luft schnappenden und herumzappelnden Fische aufzusammeln. Doch dann, mit einem heulenden Wind als Vorboten, kam das Wasser zurückgeschossen und türmte sich unterwegs zu einer riesigen Welle auf, die über den Strand hereinbrach und ihre Wassermassen bis weit ins Inland schwemmte, um Tod und Zerstörung zu bringen. Der ersten Welle folgte eine weitere und noch eine – insgesamt über zwanzig, denn ein riesiger Bereich des Meeresbodens war vollkommen eingebrochen, und die Folge waren monströse Wellen. Noch viele tausend Meilen entfernt wurden ganze Dörfer und Städte vom Antlitz der Welt gefegt, Wälder und Felder wurden überspült, und unzählige Lebewesen ertranken. So litten Atala und Gelen und Thol und Jütland und Goth und sogar das weit entfernte

Hyree ebenso wie das Tiefland der Küsten des Westkontinents sowie seines Geschwisterkontinents im Süden. Am schlimmsten von all den entfernten Ländern betroffen war Thol, denn die gewaltigsten Wellen schienen alle nach Nordosten zu schwappen, als sei Rwn das eigentliche Ziel – und das Reich der bedauernswerten Tholänder lag genau nordöstlich von Rwn und damit auf dem weiteren Weg der Wellen. Hier drangen die Fluten meilenweit ins Landesinnere vor und schwemmten alles fort. Nichts blieb stehen, nicht einmal der Turm von Gudwyn der Schönen, der ein gutes Stück über dem Meer auf einer hohen Klippe stand. Der Turm verschwand zusammen mit der Ortschaft Havnstad, die am Fuß der Klippe lag. Und das Beben des Meeresbodens hatte noch andere schlimme Nebenwirkungen, denn auf Atala brach der Karak aus und spie Asche und Rauch in die Luft, während große Felsbrocken in die Luft geschleudert wurden und rot glühende Lava die Flanken des Berges herunterlief und das umliegende Land in Brand setzte.

Die *Eroean* wurde mit dem heulenden Wind im Rücken auf der riesigen Welle über das Meer zwischen Atala und Rwn getragen. Doch nachdem das Elfenschiff die Insel passiert hatte und die Welle das tiefere Wasser dahinter erreichte, verlief sie sich langsam mit der zunehmenden Wassertiefe, bis Aravan das Schiff schließlich weit im Nordosten, gut sechshundert Meilen jenseits von Rwn, endlich ohne Furcht vor dem Kentern herumschwenken konnte. Während ihres Wendemanövers schwappten noch mehrere Wellen, manche höher, manche flacher, unter der *Eroean* weg und rasten weiter, den fernen Winkeln des Nordmeers entgegen, wo sie sich in Küstennähe wieder zu riesigen Ungeheuern auftürmen würden.

»Kapitän?«, fragte Jatu. »Welcher Kurs?«

»Wir segeln nach Rwn, Jatu, um etwaige Überlebende aufzusammeln.«

»Und die Verborgenen ...?«

»Ich werde mit ihnen reden. Sie wissen noch nicht, dass die Welle über Rwn hinweggefegt ist.«

Während die Menschen an Deck kamen, um die Segel zu setzen, befreiten sich Jinnarin und Farrix aus der Takelage. Die Fuchsreiter waren vollkommen durchnässt und halb ertrunken. »Ach, seht doch!«, rief Lobbie. »Ihnen ist nichts passiert! Burdun, lauf schnell zum Käpt'n und sag ihm, Lady Jinnarin und Meister Farrix sind gefunden und wohlauf!«

»Wie könnt Ihr sicher sein, Kapitän Aravan?«, fragte Anthera.

»Ich habe die Stellung der Sonne beobachtet, Lady Anthera.«

»Ach, Anthera«, sagte Jinnarin und brach in Tränen aus, »leider ist das nur allzu wahr. Farrix und ich haben alles gesehen. Wir sind mitten über die Insel getragen worden, geradewegs über die Bergspitzen.«

Antheras Blick wechselte zu Farrix, der stumm nickte und damit Jinnarins Worte bestätigte.

»Und Darda Glain ...?«

»Überschwemmt, Anthera«, sagte Farrix mit leiser Stimme.

»Was ist mit Überlebenden?«

Alle Augen richteten sich auf Aravan. Die Verzweiflung war an seinen Augen abzulesen. »Es gibt kaum Aussichten auf Überlebende, aber wir sind bereits auf dem Weg nach Rwn, in der Hoffnung, dass Fortuna zumindest einigen hold war.«

Anthera stand eine ganze Weile nur mit gesenktem Kopf da, ohne etwas zu sagen. Schließlich knirschte sie: »Durlok!«

In den nächsten drei Tagen blies der Wind nur ganz leicht und wechselte häufig. Dennoch segelte die *Eroean* stetig den Gewässern um Rwn entgegen. Und auf dem ganzen

Weg waren Hinweise auf die Zerstörung im Wasser zu sehen: Kisten, Fässer, geborstene Bretter und Planken, gebrochene Räder und zerschmetterte Türen, halbe durchweichte Grasdächer, Teile von Häuserwänden und noch viel mehr Treibgut. Große Bäume sahen sie, Äste und Zweige gesplittert, der Stamm geborsten und die Wurzeln abgebrochen, als seien diese Baumriesen aus dem Erdboden gerissen worden. Sträucher trieben umher und große Mengen Seetang, der vom Meeresboden heraufgespült worden war und nun auf den ruhigen Wellen schwamm. Außerdem sahen sie Garben von Stroh und Getreide – Hafer, Weizen und so weiter – und auch Obstbäume und Gemüse. Kleine Tiere trieben tot im Wasser, auch der eine oder andere Hirsch. Und einmal sahen sie etwas, das wie ein Teil von einem Menschen aussah, doch es versank, ehe es genauer zu erkennen war.

Menschen und Zwerge und Fuchsreiter weinten, als sie auf ihrem Weg nach Rwn diese gewaltigen Zerstörungen sahen.

Doch das Entsetzlichste wartete auf sie am Ende ihrer Fahrt, denn als sie dorthin gelangten, wo sich zuvor Rwn befunden hatte, empfing sie nur leere Meeresoberfläche – die Insel war vollständig verschwunden.

»Seid Ihr sicher, Kapitän?«, fragte Anthera mit einem hohlen Unterton der Verzweiflung.

Mit unendlicher Trauer in den Augen sah Aravan die Pysk mit den kastanienfarbenen Haaren an, doch es war Jatu, der ihre Frage beantwortete. »Aye, Lady Anthera, er ist sicher. Wir sind jetzt genau dort, wo früher Rwn war.«

Benommen und wegen der Tränen in ihren Augen halb blind, stolperte Anthera über das Deck, um den anderen die verheerende Nachricht zu übermitteln.

An diesem, am nächsten und auch noch am übernächsten Tag fuhren sie in einer immer weiter drehenden Spirale im Kreis auf der Suche nach Überlebenden, ohne welche zu finden. Und an Deck, wo Menschen, Zwerge und Fuchsreiter verzweifelt über das Wasser spähten, unterhielt man sich nur mit gedämpfter Stimme.

Glaubt ihr, dass ein Magier der Flut entronnen und noch rechtzeitig nach Vadaria gewechselt ist? Wer kann das sagen? Ich nicht. Ich auch nicht. Was ist mit den ganzen Schiffen, frage ich mich – hat noch irgendeines rechtzeitig die Segel gesetzt? Herrje, wenn nicht, sind sie sicher gesunken, denn so etwas konnte nur die Eroean überstehen. Eine ganze Insel ist verschwunden, und sie war noch nicht einmal klein. Kruk! Wenn der Waffenmeister eine Möglichkeit findet, werden wir diesen Schwarzmagier sicher zur Strecke bringen. Ich frage mich, warum diese Magier nicht einfach mit den Händen gewedelt und die Wellen besänftigt haben? Diese kleinen Fuchsreiter, seht ihr, wie wütend sie aussehen? Durlok ist abgrundtief böse und ohne Ehre, und dafür wird er sich vor den Châkka zu verantworten haben! ...

Anthera starrte über das leere Wasser. »Dafür wird Durlok büßen!«

Jinnarin brach in Tränen aus. Farrix legte den Arm um sie und zog sie an sich. Nach einer Weile sagte Jinnarin: »Alamar hat mir einmal eine Aufgabe gestellt. Ich sollte das Wesen des Bösen definieren.«

Farrix deutete auf das Meer, wo sich vor ein paar Tagen noch eine Insel befunden hatte. »*Das* ist ein Akt des Bösen.«

»Ja, aber mit dieser Antwort wäre Alamar nicht zufrieden gewesen. Vielmehr hätte er dich angeraunzt und von dir verlangt zu erklären, warum. Ich meine, wenn einzig und allein die Natur dafür verantwortlich wäre, könnte man es nicht als Akt des Bösen bezeichnen. Und wenn etwas Grauenhaftes auf Rwn gehaust und hätte vernichtet werden müssen, und wenn die einzige Möglichkeit, es zu vernichten, die Vernichtung der Insel gewesen wäre, dann wäre es auch kein Akt des Bösen.«

»Aber so war es nicht, Jinnarin. Durlok hat viele Unschuldige getötet.«

»Das macht die Natur manchmal auch, Farrix. Also hätte Alamar gesagt – ebenso wie ich –, dass die Tötung der Unschuldigen allein noch nicht das Wesen des Bösen ist. Vielmehr hat es damit zu tun, dass Durlok den freien Willen anderer missachtet und das Recht anderer, ihr Schicksal selbst zu bestimmen. Er sieht in den anderen nur Kreaturen, deren Aufgabe darin besteht, seinen Bedürfnissen und Begierden zu dienen. Deswegen ist Durlok böse, weil er nur zu seinem Vergnügen tötet. Und *das*, mein Liebster, ist das wahre Wesen des Bösen.«

Farrix nickte zögernd, doch Anthera sagte zu Jinnarin: »Ihr sagt, wenn etwas Grauenhaftes vernichtet werden muss, und es dann vernichtet wird, ist es kein Akt des Bösen, und dem kann ich gewiss zustimmen. Durlok zu töten, wäre gewiss kein Akt des Bösen.«

Drei Tage suchten sie ergebnislos, und oft wurden Matrosen, Zwerge und Fuchsreiter gleichermaßen von Kummer übermannt – nur Kapitän Aravan nicht, der seine Trauer eisern in seinem Inneren verschloss.

Doch in den späten Nachtstunden des dritten Tages, als er allein in seiner Kabine war, weinte Aravan lange Zeit und flüsterte immer wieder unhörbar: *»Chieran, avó, Chieran.«*

»Kapitän, als wir zuerst zu Euch kamen, haben wir nur darum gebeten, uns nach Darda Glain zurückzubringen, sobald Durlok Einhalt geboten wäre. Jetzt gibt es kein Darda Glain mehr, und daher ändert sich unsere Bitte. Jetzt bitten wir Euch, uns dabei zu helfen, gerechte Vergeltung an diesem Schwarzmagier zu üben.«

Aravan betrachtete Anthera, die mit Jinnarin und Farrix neben sich auf dem Kartentisch stand. »Ihr seid nicht allein in Eurem Rachedurst, Lady Anthera, denn jeder Mensch und Drimma an Bord hat darum gebeten, dass wir Durlok jagen, und ich habe bereits meine Zustimmung gegeben.

Doch hört mich an, einen Magier zu töten, ist ein äußerst gefährliches Unterfangen. Und es kann nicht gelingen, wenn uns nur die einfachsten Mittel zur Verfügung stehen, denn Durloks Macht übersteigt unsere Vorstellungskraft.«

»Aber, Aravan«, protestierte Jinnarin, »glaubt Ihr denn nicht, dass ihm die Zerstörung Rwns eine Menge abverlangt hat? Ich meine, überlegt doch, was der Verbrauch ihres astralen Feuers Alamar, Aylis und all den anderen Magiern im Wäldchen angetan hat. Und Durlok ist nur ein Magier, während viele gegen ihn standen, also musste er ihren Widerstand überwinden und darüber hinaus tun, was nötig war, um Rwn zu zerstören. Also frage ich Euch, glaubt Ihr nicht, dass er nur noch wenig Macht übrig hat? Bescheidene Reste der Kraft, über die er zuvor verfügt hat?«

»Das weiß ich nicht, Lady Jinnarin. Vielleicht habt Ihr Recht, und Durlok ist tatsächlich geschwächt. Aber ich weiß eines ganz genau: dass es gefährlich ist, sich gegen einen Magier zu wenden.«

Farrix schnitt eine Grimasse. »Da wäre noch etwas, Alamar: solange Durlok Opfer hat, solange hat er auch Macht.«

»Kruk!«, fauchte Bokar. »Gebt mir einen guten Schwung mit meiner Axt, dann ist Durlok erledigt. Nicht der Schwarzmagier bereitet mir Sorgen, sondern vielmehr seine achtundzwanzig Trolle.«

Stille senkte sich über die Gefährten, da jeder über ihre Lage nachdachte, und nur das Rauschen des Windes, das Plätschern der Wellen und das Ächzen der Takelage war in der Messe zu hören. Farrix betrachtete zuerst die bewaffnete Anthera, dann Jinnarin und schließlich Bokar. Und er sagte: »Besuchen wir Tarquin, denn ich habe eine Idee.«

20. Kapitel

PŶR

Herbst, 1E9575
[Die Gegenwart]

Wie stumme Geister glitten die in Schatten gehüllten Füchse in der Nacht über die Insel. In Dreiergruppen huschten sie durch die felsigen Klippen, und die Reiter auf ihrem Rücken waren mit winzigen Bögen und tödlichen Pfeilen bewaffnet und trugen eine Rüstung aus Dunkelheit. Sie eilten nach Süden, weg von dem provisorischen Lager, das in den Nordklippen verborgen war, und zu den Felswänden über Durloks Höhle. Eine Gruppe wurde von Jinnarin auf Rux angeführt. Rechts hinter ihr hielt sich Farrix auf Rhu, Anthera auf Tal war zu ihrer Linken.

Etwas weiter zurück folgte Aravan in Begleitung von Tivir und Tink, denn diese drei waren die schlanksten Besatzungsmitglieder auf der *Eroean*. Und sie wurden von drei weiteren der kleinen Reiter begleitet, die ihre Vorhut bildeten. Aravan hatte ein Seil bei sich und eine Armbrust mit einem am Schaft befestigten Köcher mit Bolzen. Um seinen Oberschenkel war ein Langmesser geschnallt. Und beide Kabinenjungen trugen eine Armbrust und einen Bogen sowie einen Säbel im Gürtel, dazu eine der kleinen Zwergenlaternen aus Messing und Kristall, deren Schein gut abgeschirmt war. Außerdem hatten beide

Schiffsjungen lange, gegabelte Stöcke bei sich, die aus geraden Erlenzweigen geschnitzt waren. So eilten sie über die Insel.

Etwa eine halbe Meile westlich von ihnen war ein weiteres Trio der in Schatten gehüllten Späher zum Rand der Insel unterwegs, und diesen dreien folgten Jamie und Slane, bewaffnet und mit Laternen ausgerüstet sowie von der Vorhut der letzten drei Fuchsreiter bewacht.

So überquerten zwölf Fuchsreiter, zwei Menschen, zwei schlanke Jungen und ein Elf die Insel, während weitere sechzehn Menschen und vierzig Zwerge in der Dunkelheit rings um die Insel westwärts segelten.

Im Ostnordosten stand ein zunehmender Halbmond dicht über dem Horizont, und hoch am Nordosthimmel zog stumm der Helle Reisende mit dem Roten Krieger im Schlepptau seine Bahn durch die funkelnden Sterne.

Es war die letzte Oktobernacht – achtzig Tage nach der Zerstörung Rwns.

Jinnarin hob eine Hand und hielt Rux an. Farrix blieb rechts von ihr stehen, Anthera links von ihr. Sie hatten den Rand der Insel erreicht.

»Irgendwo da unten«, zischte Jinnarin, und alle drei stiegen ab. Die Fuchsreiter schwärmten aus und warteten, wobei sie ab und zu über den Rand der Klippe nach unten schauten, wo das Sindhumeer gegen den unnachgiebigen Fels brandete.

Rux wandte den Kopf und schaute landeinwärts, und Rhu und Tal folgten seinem Beispiel, und aus der Dunkelheit tauchten Aravan, Tink und Tivir in Begleitung von Bivin, Reena und Galex auf ihren Füchsen auf.

Aravan hielt sein Amulett in der Hand und marschierte am Rand der Klippe hin und her. Schließlich blieb er an einer Stelle stehen und flüsterte: »Hier scheint der Stein am kältesten zu sein. Ich nehme an, der Spalt ist bewacht und genau unter uns.« Er ging fünf Schritte nach Osten. »Hier müssten wir genau neben der Kluft sein.«

Aravan nahm das dünne Seil und band ein Ende um einen Felsen. Dann nickte er Farrix zu, der Rhu einen Befehl zuflüsterte, woraufhin der Fuchs sich zwischen die Klippen zurückzog und kurz darauf nicht mehr zu sehen war. Farrix grinste Jinnarin zu und schob dann eine Hand durch eine der vielen Schlaufen am Ende des Seils.

Aravan ließ den Pysk langsam herunter, während alle anderen über den Rand lugten und zusahen, wie Farrix sich langsam dem Überhang näherte. Als er ihn erreicht hatte, ließ er das Seil los, kroch über den Felsen und lauschte. Nach einer Weile gab er den Beobachtern ein Zeichen, zog sich dann ein wenig zurück und setzte sich.

»Gut«, hauchte Anthera. »Er hört die Wächter. Jetzt wissen wir, wo der Spalt ist.«

»Jinnarin, bewacht Farrix. Tivir, zu mir. Alle anderen warten ab«, murmelte Aravan.

Während Aravan und Tivir nach Osten gingen, lag Jinnarin auf dem Bauch und schaute zu Farrix hinunter. Anthera und die restlichen Fuchsreiter flüsterten ihren Füchsen Befehle zu, und die Tiere schwärmten aus, um die Zugänge zu bewachen. Gut zweihundertfünfzig Fuß weiter östlich markierten Aravan und Tivir eine Stelle mit einem Steinkreis und kehrten dann zur Gruppe zurück. Während die Fuchsreiter sich hinhockten und ihre Waffen zum vielleicht tausendsten Mal inspizierten, und Aravan einen Blick über den Rand auf Farrix warf, schauten Tink und Tivir wachsam in die mondbeschienene Dunkelheit und suchten – was, das wussten sie selbst nicht.

Und sie warteten.

Der Mond war bereits ein Stück den Osthimmel entlanggewandert, als die Füchse am westlichen Zugang Alarm gaben und die Fuchsreiter in Verteidigungsstellung gingen und ihre tödlichen Pfeile auflegten, obwohl sie zu wissen glaubten, wer kam. Auch die Schiffsjungen hatten die Armbrust in der Hand und atmeten flach, um nicht aufzufallen.

Schließlich glitten sechs Schatten durch das Mondlicht zu ihnen: Kylena, Rimi, Fia, Dwnic, Lurali und Temen. Und Fia flüsterte: »Sie sind bereit.«

Aravan nickte und zog das Seil hoch, während die Fuchsreiter ihre Füchse fortschickten, damit sie sich zwischen den Klippen versteckten. Dann gab Aravan Jinnarin ein Zeichen, und sie schob die Hand durch die letzte Schlaufe im Seil. Aravan ließ das Seil zwei Fuß herunter und gab dann Anthera ein Zeichen, und die schob eine Hand durch die zweitunterste Schlaufe. Einer nach dem anderen schoben die Fuchsreiter eine Hand durch die Schlaufen im Seil und wurden wie Perlen an der Schnur zu Farrix heruntergelassen.

Vorsichtig wurde ein Seil herabgelassen, dann kletterte Aravan lautlos hinunter. Tink folgte ihm ebenso leise mit einer Laterne und einem der gegabelten Stöcke. Tivir blieb oben. Tink holte zwei Fäden eines gelben Garns aus seiner Tasche und gab einen Jinnarin und den anderen Farrix zusammen mit ein wenig Klebeharz, das in Papier eingewickelt war.

»Hört Ihr?«, wisperte Farrix, indem er sich das Garn um die Hüfte band, und in der Tat konnten alle ein Rasseln und ein Murmeln hören, in das sich ab und zu ein gutturaler Fluch mischte. Doch was gesprochen wurde, verstand niemand. »Sie reden Slûk«, murmelte Farrix. »Ich glaube, es sind zwei, und sie spielen ein Spiel mit Knochenwürfeln.«

Aravan nickte, dann legte er sich auf den Bauch, und während Tink seine Beine festhielt, beugte Aravan sich vor und lugte unter den Überhang. Langsam bewegte er sich den Sims entlang, lauschte und wandte den Kopf hierhin und dorthin, da er zu erkennen versuchte, wo der Felsen endete und die Illusion begann, doch der Zauber war dergestalt, dass das Gestein natürlich wirkte und es keine unterbrochenen Nischen und Spalten gab. Immerhin konnte er sich am Geräusch der gemurmelten Flüche orientieren, um den Ausguckspalt auszumachen. Schließlich zog er sich zurück, zeigte direkt nach unten und trat fünf Fuß zur Seite. Mit dem Seil in der Hand legte er sich wieder auf den Bauch, und als Farrix die Hand in eine Schlaufe schob, nahm Aravan den Stock von Tink. Dann lehnte er sich wieder weit über den Sims, ließ Farrix ein Stück herunter und manövrierte den Pysk mit der Gabel des Stocks zu einem schmalen Sims – nicht breiter als zwei oder drei Fingerbreit –, der sich um die raue Felswand zog. Als Farrix einen Halt gefunden hatte, stellte er sich mit dem Rücken zur Felswand und löste die Hand aus der Schlaufe. Während Aravan das Seil hochzog, legte Farrix einen Pfeil auf die Sehne seines Bogens.

Aravan rückte vielleicht drei Schritte nach Westen und wiederholte den Vorgang, diesmal mit Jinnarin, die auf den winzigen Sims manövriert wurde und deren Position etwas höher war als Farrix', weil der Sims von ihm zu ihr ein wenig anstieg.

Als sie bereit war, nickte Jinnarin Farrix zu und hüllte sich dann in Schatten. Mit klopfendem Herzen gingen sie langsam aufeinander zu. Jinnarin tastete sich vorsichtig an der Wand entlang, bis ihre Finger schließlich durch scheinbar festes Gestein glitten.

Sie hatte den Spalt erreicht. Sie trat zurück, drückte sich flach an die Wand, entledigte sich des Schattens und gab Farrix ein Zeichen. In dem Bemühen, ihren rasenden Puls zu beruhigen, wartete sie ab, während sein Schatten sich ihr näherte, denn nun, da er wusste, wo der Spalt auf ihrer Seite ungefähr begann, bewegte er sich etwas schneller. Und die ganze Zeit drang beständiges Murmeln und Fluchen durch den Spalt zu ihnen nach draußen.

Schließlich glitten Farrix' Finger durch die Illusion. Er wich zurück, sein Schatten verschwand, und er nickte ihr zu. Vorsichtig und lautlos erforschten sie beide die Dimensionen des Spalts und versuchten die Fensterbank zu finden, denn sie mussten wissen, wo sie war. Sie fuhr mit der Hand an der Seite entlang, konnte den Sims aber nicht finden. Er befand sich irgendwo unterhalb von ihr.

Jinnarin betrachtete die raue Felswand unter sich auf der Suche nach einem Vorsprung, zu dem sie herabklettern konnte ... aber der einzige Vorsprung unter ihr war eindeutig zu tief.

Die Pysk bedeutete ihrem Gefährten zu warten, und sie legte sich auf den schmalen Sims und benutzte ihren Bogen als Verlängerung ihres Arms, indem sie mit der Spitze am Rand des Fensters entlangfuhr und so tief wie möglich nach unten tastete in dem Bemühen, die Fensterbank zu finden ... doch ohne Erfolg. Doch Farrix, der sich etwas tiefer befand als sie und dieselbe Methode benutzte, fand schließlich den Sims unter voller Ausnutzung seiner durch den Bogen verlängerten Reichweite. Jetzt wussten sie ganz genau, wo sich der Sims befand.

Jinnarin erhob sich wieder, legte einen Pfeil auf die Sehne ihres Bogens, ging zum Ende ihres Simses und bereitete sich auf den Sprung vor. Mit wild pochendem Herzen schaute sie zu Farrix. Er war ebenfalls in Stellung, hatte einen Pfeil aufgelegt und nickte ihr zu, um dann ebenso Schatten um sich zu sammeln wie Jinnarin.

Lautlos sprang Farrix' Schatten vom Sims und verschwand durch den Fels. *Eins, zwei,* zählte Jinnarin und folgte ihm dann mit einem Sprung von der anderen Seite durch die Illusion. Sie landete auf dem Fensterbrett mit der dunklen Gestalt von Farrix schräg vor sich. Vor ihr in der von einer Fackel erleuchteten Kammer des Ausgucks griff sich ein Ruch an den Hals, während ein zweiter Ruch soeben Anstalten machte, sich dem Spalt zuzuwenden. Jinnarin zielte und schoss, und ihr winziger Pfeil traf den sich umdrehenden Ruch seitlich in den Hals. Er vollendete seine Bewegung jedoch noch, und seine Augen weiteten sich, während er den Mund öffnete, um zu schreien, und gleichzeitig verzweifelt nach dem Horn tastete, das an einem Band um seine Schulter hing – doch seine Augen wurden glasig, und er fiel seitwärts auf den Steinboden neben seinen unmittelbar vor ihm zusammengebrochenen Kameraden.

Schweigend wickelten die Fuchsreiter das gelbe Garn von ihrer Taille ab, und während Farrix Wache stand, befestigte Jinnarin ein Ende des Fadens mit dem Klebeharz am Fensterbrett und warf das freie Ende aus dem Fenster. Sie ging zur anderen Ecke und tat dasselbe mit Farrix' Garn. Jetzt war das Fensterbrett für Blicke von draußen markiert. Und nach wenigen Augenblicken kam Anthera durch die Illusion und zog die Hand aus der Schlaufe. Ihr folgte rasch Bivin, und gemeinsam sprangen sie vom Fensterbrett und liefen durch den schmalen Gang, der in die Kaverne führte.

Reena folgte, dann Galex, und sie liefen ebenfalls durch den Gang.

Kylena, Rimi, Fia, Dwnic, Lurali und Temen kamen hinterher, blieben aber in der Ausguckkammer, wo sie ausschwärmten und beiderseits der Gangöffnung Stellung bezogen.

Als alle in der Kammer waren, sprangen Jinnarin und Farrix vom Fensterbrett, und Aravan wand sich durch den schmalen Spalt, dann zog er die am Ende des Seils befestigte Armbrust mit den Bolzen hinter sich her und ruckte dann kräftig am Seil.

Draußen richtete Tink seine Laterne nach oben auf Tivir und öffnete kurz die Blende, um ihm zu signalisieren, dass die Fuchsreiter und Aravan sicher in der Ausguckkammer angelangt seien.

Mit einem kurzen Antwortblinken bestätigte Tivir die Nachricht, dann drehte er sich um und sandte ein Signal nach Westen. Eine halbe Meile entfernt, antwortete Jamie mit einem Bestätigungssignal, dann drehte er sich um und gab den Booten unter sich ein Zeichen.

Und der Kriegstrupp setzte die Segel zur verborgenen Einfahrt in die Kaverne.

Dann schickten Jamie und Slane Tivir ein Lichtsignal, das er an Tink weitergab, und Augenblicke später schlängelte Tink sich in die Kammer und nickte Aravan zu. Der Elf und der Junge schleiften die toten Rucha in eine Ecke der Kammer.

Dann warteten sie ab.

Schließlich schnalzte Aravan mit der Zunge und zeigte nach draußen. Im Mondschein segelte der Kriegstrupp vorbei, acht Dinghis mit vierzig Zwergen und sechzehn Menschen.

Aravan wandte sich von dem Spalt ab, gab den anderen ein lautloses Zeichen und machte sich mit ihnen auf den Weg durch den Gang.

Der am Rande des Steinkreises stehende Jamie blinkte den Booten ein Signal zu und öffnete dann die Blende ganz leicht, sodass spärliches Licht herausdrang.

Der im führenden Dingi sitzende Bokar flüsterte, »Segel zusammenfalten und Ruder einsetzen«, und die Zwergenkrieger gehorchten lautlos dem Befehl. Die Boote hinter ihnen folgten ihrem Beispiel.

Sie orientierten sich an Jamies Licht und ruderten auf die Klippen zu, denn irgendwo im Schatten unterhalb seines matten Leuchtfeuers befand sich eine Illusion.

Sie ruderten leise und lauschten auf das hohle Echo der Brandung, das ein Anhaltspunkt dafür war, wo sie die Lagune finden würden, und sie hielten nach Stellen Ausschau, wo Wellen durch scheinbar soliden Fels spülten. Schließlich fanden sie die Stelle, und ein Boot nach dem anderen glitt beinahe lautlos durch die Illusion.

Einmal an dem Trugbild vorbei, konnten sie in der Ferne trüben Fackelschein ausmachen. Während Wellen gegen entfernte Mauern schwappten, glitten sie durch die Kaverne, wobei sie die Ruder immer noch möglichst leise eintauchten, obwohl das Tosen der Brandung die große Höhle erfüllte und alle anderen Geräusche verschluckte.

Im Licht der in den Wandhalterungen am anderen Ende des Steinpiers hängenden Fackeln konnten sie jetzt die gesamte Lagune sehen ... und am Pier vertäut lag die schwarze Galeere, hundert Fuß lang, die Ruder eingezogen. Nur der Bugmast war noch aufgerichtet, während der Großmast umgelegt und das Lateinersegel losgemacht worden waren.

Mit einem stummen Nicken deutete Bokar auf die Treppe am Ende des Landestegs, und dorthin ruderten sie. Sie erreichten die Treppe, und Bokar schlich sich mit sechs anderen zur Galeere und schwang sich mit ihnen über die Bordwand.

Sie durchsuchten das Schiff, fanden unter Deck einen schlafenden Ükh und erschlugen ihn lautlos. Dann kehrten sie an Deck zurück, wo Bokar den anderen Booten Zeichen gab. Während der Waffenmeister und sein Trupp die Galeerenruder an Deck holten und neben die Backbordreling legten, landeten die anderen Dingis eines nach dem anderen, und Châkka gingen an Land und kamen mit Ballisten und Kisten mit Lanzen zu dem schwarzen Schiff, um alles an Bord zu laden. Währenddessen ruderten die verbliebenen Matrosen die leeren Dingis weg vom Pier und auf die Lagunenseite der Galeere, wo sie Leinen nach oben warfen, die von den Zwergen an der Galeere befestigt wurden. Dann kletterten die Menschen an Bord, und Jatu sprang als Erster über die Reling.

Doch als die letzte Balliste an Bord geladen wurde, ertönte plötzlich der laute Schall eines Horns und erfüllte die

Lagune. Bokar fuhr herum und versuchte, den Grg auszumachen, der den Warnruf blies. Wieder ertönte der Hörnerschall, doch dann hob Arka plötzlich seine Armbrust und schoss einen Bolzen ab, und das Horn verstummte mit einem letzten Quaken, während ein Ükh aus dem Krähennest des Bugmasts auf das Deck fiel.

Aus dem jenseits des Piers in die Kaverne führenden Gang ertönte die Antwort eines anderen Ükh-Horns.

Während die Boote des Kriegstrupps am Spalt des Ausgucks vorbeisegelten, glitten Aravan, Tink, Tivir und acht Fuchsreiter durch den schmalen Gang zum Hauptkorridor der Kaverne. Gut hundert Fuß vor dem zentralen Gang stießen sie auf Reena und Galex, zwei Schatten, die sich in Vertiefungen im Fels verbargen. Sie waren hier postiert worden, um alle Rucha und Loka abzufangen, die durch den Gang zum Ausguck wollten und dabei Aravan und seinem Trupp entkamen und wieder zurückflohen. Irgendwo voraus waren Anthera und Bivin, um alle aufzuhalten, die an diesen beiden vorbeikamen.

Als Aravan und seine Gruppe Reena und Galex erreichten, zeigten sich die beiden, und Aravan ließ anhalten.

Gemeinsam warteten sie auf Bokars Zeichen, dass alles bereit sei. Die Zeit verging schleppend.

Wie lange sie schon in dem dunklen Gang standen, wusste Jinnarin nicht, doch plötzlich hörte sie aus der Ferne den Ruf eines Rucha-Horns.

»Vash!«, zischte Aravan. »Wir sind entdeckt worden! Rasch, Tivir, Tink, jetzt ist vielleicht die Zeit für unseren Notfallplan gekommen. Vergesst nicht, wenn es dazu kommt, müsst ihr geschwind laufen!«

Sie eilten zum Hauptkorridor und erreichten schließlich die Stelle, wo Anthera und Bivin warteten. Als sie die beiden Pysk erreichten, verstummte das Horn.

Augenblicke verstrichen, und dann erklang ein anderes Horn, diesmal aus dem Inneren der Höhle. Ein Blick in den Hauptgang zeigte ihnen Fackelschein, der aus den Troll-quartieren drang, und dann hörten sie gewaltige Schritte, die sich näherten. Trolle kamen heraus, monströse Gestalten, zwölf Fuß groß, breit und ungeschlacht. Sie füllten den breiten Korridor aus und schauten in den Gang, aus dem das Horn blies, und nicht in Richtung Kai.

»Herr Kapitän«, sagte Tivir, »das sieht so aus, als wären wir jetzt an der Reihe. Tink, bist du fertig?«

Tink schluckte und nickte und lehnte seine Armbrust neben Tivir an die Wand. Dann warf er einen Blick auf Jinnarin, die ihm zulächelte, doch in ihren Augen war ihre Angst zu sehen. Tink schenkte ihr noch ein flüchtiges Grinsen, dann wandte er sich an Tivir. »Also los, Mann.«

Mit einem Nicken in Richtung ihres Kapitäns traten die beiden Schiffsjungen aus dem schmalen Gang in den Haupt-korridor. Sie liefen lautlos ein paar Schritte weiter, dann öffneten sie die Blenden ihrer Laternen. »Heda!«, rief Tivir. »Ihr großen Hornochsen! Hier sind wir, ihr blöden Idioten!«

»Ha, ihr verdammten Schwachköpfe!«, rief Tink. »Fangt mich doch, wenn ihr könnt!«

Die Trolle fuhren herum, und ihre Augen weiteten sich beim Anblick der beiden Jungen.

Ein Troll brüllte laut, und die anderen fielen ein, sodass ein unmenschliches Wutgebrüll durch den Steinkorridor hallte. Und dann setzten die monströsen Kreaturen den beiden nach. Tivir und Tink fuhren herum und rannten zum Kai. Die Trolle folgten ihnen und holten dabei mit jedem Schritt auf.

»Brekka! Dett! Schneidet die Leinen durch!«, befahl Bokar. »Alle anderen, nehmt Euch Ruder! Stoßt ab! Wir können das Unternehmen vielleicht noch retten!«

Die Leinen wurden mit Äxten durchtrennt, und Matrosen und Krieger stießen mit den Rudern gegen den Steinkai. Doch das Schiff war massiv und bewegte sich nur fingerbreitweise im Wasser, als sich Châkka und Menschen mächtig anstrengten, um die Galeere vom Pier wegzustemmen.

Aus der Höhle drang beständig Hörnerschall.

Langsam löste sich das Schiff vom Landungssteg. Jetzt konnten sie Rufe und ein lautes Gebrüll hören, dem mehr Rufe folgten und dann das Poltern stampfender Schritte.

Tink tauchte plötzlich auf, Tivir neben sich. Die beiden Schiffsjungen wurden von brüllenden Trollen verfolgt, die ihnen dicht auf den Fersen waren. Tink lief geradeaus, während Tivir einen Haken nach links schlug, beide von je einem Troll verfolgt, die bereits die Klauen nach den beiden Jungen ausstreckten. Doch die zwei hechteten aus vollem Lauf in das schwarze Wasser der Lagune und tauchten darin unter. Der Troll hinter Tivir brüllte vor Angst und versuchte anzuhalten, konnte es aber nicht mehr und fiel vom Steinkai ins dunkle Wasser, in dem er sofort versank. Doch der Troll, der Tink verfolgte, machte einen gewaltigen Satz über das Wasser zwischen dem Kai und der schwarzen Galeere, traf die Bordwand und konnte sich mit einem verzweifelten Griff am oberen Dollbord des Schiffs festklammern, das sich unter seinem gewaltigen Gewicht zur Seite neigte. Höhnisch grinsend kletterte das Ungeheuer an Bord, wo Zwergenäxte und Jatus Streitkolben auf den monströsen Troll einschlugen.

In Schatten gehüllt, sah Jinnarin die Trolle vorbeipoltern. Sie atmete rasch und stoßweise, denn der Anblick war wirklich schrecklich. Und sie betete zu Adon, dass Tivir und Tink entkommen waren und Bokar und der Kriegstrupp es geschafft hatten, mit der Galeere abzulegen, bevor Alarm geblasen worden war.

»Fertig!«, zischte Aravan. »Die Trolle sind weg. Die *Yrm* kommen hinterher. Wir können sie nicht vorbeilassen.«

Jinnarin schaute in den Korridor. In der Ferne schien Fackellicht um die Biegung. »Vorwärts!«, zischte sie, und dunkle Schatten huschten in den Gang und eilten an den Wänden entlang. Aravan folgte ihr mit gespannter Armbrust.

Als sie die Abzweigung zur Höhle der Trolle erreichten, huschte Aravan hinein. Augenblicke später kamen die Fackeln tragenden Rucha, bewaffnet und gerüstet und unterwegs zum Kai. Sie marschierten an Elf und Pysk vorbei, ohne sie im Schatten zu entdecken, doch plötzlich griffen sie sich an Hals und Wangen, als seien sie von Bienen gestochen worden. Erst als die Vordersten fielen, schlugen die Nachfolgenden Alarm und wandten sich zur Flucht, während die Fuchsreiter den nächsten Pfeil auflegten.

Aravan zielte mit seiner Armbrust, doch hinter ihm ertönte ein Grunzen, und er fuhr in dem Augenblick herum, als er von einer gewaltigen Hand gepackt und gegen die Felswand geschlagen wurde, sodass ihm schwarz vor Augen wurde, während die Armbrust in die Dunkelheit flog.

Der Troll sprang vor Häme laut brüllend in den Hauptgang, den benommenen Aravan im Würgegriff.

Mit einem Hilferuf schoss Jinnarin einen winzigen Pfeil auf das Ungeheuer ab, doch er prallte wirkungslos von der grünen Schuppenhaut ab.

Im Wasser auf der kaiabgewandten Seite der Galeere kletterten Tink und Tivir in ein Dingi und dann am Haltetau empor auf das Deck des Schiffes, wo sie sahen, wie Zwerge und Menschen verzweifelt auf einen Troll einschlugen und tapfer versuchten, ihn zur Strecke zu bringen. Doch ihre Äxte und Säbel waren gegen die steinharte Haut beinahe wirkungslos, während der Troll die Krieger und Matrosen beiseite fegte wie lästige Insekten, und jeder seiner Schläge brach Knochen. Die Trolle an Land johlten, als sie sahen, wie die Verteidiger übermannt wurden.

Tink ergriff Tivir am Arm. »Komm! Wir müssen ihn töten!«

Zusammen rannten sie zu einer der Ballisten und stellten sie auf. Während Tivir an der Kurbel drehte und die Waffe spannte, öffnete Tink eine der Kisten mit Speeren, wobei er darauf achtete, die dunkle, zähe Flüssigkeit auf der Stahlspitze nicht zu berühren.

Tink lud die Balliste mit dem Speer. Während Tivir den Standfuß stützte, ging Tink zum Schaft und zielte. »Triff bloß keinen Zwerg oder Menschen!«, raunte Tivir.

»Adon führe meine Hand«, betete Tink und feuerte den Speer ab.

Der Schaft sauste durch die Luft, und der Rückschlag warf die Schiffsjungen beide flach auf den Boden. Die Balliste landete auf ihnen.

Der Speer traf den Troll mitten in den Rücken und durchbohrte ihn, sodass die dunkele Spitze auf der Brust austrat. Mit weit aufgerissenen Augen starrte der Troll nach unten auf dieses Ding, das seinen Leib durchbohrt hatte, und öffnete den Mund, um zu brüllen, taumelte stattdessen jedoch rückwärts und kippte über die Reling. Mit lautem Klatschen fiel er ins Wasser und tauchte sofort unter.

Noch an der Stelle, wo er zu Boden gestreckt worden war, eine Balliste auf dem Schoß, sah Tink Tivir an und sagte: »Ich will verdammt sein, Tiv, wir haben ihn erwischt!«

Mit einem bösartigen Lachen und ohne auf die Schatten zu achten, hob der Troll Aravan hoch, um seinen Schädel gegen die glitzernde Felswand zu schmettern, während ringsumher Fuchsreiter erfolglos ihre winzigen Pfeile verschossen, die alle von der Schuppenhaut des Ungeheuers abprallten.

Doch bevor er den Elf gegen die Wand schlug, huschte ein Ausdruck verschlagener Häme über das Gesicht des Trolls, und er schloss stattdessen beide Hände um Aravans Brust. Die dicken Finger legten sich vollständig um Aravans schmalen Elfenkörper, und das Ungeheuer machte Anstalten, dem Elf langsam alle Rippen zu brechen, ihm die Luft zum Atmen zu nehmen und ihm schließlich das Leben aus dem Leib zu quetschen. Das Ungeheuer grinste höhnisch, während es immer fester zudrückte.

Die Schmerzen rissen Aravan aus seiner Bewusstlosigkeit, und während seine Rippen unter der Belastung ächzten und knackten, hörte er Jinnarin wie aus weiter Ferne rufen. »Die Augen, Aravan! Stecht ihm ins Auge!«

Verzweifelt tastete Aravan nach dem Langmesser in seiner Oberschenkelscheide, während der riesige Troll grausam lachte und immer fester zudrückte. Mit einem gequälten Ächzen wich die Luft aus Aravans Lunge, und es knackte vernehmlich, als die ersten Rippen brachen. Der Troll riss ob der Qual seines hilflosen Opfers die Augen vor Entzücken weit auf und hob Aravan noch ein Stück weiter empor. Doch als die nächste Rippe brach, riss Aravan sein Langmesser heraus, und bevor der Troll reagieren konnte, rammte er dem Ungeheuer die dunkle Klinge ins Ohr, deren Spitze das Gift der Fuchsreiter der Kreatur direkt ins Gehirn trieb.

Der Troll rang gequält nach Luft, als wolle er schreien, brach jedoch stattdessen seitwärts zusammen, sodass Aravan auf den Steinboden fiel, während schattenhafte Gestalten beiseite eilten, um von dem fallenden Ungeheuer nicht zerquetscht zu werden.

Plötzlich war der Gang von einem widerlichen Gestank erfüllt, als sich im Tod Blase und Gedärme des Trolls entleerten.

Mit einiger Mühe gelang es Aravan, sich aus dem Griff der Kreatur zu befreien. Er erhob sich unter Schmerzen und versuchte tief Luft zu holen, konnte es aber nicht, da fünf seiner Rippen gebrochen waren.

»Rasch«, befahl Bokar, »bringt die Ballisten in Stellung. Burak, Fager, Jatu, kümmert euch um die Verwundeten. Tink, Tivir, verspottet die Trolle. Wir müssen dafür sorgen, dass sie hier bleiben, bis Kapitän Aravan sich um den Schwarzmagier gekümmert hat.«

»Heda«, rief Tivir, während er in die Bugmast-Takelage und dann auf die Reling sprang und den Trollen zuwinkte, »ihr dämlichen Klotzköpfe! Wir haben euren Kumpel kaltgemacht, ich und Tink, jawoll, das haben wir.«

»Du hast völlig Recht, Tivir!«, schrie Tink, indem er sich neben Tivir aufbaute. »Und wenn einer von euch hässlichen Kröten dasselbe will, soll er es sich holen kommen. Wir warten auf euch! Oder habt ihr zu viel Angst vor uns Trolltötern?«

»Und ihr seid nicht nur Kröten«, fügte Tivir hinzu, »ihr seid auch so hässlich, dass die Milch davon sauer wird. Aber so mögt ihr sie ja, also wundert mich das nicht weiter!

Und jetzt mal ein Wort zu euren widerlichen Müttern ...«

Es ist ungewiss, ob die Trolle auch nur ein Wort von dem verstanden, was die beiden Burschen ihnen zuriefen, aber dass sie verspottet wurden, daran hatten die Ungeheuer keinen Zweifel. Und während einige Zwerge Nägel in das Deck des treibenden Schiffs hämmerten, um die Ballisten zu fixieren, und andere die Kisten mit den Speeren öffneten – Speere, deren Spitzen mit dem Fuchsreitergift überzogen waren, das die Pysk in Tarquins Wald heimlich zusammengebraut hatten –, und während Fager, Burak, Jatu und die Matrosen die Verwundeten behandelten, brüllten die Trolle Flüche auf Slûk und liefen erregt auf dem Kai hin und her, und zwei oder drei, die vor Wut buchstäblich schäumten, verschwanden im Korridor hinter ihnen.

Ächzend ging Aravan zu dem toten Troll und holte sich sein Langmesser zurück. Dann suchte er im Seitengang seine Armbrust und fand sie schließlich auch. Die Waffe war nicht mehr gespannt, und der Bolzen hatte sich beim Aufprall auf den Boden gelöst, aber die Waffe selbst war unbeschädigt. Vor Schmerzen aufstöhnend, gelang es ihm, die Armbrust wieder zu spannen und einen vergifteten Bolzen in den Schusskanal einzulegen. Er biss die Zähne zusammen und knirschte: »Wir gehen weiter.«

Aravan und die ihn umgebenden Schatten folgten dem Gang, während hinter ihnen aus der Richtung des Kais das Gebrüll der Trolle ertönte. Augenblicke später erreichten Fuchsreiter und Elf die Abzweigung zum Quartier der Rucha und Loka. Aravan kauerte sich unter Schmerzen nieder und flüsterte: »Anthera.« Als sich ihm ihre in Schatten gehüllte Gestalt näherte, deutete er mit dem Kopf auf den Gang und sagte: »Ich will keine *Rûpt* im Rücken haben. Nehmt die Hälfte Eurer Leute und kümmert Euch um sie, während der Rest von uns weitergeht. Folgt uns, sobald Ihr fertig seid. Jinnarin, Farrix, bleibt bei mir.«

Sechs Schatten lösten sich und eilten in den grob behauenen Seitengang, während Aravan und der Rest weiter dem Hauptkorridor folgten.

Sie schlichen durch die lange Kurve und gelangten schließlich zu der Abzweigung, wo es nach rechts zur Messehalle und den drei Kammern und nach links zur Kristallkammer und zu Durloks Gemächern ging. Wieder kauerte Aravan sich hin. Er atmete flach und angestrengt. »Wer ist noch übrig?«, flüsterte er.

Jinnarin legte den Schatten ebenso ab wie die anderen Fuchsreiter. Aravan betrachtete sie. »Fia, Dwnic, Lurali, Temen, auch hier will ich keine *Rûpt* im Rücken haben. Falls sich welche in der Messe, in der Küche, auf der Latrine oder im Kerker verstecken, kümmert Euch um sie. Falls es Gefangene gibt, möchte ich das auch wissen.« Aravan zeigte auf den Gang zur Kristallkammer. »Sucht uns dort, wenn Ihr fertig seid.«

Die Fuchsreiter hüllten sich wieder in Schatten, und vier nahmen den Weg nach rechts, während Aravan und die beiden verbliebenen Schatten sich nach links wandten.

Mit lauten Flüchen und Verwünschungen schwangen die Trolle ihre Keulen und Streitkolben, und manche warfen ihre klobigen Waffen sogar nach den Eindringlingen an Bord des Schiffes. Die Schiffsjungen wichen hierhin und dorthin aus, und die schwerfälligen Wurfgeschosse zischten an ihnen vorbei. Die drei Trolle, die im Gang verschwunden waren, kehrten jeder mit zwei, drei großen Steinen zurück. Diese Steine warfen sie nach der schwarzen Galeere, und zwar mit solcher Kraft, dass sie im Flug *summten*. Ein schlecht gezielter Stein schlug dicht über der Wasserlinie ein Loch in den Rumpf, und Tivir rief: »Ach herrje! Ich hoffe nur, sie kommen nicht auf die Idee, das Schiff zu versenken!«

Doch diese Worte blieben ein frommer Wunsch, denn der Troll, dessen Stein ein Loch in das Schiff geschlagen hatte, rief etwas und warf noch einmal, und diesmal zielte er absichtlich auf den Rumpf, um die Galeere leckzuschlagen und zu versenken.

Doch in diesem Augenblick rief Bokar: »Alles fertig! Feuer frei!«

Die Ballisten wurden gespannt und ihre Speere geschleudert, die Trolle am Kai aufspießten und mit ihren vergifteten Spitzen augenblicklich töteten. Einige Trolle gingen zu Boden, und manche, die ins Wasser fielen, waren schon tot, bevor sie versanken. Andere wurden vom Kai gestoßen, als ihre Kameraden in Panik gerieten und sich zur Flucht wandten. Diese fielen vor Entsetzen brüllend ins Wasser und gingen wie Steine unter. Einige Trolle stolperten und fielen über ihre toten Kameraden, und als sie sich endlich wieder aufrappelten, wurden sie von der nächsten tödlichen Salve der Ballisten niedergestreckt. Dennoch entkamen einige, die in den Gang zurückliefen.

»Kruk!«, fluchte Bokar, als kein lebender Troll mehr auf dem Kai zu sehen war.

»Verdammt!«, knirschte Jatu. »Genau das wollten wir verhindern!«

Und vorne im Schiff hauchte Tivir: »Du meine Güte, ich hoffe nur, dem Käpt'n und den Fuchsreitern passiert nichts.«

»Hoffen wir das Beste«, erwiderte Tink. »In dem schmalen Gang zum Ausguck wären sie sicher.«

»Und hinter der schmalen Tür zum Laboratorium des Schwarzmagiers«, warf Tivir ein. »Da können sich die Trolle auch nicht durchquetschen.«

»Wie viele Trolle sind wohl noch übrig?«

»Ha, da ist der, den wir getötet haben, ich zähle neun, die am Kai liegen, eine weiterer, der dich verfolgt hat, ist ins Wasser gefallen und drei andere wurden von ihren Kameraden unabsichtlich ins Wasser gestoßen und sind ertrunken. Das macht zusammen« – Tivir zählte sie an den Fingern ab – »vierzehn Tote, und damit bleiben noch, äh« – wieder zählte Tivir an den Fingern ab.

»Vierzehn«, half Tink aus.

»Ja. Also noch vierzehn. Aber die vierzehn laufen dahin, wo der Käpt'n und die anderen sind.«

»Die Trolle sind gar nicht meine größte Sorge, Tiv«, erwiderte Tink, »sondern der Schwarzmagier. Der Käpt'n hat selbst gesagt, das Fuchsreitergift auf den Ballistenspeeren würde die Trolle töten, wie Meister Farrix es sich gedacht hat. Aber der Kapitän war sich nicht sicher, was den Schwarzmagier umbringen würde, obwohl Waffenmeister Bokar sagte, wenn der Käpt'n oder die Pysk ihn sauber treffen, ist Durlok auch tot. Hoffen wir nur, dass er Recht hat.«

Tivir nickte zögernd, aber fügte hinzu: »Ja. Aber hoffen wir auch, dass die Trolle dem Kapitän nichts anhaben können.«

Während Tivir und Tink an dem einen Ende der Galeere die toten Feinde zählten, standen Jatu, Bokar und Kelek am anderen Ende an der Reling und taten dasselbe. Jatu wandte sich an die Zwerge und sagte: »Vierzehn von ihnen sind tot, Waffenmeister, und sechs von unseren Leuten, zwei von meinen Matrosen und vier von Euren Kriegern. Weitere acht haben Knochenbrüche erlitten, drei Menschen und fünf Zwerge. Mehr werden sterben, wenn wir den restlichen Trollen folgen, vielleicht überlebt sogar niemand. Aber wenn wir ihnen nicht folgen, werden sie wahrscheinlich den Kapitän töten.«

Bokar nickte und wandte sich an Kelek. »Wir geben die neuen Armbrüste aus ...«

In diesem Augenblick ertönte das Klirren von Spitzhacken auf Stein aus dem Hauptkorridor.

Hinkend und vor Schmerzen leise keuchend, folgte Aravan dem Gang zur Kristallkammer. Vor ihm trottete Farrix, und Jinnarin folgte ihm. Die Fuchsreiter waren in Dunkelheit gehüllt und in dem schattigen Gang praktisch unsichtbar. In der Ferne hinter sich hörten sie Trollgebrüll, ab und zu auch einen schrillen Schrei aus größerer Nähe, das Kreischen eines Ruch oder Lok.

Als sie die erste Höhlung auf der linken Seite erreichten, hörte sie heiseres Atmen aus den gestapelten Waren. Aravan wartete, während Jinnarin und Farrix in den dunklen Bereich glitten. Augenblick später ertönte ein dumpfer Schlag, und die Fuchsreiter kamen wieder heraus. »Es war einer von den Rucha«, flüsterte Jinnarin Aravan zu. Sie gingen weiter und konnten voraus magisches Licht im Gang sehen, doch ehe sie dessen Ursprung erreichten, tat sich zu ihrer Linken der zweite Lagerbereich auf. Wieder huschten Jinnarin und Farrix zwischen die Kisten, Ballen und Fässer, doch diesmal hatte sich niemand dazwischen versteckt.

Sie strebten der Kristallkammer entgegen, und das Licht wurde immer heller, je näher sie kamen. Jinnarin schien nicht mehr genug Atemluft zu bekommen, und ihr Herz klopfte in ihrer Brust wie ein wilder Vogel im Käfig.

Dann erreichten sie den Eingang der Kristallkammer, die in phosphoreszierendem blauen Licht funkelte.

In Schatten gehüllt, lugte Jinnarin in den Tempel. Er war leer. Nein, nicht ganz! Auf dem Kristallaltar lag ein verstümmelter Leichnam, und die Ablaufkanäle waren voller Blut.

»Pass auf«, zischte Farrix. »Er hat gerade ein frisches Opfer getötet.«

»Wir treten einer nach dem anderen ein«, flüsterte Aravan. »Wir verteilen uns, um kein gemeinsames Ziel zu bieten. Ich denke, wir müssen sein Quartier durchsuchen.«

Sie glitten in die Kristallkammer, einer nach dem anderen, und schwärmten aus, Farrix zuerst, dann Aravan und schließlich Jinnarin, der das Herz bis zum Halse schlug. Sie schlichen an der gewölbten Wand entlang, Bogen und Armbrust angelegt und schussbereit. Farrix hielt die Spitze und strebte dem Ausgang gegenüber entgegen. Sein Schatten hatte beinah die Öffnung erreicht, als plötzlich eine höhnische Stimme ertönte.

»Ihr Narren!« Die Worte hallten durch die Kammer.

Jinnarin fuhr herum und suchte den Sprecher, und unten am Altar stand, als sei er soeben aus dem Nichts aufgetaucht, ein hochgewachsener Mann mit kahlem Schädel, der in ein dunkles Gewand gekleidet war und einen langen schwarzen Stab in der linken Hand hielt.

Durlok der Schwarzmagier hatte sich ihnen entgegengestellt.

»Bemannt die Ballisten!«, rief Bokar. »Ich glaube, sie hacken Felsbrocken aus der Wand, um das Schiff zu versenken.«

Dem Klirren von Spitzhacken auf Gestein folgte das Klopfen von Hämmern, während Bokar hinter der Reihe der Ballisten auf und ab marschierte. »Wenn die Trolle kommen, Relk, schießt du mit deiner Mannschaft zuerst. Varak, du als Nächster. Alak, du bist der Dritte. Dann du, Bral ...«

Jatu rief die unverletzten Matrosen zu sich – acht, Tink und Tivir eingeschlossen – und sagte: »Bemannt die Dingis. Wir müssen das Schiff drehen. Sollte es den Trollen gelingen, ein Leck in die Galeere zu schlagen, brauchen wir die Boote, um uns abzusetzen. Wenn nicht, müssen wir das Schiff trotzdem etwas tiefer in die Lagune ziehen, sodass wir gerade außerhalb ihrer Reichweite, aber noch innerhalb unserer sind.«

Während die Menschen über die Reling und in die Boote kletterten, waren schattenhafte Bewegungen in der Einmündung des Ganges zu sehen. Ein Troll trat vor, der einen großen, scharfkantigen Stein in der Hand hielt. Doch als er ausholte, um ihn zu werfen, feuerte Relk seine Balliste ab, und der Speer sauste davon, traf das Ungeheuer in den Bauch und durchbohrte ihn. Der Troll taumelte seitwärts und fiel, und der Stein landete auf dem Kai, doch ein anderer Troll sprang vor und hob ihn auf, während ein Speer an der Wand neben ihm zersplitterte. Ein weiterer Speer verfehlte das Ziel, als das Ungeheuer sich aufrichtete und umdrehte. Dann warf der Troll den Stein, und der nächste Speer durchbohrte seinen Unterleib und ließ ihn heulend zu Boden gehen, während schwarzes Blut aus der Wunde strömte. Wo es auf den Boden tropfte, stieg Qualm vom Kai auf, auch als das Geheul des Ungeheuers abrupt verstummte.

Der große Stein traf das Heck der Galeere, zerschmetterte Planken auf dem Achterdeck und krachte in die Quartiere darunter. Durch die Trefferwucht drehte sich das Schiff langsam im Wasser. Doch Jatu rief den Matrosen in den Booten ein paar Kommandos zu, und einige zogen an den Leinen, während andere zur Galeere ruderten und sie mit dem Bug anstießen. So stoppten sie die Drehbewegung, während die Zwerge ihre Ballisten neu spannten und nachluden.

Augenblicke später waren zwei weitere Trolle tot, deren Steine harmlos in das Wasser zwischen Kai und Galeere fielen.

Und alle Geräusche von Spitzhacken und Hämmern verstummten.

»Ich glaube, sie haben den Versuch aufgegeben, uns zu versenken«, sagte Jatu.

»Aye«, knurrte Bokar bestätigend. »Aber wenn wir Kapitän Aravan retten wollen, wird es Zeit, dass wir in die Höhle vordringen.«

Rasch ratterten Bokar und Jatu Befehle herunter, und Menschen und Zwerge beeilten sich, ihnen nachzukommen. Sie stiegen in die Boote und ließen die Toten und Verwundeten mit Schiffsarzt Fager an Bord. Von Bokar angeführt, fuhren alle verbliebenen Krieger zum Kai. Zusammen mit dem Waffenmeister und fünf anderen Zwergen sprang Jatu aus dem führenden Boot an Land und auf den Kai, und hinter ihm flüsterte Tivir: »Möge Fortuna mit Euch sein, Herr Jatu.« Dann ruderte der Schiffsjunge wieder zur Galeere zurück, wo er und die übrigen Menschen das Schiff aus der Reichweite der Trolle und ihrer Steine ziehen würden.

Mit massiven Armbrüsten bewaffnet, für deren Handhabung immer zwei Zwerge nötig waren, erklomm der Kriegstrupp die Treppe und ging zwischen getöteten Trollen durch zu der dunklen Gangeinmündung.

»Nicht vergessen«, zischte Bokar, »zielt auf den Hals.«

Ohne seine Schmerzen zu beachten, riss Aravan die Armbrust an die Schulter und schoss den vergifteten Bolzen auf den Magier ab. Doch Durlok hob eine Hand und fauchte *»Peritrapoû!«*, und der Bolzen flog zurück zu Aravan, und der Elf musste schnell zur Seite ausweichen. Der Bolzen flog an ihm vorbei und zerschellte an der Kristallwand.

»Wieder nenne ich euch Narren«, zischte Durlok.

Dem Schwarzmagier flitzten zwei schattenhafte Gestalten entgegen, doch wieder hob er eine Hand, zeigte zuerst auf Farrix und dann auf Jinnarin und zischte jedem *»Anoémon genoû!«* entgegen. Beide Fuchsreiter fielen benommen zu Boden, und der schützende Schatten rings um sie löste sich auf.

Aravan biss die Zähne zusammen und ging beiläufig zu dem Ausgang, der zu Durloks Quartier führte.

Der Schwarzmagier lachte höhnisch. »Willst du meine Aufmerksamkeit von deinen Verbündeten ablenken?« Er zeigte mit dem Finger auf die Tür zum Kai, und nach einem *»Emphragma!«* füllte sich das Portal mit Dunkelheit. »Wieder nenne ich dich einen Narren, denn sie stellen keine Gefahr für mich dar, ebenso wenig wie du.«

Wieder hob Durlok die Hand, und diesmal zeigte er auf Aravan. *»Parálusis!«*, und der Elf schwankte und fiel zu Boden. Er spürte alles, war noch bei vollem Bewusstsein, konnte sich aber nicht mehr rühren. Und er musste mit ansehen, wie Durlok den verstümmelten Leichnam vom Altar stieß und dann zu ihm kam.

Durlok packte Aravan am Kragen seines Wamses und schleifte ihn über den Boden zum Altar, was dem Elf beinahe unerträgliche Schmerzen verursachte. »Du wolltest mich besiegen? Pah! *Ich* bin der Eroberer. Ist dir denn nicht klar, du einfältiger Tor, dass *ich* den Pysk veranlasst habe, die Träume zu träumen, um dich und deine Verbündeten in meine Falle zu locken? Und dieser Schwachkopf Alamar hat zwar meinen Negus getötet, aber er hat für diese Tat gebüßt und liegt jetzt tot auf dem Meeresgrund. Und da wir gerade von Rache reden – dein Hass hat dich noch einmal hergelockt, und jetzt bist du in meiner Gewalt!«

Durlok legte seinen Stab beiseite und hievte Aravan mit einem Grunzen auf den Kristallblock. Dabei konnte Aravan durch die dunkle Barriere vor dem Eingang schattige Gestalten erkennen, die sich dort bewegten, und er hörte außerdem gedämpftes Geschrei. Durlok merkte auf und lachte. »Glaubst du, sie werden dich retten? Pah! Wieder beweist du deine Einfalt. Sie können nicht herein, und ich kümmere mich um sie, wenn ich mit dir fertig bin. Tatsächlich« – Durlok kauerte sich neben dem Altar nieder, und als er sich wieder erhob, hielt er einen langen, scharfen, dunklen Kristall in der Hand – »werde ich dir dein *Pŷr* entziehen und es benutzen, um die zu besiegen, die dich retten wollen, wie ich das *Pŷr* des Polarlichts benutzt habe, um den Meeresboden zum Einsturz zu bringen. Gefällt dir das, Elf?«

Aravan brachte ein Stöhnen hervor.

»Oh. Was ist das? Du willst sprechen? Nun denn, Narr, dann sprich.« Und Durlok murmelte: »*Elattóheti!*«

Ein Teil der Lähmung wich von Aravan, und es gelang ihm, den Kopf in Durloks Richtung zu drehen und zu flüstern: »Warum?«

Durloks Augen weiteten sich vor Staunen. »Du bist ein noch größerer Tor, als ich gedacht habe, denn anstatt um dein Leben zu betteln, wenn ich dir die Freiheit der Rede gewähre, stellst du mir lieber eine alberne Frage. Warum was?«

»Warum tut Ihr all diese bösen Dinge? Warum habt Ihr Rwn zerstört?«

Wieder weiteten sich Durloks Augen. »Böse? Böse! Die Zerstörung Rwns war kein Akt des *Bösen*. Nein, ganz und gar nicht! Vielmehr dient sie den Absichten meines Herrn

Gyphon. Er hat Pläne. Ja, Er hat Pläne. Verflucht sei Adon dafür, dass er sich Ihm widersetzt!«

Aravan sah, wie sich hinter Durlok die Schatten um Jinnarin zusammenballten.

»Und Ihr, habt Ihr keine Pläne?«, flüsterte Aravan.

»Aber sicher doch, Einfältiger. Ich habe viele Pläne. Ich werde über Mithgar herrschen.«

Mehr Schatten sammelten sich um Jinnarin, deren Gestalt immer mehr verschwamm, sich aber noch nicht rührte.

Aravan öffnete den Mund, um etwas zu sagen, aber Durlok zischte: »Das reicht jetzt!« Er nahm seinen langen schwarzen Stab in die linke Hand und den Kristall in die rechte und hielt dann inne, als bewundere er den rauchigen Edelstein. Gedämpfte Rufe drangen durch die dunkle Barriere vor dem Eingang, und dann war das Geräusch von Spitzhacken zu hören, die auf Fels einschlugen. Durlok lachte und schaute auf Aravan nieder, dann hielt er ihm den Kristall vor die Augen. »Dieser Kristall ist jetzt ohne Macht«, flüsterte Durlok, »aber ich werde seine Kraft mit seinem Wahren Namen wecken und dir dein astrales Feuer entziehen.«

In diesem Augenblick fiel Aravan wieder Aylis' Prophezeiung ein und ihr Unterricht in magischen Worten und schließlich das eingekreiste Wort im Brevier des Schwarzmagiers. Und er mühte sich, sich zu bewegen, den Stein zu ergreifen – alles vergeblich, denn er stand noch immer unter Durloks Bann. Der Schwarzmagier lachte über Aravans schwache Bemühungen, hob den Kristall in die Höhe und öffnete den Mund, um etwas zu sagen ...

... Und kreischte laut und fuhr sich mit der Hand in den Nacken, während sein Stab auf den Boden stürzte und der Kristall auf den Altar fiel.

Sein Gesicht wurde grau, und er schwankte. Und als er sich umdrehte, stand Jinnarin hinter ihm, und die Pysk legte gerade einen neuen ihrer winzigen Pfeile auf die Sehne ihres Bogens.

»Iè húdor genoú!«, brachte er heraus, und das Grau wich aus seinem Gesicht.

Er hob die Hand, um Jinnarin auszulöschen, und schrie gellend: »Du bist tot!«, aber die Lähmung hatte Aravan in dem Augenblick verlassen, als Durlok sich abwandte. So hob der Elf den dunklen Edelstein auf, stach ihn Durlok mit aller Kraft in den Rücken und rief dabei: *»Krystallopýr!«*

Aravan hatte den Stein mit seinem Wahren Namen benannt.

Heiß flammte er auf und zog astrales Feuer in sich.

Und Durloks Augen weiteten sich vor Entsetzen. Er griff sich an den Rücken und versuchte, den Stein zu erreichen, schaffte es jedoch nicht. Und immer noch kreischend fuhr er herum und wollte zu seinem Stab, doch der glühende dunkle Edelstein, der in ihm steckte, sog ihm sein Feuer aus und entzog ihm seine Macht. Der schreiende Schwarzmagier alterte, während er zu seinem Stab stolperte. Sein Gesicht schien einzufallen, sein Rücken beugte sich, die Haut bekam braune Flecken, die Augen wurden trüb, die Hände zuckten in Anfällen von Schüttellähmung, Hals, Kinn, Stirn und Wangen sanken so weit ein, bis sein Gesicht nur noch pergamentdünne Haut auf dem Schädel zu sein schien. Seine entsetzten Schreie gingen in ein Krächzen über, dann in ein hohles Flüstern, und immer noch versuchte er seinen Zauberstab zu erreichen. Alt und schwach sank er auf die Knie, da er nicht mehr laufen konnte, und ächzend und stöhnend kroch er vorwärts und streckte eine skelettdürre Hand aus. Und als er nach dem Stab griff ...

... kauerte Aravan sich nieder und hielt die Hand des Schwarzmagiers fest, wobei er flüsterte: »Für Aylis, für Alamar und für all die anderen.«

Durloks Mund öffnete sich vor Grauen in einem stummen Todesschrei, und dann brach er zusammen, und seine spröden Knochen zersplitterten, und sein Fleisch zerfiel zu Staub.

In der Asche blieb nur ein leuchtender, dunkler Edelstein zurück.

21. Kapitel

HEIMKEHR

Herbst, 1E9575 – Frühling 2E1
[Die Gegenwart]

Plötzlich erlosch das blaue Licht in der Kristallkammer, und der spärliche Lichtschein *Krystallopýrs* spendete nur wenig Helligkeit. Doch Augenblicke später flammten im Eingang Zwergenlaternen auf und verjagten die Dunkelheit. Zwerge und Fuchsreiter stürzten in die Kristallkammer, und auch Jatu, denn nach Durloks Tod war die Barriere ebenso verschwunden wie das magische Licht in der Kammer. Und Bokar rief: »Kapitän Aravan, seid Ihr wohlauf?«

Aravan hielt sich die Rippen. »Seid auf der Hut, Bokar, in Durloks Räumen könnten noch *Yrm* lauern. Habt Ihr vielleicht einen Heiler bei Euch? Farrix liegt dort drüben – ob bewusstlos oder tot, weiß ich nicht.«

Bokar gab den Châkka rasch Befehle, und während Burak sich um Farrix kümmerte, marschierte eine Abteilung Krieger durch die Kammer und betrat mit einer Vorhut aus mehreren in Schatten gehüllten Fuchsreitern vorsichtig den zu Durloks Quartier führenden Gang. Einige Châkka und Pysk blieben zurück und standen Wache.

Jinnarin kniete sich mit Burak neben Farrix. Augenblicke später rief sie: »Er kommt jetzt wieder zu sich.«

Jatu ging durch den Tempel und kauerte sich neben Dur-loks Überreste, nun nicht mehr als ein Häufchen Asche. Und Aravan zischte: »Fasst den Kristall auf keinen Fall an, Jatu. Er hat eine tödliche Aura.«

Jatu warf einen Blick auf den schwarzen Stab und sagte dann zu Aravan: »Wir haben gesehen, was passiert ist, Ka-pitän, wenn auch wie durch einen dunklen Schleier. Durlok schien ganz versessen darauf zu sein, dieses Stück Holz zu erreichen. Ich frage mich, warum?«

Der Elf zuckte die Achseln, dann wandte er sich ab und schaute Burak, Jinnarin und Farrix zu. Der Pysk richtete sich gerade auf.

Sehr zögerlich berührte Jatu den Stab mit einem Finger und zog ihn sofort wieder zurück. Dann berührte er ihn noch einmal und noch einmal und nahm ihn schließlich in die Hand. Er stand auf und maß seine Länge. Der Stab war so lang wie der schwarze Hüne groß. »Seltsames Holz«, murmelte Jatu. »Hart wie Ebenholz, aber es ist keines.«

Von Anthera und Fia begleitet, kam Bokar zum Altar, und Aravan fragte: »Die Trolle, Waffenmeister, sind sie tot?«

Bokar nickte, doch seine Augen verrieten Kummer. »Aye, Kapitän, sie sind alle tot. Aber dreizehn Châkka und zwei Menschen sind ebenfalls tot. Außerdem haben wir vierzehn Verwundete. Die meisten haben Knochenbrüche.«

»Darunter auch meine Rippen«, sagte Aravan. »Die hat mir der Troll gebrochen, den ich getötet habe.«

»Aha!«, rief Bokar, indem er sich umdrehte und Burak zu sich rief. »Das wart Ihr also, Kapitän. Wie habt Ihr ihn ge-tötet?«

»Mit einem Dolch«, antwortete Aravan.

»Wir haben uns schon gefragt, wer es getan hat und wie.«

Burak half Aravan dabei, sein Wams auszuziehen, und um-wickelte dann den Brustkasten seines Kapitäns mit einem Verband.

»Was ist mit den *Yrm*?«, fragte Aravan.

Anthera hob ihren Bogen und sagte: »Wir glauben, dass alle tot sind, falls sich nicht noch Rucha oder Loka unter Durloks Bett verstecken.«

Aravans Blick irrte zu dem verstümmelten Leichnam, der auf der anderen Seite des Altars lag. »Hatte Durlok noch Gefangene?«

Fia schüttelte den Kopf. »Im Kerker lag ein Mensch in Ketten, aber jemand hatte ihm gerade die Kehle durchgeschnitten. Wir glauben, um ihn daran zu hindern, um Hilfe zu rufen. Wahrscheinlich war es der Ruch, den wir dort getötet haben.«

Farrix stand auf und kam mit Jinnarin zu Aravan. Er zeigte auf die Asche und murmelte: »Das ist Durlok?«

Aravan nickte.

»Da liegt der Kristall, mit dem er die Wolken aus dem Polarlicht nach unten gezogen hat. Berührt ihn nicht, Farrix, denn ich habe seinen Wahren Namen ausgesprochen, und er ist sehr gefährlich.«

»Wir können ihn nicht einfach hier lassen«, sagte Jinnarin.

»Ich weiß, Jinnarin.« Vorsichtig, um seine frisch verbundenen Rippen zu schonen, kauerte Aravan sich hin. Er hielt die Hand über den klingenartigen Edelstein und flüsterte *»Krystallopýr«*, und der feurige Schein verschwand aus dem rauchigen Kristall. Dann berührte Aravan den Stein, bereit, die Hand beim ersten Anzeichen von Gefahr wegzuziehen. Als nichts geschah, nahm er ihn auf. Er betrachtete ihn eine ganze Weile, dann gab er ihn Jatu mit den Worten: »Haltet den Kristall in Verwahrung, bis wir einen Weg gefunden haben, wie wir ihn entweder nutzen oder zerstören können.«

Fuchsreiter und Zwerge kamen aus Durloks Quartier in die Kammer zurück. »Alles in Ordnung, Waffenmeister«, rief

Lork, der nun, wo Kelek tot war, Bokars Stellvertreter war. »Keine Grg in Sicht.«

Nachdem sie die Ballisten auf die Boote verladen hatten, versenkten sie die schwarze Galeere an der tiefsten Stelle der Lagune. Das düstere Schiff zischte protestierend, als es unterging, und noch lange, nachdem es in den dunklen, unergründlichen Tiefen verschwunden war, stiegen große Luftblasen auf.

Auf Aravans Befehl wurden die Verwundeten, deren Brüche geschient und verbunden worden waren, mit Booten zu ihrem provisorischen Lager auf den Nordklippen gebracht. Dann beluden sie die Dingis mit ihren toten Kameraden und segelten sie ebenfalls dorthin. Die toten Menschen erhielten eine Seebestattung, und Aravan empfahl ihre Seele Adon, aber die Leichen der Zwerge wurden zu einem großen Scheiterhaufen auf den Klippen getragen und zusammen mit Keulen und Streitkolben der Trolle – den Waffen ihrer getöteten Feinde – daraufgelegt.

Als es dämmerte, versammelten sich alle – Menschen, Zwerge und Pysk auf Füchsen –, während Bokar die Messe für die Châkka las und Elwydd bat, über die Geister dieser erschlagenen Helden zu wachen, während sie zwischen den Sternen umherstreiften und auf die Zeit ihrer Wiedergeburt warteten. Als der große Scheiterhaufen angezündet wurde und Gestrüpp und Reisig aufloderten, trat Bokar neben Aravan. Sie sahen ernst zu, wie der Rauch in den sich verdunkelnden Himmel stieg, und Bokar sagte: »Sie sind in Ehren gestorben, Kapitän, was der beste Tod ist, auf den ein Châkkakrieger hoffen kann. Hätten wir nicht geschworen, Stillschweigen über unsere Fahrt zu bewahren, wäre der Sieg über Durlok eine Tat, von der die Barden ewig singen würden. Achtundzwanzig Trolle haben wir in dieser Schlacht getötet. Einer ist von Euch erstochen worden, Kapitän Aravan, zwei wurden von Tink und Tivir erwischt. Der Rest fiel von der Hand der Châkka oder doch so gut wie. Nie zuvor haben so wenige so viel vollbracht. Und was unsere Toten betrifft, kein Krieger könnte ein besseres Schicksal verlangen, obwohl es unbesungen bleiben wird.« Bokar wandte sich ab und schaute aufs Meer, als suche er Trost am entfernten Horizont, da der Himmel sich nun im letzten Licht rosa, violett und indigo verfärbte.

Aravan stand eine ganze Weile stumm da, und nur das Murmeln des Windes, das Knistern des Feuers und das Tosen der Brandung störte die Ruhe. Doch schließlich sagte er: »Vergesst die Fuchsreiter nicht, Bokar, denn ohne sie hätten wir es nicht geschafft. Und was die Taten der Châkka betrifft, so werden sie nicht unbesungen bleiben. Ich werde den Verlauf dieser Schlacht im Logbuch der *Eroean* festhalten. Außerdem nehme ich an, in ferner Zukunft wird einmal eine Zeit kommen, wenn der Schleier der Geheimhaltung gelüftet werden kann – wann, das kann ich nicht sagen, aber der Tag wird ganz sicher kommen, und dann werden auch die Lieder gesungen. Das schwöre ich, mein tapferer Freund.«

Bokar wandte den Blick nicht vom Meer ab, aber er nickte zustimmend einmal, da er wegen seiner Tränen nicht sprechen konnte.

Am nächsten Tag rief Aravan Jatu zu sich und sagte: »Für die Toten ist viel Wergeld zu errichten, Jatu, um die Versorgung der Hinterbliebenen zu gewährleisten. Außerdem haben die Menschen, Zwerge und Fuchsreiter eine Belohnung für ihre guten Leistungen verdient. Nehmt Bokar und einen Pysk oder zwei, stellt eine Mannschaft zusammen und geht in Durloks Schatzkammer. Wählt etwas von seinen Reichtümern aus, das wir mitnehmen können.«

Jatu nickte. »Aye, Kapitän. Wie viel?«

Aravan überlegte. »Wir könnten problemlos drei Dingis beladen, oder?«

Jatu lächelte grimmig. »Wenn wir auf dem Rückweg schlechtes Wetter haben, können wir die Boote aussetzen und später noch einmal zurückkommen.«

Ein freudloser Ausdruck huschte über Aravans Gesicht, und er schüttelte den Kopf. »Ich bezweifle, dass wir jemals wieder hierher kommen werden.«

Im Nu hatte Jatu seine Mannschaft zusammengestellt. Anthera und Jinnarin gehörten dazu, obwohl die Fuchsreiter bei dem Gedanken, etwas von den Schätzen für sich mitzunehmen, nur die Achseln gezuckt hatten.

Am nächsten Tag, dem zweiten Novembertag, setzten sie die Segel und verließen die Insel, diesmal mit dem Wind nach Osten Richtung *Eroean* – acht Dingis mit Leuten und Füchsen darin und drei weitere, die mit Schätzen beladen waren und geschleppt wurden. Sie segelten langsam durch die Algen, denn es standen nur einunddreißig gesunde Ruderer zur Verfügung, die gleichmäßig auf die acht bemannten Boote verteilt waren, um den Vortrieb durch das Segel zu unterstützen, doch der Wind war günstig und blies direkt von hinten, während sie zwischen den überwachsenen Wracks durchfuhren. Aravan machte immer noch einen weiten Bogen um sie, wenn der Stein an seinem Hals kalt wurde.

Sie fuhren mit dem Wind nach Osten, manchmal schneller, manchmal langsamer, während Tage und Nächte vergingen. Sie waren zu den Gewässern am Ostrand des Großen Wirbels unterwegs, wo die *Eroean* hin und her kreuzte.

Zwei Tage nach ihrem Aufbruch von der Insel ging ein kalter Wolkenbruch auf sie nieder, und der Seegang wurde heftiger. Das Unwetter dauerte zwei Tage, doch am Ende klarte der Himmel wieder auf, und die Sonne schien strahlend auf sie herab. Immer noch schleppten sie die drei Schatzboote, denn das Unwetter war nicht zu schwer gewesen.

Am nächsten Tag legte sich der Wind völlig, und sie kamen nur langsam vorwärts, da die Ruderer sich abwechselten, um Kräfte zu sparen.

Doch am folgenden Tag kam wieder Wind auf, ein leichter Westnordwest, und so segelten sie weiter, obwohl Tink und Tivir sich mittlerweile erkältet hatten.

So fuhren sie weiter ostwärts durch die Algen, bis Aravan am neunten Novembertag kurz nach dem Morgengrauen einen Blick auf die aufgehende Sonne warf und Befehl zum Anhalten gab. Sie nahmen die Segel herunter und trieben nur noch auf den sich langsam drehenden Algen. Und schließlich, am Ende des Tages, sichteten sie die nach Norden fahrende *Eroean*, und eine Stunde später waren alle wohlbehalten an Bord.

Die *Eroean* fuhr zum Silbernen Kap, denn sie würde mitten im Winter dort ankommen, also zur mildesten Jahreszeit im Südpolarmeer. Während die Tage länger wurden und die Nächte kürzer, fuhr das Elfenschiff in südöstlicher Richtung durch das Sindhumeer. In diesen Tagen und Nächten sah man Kapitän Aravan oft allein an der Reling stehen, auf den Horizont starren und um seine verlorene Liebste trauern, jedenfalls sagte das die Mannschaft. Es kam eine Nacht, in der Aravan und Jinnarin in der Messe saßen und miteinander redeten ...

Jinnarin trank einen Schluck Tee aus ihrer Eicheltasse. »Was, glaubt Ihr, hat Durlok gemeint, als er sagte, sein Herr Gyphon hätte Pläne?«

»Ihr habt ihn das sagen hören?«

Jinnarin nickte. »Ich habe fast alles gehört, was er gesagt hat, Aravan. Ich war praktisch die ganze Zeit bei Bewusstsein.«

Aravan sah Jinnarin neugierig an, als wolle er ein Geheimnis ergründen. »Wie kommt es, dass Durloks Zauber auf Euch eine viel geringere Wirkung hatte als auf Farrix?«

Jinnarin zuckte die Achseln. »Ich weiß es nicht, Aravan. Aber vielleicht liegt es daran: Als Durlok seinen Zauber auf Farrix wirkte, fiel mir ein Wort ein, das Aylis während Alamars Auseinandersetzung mit Durlok benutzt hatte – als der Schwarzmagier einen Blitzstrahl auf uns schleuderte –, und als Durlok dann seine Hand auf mich richtete, habe ich einfach ›Averte!‹ gesagt. So lautete das Wort. ›Averte!‹ Und ich versuchte mir vorzustellen, wie sein Zauber daneben ging. Warum das bei mir funktioniert haben könnte, weiß ich jedoch nicht, denn ich bin ganz sicher keine Magierin.«

Aravan betrachtete sie nachdenklich, dann stand er auf und schenkte sich noch eine Tasse Tee aus der Kanne ein, die auf dem Stövchen stand. »Und dann ...?«

»Und dann, ja, dann schien es so, als würde ich von etwas Unsichtbarem gestreift, das mir vorübergehend die Sinne geraubt hat, obwohl ich nicht weiß, was das war ...« Jinnarin zuckte die Achseln. »Ich konnte hören, wie er mit Euch geredet hat, wie er geprahlt und Euch verspottet hat. Und dann hat er von Gyphon und dessen Plänen gesprochen, obwohl er nicht gesagt hat, wie diese Pläne aussehen. Glücklicherweise ist es mir dann ja gelungen, mich aufzurappeln und auf ihn zu schießen.«

»Das war wirklich gut, Jinnarin, denn wenn Ihr nicht auf ihn geschossen hättet, würden wir jetzt nicht hier sitzen und uns unterhalten.«

»Aber das Gift hat nicht gewirkt, Aravan. Er hat die Wirkung irgendwie abgeschüttelt.«

»Er hat einen Zauber gewirkt, denn er hat in der Sprache der Schwarzmagier gesagt: ›Gift werde zu Wasser.‹«

»Ach so«, murmelte Jinnarin. »Magie. Ich wusste, es musste so etwas sein. Er wollte mich töten, Aravan, und diesmal hätte mir auch ein ›*Averte!*‹ nichts mehr genützt. Aber da habt Ihr ihn dann ja mit dem Kristall erstochen. Und dessen Wahren Namen genannt. Woher habt Ihr gewusst, dass es funktionieren würde?«

Aravan schwenkte den Tee in seiner Tasse und trank ihn dann aus. Er stellte seine Tasse auf den Tisch und sagte: »Erinnert Ihr Euch nicht mehr, Jinnarin? Hier an diesem Tisch hat Aylis ihre Prophezeiung ausgesprochen: ›*Introrsum trahe supernum ignem – pyrà – in obscuram gemmam!* – Zieh das himmlische Feuer – *pyrà* – in den dunklen Edelstein.‹«

»Oh!«, rief Jinnarin. »Natürlich erinnere ich mich!«

Aravan seufzte. »Beim Studium von Durloks Grimoire habe ich viele Wörter gelernt, darunter auch *Krystallopýr*. Alamar hat gesagt, das sei ein Wahrer Name.«

»Das eingekreiste Wort«, flüsterte Jinnarin.

Aravan nickte nur.

»Du meine Güte, was für eine lange Reihe von Zufällen, um dieses Ende herbeizuführen«, fügte Jinnarin hinzu.

Aravan beschrieb eine verneinende Geste und sagte: »Nein, ich glaube nicht, dass der Zufall uns hergeführt hat. Ihr müsst Euch doch daran erinnern, dass meine geliebte Aylis es *gesehen* hat.«

»Aber ich dachte, Durlok hätte sie blockiert.«

»Aye, das hat er auch. Dennoch ist es ihr gelungen, in mancherlei Hinsicht die Wahrheit aus den Karten herauszuholen, auch wenn die Auslagen sinnlos und zufällig erschienen. Sie hat eine Gefahr gesehen. Sie hat gesehen, dass der Schwarzmagier sie blockierte. Außerdem hat sie ihre seherischen Kräfte noch auf andere Art benutzt: Sie hat Durloks Opfer berührt und dessen Tod nacherlebt. Sie hat Holz berührt und die Ramme der schwarzen Galeere gesehen. Sie ist dem Schwarzmagier um die halbe Welt gefolgt.« Aravan hielt inne und fuhr dann mit gramerfüllter Stimme fort: »Und einmal, als sie die Karten gelegt hat, hat sie den Ertrinkenden umgedreht, den Vorboten einer Katastrophe. Damals hat sie nicht gewusst, was er bedeutet, und gedacht, es könnte eine Gefahr für die Mannschaft der *Eroean* gemeint sein. Sie hat gesagt, die Karte könnte aber auch eine Katastrophe für andere anzeigen. Ich wusste nicht, was sie zu bedeuten hatte, aber jetzt weiß ich es, sehr zu meinem Bedauern, denn sie kündete den Untergang Rwns und den Tod aller an, die auf der Insel gelebt haben.«

»Aber das wissen wir nicht, Aravan«, protestierte Jinnarin. »Einige könnten überlebt haben.«

»Jinnarin, erinnert Ihr Euch nicht mehr an Durloks Prahlerei, dass Alamar mit Rwn untergegangen sei?«

»Ja, das habe ich ihn sagen hören. Aber er hat auch gesagt, Alamar hätte seinen ›Negus‹, also den Gargon getötet. In diesem Punkt lag er falsch. Und wenn er falsch damit lag, wer den Gargon getötet hat, könnte er auch falsch liegen, was Alamars Tod angeht. Alamar ist sicher nach Vadaria entkommen. Ganz sicher.«

»Vielleicht, Jinnarin. Aylis war aber in den Zusammenschluss eingebunden. Wäre ich in Kairn geblieben, hätte ich sie vielleicht retten können.«

»Wärt Ihr in Kairn geblieben, Aravan, hätte wahrscheinlich keiner von uns überlebt. Wir wären alle ertrunken – Zwerge, Menschen, Ihr, Farrix, ich –, auch Anthera und Bivin und alle anderen, die uns aus Darda Glain begleitet haben ... wir wären alle gestorben. Und was das Schlimmste wäre, Durlok würde immer noch leben.«

Mittlerweile liefen Aravan Tränen über die Wangen. »Ach, Jinnarin, Ihr habt Recht, und würde ich noch einmal vor dieselbe Wahl gestellt, würde ich mich wieder genauso entscheiden. Aber es ist eine Entscheidung, die mir das Herz gebrochen hat, denn meine wahre Liebe ist so sicher von mir gegangen, wie Rwn zu existieren aufgehört hat.«

»Hört her«, unterbrach Jinnarin. »Ihr müsst mit diesem Gerede aufhören, dass Aylis ertrunken ist. Sie kann ebenso wie Alamar nach Vadaria gewechselt sein. Schließlich ist sie meine Schwester. Wir sind zusammen traumgewandelt. Und wenn ihr etwas passiert wäre, würde ich es wissen ... ich würde es ganz einfach wissen.«

Aber der Ausdruck ganz tief hinten in Jinnarins Augen strafte ihre Worte Lügen.

Je weiter nach Süden sie fuhren, desto länger wurden die Tage, da der Winter im Südpolarmeer Einzug hielt. Am Ende des Novembermonats befanden sie sich so weit im Süden, dass die Sonne nicht mehr unterging, sondern nur noch einen vollständigen Kreis am Himmel beschrieb. Und am dreizehnten Dezembertag segelten sie in die Meerenge am Kap ein, und am gleichen Tag kam Boder, der Steuermann, im Namen der ganzen Mannschaft zu Farrix.

»Meister Farrix, wir würden ruhiger schlafen, wenn Ihr im Krähennest auf dem Großmast auf Ausguck gehen würdet.«

»Aber warum, Boder?«

»Weil Eure Augen gut genug sind, um die Geistergaleone zu entdecken, Meister Farrix.«

»Die Geistergaleone?«

»Aye, Meister Farrix, die *Graue Lady*. Wir wollen damit sagen, dass zwar heller Tag ist und alles, aber sie könnte trotzdem hier in diesen Gewässern umherstreifen und nach dem ertrunkenen Jungen suchen und nach allen anderen, die sie erwischen kann. Und Ihr habt sie schon einmal gesehen, und wir würden uns gerne wieder auf Eure Augen verlassen, damit wir früh genug ausweichen können, sollte es nötig werden.«

»Aber, Boder, was ich gesehen habe, war vielleicht nicht mehr als die vom Wind gepeitschte Gischt eines Brechers. Außerdem hatte ich damals auch noch Alamars magische Sicht, und keiner hier weiß, wie die zustande kommt, deshalb wird es nicht dasselbe sein.«

»Das mag durchaus sein, Meister Farrix, aber Ihr habt die Galeone gesehen und wir nicht, also würde die ganze Mannschaft es als einen persönlichen Gefallen betrachten, wenn Ihr ins Krähennest klettert.«

Und so kletterte Farrix mit Slanes Hilfe in den Ausguck des Großmastes, um nach der *Grauen Lady* Ausschau zu halten, während die *Eroean* das Kap umrundete.

Kurz nachdem er dort hinaufgestiegen war, kam Jatu mit Jinnarin zu ihm. »Ich wollte mit dir wachen«, sagte seine Gefährtin. »Sollte ein Geisterschiff gesichtet werden, will ich dabei sein.«

Jatu lachte, und nachdem er ein paar Worte mit Slane gewechselt hatte, kletterte der schwarzhäutige Mensch wieder nach unten.

Sie betrachteten den Horizont ringsumher, und Farrix sagte: »Was für ein Unterschied zu der Aussicht, die wir hatten, als wir zuletzt in diesen Gewässern waren. Ist das erst sechs Monate her? Du meine Güte, ich glaube, es stimmt. Aber wie auch immer, diesmal gibt es keine großen Brecher, die uns ersäufen wollen, und kein Schneegestöber, das uns blendet, und auch keinen heulenden Wind, der unsere Masten knickt.«

»Richtig, Meister Farrix«, erwiderte Slane, »aber ich kann auch mit dem milden Wetter leben und wäre Euch dankbar, wenn Ihr es dabei belassen könntet, falls Euch das nichts ausmacht.« Slane und Farrix brachen in lautes Gelächter aus, während Jinnarin vor sich hin kicherte.

Während der Mast langsam hin und her schwankte und das Schiff stetig nach Nordosten fuhr, saßen sie eine Weile schweigend da. Plötzlich zeigte Farrix nach Norden. »Heda, was ist das für ein Funkeln?«

Weit weg am Horizont glitzerte etwas in der grellen Wintersonne.

Slane schaute lange hin und sagte schließlich: »Das ist der silbrige Glanz von Eis in der Sonne, Meister Farrix. Diesem Eis verdankt das Silberne Kap seinen Namen, weil es silbern glänzt. Das Eis liegt steuerbord und backbord, und bevor wir die Straße durchquert haben, werden wir es noch aus der Nähe sehen.«

Sie segelten weiter in der frischen Luft hoch oben im Mast. Die drei saßen in zufriedenem Schweigen da, während das Schwanken des Schiffes eine beinahe hypnotische Wirkung hatte. Nach einer Weile schaute Jinnarin aus der Höhe des Krähennests nach unten auf das Schiffsdeck und bekam Herzklopfen ob des unerwartet tiefen Abgrunds, der sich für sie auftat. Doch dann stieß sie Farrix an und zeigte nach unten. Aravan stand allein an der Mittschiffsreling und starrte ins Meer. »Ach, Farrix, er tut mir so Leid. Er ist so verloren ohne Aylis.«

Ohne den Blick von Aravan abzuwenden, nahm Farrix Jinnarin sanft bei der Hand. »So verloren, wie ich ohne dich wäre, Liebste.«

Jinnarin seufzte. »Ach, ich hoffe so, dass sie wirklich in Vadaria ist.«

Farrix nickte. »Ich auch, Liebste. Ich auch.«

Jinnarin seufzte noch einmal. »Das Problem ist, auf Rwn war der einzige bekannte Übergang zwischen Mithgar und der Welt der Magier. Und jetzt gibt es ihn nicht mehr.«

»Vielleicht gibt es einen anderen Weg, Jinnarin.«

Sie schüttelte den Kopf. »Das glaube ich nicht, Farrix, denn die Magier hätten ihn längst gefunden, wenn es ein anderes Tor gäbe.«

»Vielleicht haben sie noch nicht richtig gesucht.«

»Vielleicht«, seufzte Jinnarin. »Weißt du, Farrix, ich habe versucht, im Traum eine Brücke zu ihr zu schlagen.«

»Und ...?«

»Nichts. Es ist mir nicht gelungen. Sie muss nämlich gleichzeitig mit mir träumen, wenn es gelingen soll.«

»Und wenn das Traumwandeln zwischen den Ebenen nicht funktioniert?«

Jinnarin zuckte die Achseln. »Das wäre natürlich möglich. Aber es könnte auch andere Gründe haben ... schlimmere.«

»Wie zum Beispiel ...?«

»Wie zum Beispiel, wenn sie nicht mehr am Leben wäre. Dann wäre es genauso.«

»Genauso?«

»Ja. Wenn sie tot wäre, könnte ich wohl kaum eine Brücke zu einem ihrer Träume schlagen.«

»Ach so.«

Slane wandte sich an Jinnarin. »Ach, da wäre ich gar nicht so sicher, Lady Jinnarin. Ich meine, ich habe Geschichten gehört, dass Tote durchaus zu den Lebenden sprechen können, in ihren Träumen.«

Jinnarins Gesicht nahm einen bestürzten Ausdruck an. »Ach, Slane ...«

»Versteht mich nicht falsch, Lady Jinnarin. Ich will damit nicht sagen, dass Lady Aylis tot ist. Ich will nur sagen, dass Geister und Seelen eine Person im Traum besuchen können, und das ist eine Tatsache.«

Jinnarin nickte freudlos und ging wieder dazu über, Aravan unter ihr zu beobachten.

Nach einer Weile wandte er sich von der Reling ab und ging zu seiner Kajüte. Als er außer Sicht war, wandte Jinnarin sich mit Tränen in den Augen an Farrix. »Weißt du, was das Schlimmste daran ist, Farrix? Wir können nicht mal den Arm um ihn legen und ihn trösten, weil Fuchsreiter und Elfen so verschieden groß sind.«

Sie umsegelten ohne Zwischenfall das Silberne Kap und fuhren dann weiter in den Westonischen Ozean. Zur Zeit der Wintersonnenwende ankerten sie in der Inigobucht, wo die Mannschaft an Land ging, um frisches Wasser aus den klaren Bächen aufzunehmen, die dort ins Meer flossen. Und in jener Nacht wurde das Ritual der Wintersonnenwende abgehalten – eigentlich drei Rituale: Die Pysk und ihre Füchse veranstalteten einen Ritt, bei dem sie sich im Kreise drehten, die Châkka feierten mit ihrem Elwydd gewidmeten Lied, und Aravan zelebrierte das Elfenritual, bei dem ihm die Tränen über die Wange liefen, denn als er die Schritte zuletzt ausgeführt hatte, war seine Liebste bei ihm gewesen.

Am Tag nach der Sonnenwende saßen Aravan und Jinnarin wieder in der Messe und redeten über vergangene Dinge, über gegenwärtige und auch über zukünftige. Rux lag auf dem Boden und döste, denn es hatte den Anschein, als gebe es bei nun zwölf Füchsen mittlerweile keine Ratten mehr an Bord. Aravan griff nach unten und kraulte Rux zwischen den Ohren, um dann einen Moment einfach nur gedankenverloren dazusitzen. Schließlich schaute er sinnierend in seine Tasse und sagte leise: »Dies ist die letzte Fahrt der *Eroean*, Jinnarin. Ich gebe die Seefahrt auf.«

Jinnarin sagte eine ganze Weile gar nichts, und nur die Geräusche des Windes und der Wellen sowie der Segel und Taue erfüllten die Messe. Schließlich sagte Jinnarin: »Ich weiß, dass die ganze Besatzung von einer tiefen Trauer erfüllt ist, denn in der Kristallkaverne haben sie viele gute Freunde verloren. Aber deswegen die Seefahrt aufgeben – sie ist Euer Leben, Aravan.«

Langsam nickte Aravan, und in seinen Augen glitzerten Tränen. »Es ist zu schmerzlich für mich. Wohin ich auch schaue, sie ist dort. Bei jedem kleinen Geräusch drehe ich mich um und erwarte, dass sie mit ihren funkelnden grünen Augen hinter mir steht und lacht. Ich wache in der Nacht auf, und es ist so, als sei sie gerade aus meinem Bett geschlüpft, und dann liege ich da und warte, aber sie kommt einfach nicht zurück.

Auf der *Eroean* habe ich sie kennen gelernt. Dort haben wir gelacht und uns geliebt. Haben gemeinsam gegen das Böse gekämpft. Und das Gute gefeiert. Ohne sie an meiner Seite erstrahlt die *Eroean* nicht mehr im alten Glanz, sondern ist nur noch von einer erstickenden Qual erfüllt.«

Aravan vergrub das Gesicht in den Händen, während Jinnarin die Tränen über die Wangen liefen.

Am folgenden Tag rief Aravan die Mannschaft an Deck und verkündete, dies sei die letzte Fahrt der *Eroean*, zumindest für eine Weile. Es gab einige Protestrufe, aber die meisten Besatzungsmitglieder verstanden ihren Kapitän. »Wir segeln zur verborgenen Grotte in der Thellbucht, wo wir das Schiff verstecken«, fügte Aravan hinzu. »Dann teilen wir unsere Schätze auf, und mit dem, was wir bereits bei den Banken Arbalins angelegt haben, würde ich sagen, dass Ihr und die Eurigen alle ein behagliches Leben führen könnt, was immer Ihr auch zu tun gedenkt.«

Dann fragte Aravan, ob es Fragen gebe, doch niemand sprach, da die Mannschaft so bedrückt war, dass niemandem etwas einfiel.

Am Ende der Versammlung fragte Jinnarin: »Was habt Ihr für Pläne, Jatu?«

Der hünenhafte Erste Offizier seufzte, dann sagte er: »Ich glaube, ich kehre nach Tchanga zurück. Und lasse mich dort nieder.«

»Und nehmt Euch eine Frau?«, fragte Farrix grinsend.

»Wohl eher mehrere«, warf Bokar ein.

Jatu lächelte. »Aye, wohl eher mehrere.«

»Was ist mit Euch, Bokar?«, fragte Farrix den Zwergen-krieger.

Bokar strich sich den Bart und sagte dann: »Im Grimm-wall gibt es eine neue Châkkafeste. Sie heißt Kachar. Ich glaube, ich sehe sie mir an, und wenn sie mir gefällt, bleibe ich dort.«

»Ich gehe zurück nach Gelen«, sagte Tivir. »Und kaufe mir ein Fischerboot.«

»Ich nicht«, sagte Tink. »Ich kaufe mir ein Stück Land in Rian, bei den Silberhügeln, und baue Getreide an und so.«

»Ach, was verstehst du denn von Ackerbau, hm? Nichts, sage ich ...«

An Deck erklang eine Pfeife, und die beiden Schiffsjun-gen sprangen auf, um dem Befehl zu folgen ...

... Und in den kommenden Wochen waren alle an Bord mit Gesprächen über ihre Zukunft beschäftigt.

Am ersten Februartag erreichte die *Eroean* die Küste des Westkontinents, und alle Fuchsreiter und Aravan gingen von Bord. Sie gingen in den Wald zu Tarquin, und er nahm sie mit offenen Armen bei sich auf. Hier würden Anthera und die Fuchsreiter bleiben, diejenigen, welche an jenem schicksalhaften Tag mitgekommen waren, denn ihre Hei-mat, Darda Glain, gab es nicht mehr. Doch Farrix und Jin-narin wollten lieber in den Schwarzforst – den die Elfen Darda Erynian nannten –, wo Jinnarins Eltern wohnten ... denn Aravan wollte nach Pellar fahren und würde die bei-den mitnehmen.

Sie blieben eine Woche bei Tarquin, und am Achten, dem Tag von Aravans Abreise, kamen die Verborgenen zu ihm, und Anthera sagte: »Als Ihr nach Darda Glain gekommen seid, da habt Ihr gesagt, Ihr wärt gekommen, um uns zu retten. Wir kamen mit, aber aus einem anderen Grund – um ein Exempel an jenen zu statuieren, die uns Verborgene versklaven wollten. Wir blieben noch aus einem anderen Grund – um Rache zu nehmen für die Zerstörung Rwns und den Mord an unseresgleichen in Darda Glain. Aber Ihr hattet die ganze Zeit Recht, Aravan: Ihr wart tatsächlich gekommen, um uns zu retten, obwohl es damals niemand von uns gewusst hat. Das werden wir niemals vergessen. Und wir haben ein Geschenk für Euch, das Euch an uns erinnern soll. Es ist eine Waffe mit einem Wahren Namen, ein Kristallspeer: *Krystallopýr.*«

Während Jinnarin und Farrix Anthera auf einer Seite flankierten und Tarquin und Falain auf der anderen, traten neun Fuchsreiter aus Darda Glain vor – Bivin, Reena, Galex, Kylena, Rimi, Fia, Dwnic, Lurali und Temen. Sie trugen einen Speer mit einem langen schwarzen Schaft und einer Kristallspitze. »Das ist der dunkle Kristall, der Durlok getötet hat«, sagte Anthera, »mit Sternsilber an den Stab des Zauberers geschmiedet. Wie Ihr wisst, ist dieser Kristall verheerend in seiner Macht. Setzt ihn mit Bedacht und gerecht ein und hütet auf ewig seinen Wahren Namen, denn in den falschen Händen kann großes Unrecht daraus erwachsen.«

Aravan nahm die Waffe, die beinah acht Fuß lang war. Langsam drehte er sie in den Händen und betrachtete die Fassung aus dunklem Sternsilber, die Klinge und Schaft verband. Seltsame, winzige Runen wanden sich darum. Aravan sah Tarquin fragend an.

»Das wurde geschmiedet von ... von ... hm, Ihr würdet ihn Drix nennen. Er ist zu schüchtern, um vorzutreten, aber er schaut gerade zu.« Tarquin neigte den Kopf nach links.

Aravan wandte sich in diese Richtung und verbeugte sich vor dem Wald. »Ich danke Euch, Drix«, rief er. »Ich werde versuchen, Euch mit dieser Waffe Ehre zu machen.« Aravan wandte sich an Anthera und die Fuchsreiter, und in seinen Augen standen Tränen. »Das verspreche ich.«

In der dunklen Nacht des Frühlingsäquinoktiums segelte die *Eroean* in die Thellbucht an der Küste von Pellar ein. Dort wurde das Elfenschiff in einer geheimen Grotte versteckt, dem Platz, an dem sie auch gebaut worden war. Und Menschen und Zwerge machten sich daran, sie abzutakeln und ihr eine Weile Ruhe zu gönnen.

Zwei Tage später teilten sie die Schätze auf, und die Toten bekamen ihren Anteil ebenso wie die Lebenden. Jatu und Bokar übernahmen die Aufgabe, dafür zu sorgen, dass die Familien der Gefallenen erhalten würden, was ihnen zustand. Jinnarin nahm für sich lediglich einen schlichten Silberring, den sie sich über die Hand streifte, um ihn als Armreif zu tragen. Farrix nahm sich einen kleinen roten Edelstein an einer Goldkette, die er sich um die Hüfte legte.

Vor ihrer Trennung rief Aravan noch ein letztes Mal die Mannschaft zusammen, und er und Jinnarin sowie Farrix mit Rux und Rhu standen auf dem Ruderhaus, während sich die Seeleute vor ihnen auf dem Deck versammelten. Als alle da waren, sagte Aravan: »Ich möchte jeden von Euch daran erinnern, dass er mir geschworen hat, die Geheimnisse der *Eroean* für sich zu behalten – wie sie gebaut ist, wie sie fährt und wo sie liegt.

Aber da ist noch etwas. Ihr habt eine Aufgabe der Art erfüllt, wie die Barden sie in ihren Liedern besingen. Doch niemand außer uns wird davon erfahren, denn ich möchte Euch alle noch einmal daran erinnern, dass wir uns alle per Schwur zur Verschwiegenheit über diese Fahrt verpflichtet haben, betrunken oder nüchtern, gesund oder krank, unter der Folter oder im Bett, in Trauer oder Freude. Ihr dürft nur untereinander darüber reden und auch nur dann, wenn kein Außenstehender mithören kann. Die Verborgenen sollen für alle Fabelwesen bleiben, außer für die Besatzung der *Eroean*, und wir werden dieses Wissen für uns behalten.«

374

Aravan schaute von Mensch zu Mensch und von Zwerg zu Zwerg, und als sein Blick auf Bokar fiel, sank der Krieger auf ein Knie und rief mit vor dem Herzen geballter Faust: »Für die Lady Jinnarin!«

Und die ganze Besatzung folgte seinem Beispiel, sank auf ein Knie und rief: *Für die Lady Jinnarin!*

Der Pysk kamen schon wieder die Tränen, denn zuletzt hatte sie diesen Schwur zu Beginn dieser Fahrt gehört, und da hatte ein alter Magier neben ihr gestanden.

Farrix nahm ihre Hand, und sie schaute ihn an und lächelte, und er flüsterte für alle außer ihr unhörbar: »Für die Lady Jinnarin.«

Schließlich hob Jinnarin ihre freie Hand, und Ruhe kehrte ein. Ihr Blick wanderte über die Besatzung, die stumm darauf warteten, dass sie sprach. Schließlich sagte sie: »Wir haben die Welt von einem großen Übel befreit, doch einige von uns haben dabei ihr Leben gelassen. Doch das Böse schläft niemals. Wir stehen vor der Herausforderung, immer auf der Hut zu sein, dass so etwas nie wieder geschieht, und ich weiß, dass wir alle wachsam sein werden. Und ich weiß noch etwas: Ihr seid alle meine Freunde. Sollte einer von Euch jemals Hilfe brauchen, kommt in den Schwarzforst. Farrix und ich werden dort sein.«

Jinnarin verstummte, und wieder erhob sich kräftiger Jubel, und Farrix und sie reckten ihre Hände in die Luft.

Die Mannschaft ging von Bord und zerstreute sich in alle Winde. Viele der Menschen segelten in den Dingis nach Arbalin, um ihr Vermögen zu holen, und Jatu saß im ersten Boot. Andere wählten den Landweg, hauptsächlich die Zwerge, und steuerten die Roten Berge, Kraggen-cor oder Minenburg-Nord oder ein anderes Ziel an, unter ihnen auch Bokar.

Aravan, Jinnarin und Farrix marschierten nach Nordosten über Land, und in dem pellarischen Dorf Weißberg kaufte Aravan ein Pferd – einen Falben – und ein rötlich-graues Maultier sowie Vorräte. Und als er das Dorf verlassen hatte, flüsterten die Dorfbewohner unter sich noch lange über den wortkargen Elf mit dem Kristallspeer.

Langsam zogen sie durch Pellar, indem sie bei Tag lagerten und bei Nacht ritten, der Elf zu Pferde, die Pysk auf ihren Füchsen. Sie machten einen Bogen um Dörfer und Gehöfte und hielten sich an abgelegene Wege, denn die Fuchsreiter wollten vor aller Welt verborgen bleiben, außer vor denjenigen, die als Freunde galten. Der Frühling erwachte im Land, und überall schien Wasser zu fließen, während das Grün aus dem Boden schoss und die Frühlingsblumen blühten.

Als sich der April dem Ende näherte, passierten sie die Fiandünen und überquerten die Pendwyrstraße. Immer noch waren sie in nordwestlicher Richtung unterwegs, denn in dieser Richtung lag der Wald, in welchem sie abbiegen und zwischen den ehrwürdigen Bäumen reiten würden, bis sie den Rissanin erreichen und an der Erin-Furt überqueren würden, hinter der ihr Ziel lag.

Es war Anfang Juni, als sie die Glaveberge passierten und den Wald erreichten, der sich gut achthundert Meilen weit nach Nordwesten erstreckte und in der Breite beinah zweihundert Meilen maß.

Durch diesen Wald ritten sie, mittlerweile bei Tag, um bei Nacht zu lagern, denn hier im Wald fühlten sich die Pysk vor neugierigen Blicken geschützt. Der Juni verging und dann der Juli, und schließlich überquerten sie die Erin-Furt.

Sie hatten den Schwarzforst erreicht.

In jener Nacht saßen Aravan, Jinnarin und Farrix am Feuer und redeten über viele Dinge.

»Was werdet Ihr jetzt tun, Aravan?«, fragte Jinnarin schließlich.

Aravan seufzte und schaute dann nach Westen. »Ich glaube, ich werde eine Weile zurückgezogen am Großen Fluss, dem Argon, leben, wo ich mich ein Jahrhundert in der Einsamkeit erholen kann.«

Farrix legte einen Zweig ins Feuer. »Gebrochene Herzen heilen auch wieder, sagt jedenfalls Jatu.«

Aravan seufzte. »Vielleicht stimmt das für Sterbliche. Aber für Elfen ... Ich weiß nicht. Wenn wir lieben, dann für die Ewigkeit. Ich glaube, mein Herz wird niemals heilen, aber vielleicht finde ich eines Tages Frieden.«

»Frieden?«

Aravan nickte. »Aye, Frieden. Letzte Nacht habe ich gespürt, wie ihr feines seidiges Haar über mein Gesicht strich, und als ich schlagartig aufwachte, musste ich feststellen, dass es nur ein Windhauch war. Jeden Tag und jede Nacht ist es so – etwas erinnert mich an Aylis, und es zerreißt mir das Herz.«

Sie saßen eine Zeit lang stumm da, dann sagte Farrix: »Bewahrt Euch die Erinnerungen, Aravan, denn sie erzählen auch von Zeiten der Freude.«

Am nächsten Morgen, als Aravan sein Pferd sattelte und dem missmutigen Maultier die Packtaschen auflud, füllten auch Farrix und Jinnarin ihre Satteltaschen und legten sie Rux und Rhu über. An diesem Tag würde Aravan nach Westen weiterziehen, während Jinnarin und Farrix den Weg nach Osten nehmen würden.

Schließlich kam die Zeit der Trennung für sie, und Aravan kniete nieder und streckte eine Hand aus, und die Fuchsreiter kamen und berührten die Innenseite. Dabei schaute Jinnarin Aravan in die Augen. »Ich danke Euch«, flüsterte sie.

Aravan stieg auf sein Pferd, und Jinnarin und Farrix schwangen sich auf ihre Füchse.

»Eines noch!«, rief Farrix.

Aravan wandte sich dem Pysk zu und wartete.

»Solltet Ihr je wieder zur See fahren, aus welchem Grund auch immer«, fuhr Farrix fort, »sei es ein Abenteuer, eine Suche oder ein Kampf, kommt zuerst in den Schwarzforst, wenn Ihr Eure Mannschaft zusammenstellt, denn Jinnarin und ich werden auf Euch warten.«

»Und wenn nicht wir«, fügte Jinnarin hinzu, »dann unser Sohn oder unsere Tochter – vor allem unsere Tochter –, sollten wir ein Kind haben.« Jinnarin hob ihren Bogen. »Ihr wisst ja, wir sind gewaltige Kämpfer!«

Aravan lachte, zum ersten Mal seit der Zerstörung Rwns. Dann wendete er sein Pferd und galoppierte durch den Wald davon. Das übellaunige Maultier an der langen Leine protestierte zwar lautstark, folgte ihm aber dennoch.

Jinnarin und Farrix sahen ihm nach. Erst, als er nicht mehr zu sehen war, wandten sie sich nach Norden. Und mit einem *»Hai, Rux!«* und *»Hai, Rhu!«* ritten sie in den Schwarzforst.

Epilog

Nachfolgende Zeiten
[... unmittelbar und später]

Die Zerstörung Rwns markierte das Ende der Ersten Epoche auf Mithgar, denn die Überflutung hatte nicht nur die Welt erschüttert, sondern auch dazu geführt, dass die Magier von Vadaria nicht mehr nach Belieben kommen und gehen konnten, und diese Einschränkung hatte für alle einschneidende Konsequenzen.

Was Rwn selbst betrifft, so hatten seinen Untergang nur wenige überlebt. In den Tagen unmittelbar danach rettete die Barke *Beau Temps* aus Gothon zwei Überlebende, die sich an einen riesigen Baum klammerten. Sie waren ein Liebespaar: eine goldhaarige Elfe in grauem Leder mit einem Schwert mit Jadegriff in einer auf den Rücken gebundenen Scheide, das sie als Hüter der Lian auswies, und ein dunkelhaariger junger Mensch, ein Barde, mit einer silbernen Harfe auf dem Rücken. Sie hießen Rein und Evian, und beide wussten nicht, ob den Magiern auf der Insel die Flucht nach Vadaria gelungen war. Die Rettung dieser beiden wird hier erwähnt, denn zweitausend Jahre später übergab Rein ihr Schwert, das einen Wahren Namen hatte, ihrer Tochter Riatha, die damit in dem erbitterten Krieg zwischen Gyphon und Adon noch eine wichtige Rolle spielen sollte.

Die erste dieser Auseinandersetzungen ist heute unter dem Namen Großer Bannkrieg bekannt. In diesem Krieg fanden gewaltige Schlachten statt, und die Allianz der Freien Völker hatte schwer zu leiden, denn die meisten Magier konnten nicht in den Konflikt eingreifen, da sie auf Vadaria festsaßen und keine Möglichkeit hatten, nach Mithgar überzuwechseln. Viele glauben, dass Gyphon die Zerstörung Rwns absichtlich herbeigeführt hatte, und zwar genau aus jenem Grund – um die Magier daran zu hindern, sich im Falle eines Krieges der Allianz der Freien Völker anzuschließen. Doch einige Magier hatten sich bei der Zerstörung Rwns nicht auf der Insel aufgehalten, sondern an anderen Orten auf Mithgar, und diese schlossen sich praktisch alle der Allianz an. Am Ende gewannen die Freien Völker den Krieg, doch sie zahlten einen hohen Preis. Anschließend zogen sich die Magier auf Mithgar zum größten Teil zum Schwarzen Berg in Xian zurück, wo sie lange ruhten, um ihr astrales Feuer aufzufrischen. Sie wussten, dass ihre Kräfte noch öfter gebraucht würden, da Gyphon seinen Ehrgeiz, alles zu beherrschen, noch nicht aufgegeben hatte – denn er hatte bei seiner Verbannung von den Ebenen zu Adon gesagt: »Bereits in diesem Augenblick habe ich Ereignisse in Bewegung gesetzt, die Ihr nicht aufhalten könnt. Ich werde zurückkehren und ich werde herrschen!«

Unter dem Eindruck des Verlusts von Aylis zog Aravan sich nach Darda Erynian zurück, wo er über ein Jahrhundert in aller Abgeschiedenheit am Ufer des Argon lebte. Dann ging er zur Elfenfeste Caer Lindor, und dort, auf der Insel im Rissanin, an der Grenze zwischen dem Schwarzforst und dem Großen Wald, weilte er wieder unter seinesgleichen. Doch sein Lächeln blieb selten, und tief in seinen Augen wohnte immer noch ein Ausdruck der Qual. Wie erzählt wird, trug er immer einen Speer mit einem schwarzen Schaft und einer Kristallspitze bei sich.

Millennien verstrichen, und später kämpfte Aravan tapfer im Großen Bannkrieg, und er war auch zugegen, als das Morgenschwert verschwand. Viele Millennien suchte er den Talisman ... und den gelbäugigen Menschen, der für seinen Verlust verantwortlich war. Aravan segelte erst wieder im Winterkrieg auf der *Eroean*, und zwar in der Absicht, die Schiffe der Piraten von Kistan aufzubringen.

Es heißt, dass er bei diesem Unternehmen von drei Fuchsreitern begleitet wurde: Jinnarin, Farrix und Aylissa. Wer diese Aylissa war, ist nicht eindeutig bekannt, doch einige sagen, sie sei die Tochter von Jinnarin und Farrix gewesen.

Danach wurde das Elbenschiff wieder in der Grotte in der Thellbucht versteckt. Was das Geschenk der Verborgenen angeht, so blieb *Krystallopýr*, dessen Kristallklinge eine verheerende Macht hatte, in Aravans Besitz.

Und schließlich mag man sich fragen, ob einer der Magier auf Rwn überlebt hat? Aylis? Alamar? Gibt es noch einen anderen Weg zwischen Vadaria und Mithgar? Das Unmögliche Kind fand die Antwort auf alle vier dieser Fragen ...

... Aber das ist eine andere Geschichte.

> *Es heißt, wenn die Luft still und*
> *das Wasser nur ein glatter Spiegel ist,*
> *gebe es eine Stelle auf dem Meer, wo man*
> *manchmal, wenn man sehr aufmerksam sei ...*
> *... tief unten ein Glockengeläut hören könne.*

Lesen Sie weiter in:

Dennis L. McKiernan: **Magiermacht**

Stan Nicholls

Das neue große Fantasy-Epos vom Autor des Bestsellers *Die Orks*.

»Großartig erzählt, eine wundervolle farbenprächtige Welt und Spannung von der ersten Seite an: Stan Nicholls Bücher haben alle Zutaten zu einem echten Fantasy-Klassiker!«
David Gemmel

Der magische Bund
ISBN 3-453-87906-6

Das magische Zeichen
ISBN 3-453-53022-5

3-453-87906-6

3-453-53022-5

Bernhard Hennen

Der sensationelle Bestseller-Erfolg!

Dies ist die definitive Geschichte über ein Volk, das aus dem Mythenschatz der Menschheit nicht wegzudenken ist – Lesegenuss für jeden Tolkien-Fan!

»Der Fantasy-Roman des Jahres!« **Wolfgang Hohlbein**

3-453-53001-2

3-453-52137-4

James Barclay:
Die Chroniken
des Raben

Die grandiose neue Fantasy-Reihe, für alle Leser von
David Gemmel und Michael A. Stackpole.

Zauberbann
3-453-53002-0

Drachenschwur
3-453-53014-4

Schattenpfad
3-453-53055-1

Himmelsriss
3-453-53061-6

Nachtkind
3-453-52133-1

Elfenmagier
3-453-52139-0

3-453-53002-0

3-453-53014-4